废土与安息

反派二姐·著

长江出版社
CHANGJIANGPRESS
力潮文创
POWER TIME
白鲸文化

“你住的地方远吗？”
“远，也不远，我住的地方不固定，而世界很大。”

目　录　CONTENTS

第一卷

第一章　外来者

“外来者，你听说了吗安息？有外来者。”

安息彼时正在给净水器调阀压。

不知道上一个操作的人是谁，把阀门扭得死死的，安息给扳手上又套了一个加长的塑胶柄，再拼上浑身的力气才将阀门转动了一点点。

听到“外来者”三个字时，安息吃惊地直起腰板，结果头顶撞上水箱底部，发出巨大而沉闷的声响。

“哎哟……”安息眼中泛起了泪花，手中的扳手也应声而落，堪堪砸中脚面旁边的混凝石板，一旁的瓶盖也吓了一跳，伸长脖子问：“你没事吧？”

安息痛得说不出话，按着脑袋点点头，一边用手推瓶盖的背，说：“走，走。”

瓶盖也不多说，两人一路小跑进了垂井竖梯。

他们俩有记忆以来都从没见过避难站接收任何外来者，寻找幸存者的广播站也关闭很久了——那里现在完全成为变异老鼠的狂欢场地，只是路过都能听见它们尖利但脆弱的指甲刮擦变压门的声音。偶尔有流亡者到避难站的门口求助，他们会在站门口和大人们交涉很久，但似乎从没被放进来过。

不过这些都是安息听说的，他很少靠近地表层，姐姐说上面偶尔有变异人入侵不安全，他也很少靠近十层以下——那些会钻墙打洞的变异虫实在防不胜防，所以安息总是在四层的净水站工作，这里不上不下刚刚好。

当然了，“四层”其实是负四层，众所周知辐射避难站只可能朝地底发展。

“不上不下刚刚好”是避难站的一句格言，不知道最初是谁的口头禅，后来渐渐流行开来了，比如垂直井梯难得卡在正确的高度开门时，你不得说“今天倒真是不上不下刚刚好”，抑或是今天的蛋白浓汤竟然没有古怪的腥味，你也定要这样感叹一句。

垂直井里回荡出机械滚轮摩擦的费力声响，剧烈的晃动之后，安息和瓶盖合力一人拉开一边的电梯铁门，跑进了负七层的回廊里。

回廊尽头已经聚集了不少人，独耳叔叔正在恼火地挥手，好像面前有一群看不见的蚊蝇：“走开，走开，别围在这！”安息和瓶盖对视一眼，默契地闪身躲进了一旁的医药仓库，把瘦小的身躯努力和铁架的阴影嵌套在一起，等着独耳叔叔把所有人轰进嘎吱作响的垂直井梯。

独耳骂骂咧咧的声音由近而远，安息探出半个脑袋在走廊上左右看了看，冲瓶盖招招手。

两人蹑手蹑脚地又溜了出来。

避难站里医疗所不止七层的这一个，安息听说在刚刚开辟不久的负十二层也要建一个，但照明足够的手术台只在负七层有，两人扒在门边小心翼翼地朝里看，想象中的残肢断臂景象并没有出现——也难怪，不可能伤得太重，毕竟是需要花费大力气救治的资源，没有生产能力的话避难站是不可能为此敞开大门的。

瓶盖用气音问：“你看到脸了吗？男的女的？”

安息举起手指头冲他“嘘”。

安息露出一只眼睛朝灯火通明的房间里看——两名戴着面罩的医生围着手术台，把外来者的脸部挡了个严严实实。外来者似乎身材十分高大，但也兴许是层层包裹的防辐射服所造成的假象。他厚重的战时军靴支出病床外一截，靴底沾满了黄色的沙砾——那是安息从没踩踏过的、废土的沙砾。他戴着露指手套的胳膊耷拉在外面，指甲里都是黑色的油污，反光面罩和辐射净化芯已经被拆下来摆在一边。

瓶盖应该也意识到了对方性别为男，显得有些失望——避难站里女性非常稀少，除了有血缘关系的几位姐姐，其他都作为“生育资源”和他们隔离开来。这次大张旗鼓地引入了一名外来者，还以为能是女性呢。

安息不太在意，自他出生在这个避难站到今年十六岁，几乎没见过什么陌生人，不管是谁，他都很稀罕。

安息听到了布料被撕剪开的声音，背对他的医生抬起手臂大幅度地动作了起来，不久后，好几块浸满了乌黑色血迹的布料和金属残片被摆放在了一旁的托盘里，安息余光瞥见瓶盖把手掩在脸上，几乎是同时，一股铁锈混合腐败的味道就钻进了他鼻子里。

安息很熟悉这个味道，他妈妈在好多年前的一次变异人入侵事件里受伤感染，她溃烂的伤口就日复一日地散发出这个气味，直到最后。

他一直无法忘怀这个味道。

面对他的医生忽然抬起头朝门口的方向看过来，安息差点叫出声，赶紧向后缩了缩脖子，他俩大气不敢出地等了老半天，手心捏出冷汗，耳朵里听到的还是只有器械互相碰撞的脆响，以及发电站永不停止的嗡鸣声。

应该没关系吧，走廊很黑，照道理看不到我们。

安息又大着胆子向前凑了凑。

果然，对方只是走到床这边调节一下血压器，调好之后又绕走到墙边的桌子上鼓捣什么别的东西去了。

与此同时，一直横在他们和外来者之间忙碌的医生也似乎告一段落，他把装着各式血淋淋布料残片和手术器械的推车拽开一点，自己也侧身走到一边观察满墙机械跳动的数值。

于是安息看见了外来者的脸孔。

对方尚未恢复意识，眼睛紧紧闭着，看不出是死是活。他深棕色的头发和胡子茬乱糟糟地覆盖了脸颊，只看得出眉骨很高、眼窝很深，鼻梁骨高挺。安息忍不住一直打量这个神秘的外来者，他身上的每一道伤痕都幻化成一次凶险的危机，每一处血污都晋升为一层野性的魅力，短短几分钟，他的形象在安息脑中已经成为一个斗龙的勇士了。

安息幻想他站在满目疮痍的大地上，举着宝剑和无数变异的怪物战斗，直到残阳泣血的最后时刻，他站在成堆的尸骨顶端，在余晖中留下一个无情的剪影。

可外来者身上并没有什么镶满宝石的巨剑，只有一把能量枪和一把豁口无数的匕首，所有医疗用品和食物都告罄了，安息不知道他为什么会被避难站所救，但他为此高兴。

身后的走廊传来交谈的声音，安息一时没能反应过来，瓶盖赶紧冲过来拉着他躲到医疗回收箱后面，可惜他俩动作太大，回收箱顶部的玻璃废料叮叮哐哐滚了一地，独耳叔叔怒气冲冲的声音响起："谁，谁在那儿！"

独耳叔叔凶恶的脸出现在他俩面前的时候，两个没用的少年已经哭作一团。

废土是在安息连续第三天偷偷去看他的时候醒来的。

"废土"是安息给外来者取的名字，因为他自废土而来，象征着荒蛮的世界，又酷又生猛，很适合他。

避难站上午 11 点开始发放午饭，每层楼的人依次去五层的餐厅吃饭——他们避难站规模不小，餐厅有足足三个医疗站合并起来那么大。安息所在的 1 号净水站是第一批次就餐的，赶紧吃完后能比别人多半个小时的午休时间，他就趁这个空当溜到下层看废土。

这样做的第三天，废土忽然醒了。

毫无征兆地，他迷迷糊糊地睁开眼睛，一眼就瞅见了坐在旁边小板凳上的安息，安息却是吃了一惊，没料到自己偷看会被逮住，翘起的凳子前腿"嘭"的一声砸在地上，他僵在了原地。

废土张开嘴，他干裂的嘴唇上下动了几次，发出了微小的气音，安息懂了，连忙拿出自己的饮用水瓶喂给他。

一部分清水灌进了废土的喉咙，另外一部分顺着他的嘴角流淌到他脖子上，安息此时却一点也不心疼，用手背给他擦了擦。废土突然剧烈地咳嗽了起来，安息吓了一跳，手一抖，水袋掉到地上，珍贵的水资源一声不吭地浸入了岩石板里。

废土咳得惊天动地，连带腰部的纱布又染上了粉红色。得通知医生才行，安息这样想着，半个字也没解释扭头就跑。在幽暗的回廊里跑了几步后他又反应过来——告诉医生废土醒了不就暴露了自己没有好好午休四处乱跑的事实吗？他又风风火火地冲回医疗站。

废土就支着脖子颇为费解地看着他。

安息左右环视了一圈，凑到亮着各种信号灯的墙边寻思了几秒钟，伸手摸上一根管子顺到根部拔了下来，几乎是立刻，令人紧张的红信号灯就伴随警铃声闪烁了起来，安息知道一号药品站那边也会有同步警报。

废土皱着眉头："你……"

安息回头比了个"嘘"，然后飞快跑进隔间的仓库躲起来。

他刚刚躲好，脚步声便接踵而至，之前帮废土清理伤口的两名医生都进了房间里，安息才悄悄溜走。

医疗站里的废土看着地上被遗落的水袋欲言又止。

安息站在缓缓上升的井梯里一边哼歌一边小步子地踏着地板打节拍——这是一个人乘井梯时的奢侈，平时和别人一起的时候他们都很讨厌他在井梯里蹦跳，摇摇晃晃的感觉叫人觉得不吉利。

但安息心情不错，他甚至灵感涌现地把自创的小调子又多编了一段。

可惜好景不长，井梯卡在了离四楼还差半米的地方，透过铁栏杆他看见黑着脸的独耳叔叔站在净水站门口不耐烦地抱着手臂，居高临下的眼神如同秃鹰盯上鼬鼠。

"去哪儿了""为什么旷工""知不知道净水站的工作多么重要""知不知道水资源来得多么不易"，安息面对这一连串的质问答不上话，因为他也忽然想起自己把"珍贵的水资源"落在医疗站了。这是他到熄灯前唯一的饮用水，接下来的十个小时要怎么过呢。

独耳以"如果再不好好工作就发配你去十二层"的警告结束了训话，全程安息都低着头老实听着，为自己的水袋默哀——上边写了自己的名字，想赖也赖不掉，不出半个小时独耳叔叔一定会再次找到他轰炸一轮。

被劈头盖脸大骂了一顿之后，安息不甘心地老实了几天，恢复了每天和瓶盖一边闲聊瞎编故事一边工作的净水站日常。

可稍有空当时他又忍不住会去猜想外来者的状况——他伤势恢复了吗？能说话了吗？能下地走动了吗？他为什么会被避难站接纳进来呢？他以后会在避难站哪一层工作呢？会有可能来第四层吗？

如果他们一起工作，废土会像瓶盖这样和他聊天吗？他是否会告诉他避难站外面的世界，为他描述广袤废土的面貌。

十一点，净水站小分队把器材收好，手套也脱下来丢回铁桶里，安息觉得今天似乎特别热——这还是地下四层，地表一定被正午的日头烤焦了吧。他把蓝色的方巾叠了叠绑在额头上，后脑勺上支起一个小兔子耳朵。

他和瓶盖没去乘井梯，直接打开净水站地板的井盖盘着墙壁上的铁栏杆往下爬，两人嘻嘻哈哈地，轻车熟路通过捷径落到五层，坐到餐厅靠“吧台”的好位置上。

负责分配食物的钿安看见两人后笑了笑，端出两个准备好的铝盘递给他俩，又转身盛第三份。钿安也是在避难站长大的小孩，再过一个月就要成年了。

盛好第三份饭之后她解下围裙从厨房吧台后绕了出来，瓶盖好奇地问：“姐，你去哪儿？”

钿安说：“送饭，给七层。”

“七层？”安息耳朵竖起来，问，“我陪你一起去。”

钿安扬扬眉毛：“你去干吗？”

安息说：“下层有时候有变异老鼠呢。”

钿安又笑起来，做出上下打量的样子：“那你又能干吗？”

安息把袖子挽到肩膀，露出少年精瘦的手臂，使了使劲，说：“看，我有肌肉。”

瓶盖嗤笑起来：“你连水阀都拧不开。”

“带我去吧，姐姐，我帮你拎水。”安息讨好地笑，他微微垮下眉毛，少年小狗一般的眼神让人无法拒绝。

钿安飞快地动了动眼珠子：“送了饭就跟我上来，听见了吗？别惹事。”

安息使劲点头。

他俩绷着正直的表情同手同脚地下了楼，七层还是没什么人，这也不是钿安第一次下来送饭了，她象征性地敲了敲敞开的门，进了屋。

废土背对他们坐在床沿上，听见钿安的声音头也没回，只“嗯”了一声表示知道。钿安看看安息，安息也看着她，她又问：“你现在吃吗？冷了就不好吃了。”

废土从鼻子里哼出气，像是短促地笑了一声，但他扭过身子后脸上其实没有任何表情，说：“我现在吃。”

然后他才注意到屋里原来还有一个人。

废土显出有些惊讶的样子，眉毛上挑，眼睛呈扩大的样子，良久才不动声色地转开去。他看起来气色好了很多，但仍旧脏兮兮的，乱糟糟的胡子和头发虬结在一起。他拿过蛋白浓汤的碗，微微皱着眉头把勺子一次次地送到胡子下面。

“或许他觉得食物不好吃。”安息心里升起了这样一个念头。

事实上废土进食的速度很稳定，也没有一丝犹豫，而安息在此前也从没思考过避难站的食物是否“美味”，但是他就是从废土刚才的轻哼和皱眉中读出了这一信息。

废土把一碗蛋白浓汤飞快地喝完了，拿起水瓶豪放地灌了几大口，安息忍不住提醒他：“别喝太快，要一直喝到晚上呢。”

废土停下了，依旧举着瓶子，从低压的眉骨下看他，两秒后移开了目光，扭上了盖子。

他没认出自己。

安息垂着脑袋去帮钿安收拾桌子，一缕头发从耳后滑下来险些落入碗里，这只是零点五秒里突发的小事，但废土却飞快地伸出了手拦截了空中的长发。

安息吓了一跳，侧过去窘迫地拆下发圈重绑，可废土没再看过他这边一眼，在钿安的指导下吃了一大堆消炎止痛药——辐射过的外伤好得很慢，血小板和白细胞都十分懈怠，废土的伤还要一阵子才能好。

安息端着铝盘，手腕上挂着空水壶，跟着钿安离开了。

安息敲了两声铁板，又等了十几秒，头顶的井盖才被打开，他连忙手脚轻快地爬上去，抱怨道：“怎么这么慢。”

瓶盖说：“刚我听外面有声音，没敢动，万一你又被逮个正着怎么办。”

安息瘪瘪嘴，不情不愿地恢复了工作模式，戴上麻纤手套，伸了个懒腰，露出一小截腰。

瓶盖又说：“今天这个地方老有杂音，不知道是什么。”

“哪儿？”安息侧过耳朵，“你说这个轰轰的声音？”

瓶盖点头：“这个循环器年纪挺大了吧，不会是要爆炸吧。”

安息瞪了他一眼，又趴过去将耳朵贴着大水箱的外壁：“不过它是年头不短了，咱们出生的时候就在这了，在那之前不知道已经在这多少年了。”

瓶盖说："搞不好里面都锈掉了，咱们会不会重金属中毒啊。"

安息受不了地翻了个白眼："第一这不是重金属，第二废土上的每个人都在或多或少地中毒，第三……算了，跟你说什么。"

瓶盖不满意他看自己的表情，忽然想到："对了，那个外来者怎么样了？"

安息说："还是老样子，不说话，一脸不爽地吃完饭，再一脸不爽地吃药。"

瓶盖摇着脑袋："他那么壮，不知道之后会被派去哪边工作，可能是发电站吧。"

"或者武器室。"安息想起了他卷刃的匕首和能量枪，"他今天好像洗了头发和胡子。"

"欸？可是那边没通循环水的管道啊。"瓶盖说完之后反应过来，"用饮用水洗头啊，真奢侈。"

瓶子看着安息爬上爬下地检查故障，插不上手，百无聊赖地问："你说他以前住的避难站在哪儿？离咱们这近吗？说起来我根本不知道咱们站周围有几个避难站啊。不过他探索废土都探索到门口来了，应该也离得不远吧。"

安息的声音从水箱底部传来："你怎么知道他以前也生活在避难站？"

瓶盖有些莫名："那不然呢，总不能住在地表吧。"

安息想了一下，也说不上为什么，只含糊道："我觉得他不像，他……有点特别。"

隔天午饭时间，钿安去药品站取新一周的药剂，安息便自告奋勇端着水和午饭下了七层。废土看今天是他一个人，也没有任何感想，只默默撑着床沿坐直身体，凑到安息给他支的就餐小桌子旁，弯腰时小心避开了伤处。安息忽然发现废土的胡子不但变干净了，还短了一点，不过参差不齐的，像是用什么不太锋利的东西费劲地修理过。他不动声色地打量对方——安息从小到大不曾暴露在自然的太阳光下，皮肤比废土白了起码三个度，头发也有些发黄，不是他那样的深棕色，对比下来自己个子也很瘦小，大腿像别人胳膊粗。

"看什么。"废土突然出声了，安息吃了一惊——对方连眼睛都没抬，仍旧一口一口地吃着米黄色的营养剂浓汤，要不是房间里没有第三个人，安息都要怀疑那三个字不是他说的了。

没有得到回答，废土看过来，又说了一遍："你一直盯着我。"

安息吞了吞不存在的口水，说："我，我只是随便找个地方盯着发呆而已。"

废土不置可否地收回目光，又吃了一勺，才说："昨天也是，前天也是，大前天也是，我醒来的时候也是。"

原来他记得……而且还都看在眼里，安息耳朵发烫，绯红在白皙的皮肤上格外明显，可他本人毫无所察，说："对不起。"

废土的手顿了顿，想说些什么，又放弃了。

安息这下不知道该看哪里了，只得盯着墙角的货架，鼓了鼓胸膛，又问："你从哪里来？"

废土指了指头顶，说："废土。"

"不是，那之前呢？"安息重新措辞，"你住的地方远吗？"

废土答："远，也不远，我住的地方不固定，而世界很大。"

安息微张着嘴点了点头——他不知道世界有多大，他只知道辐射避难站有多大。

他知道避难站有多少个房间，多少个井梯，多少张桌子，多少把枪，但是这铜墙铁壁之外的世界，他一无所知。

安息一下子涌上了一丝窘迫的自卑感，不再提问，空气里只有废土勺子和盘子触碰的声音。

他吃完之后，又仰躺靠在床头，钮安还没来，安息估算着时间觉得自己该走了，他把废土的水瓶重新注满，听着水流填满瓶身的歌声渐渐高昂，开口道："下次你别用饮用水洗头了，楼上有循环水，这个你留着喝。"

废土斜眼看看他，没有道谢，说："哦。"

安息抱着空水壶直起腰，居高临下看他，又问："你会留在这里吗？"

废土单手掀开外套，撩起里衣，露出止血带裹住的腰部，语带讽刺地问："我能去哪儿？"

安息想说自己不是这个意思，但他也只学着废土的样子"哦"了一声，端着餐盘却还不走。

废土也静静看着他，不出声也不眨眼，但眼神分明在说：“还有事？”

安息张了张嘴，说：“呃，2397号辐射避难所，欢……欢迎你。”

说完他就匆匆走掉了。

耽误了太久，安息回到五层时安息发现餐厅已经没有人了，暗道不好，连忙把餐盘丢下，顺着污水管道向上爬，他急切地敲了三下头顶的井盖，不出几秒就被打开了，独耳背光站在那，瓶盖惶恐地贴着墙根站好。

独耳的脸色很差，他缺失耳朵的那半边脸在光影下尤其骇人，甚至没有问安息去了哪儿，直接摔上了铁盖，巨响炸得安息耳鸣了一会儿。

隔天安息就被惩罚“下放”到了十二层新开辟的药品站，瓶盖抽抽搭搭地站在井梯外面跟他挥手。

“过两天就回来了。”瓶盖断断续续地说。

负十二层名义上说起来有药品站、体能训练室和抗辐射研究所，但其实都是楼上多余物资的存放地，鲜有人至，体能训练室更是从未有人光临过。他们站只有两三个人轮流出去探索废土，对于辐射芯、药品和武器的需要都不是特别大，只是为了对付偶尔的变异怪物入侵。十层以下平时几乎没人来，一直荒废着。

但现在这里就是安息的工作地了——他也是这里唯一的员工。

安息虽然此前在净水站工作了三年，但其实全站的每一个房间都待过一段时间，什么都知道一点，这也是土著穴居人的优势。他学东西很快，修理机器尤其在行。

他如今再一次地回到了医药站——此前，安息的母亲被感染的时候，他三天两头地往医疗站跑，把所有医生说有用没有用的方法都试了一遍，虽然最后还是没有什么用。

地底的生活没有太阳光，过敏原也很单一，营养浓汤再怎么搭配也总是缺了几种微量元素，安息的母亲抵抗力不好，被感染的部分很快就病变了，从健康到死亡只用了让人胆寒的一小段日子。

安息步入这个布置熟悉的房间，不可避免地又想到了那一段日子，有什么东西抓挠墙体的声音叫他神经紧绷，仿佛死神下一刻就会从天花板上坠落下来。

第二章　入侵

安息坐在桌子上等药剂完成蒸馏。

他把椅子搬到桌子上坐，怀里抱着一把老式的长柄步枪，这样他就可以在变异虫子钻出来的时候有一点反应时间，不至于被它们爬到身上。

几天前就有一个半大的虫子爬到了他的脚背上，那感觉——安息神经质地抖了抖脚，好像虫子还在那儿似的。

他试图索要一把威力更大更省事的霰弹枪，但刚完成废土探索回来的红眼叔叔说他一定会打坏制药器材，拒绝了他的要求。

就连这把枪还是他好求歹求了半天，红眼才答应给他的。

安息在药品站的日子虽然孤独，但并不无聊，他发现了一点化学的乐趣，在按照配方制作药品的同时，也偶尔有了些添加其他成分的灵感，取一点样品做实验——虽然他还不敢在药剂上擅自动手脚。

在等待药剂蒸馏的时间里——这通常是很长一段时间，他就会搬着椅子坐到桌上，有时候鼓捣鼓捣枪——拆掉，重装，再拆掉，换两个零件，再重装。此外的空闲里，他就把脸戳在枪管上神游天外——安息从小练就了不得了的想象的本事，对着一面灰墙也能想得津津有味。

废土现在在哪呢？他忍不住想。

他伤好了吗？他可以吃流质营养剂以外的东西了吗？他看到其他种类的食物会开心一点吗？

他又想：废土伤口痊愈后会留在避难站里吗？他会被安排做什么工作呢？他们大费周章地救下了他，可能是有什么重要的工作要委派给他吧，也许是探索废土的工作，毕竟红眼叔叔年纪很大了，每次出去的周期也很短，到不了很远的地方，拿回来的资源也越来越少。

也许他会在发电站工作，九层就有一个，离这里也不算太远。也许他会帮独耳叔叔加固地表层的安全门，自从两年前那次入侵之后，那扇门就不太利索了。

想到地表层的门，安息又忍不住在心里感叹：他活到现在，还没踏出过那扇门一次呢。可废土已经“在很多地方居住过了”。

他还说“世界很大”，有多大呢？世界那么漫无边际的大，难道不叫人害怕吗？

忽然，右耳侧传来轻微的响动，安息抱着枪呆滞地转过头，推门进来的废土显然没料到这里有人，一时间也愣在了原地。

“啊……”安息张开嘴，发出无意义的声音。

废土清了清嗓子，说：“原来你在这儿啊。”

安息眨了几次眼睛，表情有些傻兮兮地，问：“你在找我吗？”

废土下意识地说：“不是，”又解释道，“只是有点奇怪这几天你去哪儿了。”

安息干巴巴地“哦”了一声，说：“我，我被罚到这边工作了。”

废土抬起眉毛，问：“你干什么了？”

安息自然不可能告诉他自己旷工的真实原因，只沉闷地含混道：“没什么，不听话。”

废土见他不想多说，也不在意，转身道：“打扰了。”

安息连忙喊他：“等等！”

废土扶着门回头，等他说话。

安息上下打量他：“你，你能走路了。”

废土点点头：“嗯，不过这边一直没好。”说罢他又撩起衣服的下摆，这次止血绷带覆盖的面积小了很多。

废土放下衣服，想了想，问：“你这有抗生素吗？”

安息连忙答：“有啊，你要哪种？”

废土微微皱眉：“呃，你有哪种？”

安息从桌子上跳下来，拉开药柜拿出不同的三盒：“呼吸道的，全身的，外伤炎症的。”

废土指了指第三盒，说：“这种吧。”

安息又问："你要多少？"

废土反问："你有多少？"

他凑到货架前试图辨认上面的瓶瓶罐罐，下巴快要挨到安息的头顶，叫安息真实地感受到了两人身高和体型的差距——他整个人和半个药柜都笼罩在废土形成的阴影里，闻到废土身上干燥的气味。

不是地底潮湿阴暗的气味，是地表才有的太阳的味道。

安息转过身来，姿势上像是被废土围在了身前和货架间的一小块夹角里，他指了指废土身后，说："隔壁还有更多。"

废土看着一整面墙满满当当的货架，表情有点无语，问："你们就把药品这么堆在这儿，太浪费了。"

安息反驳道："你还拿饮用水洗头呢。"

废土低头瞥了他一眼，没说话。

他接着看到了安息手里的枪，伸出手来接了过去，啪啪几声快速地上好了膛，端到眼前冲着墙根瞄准，姿势又快又精准，然后麻利地退下弹匣看了看，熟练得像是在摆弄自己身体的一部分。

随后他又皱起眉头——安息注意到他没什么太多表情，最多出现的就是皱眉头，他捏着一枚子弹对着灯看了看，说："这个有点怪。"

安息示意他看枪体滑槽，又捏过他手中的子弹，掏出一枚弯头的小铜片把弹头小心翼翼地旋下来，说："喏，你看，我改了一下，虫子跑得太快了，我准头不好，攻击范围大一点比较保险。"

废土两边对照地反复看了几次，问："你还会改枪？"

安息把弹头复原，从废土手中接回枪，使劲把子弹推回到弹匣里——他用力的时候肩膀也会跟着动，一看就并不熟练。

安息说："枪也是机器嘛，机器的东西我都还挺在行的。"他顿了顿，还是没藏好语气中的一点小骄傲，"站里有什么设备出了问题，大家总是叫我去查看呢。"

废土打量他——好像是他第一次认真打量他，半晌才说："你试着把硝石的比例改小一点，爆炸威力小，物理威力大。"

安息说："我试过了，但是枪管口径太小，做不到霰弹的效果。"

"可以的，"废土说，"你把膛线拆了，这里留宽……"废土指着枪身的几处地方，简要说明着，是安息见过他以来说最多话的一次。

安息被他说得兴致勃勃，端着枪来来回回地摆弄，连废土什么时候走了都不知道。

之后的日子里，几乎每天废土都会来这个地下深处的小房间报道。

他逗留的时间不长，但每次出现都能叫安息高兴好一阵，好像他是禁闭室里的囚犯，而废土是狱中的神父。他话不多，大部分都是安息在说，他偶尔搭腔，兴致不高，要么是纠正他，要么是问一个简短的问题。

问完问题之后他会沉思一会儿，然后说些别的，最后再顺些药走，留下安息独自回味两人简短的交谈。

安息偶尔问他一些关于枪支的问题，废土似乎知道如何把身边所有日常用品变为杀伤性武器，但更多时候，他询问废土关于外面的世界，他问太阳是否真的那么致命，而大地是否真的那么荒芜。

“两年前有过一次变异人入侵，”安息说，“把大门整个炸飞了，那些变异人跟变异蟑螂一点也不一样，他们很聪明，瞬间就把上两层的人都杀光了。”

安息沉默了一会儿，像是在回忆：“我妈妈在三层的休息站睡觉，被惊醒的时候……她抱起我叫我快跑，然后，然后我透过井梯的铁栏杆看见变异人已经到了她的身后。可是我无法停下井梯，我没法回去……”

他停了一会儿，继续说：“我们在十层一直躲到天亮，中途也想过要回去，可是还有好几个小孩子跟我一起，我得保护他们，小孩子是很重要的。”

废土看着他：“你不也是个小孩子。”

安息郑重地摇摇头：“我当时已经 14 岁了，不是小孩子了。”

“她虽然当下没死，可是被感染了，大家把她隔离起来，怕她也会变异。”安息接着说，“变异过后她会变成吸血鬼，这样我们也必须得杀了她。”

“她变异了吗？”废土问。

“没有，”安息摇摇头，说，“她坚持了一周多就死了。”

废土点头道：“已经算坚持了很长时间。”

废土见过很多感染后的人类，有的最快几个小时就衰变完成死亡了，少数人会产生基因变异。变异后的“辐射人”其实只需要大量水分就能生存，但却被血红蛋白里的铁元素疯狂吸引，所以比起水分，他们更喜欢吸食人的鲜血，加之他们在大气层稀薄的地表很容易脱水，所以总在地底躲到夜里才出门猎食，被称为“新时代的吸血鬼”。

“但是！”安息的声音又欢快起来——至少表面听起来是这样，“当时除了我没有人愿意靠近妈妈，所以我在那时候学了很多医药的知识。”言下之意是如今能在医药站工作也是沾了那时候的光。

“你倒是……”废土说道，“乐观。”

他又轻轻哼了一声，语焉不详地说：“比起我们，搞不好你会活到最后。”

“你呢？”安息没听懂他语中隐藏的意思，问，“你好像对我们避难站很感兴趣，你会留下来吗？还没人跟你说之后去哪个站工作吗？不过你伤还没好，应该还可以再休息一段时间。”

“你不知道我为什么在这儿吗？”废土问。

安息茫然地摇摇头，废土移开目光，淡淡地说：“哦，我也不知道。”

地表的大门被轰烂的时候，安息还不知道发生了什么事。

他在地下十二层，骚乱传到他这里的时候，他根本无暇顾及，因为在那之前——或许是一分钟前，或许是一个小时之前——至少他感觉起来是这样，有大量的变异蟑螂从门缝和天花板上的通风口涌出来了，安息抱着枪大声尖叫，站在桌子上神经质地原地蹦了一下，才反应过来拉开保险栓扣动了扳机。

枪支的后坐力把他向后顶，他踉跄退了两步在桌沿边堪堪站稳，险些翻下去。他微微向前弯腰寻求平衡，又开了一枪，几只体型过于庞大的虫子被炸飞半截身体，一些明显带有腐蚀效果的体液飞溅到墙壁上，刺鼻的味道扑面而来。还有更多小虫子飞快地向他爬来，黑色的壳反射着惨白的顶灯。

他又开了一枪，蒸馏皿被大范围的弹片波及，玻璃碴和滚烫的液体四处飞溅，溅到虫子的身上后，那些异形的家伙六肢抽搐，身体颤抖了起来。

安息分不清混乱是来自真实世界，还是来自自己的脑内。他神经紧绷，端着枪胡乱扫射，货架和制药容器无一幸免，地上的虫子和虫子尸体也越来越多。

太多了，他从没见过这么多虫子。

安息大脑一片空白地拼命抵挡着多足怪物们的靠近。

他啪嗒啪嗒扣了好几次扳机都是空响，才反应过来弹药已经没了。安息从衣兜里摸出备用的弹匣，手脚发抖地想要换上，可是他抖得太厉害了，弹匣摔到桌下，砸中了一只正试图爬桌腿的虫子。

该下去捡吗？他不敢。

安息犹豫了短短的两秒钟，决定跳下桌子。他一跳下桌子就拼命挥舞着枪托，砸飞了几只个头较大的虫子，然后飞快地捡起弹匣。这过程中他不可避免地被变异蟑螂的触须扫过手背，觉得恶心极了，背后发凉，但是生存的本能优于其他，叫他迅速爬回桌子上。就这么一会儿时间，虫子的数量又多了起来，不知道是闻到了同类死亡的气息还是安息随体温升高的鲜血，它们个头愈来愈大，足有他小臂那么长。

此时安息还听到通风管道里传来尖锐刺耳的叫声，像是什么东西被捏住了喉咙，他很清楚这声音意味着什么——变异老鼠个头更大，速度更快，被扑住一定会被咬断脖子。

安息把枪托抵在肩窝处，一枪接着一枪，他准头不好，但好在目标太多太明显，每一枪出去总有收获。可敌人太多太顽强了，一只大蟑螂从他身后爬上桌面，被安息尖叫着一脚踢飞，对方露出硬壳下面的软腹，细肢挥舞着落了下去，瞬间就被后面扑上来的虫子淹没了。

与此同时，通风口的铝制挡板松动，一只巨大的灰色变异鼠落了下来，“嘭”地砸在铁架子的顶端，它的门牙很长，眼睛血红，五爪尖利，斑驳的灰毛都竖着，细小恶心的鼠尾充满攻击性地垂在身后。它的四肢很有力，安息不怀疑它能直接从铁架顶端跳到桌子上。

安息知道自己不该停下对虫子开枪，可是被捕食者盯住的感觉太可怕了，他手脚都不听使唤，枪身忽然变得沉重无比，好像扳机也被胶水凝住了。

我得动起来，我得动起来才行，安息想，他满脸都是水，自己都不知道自己什么时候哭了。

又一只灰鼠落下来了，掉在离安息更近的地面上，几乎是与此同时，第一只灰鼠后腿微微下蹲，它在准备起跳。

一丝力气再次回到了安息的手臂里，他颤抖着举起枪，而灰鼠猛然发力一跃而起，它跳得比安息想象的还要高，斑秃的头顶几乎擦到了天花板，张开的利嘴和尖爪朝安息的脸飞了过来，他下意识举起枪柄横在面前，紧紧闭上眼睛。

我要死了，安息想，这死亡来得如此快速而突然，他还没来得及回味一生。

他甚至还没来得及度过一生。

“砰！”一声巨大的枪声在他耳畔炸开。

安息猛然睁开眼——自己没有开枪，而几乎快要飞到面前的变异巨鼠从右侧被击中头颅，在空中生生被击飞，脑浆和鲜血洒了一墙。

“砰！”又是一声，地面上的另一只灰鼠朝后仰去，半边身子都被轰烂了。

接下来数发枪声接连响起，安息被炸得耳鸣，废土站在门口，每开一枪就向前走一步，面无表情，呼吸沉稳，好像在面对一个再普通不过的场景。

没有扩容过的猎枪很快子弹告罄，他单手将枪托抡出一个半圆，三只虫子像垃圾一样飞出去，同时左手从后腰摸出一把手枪，连瞄准的时间都几不可见，抬手连发六枪，地上又多了六具尸体。

做完这一切的废土没有看安息一眼，只是从靴子里摸出一把匕首——不是安息之前见过的那一把，而是避难站里生产的标准号，四处走动检查地上的鼠虫残骸，遇到没死透的就补一刀。

最后他从医药废墟里找出半卷没完全烧焦的纱布，把刀柄好好擦拭了一遍，收回小腿外侧放好。

他好像这时候才注意到桌子上站着的安息，问：“你被抓伤了吗？”

安息张着嘴摇摇头。

废土说：“哦，下来。”

安息跌跌撞撞地从桌子上下来，脚一软差点跪在地上，但眼明手快地撑住了桌子。紧张退去后他才感到肌肉酸痛，尤其是肩窝。

“我们，我们上去吧，这里不安全。”安息说，不知道会不会有第二拨变异怪物来袭。

废土却摇了摇头：“不，这里安全，辐射人从上面进来了。”

安息这时候才知道头顶的混乱来自何方——一小拨变异人从地表层侵入了避难站，所有战斗力量都去了上层，而红色警戒响起的那一刻武器库就敞开了，废土趁乱去拿了两把枪、一把刀。

“那我们也得上去帮大家！”安息着急道。

废土低头看他——每次他俩靠近时废土低头看人的样子总带着些蔑视感，他伸出手指拉开安息的领口——他右肩的肩窝全是紫红的瘀血，废土哼了一声，松开他。

“就算我帮不上太多忙我也得去！”安息强调道。

“比起保存人类的火种，去送死更重要吗？不是你自己说小孩子是很重要的？”废土不为所动。

“我不是小孩子了，我得保护大家。”安息坚定地说。

废土再次低头打量面前的孩子——这是他第二次这么做，少年清瘦的骨架摇摇欲坠，白皙的肌肤在满墙怪物残肢内脏的血迹前形成鲜明的美感，他动了动鼻子，安息身上有一种很好闻的味道，类似消毒水，在血液的铁锈味中刺激着他的味蕾。

废土拿过他手中的步枪，把自己的手枪换好子弹交给他，说：“你用这个，我们一层一层地往上走，你跟在我身后，别乱开枪。”

安息用力点头。

他们上行到达十一层，这里只有零星的几只变异鼠，隔着十米的回廊废土抬手一枪一只，飞溅的弹片嵌入墙体，有一片击中铁门包边弹了回来，差点打中他们。

废土看了看手里的枪，说：“你这个改造得太过了点，在小空间里不好发挥。”

安息不吭声——红眼叔叔警告过他的，如果对方还活着，不知道看到楼下被轰成渣的药品站会做何感想。

他贴在废土身后，不敢贴太近，怕影响了他，但又觉得视野完全被这宽阔背脊笼罩很有安全感，他小声说：“第八层还有一个弹药库，里面有更多枪。”

废土停下脚步，立马说：“走。”

随即他们又飞快清理了三层的怪物，这些东西的嗅觉很敏感，喜欢冲着人多的地方去，越往上走怪物就越密集。

到第八层的时候，备用井梯门还没打开，就有一只又一只的巨鼠飞扑过来一头撞在铁栏杆上，废土低声交代：“关门。”

安息连忙死死按住关门键，废土抬起枪轰掉几只眼前的灰鼠，又把枪管伸出栏杆解决掉了回廊上和倒挂在天花板的变异巨虫，才说：“可以了。”

安息松开手，井梯门打开，两人一前一后地走出去。

废土这次走得很慢，竖着耳朵注意听周围的动静，安息也时不时回头看来时的方向，生怕有什么漏网的家伙一声不吭地冲出来。走到三号净水站门前时，废土看着屋里的地上——两只巨大的灰鼠正趴在一个人脸上不停地啃食着，那人手边有一柄短步枪和一只巨鼠的尸体。

废土击飞第一只巨鼠时，第二只巨鼠回过头来——它足有半人长，尖嘴上的毛全被新鲜血液染红了，好像非洲草原上的鬣狗，可它的浅灰色眼珠又那么像人类，散发着不寒而栗的恶意。废土毫不犹豫地开枪打死了正全速冲过来的它——一枪过后它竟然还拖着残破的身体继续挣动了一番。安息也跑了过来，他本想拦住安息叫他不要看的，但又觉得此举毫无必要。

安息看着地上面目全非的尸体——那是他的朋友，也是他的家人，一如这避难站里的所有人。他眼睛一眨不眨，连身体都忘记了颤抖，最终他后退两步，替他关上了门。

这是一个见惯了死亡的孩子，废土想，他看起来就是那种能够活到最后的人。

同伴的尸体似乎刺激到了安息的神经，这次他没再躲到废土身后，反而在前面领着路。废土没有阻拦他，只时不时地开枪解决一些从两侧冲出来的怪物。安息闻着老式枪火的硝烟味，觉得有些什么事在今天变得不一样了。

走廊的尽头就是枪支仓库，里面武器数量不多但种类齐全。废土取下一把型号十分熟悉的能量枪，手指摩挲地摸上爆破模式的扳扭，控制不住肾上腺素飙升的快感，他深吸了一口气，又缓缓地吐出。

很少有什么事叫他兴奋，这是很多人都知道的。

但战斗能，这是少数人才知道的。

他多抓了几把枪背在身上——只选择了口径小杀伤范围精准的类型，

还给安息发了一把短柄匕首，继续往上走。

来到七层的时候，这里已经变成了变异怪物聚集的狂欢之所，两个新鲜的血袋出现无疑加剧了派对的势头，一时间怪物的尖锐叫声此起彼伏，轰炸着二人的耳膜。安息把手枪死死抓在手里端平在眼前，可是废土更快，他双手分别握枪朝着完全不同的方向，几乎是一半靠视觉一半凭借声音地在判断袭击的源头，密集的枪声频频响起，大大小小的怪物应声落地，好像这是一个为他设计的杀戮训练场，而他在这里如履平地。

不知道是不是错觉，安息觉得周围的世界好像突然安静了下来，只剩下了废土开枪的声音。准确地说，是他扣动扳机的声音，平滑的机械零件互相摩擦发力，弹壳飞出弹到地上，还有子弹闷声钻进怪物身体里的声音——它们活着的时候高声尖叫，死亡时却无声无息，以及在这一切嘈杂之中微不可闻的、废土的喘息声。他杀戮的场景像是一出节奏精准的音乐剧，开枪，死亡，开枪，死亡。

丑陋的东西在一个个地消亡。

终于，在打空了三把枪后，地上只剩下堆叠的尸体和抽搐的残片，废土和安息从回廊上退出来，正准备再上一层，头顶忽然响起了广播。

独耳的声音夹杂着微小的电流声："变异人，变异人已经全线歼灭，请伤者立马到医药站 2 号集合，重复一遍，请所有伤者立马到医药站 2 号报道。"

忙着与辐射人作战，他们想必还不知道变异虫鼠的入侵。

两人彼此互看一眼——医药站 2 号就在七层，废土丢下枪，低声飞快道："今天的事，谁也别说。"

他本以为需要花费一番工夫才能说服这个永远充满无数问题的少年，不料安息果断点头："好。"

"但我们在这会被怀疑的，"他说，"我们回楼下去，混乱过后再上来。"

废土看着少年跑开的背影，也迈开步子跟了上去。

自从辐射人和变异怪物入侵一役之后，避难站腹背受敌，损失惨重，财物损失多于人员损失。

但人员损失却是无可挽回的。

人口和资源的微妙平衡，是对每一个辐射避难站的终极考验。

早年避难站出现过一次生育高潮，安息、瓶盖和铟安都是这一时期出生的新人口，在他们五六岁的时候，避难站迎来了艰难的资源紧缺时代——第一批入住建设避难站的人口老龄化，生产力降低，医药成本升高，也就是在那个时候避难站关闭了幸存者广播，开始实行生育隔离。

安息还记得果德里安爷爷从独耳叔叔手中接过一把突击步枪，一包少得可怜的防辐射芯和药品，毅然而颓丧地走出了辐射避难站的大门。安息当时不懂，但铟安在旁边抹眼泪。

果德里安没能从那次“探索”中回来。

像他一样自己离开的老人还有很多。

安息自告奋勇地去恢复十二层的设施——大家清理上六层花了不少时间，到楼下一看都惊呆了，可问安息也问不出个所以然——少年抱着自己改装的枪睁大眼睛摇头，再问就会瘪嘴哭出来的样子。

“你们都把我忘了，好多虫子，呜——”

独耳连忙头疼地打断他：“好了好了，现在没空管你，尸体抬走之后你就自己先收拾着吧，有多余的人手再送下来帮你。”他想了想又说，“给你换把枪，你小心点。”

安息忘记装哭，高兴地跑了。

七层医疗站的伤患太多，废土被撵了出来，他一瘸一拐地往外溜达，随口说：“我下去帮他。”

医疗站里隔离的一名伤患开始变异了，一时间令人惊心的惨叫响彻整个回廊，混乱的机械声和人声混杂在一起，没人有空听他说什么，他挑挑眉自己走了。

井梯慢慢驶过每一层，废土发现所有怪物的尸体都被拖走，但血迹还铺开在墙上，反而比尸体还在的时候更加可怖，好像撤兵后的战时集中营。他来到负十二层，看见回廊尽头的房间里有灯光，迈开步子走了过去，腿脚灵便，一点也不瘸。

安息正低头瞅着倒塌的货架发愁，他找来了一根建筑钢管，把凳子摆在中间做支架，费了九牛二虎之力将货架撬起来三厘米的高度。

废土有些无语地看着他，走进来双手撑住钢架，一使劲就扶起来了。

里面残破的药盒药罐哗啦啦倒了一地。

安息看着他，露出一排白牙。废土瞧着他手里的杠杆，心想：“也不知道这算是脑子好用还是不好用。”

安息问：“没人怀疑你吧？”

废土摇摇头，说：“没空。”

安息又笑起来，说：“独耳叔叔记性很好，过段时间就会来算账了，不过没关系，到时候我会保护你的。”

又说要保护他，废土低头看面前少年的细胳膊细腿——他到底对自己有什么误解？

安息蹲在地上，把能用不能用的药品和原料分开摆放，哼着歌，好像在做什么有趣的事。废土也左右看，寻思着还能顺点什么东西走。

安息抱着一盒幸存的止血膏，又冲着他嘻嘻哈哈地笑起来。

废土皱着眉看他：“干吗？”

安息说：“我就知道你跟我们不一样，你肯定不是从避难站走丢的。”

废土“哦”了一声，说：“也许我是避难站专门探索废土的‘战士’。”

安息眯着眼摇摇头，一副“我都知道了你就别骗我”的表情：“红眼叔叔和维格叔叔都是‘战士’，他们可不是你这样。”

废土皮笑肉不笑：“我哪样？”

安息摇头晃脑：“你吃不惯避难站的东西，也不适应固定的作息表，而且用枪用刀那么厉害！”

“也许只是我来的避难站比较不同呢？”废土随口反问。

安息不好糊弄，又列举了一大堆证据——他跟踪狂的本性尽显，手舞足蹈地发表观察感言。

废土抬眼看他，良久没有说话，才抱着手歪了歪头，问：“你真想知道？”

安息立马丢了手里的东西，满眼冒光地点头。

废土看了一眼满地珍贵的药品，克制住想去捡的冲动，才清了清嗓子，说：“我不常驻于任何一个避难站，我们随团旅行，我是一名赏金猎人。”

安息听到“赏金猎人”这几个字后眼睛又睁大了一圈，但是什么也没说，半天才问：“那……那是什么？”

废土说：“就像万事屋一样的，避难站给我们发任务，我们就接任务，比如清扫避难站周围的变异人据点，或者护送生育资源的转移什么的。”

安息的嘴巴张大了：“好，好酷啊。”

“作为回报，避难站支付给我们食物、药品、武器和水，以及……”他可疑地停住了，改口道，“之类的。”

“还有呢还有呢？”安息问。

“还有什么？”废土有点后悔起了个头，他预感接下来的问题又要没完没了了。

“生育资源是女性的意思吗？你们把女生送来送去的，在废土上不会很危险吗？”安息生命中不认识太多女性，除了自己的母亲和钿安之外再没有熟悉的。

废土满不在乎：“危险啊，所以才需要我们这样的人。”

安息畅想了一下满满的变异大老鼠，在黄沙漫漫的地表毫无阻拦地爬行，觉得地球实在是太危险了。

废土听罢哼笑了一声，说：“在废土之上，变异老鼠是你能看到的最亲切的东西，小小的老鼠和蟑螂固然生命力顽强，但好歹不过是小虫子，那些大家伙变异起来……”

安息缓缓抽了一口凉气，有点害怕又有点兴奋地问：“那……最可怕，最可怕的变异生物是什么？”

废土低头看着他，说：“是人。”

消化了一会儿他的话，安息又问：“白天外面温度很高吧，我有时候在四层都觉得热了。”

废土说：“白天温度高，但是变异人少啊，那些家伙怕脱水，一般不会出来，除非……”

安息：“除非？”

废土又改了口：“没什么，希望你们永远不会遇上。”

可安息的好奇心被挑了起来，巴着他不放——不知为何在昨天的生死存亡之后，他忽然对废土升起了极大的亲近感，本来尚存的一丝畏惧也消失了。

“行了行了，”废土烦不胜烦，打断他，“换我问问你吧。”

安息把爪子搭在桌子上，摇着尾巴说：“你问。”

废土想了想，说：“你为什么叫安息？”

安息说：“因为我是在黑色安息日出生的啊。”

废土道：“这名字真不吉利。”

安息不太在意地晃晃脑袋，说：“还有呢？”

“还有……你们这一共几个医疗站和武器库？”废土问。

安息秒答：“一个医疗站，就是你住的那个。两个药品制造坊，楼上一个，这里是第二个，不过这一个一直没怎么投入使用，人手不够。武器库嘛就只有两个，我带你去过的。六层还有一个武器研发室，说是这么说啦，其实也就是把探索废土缴获回来的武器修一修，别的也做不了什么。”

“你们这么大一个站，武器确实不多。”废土说，空房间也挺多的。

安息眼睛转了转，像个想要引起老师注意的前排学生：“原来有五六个‘战士’的，可是……太危险了，好几个出去就没回来，现在也不怎么派人出去探索废土了。”

经他提醒，废土想起来什么，又问：“防辐射芯你们站也能产？”

“可以啊，”安息点点头，“八层的第一个房间。”

废土听完沉默了一会儿，像是在寻思着什么。安息等了半天也没等到下一个问题，不老实地在凳子上挪了挪，问：“还有呢？”

“还有……”废土闻言抬起目光，环视了一圈屋子，“这里还能用吗？”

“怎么不行，蒸馏仪还好好的。”安息说。

他口中“好好的”蒸馏仪上全是凹陷的弹痕，乍看下千疮百孔，饱经沧桑。安息摸着蒸馏罐的外壁安慰它：“嘘，哦没事没事。”

废土有点哭笑不得，但仍旧一脸面瘫。

安息说：“我检查过了，没什么太大的损失啊，你看，连桌子都没坏。”

废土看着胡乱撒了一地的、在外面高价还求之不得的各类医药品，心痛。

爱财是赏金猎人的通病。

“而且，隔壁的药品仓库完全没事呢，”安息说，“虫子没钻进去。好神奇啊，分明就在隔壁。这边损失的药嘛……我大概两周就能做出来了。”

废土看了他半晌，说：“在外面的赏金旅行团里，医生可是稀有资源，机械师也是……”

安息听懂了，笑得眼睛都眯起来：“我这样的机械师加医生，一定可稀罕了吧！”

第三章　外来者的用处

由于废土给安息科普了不少枪械知识，安息已经不能满足于手上这杆老旧的古董了。他想起之前在废土大战变异怪的时候，似乎很青睐其中两把能量枪，而且他用起来的样子……真是……叫人血液沸腾，仿佛这些枪生来就该被这样尽情使用，而住在弹药房里是对它们巨大的浪费和亏欠。

安息下决心自己也得提高战斗技巧——本来他是从没有过这种想法的，非“战士”编制的成员也没有那个时间去接受武器培训。可如同万万千千在熄灯后悄悄在床边做俯卧撑的男孩子一样，安息也想再改变点什么。

长得更高一些，再练得更壮一些，就像，就像废土一样。

安息花了两天时间，把十二层的体能训练室也打扫出来了，废土看过后也挺喜欢——他面上什么也没说，但确实更加频繁地出现在十二层，原本闲聊的二十分钟也突增为包括体能训练的一个半小时。

安息有点担心他的伤口，可他使用的砝码重量仍然是安息的三倍。他先是活动一下关节，他管那叫“热身”，然后开始做一些重量的训练，隔天他又加了一些引体向上和平板支撑之类的动作，最后他会原地高抬腿快速跑动十五分钟，然后在窄小的房间里迅速地折返跑对角，直到大汗淋漓。

安息也学他的样子跑对角——要一直不停地带动腹肌进行提速和刹车，几圈之后就瘫在了地上。

废土嫌他碍事，轻轻踹了踹他小腿，安息抱着胳膊滚了两圈，换了一个不那么碍眼的角落继续瘫着，看废土运动。

废土脱了上衣——他腰间的止血绷带已经全拆掉，肌理分明的健美侧腰有一道黑色的伤口，像是烧焦了的肉，卷着边，典型的辐射毒素伤，狰狞地破坏着这具美丽身体的全貌。

再往上看，他厚实的胸肌随着双臂用力而鼓起，汗水均匀揉开在优美的弧面上，反射着灯光的亮度，又炙热又神圣，十分奇妙。他的上臂很壮，难怪可以轻轻松松抬起一副铁架，上臂到小臂的线条优美匀称，外手腕有一块突起得很好看的骨头。

废土练完一组，弯腰放下了器械微微背过身去，开始负重深蹲——两条背肌之间有一条深邃的凹陷，大腿肌肉绷紧没什么弹力的裤腿。安息思索片刻，把脚丫子朝天花板支棱起来，空落落的裤管瞬间滑下，一条细细的腿反射着惨白的灯光。

废土做完整组运动，抄起水壶猛灌了两口，垂下眼睛看安息。少年不懂掩藏也不知畏惧的坦然眼光对上他的——显得有些茫然，又透着些机灵，他双手枕在脑后，露出一截肚子，脚尖悠闲地来回晃动。废土移开目光，又喝了一口水，把盖子拧紧，上衣搭在肩上。

安息开口问："你要回去啦？"

废土"唔"了一声。安息又说："你腰上的伤好得有些慢，我做了一种新的解毒素，你要不要点？"

废土草草穿好上衣，低声说好。

此时屋外忽然传来响动，两人俱是一愣，安息从地上跳起来趴到门边——至少有两个人的脚步声。所幸脚步声停在了走廊的第一个房间门口——独耳似乎是打开了那个空休息室的门，说："就这里就行，打扫打扫。"

另一个人的声音响起——是 2 号餐厅的芙罗伊："可以，你跟钿安和红茶说了吗？"

安息竖起耳朵，把门偷偷打开一条缝以便听得更清楚，废土虽然瞪了他一眼，但也没说什么。

两人交谈的声音更加清晰："还没，红茶大概是知道了。"

芙罗伊问："她怎么说？"

独耳："没说什么特别的，她能理解，就像你一样，接受得也很快。"

芙罗伊叹了口气："毕竟我们年纪大一点，钿安才刚成年。"

独耳说："是'已经'成年了，在避难站来说已经算……"

安息听得一头雾水，试图发出气音询问废土——刚说了一个字就被捂住了嘴巴。

"那……那个外来者呢，你跟他说了吗？"芙罗伊又问，安息停止挣动，耳朵竖得尖尖的。

独耳说："还没，不过他的命是咱们救的，找他要他两年时间和一些精子应该不算太过分吧。"

两年，精子？

安息呆住了——他明白了，谜题终于有了答案，破例救下外来者，不是为了未来探索废土，也不是为了让避难站多一个人手，而是要利用外来基因，来稀释避难站的血缘。

安息知道"生育隔离"是怎么一回事，为了防止串种，被指派作为生育资源的男女会被隔离在一个区域不得与外人接触，直到怀孕。

不，应该是直到怀孕，生产，再怀孕，直到避难站有足够多的新生儿。

而钿安、红茶和芙罗伊都出自一名母亲，分别跟不同的男性交配也纯粹是浪费资源，还不如全部指派给完全陌生的外来者——这名基因优良的提供者。

安息手脚脱力，挂在废土一只手臂上，被拖回房间里。废土关上了房门。

两人无言地在地板上坐着，之前因为运动而灼热起来的空气温度尽失，独耳和芙罗伊似乎完成了查看，脚步声渐渐远去。废土有些烦躁地用脚尖蹭了蹭墙根的灰，回头想说些什么，却吓了一跳。

"你哭什么？"废土吃惊地问。

不问还好，一问之下安息更是放开嗓子大哭了起来，他觉得自己被夹在水泥浇筑的墙里，胃里的空气都被压走了。他觉得委屈极了，难过得天旋地转，心肝发疼。

废土有点被这阵仗震住了，又问了一遍："你哭什么啊？"

"你难道，你难道不难过吗？"安息打了个哭嗝，"他们，他们要把你关起来，做，做生育机器，呜……"

所以说啊……废土无奈了："那你哭什么。"

安息提高音量：“我！我不想看你这样被利用啊！”

废土蹲在安息面前，手肘撑住膝盖，冲他挑起一边眉毛：“那你姐姐呢，她被作为生育机器就行吗？”

安息被噎了一下，反驳道：“不是的，我也是难过的。”

钿安和芙罗伊都是在避难站接受教育长大的，她们从小就知道自己作为站里的一员——不，应该说是作为这个萧条时代的女性，总是有一些不可逃避的责任和宿命，只是年纪小的时候，总觉得未来无限遥远。

而长大就是一瞬间的事。

“还是……你也觉得，女性作为生育资源，就该承受这些责任？”废土逗他。

安息仔细思考了一下，才缓缓地摇摇头。

不是女性，是所有人。

只是……只是废土不是任何辐射避难站的成员，他还以为他的宿命会有所不同。

总得有人能够离开，能够逃走，能够自由吧。

废土被拴上锁链，是他最不能接受的场景。

沉默了一会儿后，废土的声音忽然响起：“其实我早就知道了。”

“什么？”安息猛地抬起头，扯到了他后脖子的筋，眼冒金星，可他没空管，“你知道了？”

“对，猜到了，”废土说，他忽然露出了一个有些狡诈的笑容——这还是他第一次笑，“不然你以为，我的伤为什么好得那么慢？”

安息呆愣地眨了眨眼睛，才结结巴巴地说：“你，你是故意，故意的。”

废土点头。

安息像是一个知道了正确答案想拼命赶在别人之前说出口的学生一样，飞快地说道：“因为体内还有辐射残留的话是不可能成为‘捐献者’的，所以你故意不让伤口快好，从我这拿去的药也没吃过！”

废土又点了点头。

安息又愣了一会儿，还没来得及开心，耳朵又耷拉下去，低落道：“可是，伤总有一天还是要好的。”

能拖多久呢。

看着废土仍旧挂着波澜不惊的表情，安息终于感到愤怒：“如果是这样的话，你今后的命运就要改变了啊，你难道不想离开这里，回到地表上过自由自在的生活吗？你怎么还能这么无所谓啊！”

废土平静地反问：“所以，你到底在着急什么啊。”

安息微张着嘴，吸了好几口气，也找不出正确的词句。

废土沉静的嗓音和他的气急败坏形成了鲜明的对比：“所以你是希望我留下呢，还是希望我离开？”

安息呆住了，他喜欢这个新鲜的外来者，期待他每天下楼来锻炼，即使对方几乎总是不耐烦，但自己也能从他只言片语的应答中拼凑出更多关于外面世界的模样。但与此同时，他又不忍心把外来者关进笼子——即使自己也住在同一个笼子里。安息毫不怀疑，一旦废土离开，自己这辈子可能将再也无法遇见他，那些没听过的故事，那些没见过的景色，都只能埋藏在幻想中。但如果废土留下，变成他们中的一员，他的存在也将慢慢湮没，他和世界的联结终将消失，就像这地下的所有人。

安息第一次感觉到自己失去了直视对方的能力，头脑发麻地说：“不是的，我的意思是……”

“那你什么意思？”废土蹲下身，手肘搁在膝盖上，微微歪着头，饶有兴趣地打量他。感受到压力的安息不得不向后仰去，皱着眉头抬眼看他。

废土挡住了一部分灯光，眼睛里倒映出受惊的自己。

安息茫然地睁着眼睛：“什么意思，我不知道……”

废土却笑了，短短的几分钟里，他竟然笑了两次：“你不知道？可是我知道，我从见你第一面的时候就知道了，你看我的眼神，无时无刻不在吐露你的意思。”

安息惊疑不定地瞪着他。两人僵持了一会儿，废土稍稍退回了些许，竖起一根手指，指着天花板，但似乎又指着上面更高许多的地方：“我不是你的眼睛，也不是你的腿，给你讲再多故事，那些故事也不会变成你的。”

“哦……哦。”安息嗫嚅地答。

“但是你有没有想过，其实还有第三条道路。”废土语焉不详地说。

“是什么？”安息茫然地反问。

“是什么呢？”废土不置可否，“就像这样。”

他打开门，一脚迈了出去，比了个“再见”的手势，消失在了门口。

这一日，安息正照着一个不全的方子研究制药内容——看起来他完全失败了，颜色变得非常不对劲的药剂半成品散发出令人不安的气味，他连忙打开所有通风系统——虽然用处有限。安息搬凳子去抵在门口叫门不要自动关上时，井梯缓缓降下来了。

安息靠在门边嘿嘿傻笑，忽然发现井梯里不止有一双鞋，瞬间表情有些凝固。然后井梯完全降下来了，里面站着几个避难站的大人，他们抬头看见安息时也愣了一下，似乎才想起来他还在这里。

他们简单地和安息点头打了个招呼，拐进了直梯左手的第一间房——之后的一个小时里，他们将那个房间快速地打扫了一番，又陆陆续续往里面搬了不少东西。这一切结束之后，一群人离开了十二层，从头到尾也没和安息说一句话。

直到下午，十二层才又迎来了第二拨访客。废土推门进来，问：“今天你怎么没去吃饭？”他又自嘲地笑了笑，“如果那鬼东西也能叫食物的话……”

安息一声不吭，继续擦起了一桌子的玻璃器皿。

玻璃制品是避难站里最不缺的东西了，只要有砂子和火就能得到。安息把它们擦得吱吱作响，好像有什么深仇大恨一样。

废土终于发现不对劲，绕到他面前：“怎么蔫儿了？”

安息终于等到机会，嚷嚷道：“来不及啦！他们，他们把休息室布置好了，肯定是要你……要你……”

他每天都能在废土锻炼的时候窥见一点废土的身体，自然知道不论再怎么用力拖延，废土的辐射伤还是稳步好转了——他身体素质太好，修复伤口的能力很强，如今那道狰狞的黑口已经变成粉色的新肉。

废土本来从药架背后摸出一把安息从武器库偷下来的冲锋枪，正端着左右仔细看，闻言挑起眉毛：“这么快？我去看看。”

说罢他还真的甩下安息站起来走了，安息愣了愣，抽着鼻子丢下玻璃量杯也跟上他。

不得不说，虽然简陋，但休息室里面布置得挺好。罕见的暖色灯光照亮了不大的一居室——房间中间摆着一张六人坐的铁皮桌和几把样式不统一的凳子——竟然还细心地加上了坐垫。桌子上摆放着避难站唯一的一个盆栽——当然了，里面的植物早就死了，但这干枯的枝干也是避难站难得的木头制品。

房间里最为醒目的还是靠墙摆着的大床——不是不锈钢的上下铺，竟然是一张双人床，废土上手摸了一下——可惜，床具不是棉布，是化纤的。

安息已经走到内间了——里面有一个小小的盥洗池，一个半人高的水龙头和一副搁板，搁板上准备了多人份的漱口剂，安息从镜子里看到了愁眉苦脸的自己。

他走出盥洗室，发现废土正饶有兴致地东看西摸，还在床上坐了坐，评价道："这个还挺舒服。"

安息忽然想到，也许废土并没那么介意这件事，在女性这么稀有的年代，拥有着优秀身体素质的男人能够不用工作还吃喝不愁，每天和不同女性繁衍下一代，也不失为一种安逸的生活。他想到废土第一日被救进来时的样子，失去意识，浑身血污，自己却还只想着要他回到危险的沙漠里冒险。

他觉得自己快分裂了。

废土微微后仰，手撑在床上招呼安息："过来坐。"

安息摇摇头没有过去，像棵枯萎的小盆栽立在屋子正中："我还是不明白，你说的第三条路是什么。"

废土坐在床上，双手撑在腰后，跷着腿，不太在意地说："想不出来就别想了。"

安息不服气道："你的伤不可能一辈子不好，独耳叔叔花了那么大价钱救你，不会轻易放你走的。"

废土把长腿放下来，胳膊肘搭在膝盖上，侵略性很强地看着他："你认为，如果我真的想走，你们这里有人能拦住我？"

安息讪讪的，心底隐隐又有点崇拜，但仍然嘴硬道："那你怎么还不走？"

"这不是等你嘛。"废土说。

"等我？"安息意外极了，还没来得及多问什么，却忽然有什么声音钻进他耳膜，窸窸窣窣的。安息瞪着眼、梗着脖子瞅见两只体型不大的变异蟑螂从开裂的墙缝里探出了触须。

安息头皮炸开，但废土动作更快，顺手抄起放在床上的枪，扬手就把其中一只虫子打了个稀烂。

他神色还是懒洋洋的，杀戮和冷酷糅杂在他身上，变成了一种奇怪的气质。他有点无语地说："让一让，你挡着我不好开枪。"

安息回头发现因为角度关系，另一只虫子已经摸到了他的脚边，立刻一蹦老高跳到床上。他横冲直撞，像是一只误入农舍的小鹿，一头撞在了看门狗的鼻子上。废土眼冒金星，迅速就把他手腕捏在一处压在身侧，抬腿一脚踩住虫子背上坚硬的甲壳，抽出匕首扎了个对穿。

"怎么还咬人？"废土鼻梁泛酸，拎着安息左右摇晃。

安息本来心中就纠结，又被吓了一大跳，眼泪吧嗒吧嗒地往下掉。废土无奈道："怎么又哭了……"

"你不哭了我就告诉你一个秘密。"废土说。

安息停下了一瞬间，又有些狐疑地持续反抗了一番，他瘪着嘴："随便你说什么……"

废土问："你想不想跟我一起走？"

安息眨了眨眼睛，茫然的样子十分可爱，呆滞道："啊？"

废土又说："跟我一起走，离开这儿，你不是一直想看看废土外面什么样吗？"

安息完全蒙了，结结巴巴的："什，什么？怎么……"

废土说："我松开你咯？你不要再打人。"

安息点点头，坐起来，目不转睛地盯着他。

"我不是跟你说过我的工作是赏金猎人吗，我干这一行也挺多年了，存了不少钱，可以够……够我买一个小型循环艇。"

安息继续眨眼睛，目不转睛地，还在等他下面一句。

废土瞪起眼睛："你不会不知道那是个什么东西吧。"

安息果断道："那是个什么东西？"

废土撑着额头："那……你知道什么是虚摩提吗？"

安息说："哦哦我知道，是一个有水的地方！"

废土无言了："呃……也对，虚摩提是海上的新城，那里有丰富的水源和生育资源，远离地表沙尘污染，也没有什么变异物种的威胁。”

安息惊呆了：“这么好？那我们为什么不去那儿住？”

废土有些了然地解释道：“所以你们站的大人从来不会告诉你们这些，因为知道了有这种地方，谁还愿意留在避难站。很可惜，新城的面积十分有限，第一批的‘新城创世神’都是当时最有权有势、手握垄断性资源和技术的人，这些资源和技术虽然不能支持他们移民太空，但却能造出一个反重力的伊甸园。在那里，只有‘神’和他们的后代获得了居住权，普通人穷极一生也不可能凑起入门的价码，毕竟……我们一辈子都只是在和温饱做斗争而已。”

“但是，在虚摩提主城外围靠近海岸的地方，还有不少流民区，”废土接着说，“这些人虽然过不上新城的生活，但也至少有了安全和水源的保障，这些人住在大小不一的循环艇里，也比废土好上一万倍。”

安息呆呆地问：“然后你说……你凑够买这个艇的钱了？”

废土点点头：“大部分的钱我存在了……一个朋友那里，还差最后一小部分……这也是我接了上一个任务的原因，按理说我平时不会接这么危险的任务，但是人到快要成功的时候总容易浮躁。”

“然后你受伤了，被我们找到了。”安息说。

废土又点了点头。

安息觉得有太多信息需要消化，半天才问：“那……如果大家都想去艇里住，你的朋友不会拿上你的钱跑掉吗？”

废土有些吃惊地看着他——他还以为安息在这样单纯的环境里长大，对人心毫无防备，他笑了笑，说：“这个人应该不会。”

安息“哦”了一声，表情还是傻乎乎的。废土等了一会儿，又问：“怎么样？跟我一起，离开这里吧。”

第二卷

第四章 第一个太阳

每周六夜里十点，避难站会组织大家在三层看电影——电影存货统共只有十部，还是数年来缓慢收集的成果，而且每次观影时间只有不多不少一个小时，不管看到什么地方，十一点准时放熄灯广播。

尽管每部电影安息都看过二十遍以上，这依旧是他每周最喜欢的一个小时，尤其是现在，废土也会加入看电影的行列，在黑暗的房间最后一排，两人若无其事地坐在一起。

废土对电影毫无兴趣，如果看起了兴趣他更火大——哪有电影放到一半就收摊的？有一次甚至还有二十分钟就要大结局的时候，吹响了熄灯号，周围的人还都一脸理所应当的表情，瞬间走了个精光，他连生气都找不着对象。

自从那日目睹繁育休息室布置好之后，一切都显得紧促起来——废土被进行了一次恳切的“谈话”，他在面无表情之余很勉强地表露出了一丝丝吃惊——面对避难站的要求，他表示自己需要“考虑一下”，随意地拖延时间。但实际上，两人都暗自忙碌，准备着离开避难站的药品、物资和食物。

没错，避难站的小孩安息，要离开辐射避难站了。

他负责把避难站所有隐藏通道和换班流程全部写了下来，废土拿走核对，两日后带着笔记回来，再布置下一个任务。有时候，安息想和他说说别的，再问问更多关于外面世界的情况，以免自己什么也不知道，心里空坠坠地充满不安。每当这时，废土都会难能可贵地多说几个字，例如“不必担心”“我都安排好了”“到时候你就知道”，再匆匆离去。

反正和我说也派不上什么用场，总是问废土大概也会烦，安息默默想。

两人除了这类短暂的交接之外，就只有在饭点时间才能打个照面，废土离开“餐厅”的时候总是恰好和进门的安息错身而过，然后头也不回地走掉。

安息过去不是没有幻想过自己有一天会离开这里——孑然一身地，像是带着赴死的慷慨和果敢，像是无数个曾经离开这里的老人，虽然悲伤，但没有一丝拖泥带水。

可原来他的离开是这样的，充满了烦琐的细节和深沉的构思，闻起来全是谎言和欺瞒的味道。

白天还好，到了夜晚，安息就会盯着上铺的床板发呆——他一会儿想想自己以后在废土上是不是能生存下去，一会儿又想他走了避难站的人们会不会想念自己，有时他不确定自己的决定是否太过草率，但转瞬又觉得其他结局都更叫他难以接受。

无论是废土留下来和女人生子，还是他独自离去——就像从未到访过一样。避难站的其他人在数年后也许还能依稀记得曾经有一个外来者到过这里，他靴底的泥沙和额发下的眼睛，都会被掩埋在无趣的日子里。

两人约定离开的日子是一个寻常的周三。

清晨的某一个瞬间，安息突然睁开了眼睛。起床广播还没有响，整个宿舍只有轻微的鼾声，墙角的应急灯幽幽地亮着，整个世界静谧而平和。安息想，他曾经无数次梦想过这一天的到来，但是这一天竟然真的到来了。

然后他就睁着双眼一动不动，直到起床广播响起，周围传来床板的吱呀声和布料摩擦声，安息面无表情地坐起来穿衣服。

他一如往常地随着大家一起上楼吃早饭。

他今天特意挑了一个角落的位置，抱着餐盘环视就餐的众人——大部分人睡眼惺忪无精打采，也有个别在有一搭没一搭地小声私语，所有人穿着一模一样的灰蓝色麻纤上衣和深灰色宽裤，身高体型和发色都相仿，像是坐了满堂复制人的念头叫安息不寒而栗。

此时此刻他忽然第一次清晰地意识到，自己是真的厌倦了这样的人生。

可是有一个人和他们不一样，废土今天早来了餐厅一会儿，他比所有人都高出一截，存在感盛于旁人百倍——废土将一头遮头盖脸的棕发尽数推掉，留下短短的发根贴着头皮，露出干净的耳朵和两个环圈状的银色耳钉。他还刮了胡子，露出后脖颈延伸过来的一片文身，他立体的额头和颧骨坦然承接着白炽灯的光，眉骨下压，眼窝深邃，鼻梁高挺，显得又精神又硬汉，英俊得就像安息最初幻想中的那个举着宝剑的英雄。

好几桌人都频频回过头去看废土，餐厅里静了片刻，又嘈杂地嗡嗡起来。废土一概不管，单手接过餐盘，目光越过整间大厅和安息对上。

他微不可见地朝他挑挑眉，露出一个稍纵即逝的笑。

安息必须要努力控制自己的呼吸频率才不至于颤抖起来。

这一个眼神的对视之后，两人的目光再无交汇。安息吃好后归还了餐盘，从废土桌边走过离开，连脚步都不曾放慢。

他知道自己不会停顿了，他也不再回头，他要离开辐射避难站，要离开这个他生活了十六年的世界了。

然后安息度过了自己在避难站里最短暂也是最漫长的一天。

他情难自禁地驻足于每层楼的每条长廊——妈妈曾经在这条水管边的墙壁上刻下他的身高，一条条的小短线记录了他的成长。他现在已经比最上面那条线还高出很多了，只是再也没有人帮他刻画。

安息背对墙壁，在头顶摸索着画下一条线，旁边写上“妈妈再见”。

然后他来到自己第一次帮忙打杂的小仓库，他已经没有了这里的钥匙，但门能用铜线轻易捅开。安息找出角落里一把散架的红色人造革椅子——他和红茶以前老是抢着坐这把舒适的椅子，直到它皮革开裂，里面的脏棉花全跑了出来。

安息又来到他最喜爱的电影室。他挨个摸过仅仅十部却仍按照字母排序的影片盒，又多摸了那部《末路狂花》几遍，心里确定自己记住了其中每个细节，不会忘记，才收回手。

负责这个房间的伯伯刚巧路过，朝着他笑：“我们安息也快要过生日了，到时候放你最喜欢的电影给你看。”

安息看着他——看着他脸上的皱纹和银色的鬓角，忽然意识到自己并不像他想的那样——在妈妈去世后就失去了最后的亲人。不，这里每一个人都是他的亲人，他不是他们的孩子，但他也是他们的孩子。

可是，他已经在这里度过了青春，不能在这里度过一生。

于是安息也弯起眼睛对他笑，虽然他心里知道自己再也看不到这部电影了。

安息随后来到他工作过三年的净水站，瓶盖瞧见他惊喜地凑到门口，小声说："你怎么还不下去，小心又被发现旷工。"

安息还没说话，他又高兴起来："但是你走之后，他们终于给咱换了个新阀门，自动变压的，还有安全栓，你肯定喜欢，过两天独耳叔叔不生气了，你就可以用了。"

安息想伸手抱抱他，但只是一瞬间的念头，他点点头，说："原来那个锈得不成样子，早该换了。"

最后，他回到了十二层，回到了这个鲜少有人涉足的小天地，检查了一遍藏在角落里的远行背包，仔细核对了一番废土给他的清单，然后把背包再次藏好，回到他的药剂蒸馏皿前，静静等待离别的钟点。

下午五点，是避难站最安静的时刻。

午后的困意到达顶峰，白天领取的饮用水几乎见底，离晚饭供应又还有一小阵子，地表的废土正接受着太阳最炙热的烘烤，变异生物奄奄一息。

安息把远行背包放在一个手推车里，盖上医药站的白色罩布，面色如常地进了垂直井梯。井梯缓缓爬行，到达六层时，井梯难得地停在了恰当的高度上，等在这里的废土迈了进来，宛若他只是要借个顺风梯。

安息说："这次倒是停得不上不下刚刚好。"好像他只是随意和同乘的人闲聊。

"以后就没有什么'不上不下刚刚好'了，"废土说，他双手垂握，两腿略分，双眼直视前方，"外面只有零和一百，零是死，一百是生。"

他侧过脸来，低头看着安息："你确定吗？你准备好了吗？"

安息说："我有一百那么确定。"

两人毫无阻碍地来到二层，途中竟然没有遇到一个人。废土掌着推车，安息快速撬开了右手第三个房间门——这是一个小型军火库，和地表大厅相连，方便有变异人入侵时迅速获得补给。两人将远行包分别背上——安息包里只有一些很轻的杂物，戴稳防晒面罩，插上呼吸过滤芯。

废土果断从架子上选了一系列枪支弹药和充能槽，全身上下竟是背了不下四十公斤的东西。

安息把靠墙的垂梯放下来，爬了几步但迟迟没有推开头顶的旋盖——废土站在他脚下手撑着梯子，两人一齐静静等着。

头顶是避难站防卫最为森严也是最为宽松的地方，森严的是由这里进入，而宽松的是从这里离开。

安息对着表，耳朵捕捉到一些微弱的声响，他知道那是这一轮的地表值班岗要换人了。他们会最后检查一遍设备，然后到二层也就是隔壁的休息室叫下一轮的同事，加上值班队每次离开地表大厅时都会锁上第二道超重立方氮化硼大门，一关一开之间，有五分钟的间隙供他们利用。

沉重的关门声隐隐传来，安息立马旋动顶盖爬了出去，他急匆匆跑到大门边，开始一道锁一道锁地层层开启——这道门只有自动关门上锁系统，开门只能手动。

废土把地上的盖子合好，也凑过来看他开门——这是安息第一次亲手做这个，太过紧张，十分不流畅，劲儿又不够大，好几个大型方向盘力臂他都转不太动。废土连忙上手帮他，却差点扭反方向将扳手完全拧死。

虽然明知道应该是幻觉，但安息还是觉得他听见了井梯上行的声音。

安息额头渗出细汗——他穿了防辐射的罩服，又站在温度最高的地表层，心跳如擂鼓。终于，最后一道锁啪嗒打开了，废土用力一推，剧烈的阳光从门缝间倾泻而入。

安息完全愣住了。

他瞪着这道金红色的强光，似乎不认识它，又似乎不敢相信这真的是它。直到废土拉了拉他的胳膊，把他拽出门外，又回身顶上了门。

身后的巨门咔嗒咔嗒地自动上起了锁，安息被太阳光刺得根本睁不开眼睛，只能低头看着地上——他的靴子踩在黄色的沙砾上，踩在干涸的皮肤上，踩在龟裂的大地上。

这种黄色——这种漫天席地的黄色，这种一望无际的黄色，高温扭曲了它的边界，好像落叶一样脆弱，好像宇宙一样宏伟。

“别哭了，节省点水分，”废土说，“欢迎来到废土世界。”

出了避难站后，两人一路向西。

说是向西，其实安息一点概念也没有，地表上展目四望都是一模一样的景象——漫漫黄土上跑着几株干枯的风滚草，严重风化的耸立岩石是唯一的地貌景观，远处的空气因为高温而发生扭曲，隐隐可以看见沙尘暴和天空都连在了一起。走了一个多小时之后，安息明显感到体力下降得厉害，脚底开始发疼，口鼻处全是灰尘的味道，散落下来的发丝黏在额头上，背包压得他肩膀酸痛不已。

安息不但走累了，没吃晚饭的肚子还开始咕咕叫，情绪逐渐低落。他之前畅想着出来后是怎样酷炫的冒险征途，结果却只有无尽的跋涉，整个人都闷闷的。他抬头看着步伐频率都不曾改变的废土——隔着面具聊不上什么天，而且他也实在是累得懒得说话。

废土注意到他体力不支，说："还有不到两个小时天就要黑了，天黑之前得赶到落脚点。"

安息强打起精神，问："落脚点是什么样的？是另外一个避难站吗？"

废土不无讽刺地笑了："怎么可能，你觉得避难站真的会开放给人'避难'？"

安息想了想，讪讪地不吭声了。

他又埋着头跟着废土走了一阵子，呼吸逐渐沉重起来。废土回头看了他几次，提醒道："你别老盯着地，看前面，不容易累。"

安息瘪着嘴——太阳已经来到了他们正前方，金红色的余晖照得他根本睁不开眼，他蹭到废土高大的身影后面躲着，试图踩他的影子，洗脑自己只是在玩一个游戏，而不是遥遥无期地行军。

期间他又停下来喝了好几次水，废土看着想说些什么，但最终放弃开口，不作声地把自己的水又分了他一些，接过他的背包挂在肩上，满面忧心忡忡。

安息赶紧打包票："我只是一时不适应！我可以走的。"

废土说："那好吧，快到了。"

太阳快接近地平线的时候，废土终于说到了。安息茫然地左右四望，想象中的避难小屋没有出现，面前除了一座石头小山什么也没有。他看着废土，废土指着坡顶。

安息睁大眼睛，惊恐地摇了摇头。

废土面无表情地点了点头。

安息欲哭无泪，但也没有办法，不情不愿地趴在角度十分陡峭的崖边向上蹬。废土指出了一条十分隐秘的路，虽然安息完全不觉得那是什么路，不过有几个钉进去方便抓踩的铁圈而已。他先上，废土跟在下面，被安息踩滑的小石子砸中他头顶，废土眼睛都没眨。

才爬了一小半，安息就不动弹了，抓在原地，趴在陡峭的岩壁上。废土抬头看他，只见他膝盖微微颤抖，低着头不知在想什么。

“安息，别往下看，”废土想了想，又补充道，“别哭。”

安息满脸是水，却不是因为哭了，而是汗水流过他眼睛，扎得他睁不开眼。

废土又说：“挨个试着放松一下手脚，另外一只手抓紧了。”

安息点了点头，小心翼翼地动了动胳膊，又转了转手腕，深吸一口气，接着往上爬。

废土觉得这辈子没操过这么多心，念道：“不要爬太快，慢慢来，我在下面呢。”

安息心里怄气——就是因为你在下面，怕砸到你，压力才大呢。

中途又休息了两次，安息终于艰难地到顶了，眼看着平地就在眼前，安息的胳膊已经酸到完全不听使唤，肌肉嚷嚷着要罢工，死活把自己撑不上去。

废土在底下说：“踩着我的肩膀。”

安息照做了，忽然感到脚下一股推力，整个人向前扑去，然后又费劲往里滚了半圈。

废土也接着爬了上来，看着地上的安息，没说什么，就由他躺着，自己走进山洞查看。洞穴里有一个石头炉子，一张石台桌子，和一个由各式化纤料层层摞起构成被子的石床。安息东倒西歪地跟进来，环视一圈——这里跟自己期待了一路的休息站相差太远了，但他累得够呛，实在连抱怨的话都说不出口。

他看看废土——对方面无表情，什么感想也没有。

安息打开石桌上的铁盒，好奇道：“这是什么，一排气流弹？”

废土点了点头，说：“不过我们武器还够，不需要拿。”

安息问：“这是谁放在这的，给咱们的吗？”

废土解释：“是上一个在这休息过的人留下的。如果你来到休息站，这里又放着你恰好需要的东西，就可以拿走，但是你得留下另一个有用的补给，压缩食物、水、辐射过滤芯、药品，什么都行，但必须得一物换一物。”

安息吃惊道：“没人拿了不放吗？这也没人能看见。”

废土说：“有，但……这种人多半都死了，能在废土活下来的人，多半都受过别人的恩惠，轮到自己的时候，总得想想自己当初是怎么活下来的。”

安息似懂非懂地点了点头，又挨着石床坐下了。他放空地看着废土把背包打开，取出少量食物和水。废土正准备拆开吃的，看了看安息花猫一样的脸，转而掏出了自己的饮用水，沾湿一块纱布给他擦手擦脸。

安息洗了个脸，顿时觉得人精神了一点，周围的空气似乎也不再那么燥热，废土招呼他到山洞口来，挨着他坐下。

两人坐在石山的顶部，脚支在悬崖外，肩膀挨在一起，一边看日落，一边啃压缩干粮。

斜射的日头已经没什么杀伤力，但太阳光还太刺眼，安息每次不小心直视它都搞得自己头晕眼花，看别的地方都重影。他干脆两口吞了食物，拍拍手抱着膝盖。废土一言不发，也平静地看着远方。

红日终于来到了天际的边缘，穿透一切的光芒被层层云团和烟尘过滤，散射出无数耀眼的金光。整座天空和整片大地都被染上粉色，好像是褪去的血迹，又好像少女的脸庞。脚下能见的几里范围内一个别的活物都没有，仿佛这壮美的场景是专门为他们上演的。

安息痴痴地说：“比电影还好看。”

废土笑了，胸腔的震动伴随共鸣，安息回过头抬起脸，忽然觉得一切很不真实。但废土没有看他，深棕色的瞳孔反射着一圈金红色的光，背后是广阔天地，无垠沙海。

风化的嶙峋巨石拖拽着狭长怪异的影子，没有规律，也没有一丝生机。他甚至不知道避难站在哪个方向，也不知道那条看不见的路究竟通向何方。安息想得有些出神了。

他再回过头来的时候，太阳已经变成了一个猩红的圆盘，在摇曳的大气中缓缓下沉。它每消失一寸，周遭的温度就下降一度。安息还沉浸在毫无实感的纷杂思绪中，眯着眼睛欣赏这一切。

直到太阳的顶端完全消隐，蓝紫色的天空露出点点星光，月亮出现在天的另一端。

安息目瞪口呆："出来这一趟，能看见这个景色也算值了。"

废土翘了翘嘴角："我早就想让你看一次日落了，今天运气不错，还看见了星星，是因为知道有第一次出门的小朋友，所以特地留下的晴天。"

安息有些害羞地笑了，张着嘴望着天："好多星星啊，真好看，我第一次见。"

废土说："今天运气好，沙尘少。"想了想他又补充道，"不过其实只要是天气还行的时候，都能看见几颗星星，反正臭氧也已经很薄了。"

安息想，他的朋友们，还没有一个人见过星星。

天色逐渐暗了下来，废土带安息回到山洞里，将洞口封了一半，自己靠着洞口的石壁坐着。他膝盖上放了个巴掌大的小本子，手里握着一根铅笔头写着什么。

安息趴在石床上就着月光看他，看了一会儿困意上涌，打着哈欠问他在写什么。

废土没抬头，皱着眉写写停停，说："是接下来的计划，随便写写，想好了再跟你说。"

安息"哦"了一声，躺平盯着低矮的洞顶发呆，恍如隔世——他刹那间觉得已经离家三月，但其实今天早上才在避难站醒来。

废土终于写完了，把纸笔收好。山洞里只有一张勉强能称之为"床"的石台，于是走过来躺在他身边。

有点挤，但安息又觉得这样心里更安定，他很久没这样累过了，没一会儿就睡过去。

夜里，他又昏昏沉沉地醒来，觉得身上有点凉，下意识去够身边的被子，碰到废土的手臂，在低温的沙漠夜里一如既往地热气腾腾，于是又迷迷糊糊地再次昏睡过去。

安息再次醒来时，洞口已经泄入不少白金色的刺眼日光，他神志不清地坐起来，废土不在。

山洞这么小，一眼就能看完。

随即他发现，废土的远行背包和墙边的武器也消失了。

他走到石桌边，那里有一封留给他的信，就是废土昨天晚上就着月光写的那一封。

安息看着墙角自己的远行小包孤零零地摆在那儿，双腿一软，跌坐在地上。

安息，对不起。

很抱歉利用了你，虽然到这分上说这个已经没意思了，但我还是得和你道歉。

原本的计划只是想让你帮我备齐上路所需的补给和装备，但你说无论如何也想走出辐射避难站一次，踩踩废土，见见太阳。

虽然只有短短的一天，但这个愿望应该算达到了。你也应该明白，这样的生活并不值得向往，反倒相当令人失望。你不适合在废土生存，你已经有家了，避难站的人都很爱你，你在那里会更幸福。

我留下了两天一夜的食物和水，供你回家绰绰有余，你只要在日落前朝东走两个小时，再发射信号弹，就能被你们避难站看见，信号弹是你们站特制的，很容易被甄别出来，会有人带你回家。

我说想带你看一次日落是真的，昨天天气很好，星星很美，你既然喜欢，这就足够了。

再见。

安息靠着墙根，把这封短短的信看了无数遍，终于接受了废土已经离开的事实。

他把信捏在手上，眼泪啪嗒啪嗒地掉——他回想起来，废土每次谈论之后的计划时，总是用的“我”，唯一给他的邀请，也只是“一起离开”而已。

这就是他的成人礼，他的第一次冒险，第一次离家，他见过的第一座山，第一片云，第一个太阳，时效只有 24 个小时，就全部溃败在欺骗与谎言面前。

安息抱着膝盖哭了好一阵子，还把信纸拿开了一点以防打湿。哭过两轮之后，他终于哭累了，觉得口渴，开始在远行包里翻喝的。安息一边喝水，一边头昏脑涨地凑到洞口向外看——成吨的烈日坠落在无边的大地上，世界一片死寂。

他又回头看了看废土给他留下的东西——除了食物和水源之外，知道他方向感差还留下了指南针，一把手枪和三发信号弹。但安息一点劲头也没有，无比沮丧，他大脑放空地盯着一地东西，迟钝地意识到这把手枪正是废土之前救他时给他用过的那把——那时他差点被变异老鼠扑杀，废土有如战神降世，带着他杀出一条血路。

想到这里，安息又难过起来，他把物资都丢到一边，躲回到硬邦邦的石床上，将自己蜷成一团，默默流着眼泪，而后睡着了。

他不知道睡了多久，醒来时外面阳光依旧，只是光线和影子都变得更长了。安息从前过着十分规律的日子，但从未真实感受过时间的流逝。他眼睛有些肿，脑子木木的，又想起之前发生的事，恨不得一觉不醒。

在石床上颓丧地躺到实在饥肠辘辘时安息才勉强爬起来吃了点东西，他一边吃，一边眼泪又流了下来，好像从小到大受过的委屈全都在这时候找上了他，从妈妈悲惨地去世，到小时候被站里其他孩子霸凌，过去种种都变成眼泪，滴在他脸颊和嘴唇上，就着压缩干粮一起吃。

吃完晚饭，安息又到洞口朝外看了看，发现太阳已经很偏了——天空中烟尘很大，只能看见一个模糊的光体。安息意识到今天已经来不及走，越发丧气，走回到山洞里盯着墙发呆。

盯着墙发呆这件事他从小就不陌生，但第一次是以这样的心情。他又把废土的信拿出来看了一遍，试图安慰自己废土是希望自己能够幸福、不必受苦才做出了这样的决定。

“他想带我看日落，可能也不是全是在骗我。”这样的傻念头持续不了多久，马上就会被无情的现实挫败。

他至少没有真的愿意带我一起走，他说再见就离开了，一点犹豫都没有。

安息蜷缩在石床上，这个夜晚尤其冷，不知道是不是幻觉，他耳朵总能捕捉到一些奇怪的声响，叫人万分不安。他好几次都因为太害怕了而闭着眼睛捂住耳朵，但又反复逼迫自己起来查看——有没有什么地方钻进来虫子，有没有什么东西爬上了石山。他精神高度紧张，白天又睡得太多，折腾了半夜都没能睡着。

安息不确定自己是什么时候睡着的，漫长的一夜过去，他再次醒来时又是一个燥热的白日。他坐起身子，饿得厉害，吃了不少存粮。安息一边吃，一边用眼角瞥桌子上的信纸，没有伸手去碰，就一直木着脸看着它。

“也许没有废土我也可以自己活下去。”安息想，随即他又偃旗息鼓了。他能去哪儿，他什么也不会。他生活在辐射避难站的十六年生命里，就只知道关于那里的一切，他清楚十二层矿洞里每一个房间的每一个角落，而外面的世界他一无所知。

他甚至不知道废土的真名叫什么。

不管怎么说，他是没有勇气再独自在这里度过一夜了。安息行动迟缓地穿戴好防风衣，戴上防尘面罩，把所剩不多的补给装好背上，费劲地挪开了洞口的障碍物，心里拼命给自己鼓劲，虽然仍是垂头丧气的。

他走到石崖边往下看，陡峭的抛面叫他手脚发软——下山可比爬上来要可怕多了。安息调整了好几次姿势都不得要领——第一级能踩的铁环离得有点远，当初是废土把他推上来的，现在要他自己下去，死活也够不着。

不一会儿，安息就急出了汗，他死死巴着石台边缘，努力伸长腿绷直脚尖去够，另外一只脚想蹬在石壁上借个力，不料那里的石块忽然松动，他一脚踩滑，半个身子都沉了下去。

死亡的恐惧一瞬间袭了上来，安息吓疯了，双腿乱蹬，努力爬了回去，趴在山顶平台的地上浑身颤抖，喘得肺都痛了。他手肘、手掌和膝盖都磨得通红，幸好防风衣和手套都很结实，没有地方出血。

死亡边缘的恐惧叫安息瞬间清醒，打起了精神。休息过来之后，他想到一个方法——他将之前废土给他的匕首拿出来磨了磨，用石头把它敲进崖壁里，添了一截踩梯。做完这些事，他又喝了些水吃了些东西。虽然废土留给他不少补给，但因为已经浪费了一天，水和吃的都快见底了。

安息决定再次试图下山。

他轻轻踩上匕首柄，似乎挺牢固，于是他又试着往下爬，每一步都下得艰辛无比。如今没有人挡在他脚下，每次安息要低头看落脚点时，都无可避免地看到深到让人眩晕的崖底。他崩溃地贴在石墙上哭着喘了一小下，又强迫自己深呼吸冷静下来，不要浪费体力。

起风了，干热的空气裹着细沙掠过他。

正准备继续下行时，安息忽然有了一种奇异的感觉，他费力地扭头去看，不确定自己想找些什么。

然后他看见了，漫漫戈原上有一小队黑点，正朝着自己的方向来。

安息心下震惊——那一队不知是什么来头的人走得很快，而自己的下山之路还漫漫无期，他纠结了好一会儿，对方敌友不明，而自己一无所知，只能先原路返回。

安息爬回到山顶时体力已经告罄，他趴在地上，尽量减少自己的存在感，偷偷观察山下。

眼下能见度有点低，安息看不太清来人的身份，他趴在烈日之中，又是虚脱又是懊恼，自责为什么不按照废土交代的那样在昨天日落前就回家。同时，他又不禁嫌弃自己没用，连下个山都做不到，怪不得废土不想带他走，说他不适合在外面生存。

可是……废土也说过他是赏金猎团里很稀缺的机械师和医生，应该也不是毫无用处。

安息心念一动——山下的队伍如果是赏金猎团，说不定会上山来休息，到时候他就可以问他们愿不愿意带上自己一起走，不论如何，也比在这里担惊受怕一夜的好。

想到这里，安息把远行包里的东西全部倒出来翻看一遍，没能找到望远镜，但却找到了一个狙击枪的瞄准镜。他拿着瞄准镜趴到石崖边，虚着眼睛一探究竟。

那一队人已经来到了离石山不到两公里的地方，都戴着破破烂烂的斗笠或是兜帽，安息心里升腾起一个怪异的感觉，于是他又仔细看了看。

在他的大脑还没有完全消化这个信息时，他的身体率先起了反应，鸡皮疙瘩爬了一身——安息赫然发现这一行人没有一个戴了呼吸面具，而他们露在袖子外的手臂上肤色不均，全是辐射斑。

安息头顶被太阳烤得炙热，但全身的血液瞬间凉掉——这竟然是一队变异人！

就在此时，其中一个变异人忽然抬起头来，隔着这么远的距离，安息确定自己和他对上眼了，他后知后觉地意识到是瞄准镜反了光，急忙连滚带爬地躲回到山洞里。

安息吓坏了，赶紧把洞口堵好，背靠着山洞的石墙瑟瑟发抖。

他不明白，对方既然是吸血鬼，为何可以不惧阳光地在白日行走，又懊悔自己为什么什么都不知道。

安息战战兢兢，不知道躲了多久，辐射人尚没有上来——不知道是对他没兴趣，还是没弄清楚怎么上来。也许他们绕过了这座山，但也许下一秒就会轰烂这个欲盖弥彰的洞门。

安息没有勇气出去看。

太阳的影子变得更长，又要日落了，而水和食物已经一点不剩。

结束了，还不如刚才就从山崖上摔下去死掉好了，安息想，不，要说无痛快捷，还不如用废土留给他的这把手枪。

安息觉得凄凉极了，心如死灰——避难站里的人以为他走进废土浪迹天涯，而废土以为他已经安全回到了家里，殊不知，他死在了这个离家不到十五公里的山洞里，尸体被发现时搞不好已经风干了。

他垂着脑袋，左右手来回摆弄着手枪，此时竟然一点也不想哭了。

这时，安息忽然听见了响动，他一骨碌从地上爬起来，忘记一秒前还在构思自己的自杀场景，迅速把手枪上好膛，双手端平在胸前，枪口冲着洞口。

果然是有什么东西爬上来了！响动越来越近，安息大气不敢出，心跳如擂鼓。

洞口传来了轻微的脚步声，随即，光线被一个身影挡住了，安息食指压上扳机，眼睛一眨不眨。

一只手伸了进来——“它”戴着手套，分不清是人类还是变异人，那只手一使劲，把挡在洞口的石板推到一边，手的主人钻了进来。

安息死死盯着他，双手微微颤抖，随时准备扣下扳机。

那人身后暂时没有其他人跟进来，他站直身体，一言不发地对着安息，似乎对他手里的枪毫不畏惧，然后伸手摘下面具。

废土面无表情地看着他。

安息依旧举着枪，也面无表情地看着他。

他脑子糊里糊涂，嘴上问：“你迷路了吗？”不然怎么会回来这里。

废土说：“没有，你迷路了吗？”

安息：“也没有。”

废土说："哦，再见。"竟是转身要走。

"等等！"安息大喊道，两步追上去，抄起自己背包的带子，朝着废土脑袋上抡。

对方微微偏了偏头，但没有躲，被砸个正着。

"你真是……"废土被掼得偏过头去，眼冒金星，咬牙切齿地说，"气死我了。"

安息睁大双眼，不敢相信对方竟敢恶人先告状，还没说话呢，废土又接着道："你还在这干什么？你怎么不回家！"他看起来十分恼火，"我要是没回来怎么办，你是不是傻子。"

安息气喘吁吁地瞪着他，满腔怒火，又委屈极了，丢下枪和包，瘪起嘴巴。

废土见状立马凶道："不准哭。"

安息嘴巴瘪得更厉害了，眼泪在眼眶里打转，但还是憋着一口气，哼了一声，转过脸去。

废土把两人的物资全都拿出来摊开一地，清点一遍，再清点一遍。

安息忍不住开口："你再怎么数也就是这些东西了。"

废土本来蹲在地上，闻言抬头狠狠地瞪了他一眼——他本来就没打算带足够两个人旅行的食物和水源，这一来又浪费了两天的双人份，心疼得说不出话。

武器倒还很充足，废土黑着脸把剩余的东西分成一大一小两份，把轻的一份推给安息，说："打包，背上。"

安息惊奇道："现在就出发吗？天要黑了。"

废土点头："嗯，明天有龙卷风，白天走不了，待在这里也不安全。"

安息"哦"了一声，闷头闷脑地把东西胡乱往包里塞。废土在旁边看着，强迫症犯了，浑身不舒服，但忍着没说话。

他眼下情绪有点复杂，一方面肉疼被浪费的资源，恼火安息没有按照计划听话回家，又有点庆幸自己竟然脑子一抽折回来了，不然……

安息在那收拾包，后脑勺被他盯着看，心里也十分别扭——他固然抑制不住地开心废土回来了，再一次拯救自己于绝境之中，可他也没忘自己被他抛弃后哭了两天的心情。

居然想丢掉自己……

安息背上包，看着废土麻利地清理杂物，想起一件事，问："你来找我之前，有没有看见其他人？"

废土"嗯"了一声，不明所以。

安息说："我……我之前准备下山来着，结果看见山底下来了一群人……不，不是人，他们好像……是辐射人。"

废土闻言一顿，扭头问："什么时候，有多少人？"

安息答："就在你上来之前的……半个小时还是一个小时吧，有四五个……他们怎么不怕太阳啊？"

废土低着头沉吟一会儿，说："那是高级辐射人。"

安息睁大眼睛看着他，用眼神催他快解释，废土只得简短道："高级变异种，不清楚触发概率和条件是什么。你知道有些人被变异生物抓咬后能痊愈，有些会变异，而有些人会直接衰败……"他不需要就此多做解释，安息的妈妈就是直接衰败的典型，"大部分变异人都是跟僵尸差不多，小规模群居，无组织，智力低下，只知道奔着水源或血源觅食。

"但是有极小一部分变异人进化，不，进化这个词也不准确，就说突变吧，有极小一部分变异人突变成了高级种，不但智力与人类相当，记忆完好，身体也十分适应废土环境，对辐射和日照都有相当高的抗性，身体修复能力也很强大。"

安息惊呆了："那他们不是……无敌了吗？"

废土冷笑了一下："是啊，好在这类特种数量十分稀少，也不能繁衍。他们不像低等种那样无节制地虐杀人类，大部分都聚集在旧城里，偶尔出去掠夺足够一段时间所需的资源。"

"不过嘛……"废土说，"高级辐射人的修复能力不是没有期限的，当修复停滞衰变开始时，就算最微小的伤口也会让他们失血致死。"

"就像败血症……"安息喃喃道。

废土说："差不多吧。这个衰变什么时候来，谁也说不准，有的几天，也有的……几十年都没停止修复，好了，快点上路，天要黑了。"

安息点点头，跟在他后面，问："你之前怎么不告诉我这些啊？"

废土深深地看了他一眼："因为以前你不需要知道这些。"

安息也凝视着他，不料废土补充道："只需要做一个开开心心的二傻子就行。”

安息登时怒了：“你说谁傻！”

废土不理他，戴上防风面罩，凉凉丢下一句话：“一骗就跟着走，你不傻谁傻。”

安息还想反驳，可洞口一经打开，无数沙子灌进了他的嘴里。安息赶紧背过身一边咳嗽一边吐沙子，悲愤不已地戴上面罩。

这次安息先行下山，废土给他腰上绑了一根绳子连着自己，往下爬时顺便把他插在石头缝里的匕首也一并抽走了。虽然风沙大了很多，但安息莫名一点儿也不害怕了，顺顺利利地落到了山脚。

短短的一个多小时里，眼前的地貌已经大变样，流动的黄沙将地表景观一并覆盖，西斜的太阳也越发模糊，天昏地暗的。到了平地上废土也没有解开绳子，怕一不留神安息就跟丢被沙子给埋了。

两人可亏了是背着风走，一脚深一脚浅的，一路无话。安息走着就开始觉得累，但又开辟了盯着脚下胡乱想象的新技能，开始乱想各式各样不着边际的事。

之前废土清点物资的时候，虽然吃的不够，但也没再问他要不要回家，只是愁眉苦脸地说计划得更改了。原本废土打算直接去找帮他保管存款的熟人，如今天时错过、地利不再，只能先绕道去一个补给点赚钱。

安息不禁想，那他以后的计划有没有一并更改呢？他预计要买下的那艘循环艇里，会不会有自己的位置？

如果他们真能走到那里，自己就能看看海是什么样了。

如果废土不收留他，他到时候又该何去何从，安息想，他以后不能再这么没用了，身体得要更强壮，也不能总是哭。

两人走到天完全漆黑，安息已经累得不行，可是废土脚步越发加快，于是他也识相地不敢喊停。

正打算一鼓作气咬牙坚持下去的时候，安息忽然撞上废土的背，晕头转向满眼圈圈，废土却反手将他揽在身后，猫下腰，掏出枪。

安息也紧张起来，可是周围的环境又暗，能见度又低，他什么也看不见。

然后他听见了——踩在砂石上的嘎吱声。

废土看样子已经判断出了声响的来源，却没有立刻开枪，安息见识过他百发百中的枪法，心里疑惑，猜他是不愿太快弄出动静暴露自己，于是大气都不敢出。

两人轻手轻脚地躲到一个已经被沙子埋到屋顶的弃屋后头，趴在屋顶上戴上夜视镜，红外线传感器上赫然显出密密麻麻一大片橘点，朝着同一个方向缓缓聚集。

人类的体温在显示器上会呈红色，只有变异生物体温较低，是橘色的。

安息看见这橘点的规模和阵仗，吓得不轻，但废土似乎不为所动，指着橘点围拢的方向点了点，示意那就是他们的目的地。

安息无声地问：那怎么办。

废土做了一个手势——等。

两人不动声色地趴着，眼看橘点的包围圈越缩越小，远处忽然亮光一闪，第一声枪声响起。一时间，枪声、人的喊声和怪物的嘶鸣声混杂一团，火光一闪一闪的，安息悄声问：“打起来了，咱们不过去帮忙吗？”

废土摇了摇头：“太多了，帮不了，看来今天这个休息站人不少，不然也吸引不来这么多变异怪。”

安息问：“那咱们怎么办，就这么等？”

废土说：“打得差不多了再过去凑个热闹，捡便宜，也不能让变异怪把休息站全占了，不然晚上住哪儿。”

安息被他大言不惭的无耻计划震惊了。

废土果然如他所说，等到枪声渐息才钻出来捡漏。风沙依旧很大，变异巨鼠和变异野狗的尸体横七竖八铺了一地，转瞬就蒙上一层土黄色。废土赶上趟儿，帮忙杀了最后几只还在室内横冲直撞、嘶叫着想啄瞎人眼的变异乌鸦，又给地上还抽搐的怪物补了几刀，才牵牵绳子示意躲在门口的安息进屋。

安息迅速环视了一番这个休息站——比上一个更像一般意义上的房子，空间大了不少，看样子还有地下室。屋内站了七八个男人，各个高大健壮，风尘仆仆，对于新加入进来的废土与安息只字不问，像是很自然地就接受了他们的到来。

他们将刚才不幸被咬死的几个旅人身上的物件全摸了出来，摆在一边——也没人去拿，然后把尸体抬到了能够隔绝气味的地下室，通过特殊通道掩埋处理。回来后，大家十分和平地瓜分了物资——没有什么太值钱的，大家兴致缺缺。

零星几个伤员全都自觉去了楼下，健康的人清扫完尸体后把被撞凹的铁板几下敲回原样，上锁关紧，再把通向地下室的井盖也卡死，全程鲜少有人交流，好像大家都已经千百次地重复过这样的场景，而一场不可谓不惊心动魄的围歼就这样过去了。

一切妥当后，有几个人率先摘下了呼吸面具，找了个角落自行歇下，其中一个年轻人朝废土问："你刚从外面来，还有没有？"

废土也摘下面具："没了，方圆五公里的全引过来了。"

其他人虽然没有加入谈话，但都在听，废土这样说后他们明显松了一口气。

安息也摘下了面具——他长发全汗湿在脸上，只得用手背擦了擦，然后将头绳解下来重绑。

他绑好头发，抬头一看，全屋子的人都盯着他。

安息：怎么回事？

之前搭话的那年轻人目瞪口呆："女，女人！"

安息一愣，旁边的废土脸登时黑了。

安息解释道："啊？不是，我是男的。"

大家听他声音就知道他是男孩儿，但仍是狐疑地看了他好几眼，安息有点不自在地蹭到废土身边，一脸状况外地小声嘀咕："我是不是真的很矮？"

废土有些无语地看了他一眼，递给他水和吃的，说："上那边去，省着点吃。"

安息挨着墙角坐下——虽然饿了，他原本也不是挑食的人，但连续四天压缩干粮还是有点受不了。

他们吃东西时，有些人已经和衣睡下了，安息嚼蜡般地吞掉食物，也顺着墙躺下。

废土挨着他睡在靠外的地方，把他夹在众人和墙壁间，宽阔的背冲着他。安息偷偷看了看还绑着两人的绳子，攥在手里，闭眼睡着了。

第五章　电影日

次日，天不亮就有人窸窸窣窣地起床了。地板太硬，用来垫头的包又叠得太高，安息睡得腰酸背痛，隐约听见废土在和旁边的人说话。

“我刚从罗城集市出来，最近生意一般，你们去碰碰运气吧。”

废土的声音低低响起：“嗯，换点路费而已。”

安息迷迷糊糊地坐起来发呆，见和他说话的正是昨天那个年轻人，一屋子人都醒了，利索地检查装备收拾东西，只有安息一脸呆滞地坐在那儿，神游天外。

年轻人一边小口喝水就着压缩干粮，一边扬了扬下巴，说：“喏，他也要去罗城集市。”

不远处一个男人闻言抬头，面无表情地冲他们举了举手当作打招呼，废土也微点下头，安息摆了摆手，说：“嗨！”

那男的愣了一下，年轻人发笑道：“这小朋友是怎么回事，你从哪儿找到的。”

废土一脸不忍直视的样子。

安息看那人的样子也比自己大不了几岁——虽然皮肤偏黑，头发却是少年白，笑起来有两个酒窝，脸很稚气，但也个高肩宽的。

像废土这样在避难站里鹤立鸡群的壮汉，混在这个屋子里体型就完全不突出了。只有安息，蓄着长发，眼睛又大又透着一股子天真茫然，皮肤白得吓人，四肢纤细，根本不是一个画风。

安息饶有兴致地问他：“你几岁啦？”

年轻人说：“27，你呢？”

“哦……”安息不吭声了，心想娃娃脸真骗人。

年轻人又转过去冲废土建议：“不然你们搭伙走吧，最近有高级种在外面活动，风暴又要来了。”

废土却摇了摇头，用手指戳安息脑袋，把他戳得摇摇晃晃：“带着拖油瓶，就不祸害别人了。”

此时屋里有人站了起来，到地下室井盖边把卡锁的铁管拿开——一夜过去没什么动静，应该没有伤员变异，不一会儿，底下陆陆续续有人爬上来，面色憔悴但都步伐稳健，空气中一股子辐射伤药膏的味道。被这个味道一刺激，安息也终于醒过神了，一脸纠结地接过废土递给他的食物，说：“唔……那个什么集市，会有蛋白浓汤吗？”

年轻人在旁边偷笑，废土听到那个避难站天天吃的无味浓汤就头痛，黏黏糊糊的，又不管饱，用眼神警告安息少废话快吃饭。

不出片刻，一屋子人都陆续出门了，就安息动作最慢。废土将所有东西麻利地收拾好，把小包挂在他脖子上。安息好奇地问：“罗城集市有多远啊？”

废土硬邦邦地说：“远，要走一整天，走得慢天黑前都到不了。”说着就挂上面具作势要开门。

安息怕又要吃一嘴土，赶紧也把面具罩上。

外头依旧是风沙漫天，但众人口中的“龙卷风暴”应当是还没有来，昨夜躺了一地的怪物尸体已经被黄沙掩埋得差不多了，只偶尔露出一截残肢断臂。安息回头看，避难的小屋即使在白天也毫不起眼，不知道大家都是怎么找到的。

他和废土依旧用一根绳子牵着，从休息点走出来的大家分头离去，不一会儿就消失在身后。

安息自从离开避难站后就没有一天不是全身肌肉酸痛的，到了现在似乎也有点习惯了，他机械化地迈开腿，快速进入了放空想象的随行模式，畅想着“罗城集市”是个什么地方。

罗城他倒是知道，在全面核战爆发前是一个千万人口的大城市，曾经高楼林立车水马龙，不过如今已经是辐射人的天下了。在基因变异的初期，人口和宠物密度大的城市最先遭殃，短短一周过去，这种超级城市里就不剩什么没感染的人了。

废土之前说集市其实离罗城旧址还有一段距离，但因为周围就这么一个地标，大家也就这样称呼了下来。集市里能看运气换点东西，要么以物换物，以钱换物，也能以人工劳力换物。

安息忽然想到——钱？钱是什么。

他想抬头问废土，但隔着面具和呼啸的狂风，他大声喊了半天废土也没听清，只得摆摆手作罢。

两人中途休息了三次，终于在安息彻底崩溃之前来到了罗城集市的边缘，至少从地址上来说是这样。安息放眼望去，此处根本一个人都没有，只有几根铁柱石墩插在地上，像是之前有营地扎在这里后又撤走了。

安息瞪着眼睛，一脸麻木。废土说：“哦，看来是换地方了。”

安息彻底崩溃了。

他吸了一口气，正要铆足了劲儿上演一哭二闹，却被忽然后退的废土吓了一跳，废土连解释的时间都没有，掏出能量枪就打。数发激光束射出去，弹在一个飞快移动的银色垃圾桶上，对方却连行动的速度都没有减慢。

废土单手推了安息一把示意他快跑，同时扬手切断了绳子。安息完全蒙了，全凭生存本能一路狂奔，绕着圈和废土拉开距离。

那银色的垃圾桶飞快地推进到废土面前，忽然，它半圆的顶盖升起，里面支出一排枪口。废土连忙弯腰一滚，躲到一排破损的石墙残垣之后。

从安息的方向看不见墙后的废土，他着急得要疯了——银色杀手的瞄准红星在断墙上缓缓扫过，然后停在了一个特定的点，像是甄别到了什么。巨响之下，竟将厚墙悍然击碎。

一时间石块飞溅、扬尘铺撒，安息眼睛都要瞪出眼眶，拼命搜寻废土的身影。然后就在这一刻，废土不知怎的从旁的石柱后钻出，速度快到只见一道残影。他蹬腿转腰、甩起胳膊，连瞄准的时间都没有，朝着银色罩子间伸出枪口的狭窄缝隙里射击，角度刁钻，分毫不差。

废土连续扣动扳机，光束如同一台切割机，将银色杀手逼退了两寸。它想要将枪口收回来，然而废土却盯准了对方在试图收回尺寸较大的枪口时微微打开的缺口，手腕一翻，将一个USB大小的手榴弹迅速扔了进去，然后转身屈膝，飞扑在地上趴下、双手捂住耳朵。

安息震惊之余，下意识随着他一起捂住了耳朵。然而巨大的爆炸声还是疯狂地冲击着他的耳膜，银色金属罐子内部压力骤然增大，整个外壳变形扭曲，像一只被无形之手捏住的易拉罐，圆弧形的顶盖被“砰”地冲开，飞了十几米才掉落。

废土从地上爬起来，手里捏着枪又仔细环视了一番，才朝安息招招手。

安息跌跌撞撞地跑过去，下巴都掉到地上：“这是什么东西！”

废土用脚踩着变形的超合金皮滚了滚，说：“这是废土上最恶心的东西，比什么变异怪物、辐射人都恶心，好在这个的皮肤已经坏了，不然更难发现。”

“什，什么皮肤，”安息结结巴巴地问，“这不是个垃圾桶吗？”

废土疲惫不堪却有些哭笑不得，把“垃圾桶”倒着拎起来，里面的零件哗啦哗啦掉了一地，漫不经心地解释道：“皮肤是它的一个程序。你知道隐形飞机的原理吧，可以模拟周围的环境改变自身外观的颜色，大环境下根本一眼找不出来，就像变色龙一样，不对，你知道变色龙是什么吗？”

安息不知道什么是变色龙，但还是听懂了，心有余悸——这黄沙漫天的情况下，要不是这东西在反光，说不定他们俩被杀了都没看见凶手是谁。

废土把桶皮里的枪支能量槽拆下，在零件里翻翻拣拣，接着解释：“全面核战时的产物，相当于侦察兵，各国政府都做了差不多的玩意儿。政府崩溃后没有人进行系统回收，就在废土上日复一日地清扫敌人。”

“现在哪还有什么敌人，这些东西的指令程序差不多都坏了，见人就攻击。”废土语气有些讽刺地拆下垃圾桶底座上的一个编码牌，“好在这玩意儿不会变多，废掉一个就少一个。”

安息还没缓过神儿来，只说：“怪不得集市换地方了。”

废土“嗯”了一声，又把两人绳子的断处绑在一起，说：“快走吧，天黑了更看不清。”

两人又走了四十多分钟，终于在垂暮之际看见一大排带着尖刺的电网，安息瞅着电网背后忽明忽暗的灯光，顿时觉得眼泪都要掉下来了。

废土带着他来到出入口，门口站着好几个武装到牙齿、端着机枪的彪形大汉，废土将背包放下，开始解外衣。

安息没闹明白，废土说：“外衣脱掉，给他看看你身上没有抓咬伤。”

安息恍然，也开始脱层层罩衫，白皙的胳膊差点没把众人闪瞎。检查过后两人被放进门来，其中一个大汉问："刚才听见有爆炸声？"

隔着四十分钟的距离是怎么听见的，安息心里腹诽。废土点了点头："一个 206 号，已经废掉了。"

大汉点点头，其他几人也多看了他们一眼，对方说："好几个星期了，那东西一直在这附近打转，"他递过来一个银白色的金属片，像个什么链子的吊牌，说，"B 区 19 号。"

废土接过来，说："谢了。"

安息不明所以，但废土已经迈步子走开了，他连忙追上，问："什么意思？"

废土语气中带着揶揄："房间钥匙，感谢咱们，不，是感谢我清除了一个'垃圾桶'，晚上你可以沾我的光睡床了。"

罗城集市地界不小，不过此时已没什么人在外面活动，废土带着安息七拐八绕，来到所谓的 B 区 19 号——是一个嵌在地里的海运集装箱，外面搭着层层遮阳布，上面全是黄土。用钥匙解锁之后推门进去，里面有一张单人床和一把椅子。安息看到床立马就疯了，瞬间没了刚才要死不活的样子，纵身飞扑过去，在空中被废土一把揪住后领。

废土把他拎开："你身上这么脏，外衣脱了。"

安息蔫儿了吧唧地到墙角脱衣服，抖落了一地的尘土。废土将节能灯打开，四处查看了下集装箱的密封程度，回头赫然发现安息已经脱成了只剩一条内裤。

废土惊呆了："没让你脱光。"

安息不高兴道："脱都脱了。"

废土头痛不已："你脱成这样，夜里要是有情况，你就这么冲出去？"他不禁再次怀疑自己带上安息的决定——对方从小生活长大的环境实在过于封闭单纯，意识形态和废土人已经是天差地别。

安息吭吭哧哧地又把里衣穿上，他背对着废土，弯腰套裤子时隐隐能看见脊柱的骨节。

废土的眼神停留在他腰上，再下滑一点——屁股蛋被不情不愿地塞进了裤子里。废土移开目光。

安息穿好衣服，叉手叉脚地躺在床上，兴致勃勃地计划：“明天到集市上找蛋白浓汤！”

废土干巴巴地说：“没有蛋白浓汤，而且蛋白浓汤是垃圾。”

安息躺着太舒服也懒得反驳，眼睛转了转，说：“那……明天到集市上找番石榴！”

转基因番石榴是废土世界唯一不受辐射污染的天然果粮，但除了虚摩提之外，废土上连一棵树都没有，哪来的番石榴。

猜到又是避难站里的谁给安息灌输了“番石榴”这一信息，废土没理他，只当他在做梦。

一边嚼干粮，一边大致规划了一番路线后，废土走到床边，低头看着安息露出一截的肚皮说：“你摆成这样，我睡哪儿？”

安息睁眼看着他，说：“明天是周六。”

废土用眼神问：所以呢?

安息：“周六要该看电影了。”

废土面无表情：“哦。”

安息又小声道：“三层的乔伯伯都说要给我放《末路狂花》的。”

废土没好气地说：“哦，那你回避难站看吧。”

安息不吭声了，扭来扭去地蹭到里面，那模样要多懒有多懒。废土一躺下，整个床登时一点缝隙都不剩。

节能灯自动暗了下来，万籁俱静。

废土刚闭上眼睛，安息小声说：“我不想靠着墙，好硌啊。”

细皮嫩肉！废土啧了一声，说：“睡外面来。”

安息爬起来，手脚并用地跪在他身上，十分笨拙地挪到床的另一边，长发滑溜溜地扫过他的皮肤。安息好不容易再次躺下了，还没安静五秒，又说：“这样我会掉下去的，你太宽了！”

废土没脾气了，侧过身子，像一个大勺子套着一个小勺子。安息不老实地动了动，用胳膊肘试图为自己争取一点不那么热气腾腾的空间。但废土纹丝不动，也不搭理他，安息反抗未果，也不计较地渐渐睡着了。

也许是久违的床铺实在太合安息心意，次日早晨他竟然先于废土醒来，发了片刻呆后连忙去看屋里还有没有人——废土睡得很沉，没有再丢下他消失。

自从废土和他挑明同他交好的真实目的后，两人之间的关系就变得微妙起来。安息心里也有点茫然，两人不算朋友，没有相同的目的，更称不上伙伴。只有废土知道路在哪里，又通向何处，只是顺手遛遛他。

安息回忆往事，想得气呼呼的，他张牙舞爪地在废土睡脸上方比画了一会儿，正准备去捏他鼻子，废土却呼吸一滞，渐渐转醒。

安息连忙闭上眼睛装睡。

废土很快清醒了过来，下地穿好衣裤，站在床边查看自己的天气预报仪——其实只是一个测试湿度和气压的简单玩意儿。安息慢吞吞地假装自己刚醒，坐起来一脸郁闷地揉眼睛。

废土没注意，自言自语："怎么这次龙卷风推迟了这么久，还没来。"

安息漫不经心地答："没来不好吗？"

废土收起仪盘，说："我出去找活儿，你在这待着还是跟我出去转？"

安息立马从床上跳起来："逛集市！我要逛集市！"

门一打开，一股子热浪扑面而来，随后是鼎沸的人声，安息激动地伸出脑袋，抡起胳膊就要往外冲。

废土抬起头——意外的晴空万里，是暴风之前的宁静。

两人从全是居住型集装箱的 B 区走回到 A 区，远远就看见人头攒动，各式口音的嚷嚷声和金属碰撞声不绝于耳。遮阳棚下，每一条狭窄的通道都被琳琅满目的杂货、药物和装备堆满了，不管是逛店的旅人还是摆摊的商贩，都不乏深浅不一的肤色、发色和稀奇古怪的装束。安息从没见过这种场面，嘴巴都闭不上了。

废土好几次往前走着走着，回头都找不到安息——他个子不高，很容易被淹没在杂货堆里，废土叫了他好几次都没反应，被过路的人撞来撞去，只能满头冒火往回走去抓他。

安息正和一个罕见的金发人交谈，双眼放光地盯着对方手里的一个巴掌大的液晶屏。废土走过去，只听金发说："超稀有……废土找不出第二个……太阳能……错过了后悔一辈子……"

废土冷着脸拽安息的胳膊，不料他竟手一收躲开了，无比热切地巴巴望着金发："它会长大吗？"

金发人点点头："当然了，它刚出生的时候眼睛都睁不开，很虚弱，你要从小羊羔的时候给它喂奶。”

安息眼睛已经变成了两个爱心，噗噗噗地往外喷粉色泡泡。废土一把将他的手攥住，要带他走。

安息被拖得踉踉跄跄，还不住地回头看。

金发人叫道：“我明天还在这，你改变主意了再来找我啊！”

安息朝他挥挥手，转过来抱着废土的胳膊，急切地说：“你知道吗，那是一个可以养小羊的……”

他话未说完就被废土打断：“知道，电子宠物，虚摩提的东西，羊长大了又不能吃。”

小羊这么可爱为什么要吃小羊！安息小声反抗道：“可是小羊很可爱……”

废土转过头瞪他：“你有钱吗？”

安息摇摇头。

废土盯着他，安息委屈巴巴地低下了脑袋。

意识到自己没钱什么也干不了之后，安息逛集市的热情大幅度降低，就算看见了新奇的玩意儿，也会在下一秒目光暗淡下来。废土瞅了他好几眼，想开口安慰，又还是闭上了嘴。

来到集市边缘的集会所，那里已经等了不少人，各个身材壮实，或蹲着或靠墙，彼此也不交谈，等着有雇主光临。

废土有点心软，说：“你去那边再玩一会儿吧，别走远了，我能看见的地方。”

安息没精打采：“哦。”

废土盯着他头顶：“哦什么哦。”

安息：“没什么。”

废土皱皱眉：“有话就说，别阴阳怪气的。”

安息又沉默了一会儿，说：“没什么，只是……”

这时来了两个疑似雇主的人，边走边对照手里的地图彼此交谈着，废土看了他们几眼，忍着不耐烦等安息把话说完。

“之前在站里的时候，你想要我帮你，就对我好，其实你不用那样，我也不见得会不帮你。现在我帮不上忙了，就不对我好了，天天这么凶。”安息说。

废土心想——对你不好，早就把你丢了，还要在这边接这种搞不清来源的散活赚路费，嘴上答：“这就是我本来的样子，之前那样是骗你的，我给你机会让你回家了，你自己不走。”

安息听了，也找不出话反驳，脸色闷闷的。

那边新来的男人高声问道：“谁有护送生育资源的经验？一日往返！”

废土张望了一下，没空和安息多说，只交代：“你不要出集市，起了风就回屋。”

安息没有答应，只愣愣地看着他，忽然说：“周六是要看电影的。”

废土觉得他简直莫名其妙，把钥匙丢给他说：“行，那你回避难站看电影吧。屋里的东西你愿意要的全都拿走，爱去哪儿去哪儿吧。”

说罢就转身走了，朝着不远处的两人说：“我，我以前是雅威利赏金旅团的，生育资源护送过很多次。”

安息看着他的背影，不安地抿了抿嘴，可是更多的人围了上来，把他和废土隔开来。

安息捏紧手里的银钥匙，只得独自转身离开了。

雅威利赏金旅团也算是赫赫有名的大团，于是废土沾光被选中，随着雇用他的两人——丹和沃尔来到集市出口，等待其余的队员。

两人告诉他，这个任务出发时其实共有五名护送者，但出师便夭折了一个新上路的家伙，快到罗城集市时又被突然冒出的战前遗留侦察兵干掉了一个，虽然此时他们已经距离交接货物的目的地避难站很近了，但暴风将至，罗城变异人大本营在前，还是再招一个有经验的临时队员，确保顺利走完这一小段路比较保险。

废土心里想着刚才和安息说话的事儿，心不在焉地听着，有一搭没一搭地和他们聊了十来分钟，还不见人来，三人俱是一脸暴躁。

就在丹要爆炸的边缘，第四名队员总算带着“货物”姗姗来迟——竟然就是方才在集市兜售电子宠物的金发人。

“死金毛！你去接个人怎么这么久！”丹纵身一脚飞踹，金发躲闪不及屁股中招，横着摔出一米。

废土回头去看那位裹得严严实实的女性，看身形其实比安息还要壮实一点，她似乎一路以来已经对这场景见怪不怪，只是低头又检查整理了一下自己的行装，对新出现的废土视而不见。

金发人爬起来，看见废土也认出他来，“哟”了一声。

布满尖刺和电线圈的铁网大门缓缓打开，五人临时小队出发。

走出不到半个小时，身后就已经完全不见罗城集市了。五人都是习惯了废土旅行的人，一路无言，脚程很快，跟牵着一只龟速安息的速度完全不同。一路上颇为顺利，除了几只变异的沙漠蝎之外，连风沙都没怎么起。

四个小时后几人来到第一个休息点，丹给大家分了些食物和水，被护送的女性第一次解下面罩——是一名五官深邃、黑发棕眼的女性。她眼睛很大很漂亮，眉毛和睫毛都很浓密，吃相斯文，竟然有些优雅。但旅途的疲态不可避免地显现在她脸上，也看不出对未来是喜是忧。

废土只看了她一眼就移开了目光，金发人大大咧咧地打量他，说：“你是第一个这么淡定的。”

废土：“什么？”

“其他人第一次看见她的时候都走不动道，是女性本就很稀罕了，长得还漂亮。”金毛不明所以地喟叹道，“可惜了。”

废土莫名道：“可惜什么？”

丹解释说：“她本来是在虚摩提做女佣的，可惜得罪了主人家，被丢出来跟避难站换矿脉资源。”

被提及的女性就好像自己不在场一样，表情毫无波动地继续吃东西，废土想起安息在避难站的几个姐姐，没有人像她这样，人还活着，但眼神已经死了。

废土忽然想到了什么，一时间有些动容。

他又转眼看金发人——任务的终极雇主既然挑明，他也猜到了几人的身份——依附受雇于虚摩提主城、生活在循环艇环带上的雇佣兵，新时代的圆桌骑士。

成为他们的一员，也正是废土漫漫征途的最终目的。

他忽又觉得有些可笑——即使到了虚摩提也终究不是落脚伊甸园，不继续在废土上卖命的话也供不起循环艇的开销，到时候……又和自己极力摆脱的现状能有多大差别呢。

金发人还在喋喋不休地天南地北胡侃，废土打断他，说：“那你呢？

也应该不少人盯着你看吧，毕竟金发已经很稀少了。”

所以“金毛”都能直接作为名字来称呼他。

金发人毫不在意：“对啊，金发和红发这种弱势的隐性基因都被淘汰得差不多了，我们家也只有我是这样。”他揪着自己的一撮头发挑着眉毛看，“我哥哥差不多十五岁的时候，发色就变棕色了，就跟你差不多。”

一直没有吭声的沃尔忽然说道：“别聊了，快点吃，早去早回，我还想回集市睡床呢。”

丹也附和道：“回去的时候……也不知道那个侦察兵还在不在附近。”

废土眼皮都没抬，淡淡地说：“如果你们说的是那个206号的话，已经被我干掉了。”

众人惊异地看着他，废土从兜里摸出之前在“垃圾桶”里拆下来的弹簧片——上面刻着出厂编号，几人传阅了一番又还给他。

金毛笑道：“你俩这次总算招人招得不错！”

几人整装后再次出发，到达目的地避难站时已经日头西斜。一眼望过去，避难站在地表上完全隐形，竟然是把一个岩山凿空做的地表层。

丹和避难站的负责人交接“货物”，废土就靠在旁边看——那名女性到了室内也没有解下面罩，如同泥塑一般伫立在原地。

避难站给了丹好几包矿物样品叫他带回去，四人连口水都没时间喝，又往回赶。

虽然疲劳，但四名常年在废土上跋涉的男人脚程竟越发加快了，一路上有惊无险，只远远遇见了一小队游荡的变异人。不过他们既然丝毫没有交战的意愿，堪堪躲开，只多绕了一段远路。

回到罗城集市时，集市间已经有灯亮起，四人在大门口分了报酬——三名“骑士”带矿物样本回虚摩提复命，废土领了自己八小时奔波的一份报酬——一把圆珠笔芯。

能够发行旧时货币的政府早已不复存在，于是这种和平时代普及广泛、如今又不会再批量生产的东西竟然成为新的通用货币——圆珠笔芯既轻巧又便携，很快流行了起来。

废土当即分出一大半的笔芯递给金发人，说：“那个电子宠物卖给我。”

金发人笑嘻嘻地，摇头晃脑道：“这恐怕不够吧，这可是虚摩提特产，只有最顶尖的贵族老爷才能买来给女儿玩的。”

废土冷着脸："少跟我废话，除了我，这片废土上不会有人愿意花这个价钱买这种玩意儿。"

金发人见识过废土的双枪秒杀巨型响尾蛇的武力值，转了转眼珠子，答应道："好吧，以后你来了虚摩提，说不定咱俩还是同事，这个就便宜卖你。"

废土眯起眼睛："你怎么知道我要去虚摩提？"

金发人像是听见了笑话："这有什么好不知道的，如今这年头还在外面做赏金猎人的，不都是为了去虚摩提吗，不然，谁愿意卖命冒这种险。"

废土拿着价值一周路费的、他怎么想也不理解其中萌点的电子羊，拖着脚步往回走。此时他才后知后觉累得不行，一路走一路想安息看到这个东西会是什么表情。

他绕回B区，敲了敲门，等了一会儿，没有动静。

废土疑惑地查看了一下——是十九号没错啊。他又更大力地拍了拍门，怕安息睡着了没听见。

他又等了一阵子，依旧没人开门，集装箱小屋上没有窗户，他转着圈地猛敲外壁，心里有些打鼓：安息不会真的自己走了吧。

隔壁间的人好奇地出来张望，废土问："你有没有看见……"

邻居一脸茫然地看着他，废土有些恼火地叹了口气，扭头往出口跑。

守门的几名战士看他又回来了，还以为又要开门，废土连忙问："你们有没有见过……和我一起来的那个小孩儿。"

守门人："不是刚走吗？"

废土焦急道："不是，昨天晚上和我一起进来的那个。"

守门人估计是在面具后面翻了个白眼："这么多人出入，我怎么记得住。"

废土一时竟猜不出安息可能会是什么时候离开的，说："他和别人不一样，一眼就能看出来，长头发，皮肤很白，个子不高。"

守门人彼此对望，摇摇头："没印象了。"

废土遥望铁网外——热气蒸腾，地平线摇摇晃晃，一眼看去什么活物也没有。

安息在外面活不过一夜，只是这次他不知道该去哪里找他了。

废土飞快地盘算，也许安息还没走出去，指不定是被什么摊子吸引住了，而自己跑得急就没看见。

天色渐暗，摊子一个个地收起打烊，在外活动的人也越来越少。废土一条过道一条过道地找，希望的泡沫越来越小，心里后悔极了——他自己没什么集体生活的经验，也不曾有过和人亲近相处的机会，更没照顾过弟弟妹妹，所以根本不知道怎么处理这种关系。不耐烦的时候说了气话，却忘了对方是皮白肉嫩的小孩子，禁不起粗糙对待。

他正沮丧着拐过一处转角，忽然之间，脚步定住，眼前豁然开朗，像是画轴尽头蓦然出现了新的景致——安息蹲在不远处的一个瞭望台后头，躲在阴影里，只戴了一个口罩，手里拿了根铁丝在沙子上画画。

废土没有出声叫他，悄然来到他身后。地上画了一个圆圆的果实，一头带着两片叶子，许是安息想象中的番石榴，上头还插着一根带火苗的蜡烛。

安息没如他想象的那样在哭鼻子，反倒在那自娱自乐地唱"祝你生日快乐"。

废土就站在他背后两步之遥静静看着他。

原来周六不是电影日，是安息日。

安息唱了两遍副歌，唱完之后自己鼓了鼓掌，还演戏道："安息今天就 17 岁啦!

"谢谢大家!"

然后他伸手把蜡烛上的火苗抹了，顿了顿，又把整个番石榴蛋糕都一并抹了，站起身来拍拍裤子，转过来看见废土，吓了一大跳。

废土看着他一言不发，安息也有点尴尬，说："你回来啦。"

废土："我早就回来了，你不在屋子里，我找了你一个小时。"

安息以为自己又挨骂了，低下头："对不起。"

废土说："过来，手伸出来。"

安息不情不愿地挪了两步，伸出手，只道要挨打——小时候在避难站时，做了错事就常被打手心。

废土看他想要闭眼睛，睫毛一颤一颤的，害怕又小心翼翼的样子莫名讨喜。

可废土决定暂时不欺负他了，把电子宠物放进他的手里。

安息愣了一下，仍旧摊着手掌，盯着上面的东西，似乎不敢相信那是什么。

废土等了半天，也不见他露出开心或是别的表情，就像是傻了一样一直盯着那巴掌大的小仪器瞧。

他抬头看废土，眼睛里全是小星星，似乎在问：这是给我的？真的可以给我？

废土不自在地咳了一声："生日礼物，要不要，不要就算了。"

安息连忙攥住手里的东西，快把脑袋都点下来，叫道："要！要！"

废土终于看见了自己一直期待着的表情，却有些不好意思了，转身道："走了走了。"

安息连忙跟上，高兴坏了，一路吭吭哧哧地傻笑。废土不忍直视，凶道："老实点，别让我后悔给你买了这个。"

安息乖巧又真诚地点了点头，不出两步却又蹦起来撞他肩膀，然后一溜烟跑到前面，回头笑眯眯地等着他。

晚上。

安息还没兴奋过劲儿，废土催了三次还不肯睡觉。

"你看！我的小羊饿了！

"你看小羊在喝奶呢。

"哈哈哈，小羊生气了，用屁股冲着我。

"你看！小羊舔我的手了。

"哇哇，小羊睡觉了，好可爱，你看嘛。"

废土忍无可忍："够了！不需要再给我看什么蠢羊了，我自己也养了一只！"

他一把抽走电子屏幕塞在自己这边的枕头下，胳膊一横就将安息摁住了不准他动弹，安息抗议了两句，也没坚持，笑眯眯地闭上了眼睛。

"小羊晚安哦。"安息说。

也不看是谁给你买的，还跟小羊说晚安！废土心里无限腹诽，却也忍不住在黑暗中动了动嘴角。

第六章　鬼城

次日废土醒得很早，安息还在呼呼大睡，整条大腿都搭在他身上，裤腿卷到膝盖，腰也露在外面。废土把他手脚拎开，情不自禁地捏了捏——少年细长的肌肉在慢慢成形，再过一段时间就不会再有人把他当女孩了。

废土带着头天挣到的一半报酬上集市交换净水和食物，他注意到开放的摊子比头两天少了很多，虽然天空依旧晴朗，但令人窒息的低气压无时无刻不在提醒众人风暴将至，不少人已经转入地下。废土费了不少劲才采买够各种补给，尤其是呼吸面具的过滤芯——几乎全部断货了，他背着一大包东西回到租屋时，发现安息又不见了。

废土这次十分淡定，放下东西开始沿着小屋周围找，不出五分钟，他瞧见安息同集市一群半大孩子一起，在一个小空地上随着一个轮休的守门武士学拳。

少年们扎着参差不齐的马步，嘴上哼哼哈哈的，挥出的拳头虽有模有样，但其实一点劲也没有。废土看了一会儿，心里琢磨，上去领自家小孩儿回屋吃饭。

安息摇头晃脑地跟着他走了，走了两步废土问他："你想学格斗技巧？"

安息比一个手势："还想学枪。"

废土说："我可以教你，但是子弹珍贵，得拿别的东西练手。"

安息眼睛一亮，点了点头。

废土又问："你怎么不吃早饭就跑了？"

安息不在意地说："不是吃的不太够嘛，省着点。"随即又得意扬扬地补充，“但是我给小羊喂了奶。”

“不吃早饭永远这么矮。”废土仗着身高优势揉了一把他头顶，又有点作为家长道不明的微妙心酸，丢给他一瓶蛋白增肌胶囊说，“我换了吃的，够，以后你记得每天晚上睡觉前吃一颗这个。”想了想，他又故意补充道，“到时候实在钱不够了，就把羊卖了。”

安息大惊失色，连忙叫道：“不行不行！”废土故意逗他，板着脸朝前走不说话。

两人凑在一起吃重新上路前的最后一顿安宁饭，废土难得大发慈悲地给安息讲了讲接下来的计划。他用手指就着桌上一层薄灰画了个十分意识流的路程图，标出几个圈说：“这是周围几个休息站，咱们去这个最顺路。”

他又画了两个叉，说：“这边有个挺大的石灰岩洞，里面全是各种乱七八糟的变异怪，原本有水的，后来水位越来越低，前几年完全干了，里面的东西就开始往外爬。”

安息指着另一个叉，问：“这个呢？”

废土道：“这是罗城，咱们的路线擦着罗城有点近，到时候得小心点。罗城里的变异怪物估计是以数百万计。”

“哦……”安息点点头，盯着地图寻思了一会儿，随后兴致勃勃地咧开嘴角，说，“那咱们什么时候出发？”

废土站起来，面无表情道：“现在。”

安息意外没多问什么，立马听令收拾起东西来，他把长发扭了好几圈扎在脑后，用呼吸面罩的束带加固住，然后利索地穿上防风外罩，用绑带捆了两圈系好。回头刚抬腿，就被地上的背包袋子挂了一跤，整个人扑出去摔在床铺上，瞬间破功。

废土：“……”

安息：“……”

两人收拾妥当之后辞别集市继续上路，无风的广袤上晴空万里——天地无情，亘古不变地照耀着一片死寂。不出半小时，两人就走得汗流浃背，嗓子冒烟。按照废土所说，两人这一趟远路绕来，路程才走了不到三分之一，然而这只是路途的第一部分。等到顺利取回购买循环艇的钱后，还要折返一截再转向北去海边。然而安息此次出发如同打了鸡血，精神百倍一马当先，一副根本不觉得累的样子。废土十分无语地看着走得虎虎生风的安息，只得安慰自己在长身体的青少年精力旺盛。

果然，不出两个小时，安息的精神头就下来了，脚步颓乏地跟在身后，他偶尔想把小羊拿出来玩，无奈戴着手套根本按不动操作界面，只得把羊顶在头上接受太阳能充电。

走着走着，忽然起了风，周围被带起一层薄灰，指南针也受干扰而波动了起来。废土立马警觉，将气压湿度计拿出来摆弄，在面具后面沉默了。

安息瓮声瓮气地问："怎么了？"

废土说："风暴，从东边来了。"

东边，正是他们要去的方向。

安息又问："在那之前咱们能到休息站吗？"

废土摇了摇头，大声回道："不知道！抓紧走吧！"

风起得很急，方向杂乱，两人三步并作两步加快脚程。安息时而被风顶着艰难抬腿，时而又被身后助推的一股气流推得小跑几步才不至于摔倒。能见度越来越低，指南针的针尖疯狂乱颤，两人体力急剧下降。

风暴推迟了这么多天，居然今天来了。

躲到一排坍塌后只剩地基的残垣之后，两人稍得喘口气的机会，废土掏出绳子绑在两人身上。风声犹如悲泣，尖叫着掠过整片大地，一浪接着一浪撞在一起。

两人不敢多歇，从断墙后一鼓作气地钻出来，安息迎面就被狂风撂倒向后仰去。废土眼明手快拽住绳子，安息腰部一紧，弯着膝盖坐到地上，浑然不察身后有块尖石立在他本要倒下的地方。

他跪趴着挣扎站起来，弓着身子试图减少风的阻力，躲在废土身后咬牙朝前走。废土一边要顾着他，一边还得费劲辨明方向——好在日头已经划过头顶，光圈仍旧依稀可见。忽然，迎面飞来一道黑影，废土下意识侧头去避，竟然是一只沙漠巨蝎被风掀起，剧毒的尾巴尖擦着两人刮了过去。

废土心有余悸——要是被暗器砸中，这死得也太乌龙了。

顶着风艰难地又扛了不知多久，废土忽然觉得身后一沉，回头见三米开外的地方安息跪了下来。他手脚脱力，似是再也走不动了。

“安息！”废土折回去大喊道，声音一出口就被狂风刮去了不知哪里，“起来！再坚持一下！快到了！”

安息低着头摇了摇，竟然要动手去解绳子。废土连忙抓住他的手，将他一把从地上拽起来往自己肩上托，安息见状反抗起来，两人一齐栽倒在地。

“不想我背你就站起来自己走！”废土又吼道，“想两个人一起死在这里吗！”

安息闻言身体瑟缩了一下，撑着地，摇摇晃晃地又站起来，向后踉跄了一步才勉强稳住自己，死死揪住绳结再次迈开腿。

凭着这起死回生般的精神念力，安息又无声地跟着废土走了半个多小时。此时风速已经上百，到处都是不知从哪里来的东西混着沙尘被掀得到处乱飞。废土终于隐约在漫天黄土中看见了一个建筑物的影子——原本几十米高的瞭望塔已经被流沙掩埋到腰，废土拽拽绳子示意安息跟上。

快走到瞭望塔脚下的时候，惊人的一幕发生了，塔顶的巨大尖盖忽然摇晃了起来，废土初还以为自己眼花，定睛一看，那铁皮做成的塔顶竟然被狂风掀起了一个角。接下来，固定塔盖的钢钉尽数脱落，像子弹一样连排飞出，铁皮骤然被掀翻，呼啸着朝他们砸了过来。

废土连忙回身将安息扑倒在地，千钧一发之际风速流转，铁皮被由里朝外裹了一折，堪堪砸中两人身边的流沙，打了几个滚跑远了。

安息吓出一身冷汗，身体的疲惫在死亡的威胁前瞬间退尽，他再次站起来，还吃力地扶了一把扑在他旁边的废土。

两人心里都沉下来，但此时已无路可退。虽然希望渺茫，但他们还是手脚并用地爬到塔侧的休息站边。整个站屋都随流沙下沉了几米，屋顶早已不见，黄土掩在上面，依稀能看见不少遇难者露在外面的部分遗体。

最后一丝希望的泡沫终于还是破灭，休息站完全废了。

废土和安息对视了一眼——其实他们都看不清对方的眼睛，但又从这对视中读懂了对方的意思。两人顺着沙丘滑下，挖开一部分黄土找到几个背包，打开来拿了里面的食物和水，武器太重一概没管。

流沙掩得很快，只是这么一会儿工夫安息的小腿已经全看不见了，他奋力地把脚往外拔，废土在旁拉他，拔出来后两人躲到瞭望塔的背风面从面具下勉强喝了几口水。

安息看着他，无声地询问——怎么办？

废土低头不语，良久，用手指在地上打了个叉。

那个叉很快被风沙抚平。

安息诧异了一瞬间，随即明白过来——那个叉不是说“没办法了”，而是代指废土之前给他画的地图。

照这个风速，第一个打叉所代表的岩洞想必早已埋到脚下三米，唯一的可能便是罗城了。那个曾经广厦林立的繁华都会，街宽巷窄阻力无数，风到那里都会减速，再加上高楼极多，不必怕黄沙掩埋。

只是比起被活埋，被变异人扑杀难道真的是更好的死法吗？

安息呆呆地看着虚空，脚面被黄土覆盖，废土在旁边捏了捏他的手。

世界真大，他突兀地想道。

安息点点头，伸了伸因过度疲乏而抽筋的小腿，背靠塔壁站了起来，再次随废土走入狂风之中。

顶着狂暴的风沙走了几个小时，才发现心心念念以为到了就可以休息的目的地已经变成一片死地。经过这一遭几近绝望的空欢喜后，安息累到麻木，反而没了别的感想。他随着废土朝罗城方向跋涉，中途数次被风掀翻在地，全无抱怨，再吭哧吭哧地爬起来接着走。

安息脑子发木地想，如果自己的生命有一条界线的话，今天这条线一定被往前推了很大一截。

不，应该说自从离开避难站的那一天开始，这条线就在被不断地突破。

他第一次踏上熊熊燃烧的废土时，他第一次看到落日余晖和星辰闪耀时，他第一次意识到自己在世界上、在宇宙间是孤身一人时，他每一次走到死神的面前又对它说“今天还不到日子”时，这生命的界限似乎就都拓宽了一点点。

他抬头看废土模糊凌乱的背影，心想：废土又是从什么时候过上这种日子的呢？他从小就是这样——面对危机安之若素泰然处之，却又无时无刻不在奋力抗争吗？还是说，他也曾有过无忧的童年，直到他或被迫或自愿离家的那天。

等风停下来，他一定要问问废土本名叫什么，安息想。

砂石劈头盖脸，面罩的玻璃被碎石刮得一团花。不到四点天已经暗了，周遭的景色越来越难以辨别，两人好像走在一个黄土扬沙组成的幻境中，不停地朝一个没有方向的方向走。废土时不时拽一下绳子，以确定安息还好好跟在后面，不曾回头，坚定地朝前迈步。

因为他这样坚定，安息也莫名地觉得自己能活下来。

怎样活，不知道，但一定是能活下来的，他对自己说。

一个多小时后，西垂的太阳勉强插入了一丝强光，安息抬起眼，看着不远处如同海市蜃楼一般的剪影。罗城终于出现在了视野里。他再回头看自己来时的方向，风沙如同海啸一般扬起了一面遮天蔽日的巨墙，所过之处已是无人生还。

安息缓缓地深吸了一口气，呼吸面罩的滤芯已经过载，他口鼻间全是灰尘的味道，但心里异常平静，脚步一刻不停。

踏进罗城地界时，他几乎已经失去意识，废土也累得不行，两人面前是垃圾成堆、黄土翻扬的纵横街道。宽的有八车道，窄的只容两人过，失效的红绿灯和街角摄像头睁着黑洞洞的眼睛看着他们，头顶是漆黑耸立的高楼大厦，暗影里蹲守的，是不知道多少双饥渴的眼睛。

三次工业文明最恢宏的造物，破败后也不过如此。

废土此时未向前走，将背包取下来摸索了半天，拿出一个气味信号发射器，又从胸口的衣兜里摸出拇指大小的一小瓶深红色液体倒插在发射器顶端，拇指一推，高举在空中。

安息满心疑惑，可耳边的窸窣声叫他不得不噤声屏息。

一只巨大的变异狗从一旁车库的卷帘门下探出头来，它生前大概是被人养在城里的极地大型犬，可如今毛发已经全部剥落，只剩下斑秃的皮肤和细尾。它双眼猩红，喷着恶臭的粗气，身体巨大但瘦骨嶙峋，肋骨根根可见。安息同它对视的一刹那便浑身发麻，见废土瞬间拔出枪，自己也赶紧哆嗦着从腰间拿出手枪上膛。

废土单手将手上的气味发射器又旋开了一些，那巨型犬鼻子一抽，竟踌躇了起来，破碎漏风的喉管里发出嘶哑的摩擦声。

一时间，四周响起无数令人不安的呜咽声，不知是在回应这只变异狗的叫声，还是在回应发射器里所散发出来的味道。

下一刻，无数大大小小的变异怪物相继走出黑暗，小到蟑螂蛇鼠，大到巨型猫犬。往日都市里有钱人所饲养的宠物如今全部脱笼而出，将他们团团围住，放眼望去，目光所及之处竟已有好几百只。

安息手心的汗浸湿了手套，枪口不受控制地发颤。可这些动物似乎都畏惧着废土手中的气味发射器，包围圈越缩越小，但没有任何一只率先发起攻击。

安息以前见过这个东西，这是能将气味快速挥发扩散开来的信号源，曾经用来捕猎，后来用来吸引变异怪物进行陷阱捕杀——上面一般放的是一小瓶人类的血。但废土手上这个很明显不是任何什么人类的血，而是一种这个城市里所有捕猎者都认识的气味。

这气味代表着某种力量，是来自食物链上层的绝对压制。

废土举着发射器向前试着跨出一步，面前的几只变异怪物立马让开几寸，安息紧紧贴着他。废土又走了一步，几只变异鸽子尖叫了起来，扑扇着羽毛所剩无几的翅膀骨架，所有怪物都一齐嘶鸣。

安息忍住想要捂住耳朵的冲动，依旧端着枪努力观察着废土后背的范围，而废土不为所动，缓慢却坚定地向前走。

两人就这样高举着这神奇的护身符，在百十双红眼的注视下，一步一步走向城市中心。

此时，左前方拐角处忽然冲出一个身形巨大的变异人。他脸部凹陷，腮边皮肤脱落露出森森白牙，手脚并用像野兽一般奔跑过来。废土立马将发射器对准他举着，那变异人硬生生停在他们两米远处，手撑在地上，因过于用力而指甲倒翻。安息知道自己应该冷静，但汗水混合着泪水仍不受控制地流了满脸。

他努力控制着自己的呼吸，掠食者能够嗅到恐惧的气味，他得要更冷静才行。

那变异人侵略感极强地围着他们走了半圈，胸口一起一伏地十分焦躁，眼看着就要不惧发射器的气味冲过来。只见他微微躬下身子，肩膀耸高，腿部绷紧，下一秒就要腾空而起。

然而在他跃起之前，废土已经悍然开枪。

他每一枪都准确打在变异人身上。第一枪轰在他左肩心脏上方三指的地方，整条手臂向后折去，但是他只是被冲力阻挡了一下，并未丧失行动力。

第二枪打在他额头，天灵盖立马被掀翻。

第三枪打在他脖子上，整个下巴都被轰穿，喉咙变成一个血洞。

第四枪打在他膝盖，变异人终于跪了下去，如同一个人棍般倒在安息脚边半米处抽搐。

一股强烈的作呕感涌上喉头，安息把脚尖收回来，生怕那变异人死灰复燃忽然伸手抓挠他。但废土已经迅速掉转枪头。又一只变异人从怪群中走出来，这次是个女性，或曾是个女性——零星几缕长发粘在她头皮上，身材矮小一些，但肌肉皮肤完整许多。

她身后又出现了第三个、第四个变异人。

狂暴的风到城市中央已经减弱了不少，满城玻璃残碎的窗棂发出啪嗒啪嗒的异响，像是刽子手临行前的鼓点。废土微微调整重心，全身肌肉紧绷，五感调动到极限，不敢错失一丝细节延误开枪时机。

然而就在此时，怪物包围圈忽然骚动了起来。外圈的怪物蠢蠢欲动，内圈的怪物向两边挤着挪开，一条通道被让了出来。安息眼睁睁看着一个人脚步无声地路过二十只张牙舞爪的饥饿猛兽，施施然走到两人面前。

他身型笔挺，摘下兜帽，露出辐射暴晒下的斑驳皮肤和一双红眼——赫然是一个高级辐射人。

他动了动嘴角，似乎是试图露出一个笑容，但只在他脸上形成了一个令人毛骨悚然的表情。他开口发出异常低沉的声音，说：“二位，跟我走吧。”

安息又怕又紧张，跟在废土身后紧紧抓着他的手，身边还有无数变异生物跃跃欲试。高级辐射人似乎浑然不察，已经转过身去准备带路，那女性变异人却忽然发难，速度极快地朝废土和安息冲了过来。哪料在前面走着的高级辐射人忽然残影一闪，随即出现在安息身后，轻巧抬腿将偷袭的变异人一脚踹飞——她凌空跃起，竟然飞出七八米，狠狠撞在路边消防栓上，整个身体向后折断，腰腹处响起几声骨头的脆响。

那高级辐射人悠然走回来，冲他们微一点头，示意他们跟上。

安息瞪着眼睛，他根本没看清这人是怎么从眼前消失，又从自己身后出现起脚的，他毫不怀疑如果对方愿意，可以毫不费事地在几秒钟内解决他和废土，而自己到死都不知道是怎么回事。

废土显然在这件事上同他有一样的认知，没有多问地跟在他身后。

唯一阻止着这座城里的每一个猎食者的，似乎就是废土手上的这一个小小的信号源。

走出两个街区后，尾随他们的变异怪物渐渐少了，街边的店铺虽早已空无一物，但招牌和当初的装修仍依稀可见。三人走在一座鬼城，宛如自己是被冰冻实验抛弃的幸存者，一夜醒来已是百年之后，天灾降临，人类灭亡，只有工业鼎盛时期的残品存留在地球上，如同一枚破损的奖章。

废土依旧一手拿着发射器，一手握枪，衣角牵着安息。

高级辐射人七拐八绕来到一个广场，带领两人走上台阶进了一栋大楼——虽然蒙尘，但这里昔日想必十分恢宏，挑高的穹顶壁画脱落，大理石铺就的宏伟大厅中间砸着一盏三米来宽的水晶灯，墙面上浮刻着一个大胡子的绅士——“恺撒生命保险公司创始人”。

楼里虽然有电勉强支撑着几盏昏暗的壁灯，但电梯是绝无可能运行的。高级辐射人推开楼梯间朝上走。

废土和安息从早上出发到现在，几经波折，体力已经经受了极大的消耗，尤其是安息，他走了不到五楼就开始手脚并用地往上爬，膝盖打战，双眼发黑。

辐射人带着他们一共爬了十八楼，步伐轻松，连抬腿的节奏都没有变化。他忽然像是想到了什么，回过头来，暗红色的眼珠子毫无生气：“你那个东西可以收起来了，这里没有那种低级玩意儿。”

废土没有出声质疑，把气味信号发射器关上——里面的血液还剩一个底。

辐射人的眼神越过废土落到安息身上，又露出了那种毛骨悚然的笑容，伸出手来：“你好，我叫二十九。”

安息浑身发抖，眼泪又涌出来，但还是逼着自己伸出手和他握了握：“你好，我，我叫安息。”

辐射人满意地转过身去，推开十八层的楼梯门。

二十九推开楼梯间的防火门，安息血液瞬间凝固了，一脑门的汗也都骤然全部凝固——满满一屋子高级辐射人全部停下手中的事，回头瞅着他俩。

角落里有两个辐射人本来在玩桌上足球，其中一个一闪神，劲儿使大了，手柄在他手中飞快地转了几圈，里面的弹珠飞出来，咕溜溜滚到三人面前。安息低头一看，竟然是一个浑圆灰败的眼球。

于是他果断掀开面具转过身吐了。

一屋子辐射人默默不语地看着安息撑着墙吐，二十九不动声色地踢了一脚那个眼球，眼球沾满了灰滚到一个桌子下面看不见了。

一个辐射人率先反应过来，问二十九："怎么是你，老大呢？"

二十九面无表情道："不知道，还没回来。"

那人一愣，说："可是我分明闻到了他的味道。"

二十九竖起拇指越过自己肩膀指了指背后的废土，废土见状扬起手中的气味发射器，解释道："我之前见过一次二号，他给了我一小管他的血，说……以后要是有需要，到罗城来，说不定可以保一命。"

一屋子辐射人明显来了兴趣，都围了过来："哦？什么时候？"

废土微不可察地朝安息移了半步，将他挡在身后，说："九年前。"

安息闻言也直起腰来。他本来就没怎么吃东西，止不住胃酸却也吐不出什么东西。他擦了擦嘴，看着废土的后脑勺，心里万分诧异，难道那一小管血是来自一个高级辐射人的？

听起来还是一个辐射人头头，怪不得整个罗城的怪物都认识那个味道，不敢靠近。

众人奇怪道："于是你就来了？你怎么知道他还活着？"

"都九年了……"

另一个问："对啊，都九年了，你又怎么知道他现在还在罗城？"

众所周知，变异生物的衰变毫无征兆，再强大的变异人也可能一夕之间就被基因抛弃，火速玩完儿。

二十九观察他，了然道："你不知道，只是赌了一把。"

废土点头："沙尘暴来得很猛，休息站被毁，在外面待着也是死。"

一群辐射人听休息站被毁竟全体跃跃欲试了起来："休息站没了？那不是很多旅人被留在外面？"

废土和安息都看出了每双红眼中的兴奋：食物！食物！

这时，其中一个辐射人的注意力又放到了废土背后的安息身上，"咦"了一声，凑过来闻了闻，说："小孩子。"

所有红眼齐刷刷看过来，眼里的兴奋信息瞬间变成了：小孩子！小孩子！

安息被一大群辐射人团团围住，如同落入狼群的羊羔，瑟瑟发抖。

看大家对安息的兴趣异常浓厚，废土也紧张了起来，与自己有一丝交集的“二号”还没回来，他也不确定高级辐射人群体到底是个什么社会组织。他们会看在这血的分上放过自己和安息吗？

比起来，他之前倒是听说过有一些人的血闻起来比其他人更香，看眼前的阵仗，他心里难免紧张，手不动声色地背到身后摸上腰间的枪。

一个普通人类面对满满一屋子高级辐射人根本没有胜算，但废土没有选择，他身后还有一个安息。

只是废土还来不及想招应对，安息却已经呜哇一声大哭起来，在绝对力量和气场的碾压下，在这种如噩梦般的气味的包围下，他终于完全放弃抵抗，垂着肩膀仰着下巴，哭得毫无形象。

大家都吓了一跳，一个辐射人连忙挥手轰他们：“躲开躲开，吓着小孩子了。”

大家讪讪地退了几步，还是止不住打量他。等到安息的大哭变成抽泣，废土悄声问他：“渴不渴？”

安息委屈巴巴地点点头。

废土递给他自己的水壶，安息一边打哭嗝，一边喝水，好半天后才抹了抹眼泪恢复镇静，把水壶递给他说：“不哭了。”

废土一头黑线。

几个辐射人见状又围过来，问安息道：“今年多大了？”“在哪出生的？”“叫什么名字？”

安息刚说了“不哭”，但被一大群猎食者如此近距离围观也还是吓得不轻，他躲在废土身后把脸埋进他衣服里，试图隔绝一点他们身上的气味。

闻着这味道，他一闭上眼睛就是自己妈妈躺在病床上，被辐射毒素慢慢侵蚀全身的样子。

一群辐射人如同在街边逗猫，“啧啧啧”了半天小猫也不出来，只得悻悻散去。

二十九轻轻哼了一声，像是在冷笑，跟废土解释道：“你应该知道吧，辐射人是无法繁育的，大家都很久没见过小孩子了，自己有儿女的也……”他没说完这句话，但废土也听懂了——既然成为变异人这种不人不鬼的东西，又还怎么能和家人在一起。

“所以看到小孩子，觉得珍贵稀奇罢了。”二十九说。

废土点点头，微微放下心来，反手揽着安息拍了拍他。

二十九暗红无光的眼珠移开了一点，说：“你知道为什么吗？”

废土不解反问：“什么为什么？”

二十九：“为什么上帝叫有些人遭受了辐射毒素伤变异，却还保留他们的智力和记忆。”

废土拿不准该答什么，只摇摇头。

二十九说：“因为他想叫我们自己眼睁睁瞧着自己灭亡。你以为到时候人类灭亡的场景是什么样，是因为缺水少粮吗？是被变异怪物杀死吗？不，是当我们看着地球上最后一个人类婴儿出生，再看着他死去，直到再也没有新生儿出生，然后我们就都死去了。”

“我们最后将是这样结束的。”二十九说。

废土说不出话，只能看着他。安息从他背后钻出来，弱声弱气地说：“其实……我也不是那么小，我刚满十七了……而且，我们避难站还有比我更小的孩子呢。”

二十九眼珠转回来，安息立马又把脸藏起来。对方还未说话，就被别的什么吸引走了注意，他动了动鼻子，说：“老大回来了。”

不出五分钟，一个高级辐射人果然推门而入。他满头黄土，风尘仆仆，看着比废土和安息还狼狈。他颇为吃惊地看着屋子里的两个人类——虽然他的“吃惊”也只是努力抬高了两毫米眉毛——问：“食物？”

安息闻言连忙拼命摇头。

二号看过来：“噢哟，小朋友，”他转向二十九：“可以吃吗？”

吃？吃！

安息要晕厥了。

二十九简言给他解释：“闻到你的血我才出去看看的，这小子说九年前你给了他一管血，叫他有事可以来找你。”

二号盯着废土看了半天，废土也配合地把面具摘下来随他打量。片刻后，二号一脸茫然道：“我给过你血？”

众人全撑着头表示无法直视——请问自家老大是脸盲这件事，怎么办?

废土也有点无奈，提醒他道:“九年前，这里出去往西七公里的休息站，我当时跟着一队赏金旅团护送……你女儿去虚摩提。”

二号恍然大悟：“哦！是你救的费丽莲！”

N道八卦的目光射过来。

二号面向大家解释道：“费丽莲，我女儿，你们知道的。”

一个辐射人问：“你女儿不是在避难站长大的吗？不是小婴儿吗？”

大家纷纷点头：“对啊对啊，照片上是小婴儿。”

二号咆哮道：“三十年前是小婴儿！你们有没有脑子啊！”

大家一脸无所谓道：“哦……脑子都坏掉了嘛，变异就是这样子的。”

二号无语了，废土也一脸无奈，说：“九年前我新加入了一个赏金旅团，接到的任务是护送一个生育资源去虚摩提，”说到这他快速看了二号一眼，不过对方似乎并未对他将自己女儿称作“生育资源”做过多反应，于是接着说，“路上进驻一个休息站时，我当时的同伴想要……嗯，欺负那名女性。”

大家满头冒问号。

二号纠正废土委婉的措辞，直言道：“那几个禽兽想要强暴费丽莲，被这位小哥杀了。”

大家：“哦……”

二号接着说：“你们知道的，我当时已经变异十几年了，费丽莲从小在避难站长大，我根本没机会见她，但是变成这副鬼样子倒是有个好处，血的味道是不会认错的。我当时闻到费丽莲的味道，赶过去的时候发现这位小哥已经解决了。”他沉下脸，对废土说，“要是没有你的话，饶是以我的速度，从这里冲过去也不一定来得及阻止他们。”

八卦的众人：“然后呢？”

二号耸耸肩：“然后我就跟小哥说，这是一瓶我的血，以后要是有需要可以找我。”

大家抓狂道：“这段我们知道了，女儿呢？”

二号纳闷道:“女儿？她走啦。”随即反应过来，说，“她不知道我去了，我站在休息站外面，没进去看她，也没和她说话。”

众人听罢愣了一下，又沉默下来，不知道彼此想到什么，一时间竟没人再说话。

半晌，废土才说："只是没想到……"

二号似乎看得很开，毫不显得郁卒，说："只是没想到我还活着是吧。我也没想到，哈哈哈，你看，一号也死了，现在罗城除了我之外，成为变异人最久的就是二十九了。"

这时，一直一声不吭的安息忽然开口了，声音脆生生的，问："你们的名字，都是号码吗？"

二号看过来，饶有兴趣地说："对啊，我是二号，"他挨个指过去，"二十九，五十三，五十六……"

安息呆呆地："哦……"

一句没说出口的话萦绕在所有人心头：既然已经不是人类，又何必再用人类的名字和身份，对于自己和家人都是一种侮辱和亵渎。

我母亲给我起的名字，不是给这个怪物的。

可安息心里想的完全是另一码事：这些高级辐射人好像脸部肌肉都不是很协调，全员面瘫，以前觉得废土面瘫真是自己错怪他了。

一阵尖锐的风声呼啸而过，在城市的高空嘶鸣，所有人都不约而同地望出去。暴风已至，对于这废土上的人类来说，明日又将是比今日更加艰难的一天。

第三卷

第七章　审判日

安息站在垂直井梯里，老旧的锁链发出铁锈的吱呀声，走廊上暗黄的灯光透过井梯的栏杆投射进来，一道道光影像是监狱的栅栏，把安息的脸和身体切割成数份。

井梯轰然停止，安息使劲掰开铁门，脚步沉重地走出去。幽深漫长的回廊上三三两两站着几撮人，他们交头接耳窃窃私语，像嗡嗡的虫鸣，安息听不清他们在说什么。

他刚朝前走了一步，面前所有人忽然全都望了过来。一张张没有五官的面孔陷入沉默，像是忽然被按了暂停键，投给他空白的注视。安息麻木地向前走，越过他们所有人，走向走廊尽头，他推开房门，一股强烈的、死亡的味道扑面而来。

安息的妈妈躺在病床上，手脚被死死铐住。但这实在是毫无必要，因为她已经非常虚弱，身形憔悴、神志不清，连呼吸都浅到听不见。

似乎是感受到了安息的视线，形同枯槁的妈妈忽然睁开了一丝眼缝，她眼珠灰白，不知还剩下多少视力，却准确地辨别出了安息的方向。她笑了起来，手指头动了动，像是在隔着空气抚摸他的头发。

妈妈总是很喜欢他柔软的长发，所以他在那之后一直没有剪过。

在那之后？安息心里升起一个微弱的疑问——在什么之后？

这时，病床上的妈妈启动嘴唇，轻轻地说了几个字。

但是风声太大了，安息没听清。

他焦急地向前跨了一步，想要辨别她唇间的话语，可周围忽然拥出来很多人——瓶盖、钿安、独耳、红茶……他们将安息手脚拽住，叫他不要靠近病床上的女人。

“危险……”

“也许会变异……”

“不要靠太近……”

纷杂的人声和风声叠加在一起，盖过了妈妈最后的话语，安息急得要掉出眼泪，拼命想要扑到弥留之际的妈妈身边。

然后他忽然安静了——避难站里怎么会有风呢?

于是安息醒了。

安息睁开眼睛，有些迷茫地看着挑高的天花板，全身上下都跟散架了一般痛，是肌肉被过度使用后的反扑。安息慢慢地坐了起来，肚子发出了饥饿的回响，他左右看看——自己躺在屋子的角落靠墙的地方，枕着废土的外套，视线被一个巨大的办公桌隔开。他费劲地跪起来，从桌子上方看出去——零星几个高级辐射人在屋子那头休息。

他明白自己为什么梦见妈妈了，因为气味，因为这挥散不去的、人体被辐射毒素侵蚀的气味。

安息忽然觉得自己有些想家了。

机械性地左右四顾，安息意识到这栋大厦原本应当是个写字楼，他们所在的整层是一个巨大的开放性办公室，隔开单间办公室的玻璃碎了一地，墙面四处都是暗红色的污渍。昨夜他和废土避开旁人凑合到这个角落歇下，两人都累得不行，安息不管怎么按摩小腿肚子仍有些微微抽筋，饿得前胸贴后背，连压缩干粮都变得好吃了。

吃饱之后困意上涌，安息潜意识觉得不能在狼群中打瞌睡，一边迅速睡着了。

这一觉竟是睡了整整半天。

这时，废土从门外走了进来。几个辐射人都没分给他过多关注。废土刮了胡子，洗了脸，说不定还洗了个澡，整个人神清气爽，棕色的湿发被抹在脑后，深刻的眉眼潮气弥漫，看着既年轻又英俊，安息这几日总觉得他陌生，此刻却觉得那个避难站里像英雄一样的废土又回来了。

废土走过来，蹲到安息面前把铺在地上的外套拾起挂在一边，他只穿了一件灰白色的单衣，衣料被厚实的肌肉撑得饱满。他低头说：“他们这里水资源竟然挺多，虽然不是净水，但我煮了一大锅，取了蒸馏液的部分，大部分的重金属应该都滤出去了，可以擦个澡。”

安息毫无反应，依旧睁着黑白分明的大眼看着他。

废土没听到答复，有些奇怪地看了看他：“怎么了，还是饿了想先吃东西？”

安息忽然觉得自己满头满脸的灰十分狼狈，从地上爬起来说：“我，我先去洗澡。”

废土却一把拽住他：“你饿着肚子先别洗澡，小心晕过去，吃两口东西。”

安息只得又局促地坐回原地，双手抱着压缩干粮，水也不喝一口，就抱着干啃。

废土觉得他有些奇怪，但也想不出为什么，只问：“你的羊呢，不用喂？”

安息把电子宠物拿出来捧在手里，用手指戳着羊屁股把它叫醒，给它吃了些干草，然后把它放到靠窗的地方充太阳能。

看着小羊在太阳下理起了自己的毛，安息才恋恋不舍地站起身，交代废土一定要照看好它，才独自走到拐角处的公共厕所。

他来到厚厚蒙尘的镜子前，把衣裤脱下来叠好放在一边——他举起上臂用了用力，看着微微凸起的肱二头肌，又低头拍了拍平坦的小腹，试图找出腹肌的痕迹。然后他又拢了拢自己的长发，把它们全部盘到脑后，想看看自己短发大概什么样。

如果不是自己，如果那时没有自己，废土会如何离开呢？他忽然想。

这念头一旦升起，便无可避免地发散开来——废土说过，如果想走，避难站里谁也拦不住他，这点安息并不怀疑。所以选择自己，真的只是为了更加方便快捷地换取离开所需的资源吗？

如果不是，他在我身上看到了什么呢？自己既不高挑俊美，也不特别聪明，还总被嫌弃软弱爱哭，废土看上自己什么呢？

不对，他从来不是真心要带自己走，不过是为了报答他的资讯，带他见见世面。可是再之后，他为什么要回来找我，送我小羊，帮我烧洗澡水？

安息晃了晃脑袋，用温水将长发打湿，细细地洗出很多泥沙和思绪。

洗完澡之后安息整个人都满血复活了，梦魇已经被他完全忘在了脑后，他轻轻哼着歌回到大房间外，听见里面吵吵嚷嚷的。

安息推开门进去，发现不少变异人都回来了，只是他熟悉的二号和二十九不在。他们围成一个圈，兴奋异常，空气中飘散着十分浓烈的血腥味。

他有些愣神，朝圈子中间看过去，赫然和一个人类对上了眼。

那人类显是在风暴中落单的旅人，浑身脏污，疲惫不堪，左腿膝盖往下空荡荡的，已经丧失了行动能力。安息霎时间明白了——虽然不需要进食血液，但高级辐射人对血红蛋白的渴望不下于这片大地上任何一个变异生物，这人类反正也无法在废土上生存下去，还不如供给大家解馋。

安息直觉自己应该扭开脸避开这画面，可那旅人的眼睛死死盯着他，叫他寸步难行。

旅人被按在地上，颈动脉被利器划开，大量鲜血汩汩溢出，他徒劳地捂上自己的脖子，单腿在地上乱蹬，头发瞬间被血浸湿了。

忽然，安息的眼前黑暗一片，他落入了一个宽厚的怀抱里。废土温热的掌心覆在他眼睛上，干净的气息围绕着他，把他带离了那个地方。

“嘘——闭上眼睛。”废土说，然后把他的耳朵也捂住了。

辐射人兴奋的叫喊声、陌生人接近呕吐的呛咳声和无止境的风声都被隔绝在外，终于安静了，安息想。

他转过身面向废土，把脸埋进他衣服里——终于闻不到那个味道了，鼻腔里只剩下废土身上温暖的体温。

废土下巴磕在他头顶，带他回到角落，靠着大办公桌背后坐下。

过了许久，人类挣扎的声音渐渐微弱了，辐射人短暂的饕餮狂欢也接近尾声。安息轻声问：“我们有一天……也会这样吗？”

废土想了想，实话道：“也许吧，如果运气不好的话。害怕吗？”

安息点了点头，又摇头。

废土说：“没什么可怕的，这远远不是最糟糕的死法。”

安息没有问“最糟糕的死法”是什么，只问：“你从来就不会怕吗？”

废土沉默片刻，说：“会怕，经常会，因为恐惧才能活着，不知恐惧的人是活不久的。”

安息仰起脸看他。废土似乎想到了什么遥远的往事，睫毛下垂，眼睛微微失焦。他身旁的小孩儿，像是一个安抚人心的大绒毛玩具，叫他思绪万千。

“我出生的地方是一个废土休息站，非常简陋，条件很差，”他轻声说，“我母亲还怀着孕时就被避难站赶了出来，因为我父亲在一次变异人入侵时受伤感染，可他瞒着大家很久没说，直到衰变后才被发现。站里的人发现之后全乱套了，他们倒推我母亲怀孕的时间，疑心那时候我父亲就已经感染，而她肚子里的将是一个……变异小怪物，所以将她赶了出去。”

废土冷笑了一声：“那时候人们还不知道变异人是无法生育的，但其实知不知道这些也不重要，适当的恐惧能令人存活，大量的恐惧能令人发疯。”他低头看安息——又像是什么都没看，喃喃道，“你以前不是问过我什么生物变异了最可怕吗，我当时跟你说，是人。其实，人心变异了，才最可怕。”

安息沉默半晌，跪起来抱住他的头，拍了拍他的背。

废土觉得这幼稚的安抚动作十分可笑，但却神奇地有巨大功效，也就任他抱着。

过了一会儿，安息忽然放开他，问：“对了，我一直想问你，你的真名是什么？”

废土看着他，神色戏谑：“我还在想你到底什么时候会问我。”他调笑道，“你认识我这么久了，还稀里糊涂跟我离开了避难站，都没想过我叫什么？”

安息有些尴尬，含混道：“因为在我心里你早就已经有名字了。”

废土抬起眉毛：“哦？我叫什么？”

安息直视他的眼睛，说：“废土。”

废土笑了，是肉眼可见的明显笑容，他点点头：“那我就叫废土。”

安息好久没见过他笑，满眼转圈圈，还是挣扎道：“不行，你得告诉我。”

废土眼里依旧带着笑意，说：“我父亲姓莱特。”

Light，光。

“名呢？”安息急切地问。

“米奥。”

安息愣了一下，完全无法把废土和“米奥”这个名字联系起来，重复道：“米奥？”

废土说：“嗯，是一个古维京名。我母亲带着二分之一斯堪的纳维亚的血统，她的头发是白金色的，我小时候也是，不过长大之后发色就慢慢变深了。”

安息呆愣地看着他：“那一定很帅……不过，现在这样也很好看。”

废土勾了勾嘴角，低头凝视他。

安息在舌尖回味这个名字：“米奥。”他又拖长音节重复了一次，“米——奥。”

废土有了不好的预感，眯起眼睛。

安息眨眨眼，把两个字连在一起，念出声：“喵？”

废土一头黑线，不远处刚刚跨进门，因为变异而听力极佳的二号转过来，面无表情指责道：“不要卖萌。”

风暴持续了三天，丝毫没有减弱的意思。

废土和辐射人都说从来没见过这么猛烈的狂风，不知道这次海上的虚摩提有没有遭殃，但反正地下的辐射避难站是不会安生了，不知道会有多少旅人在避难站门口疯狂敲门，又不知道有多少变异怪物在死命往地下钻。

安息反倒很淡定，他反正什么都没见过，已经习惯了。

另一方面，他在被迫和一大群高级辐射人朝夕相处了三天之后，已经对他们的存在感到麻木。他现在已能面无表情地只身路过他们，甚至还在他们桌上足球三缺一的时候加入过一次。

比起总是用力过猛的辐射人，安息很快摸清游戏窍门，连赢七把，被禁赛了。

而自从上次之后，辐射人也没再带回来过什么其他人类。

安息觉得这主要归功于二号。他当时进门来看见了地上的受害者后，心下了然，但还是大声骂起了人：“你们能不能不要把味道这么大的东西带回来吃！有未成年在呢！什么眼珠子手指头的都给我收起来！”

安息扒在废土肩膀上遥遥看了他一眼，轻声说：“谢谢你哦。”他觉得以二号的耳力肯定听见了。

狂风不停，两人也去不了别的地方，安息休息了半天就开始骨头痒，想起之前在集市里有过的谈话，就找废土学格斗技巧。

废土一边打量安息，一边说："你身体素质其实不差，平衡感也不错。"安息尾巴还没来得及翘起，对方却接着说，"但体力差，爆发力不够，战斗意识为零。"

安息："哦。"

废土："而且身高也有一定劣势。"

安息干巴巴地回："够了哦。"

废土心里好笑，安慰道："你才十七，还可以长几年。"

安息依旧满脸写着不高兴。废土说："但你这样的身材也有优势，重心低、灵活、速度快，你手没别人长的话，每次打中就要打痛。"

他示范起动作："你要学会认脆弱部位，这里，这里，还有这里，都是人体很脆弱的地方，不管多高多壮的人挨一下都会痛。打架也好，杀怪也好，最重要的是动脑子，眼睛好好看清楚对方的行动轨迹，不但要看到当下，还要看到几秒以后，找准角度，才是效率最高的办法。"他想了想，又补充道，"走这种快速出招的路线应该更适合你，速战速决，对体力要求不高，女孩儿都能行，你也没问题，不需要练成很壮。"

安息纠结了一下，说："可我想要变壮。"

废土讶异道："为什么？"

安息撸起袖子拍了拍胳膊："因为帅。"

"而且……"安息拉过脑后的马尾，"头发我也有点想剪了，一点都不帅，你们都觉得我像女孩儿。"

"不了吧。"废土下意识说。

"为什么？"

废土满脑子惊叹号和省略号："因为到时候，会是你的脸，配上二号的身体……"

不远处几个辐射人不约而同"噗"地喷了出来，安息大窘，脸通红地怒吼道："你们干吗偷听别人说话！"

小羊被逼急了也会咬人，高大凶悍的辐射人瞬间化为几只大狗熊，讪讪地躲到房间那头。

安息转过头来，脸皮发烫，两人对视了一眼，又是尴尬又是默契地没再起这个话题。废土若有所思，给他布置了一系列锻炼任务就穿上外套离开了。这里没有太多能够利用的重物，但进行折返跑、平板支撑、引体向上和仰卧起坐都没问题。不少动作安息早前就见废土在避难站做过，当时的他学了几分钟就累得滚在一边，如今竟然也能完成个七七八八。

安息一心想要变壮变强，拼了老命地挥洒汗水。做完一组后，他插着腰喘气，抬头发现一群红眼盯着他看。

安息手臂上竖了一层毛，逞强问道："怎么了？"

五十三说："你一运动，体温升高，血闻起来就特别香。"

安息迅速后退到墙角，一脸惊悚，下一秒，五十三的后脑勺就被二号狠狠拍了一巴掌。

"过来修导管！"二号恶声恶气地把他抓走了。

安息惊魂未定，抱着电子羊和水瓶溜到走廊尽头继续锻炼，练一组休息一会儿，休息时间越来越长，最后勉强坚持了三组，离目标的五组还差一截。

他靠墙坐着喝水，寻思着晚上是不是还能洗个澡。

耳边忽然传来响动，隔壁的防火门被推开，废土背上背着一个被布蒙上的长条物体，低头看见他，问："你怎么在这儿？正好，去穿上防风外套跟我出来，护目镜和面具也记得戴。"

安息应声一骨碌爬起来，腿差点抽筋。他急急忙忙跑回屋，拢上外套抓起面具又往外跑，依稀听见身后有人说："看吧，把人家吓跑了吧……"

废土带他从一个安全楼梯爬到二十层的露台，刚打开门，安息差点被狂风刮走，东倒西歪撞在废土背上。两人走到露台边缘，废土取下肩膀上的东西，打开遮布露出一截漆黑的枪管——是一架狙击步枪。

废土说："这是一款麦克米兰复古枪型，机身轻、射程远，最重要的是枪管结构是模块化可拆卸的，也就是说，为了适应近战，你可以迅速调整枪身，而且只需要携带一种弹药。"

安息微张着嘴频频点头——枪体线条流畅，十分漂亮，枪管是黑色磨砂质感，到了枪托处变成迷彩黄，设计简洁而富有美感，不像一个杀人兵器，反倒宛如一件艺术品。废土道："认真看。"

他快速示范了一次如何把支架立好、瞄准镜卡进槽，又演示了一次如何把枪体拆换成普通步枪，递给安息：“你来试试。”

安息只看了一次，竟然几乎完美地还原了废土的动作，只有一个步骤卡壳了三秒，随即又摆弄顺畅。

废土牵了牵嘴角，接过枪又重新拆装了一次，换上弹匣，只不过这次他的动作是之前演示的三倍速。随后他又行云流水地把枪身调整回狙击枪的状态，招手叫安息跟他一起趴下来。

废土教他怎么握枪，交代道：“拆枪换子弹你回去还得多练，最后这枪要成为你手臂的延伸，你身体的一部分，你闭着眼睛也清楚它的每一寸，知道枪里剩多少子弹时分别是什么重量。在最后一发子弹发射出去之前，你的手就要摸在替换弹夹上，而最后一发子弹壳落地之前，新的弹匣就要换上膛。”

安息点点头向前凑，把枪托顶在肩窝，手指握把，打开瞄准镜，跟废土一起看楼下街道上徘徊着的大小变异怪物。

废土微微偏头，说：“那个大……那是什么东西，老鼠？看见没，黑色的那个。”

安息轻声：“嗯。”

“瞄准它，如果姿势不舒服就自己调整一下，双肘撑稳。”废土在旁边微调他的姿势，安息眯着眼睛，通过准星追逐着变异老鼠的一举一动——这不是太容易，高空风时快时慢影响着他的枪头，漫天扬尘，能见度很低。

废土在他耳边说：“放慢呼吸，手指扣上扳机，你试试连开三枪但握枪力量不要变。”

安息心跳如擂鼓，但头脑异常清醒，似乎天地狂风都被他排除在了脑外，整个世界只剩下他手中的枪，他枪口下的猎物和他耳边废土的呼吸。

安息徐徐呼出一口气，食指扣下扳机。

第一发子弹打在巨鼠的后腿，一团蓝色的颜料炸开在它皮毛上，巨鼠一惊弹开半米，茫然地四处张望。安息被枪的后坐力顶得失了准头，但他迅速调整枪头重新对准巨鼠，果断扣下第二枪。

这一枪打在巨鼠半米远的地面上，扬起一层灰尘的余波，巨鼠扭头朝反方向跑了，安息目光追着它跑去的前方又开了一枪，子弹擦着巨鼠头顶飞过，还是差一点。巨鼠钻进一个空屋不见了。

安息松开扳机喘起气来，背上冒了一层薄汗，才意识到自己刚才多紧张。

废土放下望远镜，评价道："还不错，比你之前好多了，下次开枪时不要憋气，保持呼吸。"

两人又在楼顶找各种变异怪物练了一下午靶，直到废土临时做的一排墨水弹全部告罄。

天色渐暗，城市陷入阴影，安息随着废土站起来，把枪架和瞄准镜收好裹上布，递回给他。废土却没有接，说："这把枪是你的了，以后你不管去哪儿，都得带着它，习惯它的存在和重量。"

安息又露出了收到小羊时的表情——惊喜中带着呆愣，开心中带着一丝不可置信。他把几乎是半个他高的枪抱在怀里，小声说："谢谢，谢谢你。"

废土笑了一声，说："所以你的重量训练不能落下，蛋白胶囊也要记得吃，这样枪口才会稳。你用熟了狙击枪，就可以练步枪、手枪，最后学刀。"

安息使劲点头，摇着尾巴跟在他身后，一起下楼。

快走回十八楼时，安息又突然开口，没头没尾地说："对了。"

废土"嗯"了一声，没听到后续，回头看他。安息抱着枪站在几阶楼梯上，垂着眼睛俯视他。

安息的脸隐在背光的阴影中，半晌才说："你之前说过，在避难站的时候对我好，都是骗我的，那不是你本来的样子。"

废土有些诧异，不知道他为什么忽然说起了这个。

"我知道，那是因为我了解避难站的换班流程和房间构造，因为我有很多药品，也知道食物、武器在哪儿，所以才对我好的。"他终于把多日来心底的疑问问了出来，"如果当时不是我，如果当时你来医药站的时候我不在那儿，你还会……"他喉结动了动，重新措辞道，"你会自己悄悄打听消息收集资源，还是会随便找个别人……帮你？"

安息说"帮你"的时候，表情有些微妙，一副话里带话的样子。

废土听懂了，心下当即哭笑不得，说："什么别人，还有谁跟你一样傻。”

安息闷闷道：“哦对，还因为我傻。”

废土一本正经道：“我会找个别人，啊，就你那个在食品站工作的姐姐吧，她对避难站也很熟悉，又有食物和净水。”

安息心沉下去，“哦”了一声。

废土憋着笑，努力板着脸继续说：“但是有个问题，她性格不是我喜欢的类型。”

安息抬起眼有气无力地看了他一眼：“那你喜欢什么类型？”

废土说：“聪明的，枪法好的，会打架的，有能力的。”

安息脑袋又耷拉下去，干巴巴道：“哦。”

“不过嘛……”废土又说，“那种皮肤白，眼睛大，叫起来咩咩咩的也不是不可以。”

安息怒道：“我什么时候咩咩咩了？”

废土挑眉：“我又没说你。”

安息鼓起脸颊，皱着眉毛瞪他。

“算了。”安息暂时放弃了纠结，打开裹布又仔细欣赏了一下他的新朋友，把弹匣里的每一颗子弹都摸过一遍，对着灯光看了看枪管，心里盘算着怎么做些练习用的廉价子弹出来。

不多时，安息就有了大致的想法，他忘记郁闷，从桌子后面钻出来，一蹦一跳地满大楼找垃圾。

他捡回来一大包没有火药和底火的空弹壳，又从各面墙壁门板上抠下来不少微变形的弹头，还找到几个用空的能量槽和办公用的回形针，揣了一大兜子，准备回屋里鼓捣。

不远处的几个辐射人正聚在一起大声讨论一个出故障的导管，吵来吵去也没个结论。安息放下手里的东西，伸着脖子看他们。

废土正在磨刀，瞄了他一眼，用眼神警告他别管，安息熟视无睹。

他小心翼翼地溜达过去，像个小老头一般背着手凑向前看看，说：“你这个不是导管出了问题，是阀门有问题，要么是变压阀坏了，要么是指针不准。”几个辐射人回头看他，又回头看看被拆成一堆零件的变压器，安息接着说：“很好解决的，我帮你们看看啊。”

辐射人狐疑地退开一点，安息蹲在他们中间，左右手抄起工具同时开工，不出一刻钟就修好了。稍一调试，再重新开闸，变压器上的绿灯久违地亮起。

一个辐射人指着地上说：“这怎么修完了之后还多了几个零件，从哪儿掉下来的，这行不行啊？”

安息手一挥：“没问题的，不用在意，我帮你们改了一下，以后如果是变压阀坏了这个灯会变红，如果是管道坏了那灯不会亮，你们就挨个排查管道就行。”

几个辐射人呆呆地点了点头，彼此对看一眼，随后瞬间清醒过来，七嘴八舌道：“这个这个！”“我们还有这个坏了！”“来看看这个！”

从发电机到水箱，安息做了一晚上维修工，直到深夜才被废土揪回角落里睡觉，收了一大堆辐射人给他的报酬。他得到的报酬千奇百怪，从半打闪光弹到生物降解能源桶应有尽有，甚至还获得了“三个小时免费搏击教程”券，被废土一口否决：“你和高级辐射人练搏击，两秒钟就骨折了，是不是傻。”

安息笑嘻嘻地，也不反驳他，坐在桌子上晃腿，脑袋摇来摆去。

二号和二十九也回来了，丢给辐射人几个战利品大包，还没来得及说话就被拽走要求查阅所有恢复工作的仪器。二号遥遥地看了安息一眼，安息朝他露出牙齿笑。

废土有些头痛地把安息抓回窝里，心道这年头青少年可真是不受控制。

风暴来袭的第七天，整个世界都被搅和成一片昏黄。

最近连二号都出不了门了，一群高级辐射人和两个人类窝在一个不大不小的房间里，好像什么猎奇的实况秀。

大家这几日看起来似乎都更加忧虑了一些，尤其是废土，他眉头深锁，仔细清算还剩多少天的食物，又拿出气压计反复摆弄，似乎那东西能告诉他这反常的天气何时才能停下。

唯独安息不为所动，老老实实地完成训练锻炼身体，随后默默找各种东西练枪打靶。实在出不去了，就徘徊在废土身边随时随地准备偷袭他，虽然每次都被单手放倒在地。再没事做了，安息就自顾自地 DIY 各式各样的趁手武器，办公桌变成工作台——一些武器是按照废土的身材做的，一些是按照自己的身量做的。

就在头天，这里发生了一件不大不小的事——有个辐射人忽然衰变了。

那辐射人正是他们第一天到达时轰大家别吓唬安息，后来又邀请他参加桌上足球的五十三。衰变开始时，谁都浑然不觉，他百无聊赖地坐在一旁用小刀修指甲，一走神，利刃划破了手指，一时间血液汩汩涌出，止都止不住。

五十三一脸茫然，下意识将手指放进嘴里抿了一下，不料喝了满满一嘴自己的血，连牙齿都染红了。

大家闻到腥味看过来，也忽然意识到发生了什么，一时间全都沉默了。一屋子辐射人停下手中的事，注视着这个出血量如同颈动脉的小伤口，却没有任何人上前，也没有任何人吱声。安息却没太反应过来，吓了一大跳，左右四顾也找不到止血绷带，只得连忙把自己的开衫衬衣脱下来缠在他手上。

五十三眼神复杂地抬头看了安息一眼，正对上他黑白分明又惊惶担忧的双眼。很快，血迹透过层层布料渗了出来，安息急得带上了哭腔："你把手举高一点，高过心脏！"

一旁的二十九低声说："没用的。"

安息一扭头，眼泪就飞出来一滴，吼他道："你说什么呢！只是一个小伤口啊！你们不是很厉害吗！"

他举着五十三的手腕，不多时，一道猩红黏稠的血液顺流淌下，滑过他健壮的手臂，在手肘处滴落下去。

安息下意识伸手去接，一滴血掉在他手心，然后是两滴，三滴。

安息的眼泪也一滴两滴地落下来。

从刚才起就一言不发的五十三忽然站了起来，他面色异常平静，好像这只是平常的一天，他说："我出去了，不要把这边搞脏。"

安息还不肯放手，用布料死死缠着他手指，但血已经浸出很大一片，废土过来掰开他的手指，将他带开。

五十三死死攥着衣料伸出双臂，和每一个同伴简单又用力地拥抱了一下，说："再见。"

你也许听过很多再见，但当说这两个字的人是真心这样认为时，话语便忽然有了新的意义和强大的力量。

抱过一圈之后，二号才走过来。他紧紧将五十三抱住，又在他背上重重地拍了拍，说："回见。"

最后，五十三转过来对安息说："衣服我借一下，弄脏了不好意思。"

安息哭得满脸是泪，央求道："别走啊，肯定还有办法……"

废土把他脑袋摁进自己怀里，用左手和五十三郑重地握了握，做了道别。

五十三离开大楼后果然没有再回来，从窗口往下看，依稀能见到一条暗红的血迹延展去了远方。半个小时之后，那血迹就被风沙掩埋，不见了踪影。

安息哭了一会儿，随即安静地窝在角落里抱着膝盖。废土坐在他身侧，漫不经心地磨匕首——他知道自己其实什么也不必说，说什么也没用——这不是安息第一次束手无策地面对死亡，也不是第一次失去。果然，安息很快冷静下来，看着面前这泛着冷光的刀刃发了一会儿呆，随后从墙角爬出来，蔫蔫地继续摆弄自制弹药。

不出片刻，他又站起来走向那群辐射人，双手抱起靠墙放着的一柄重炮，吭哧吭哧地拖回自己的工作台。安息将头发高高绑在脑后，围着重炮鼓捣了半个小时，才又将他还给其主人。

"我加了一个避震器，这样后坐力轻一点，用起来比较安全。"安息说。

那辐射人足有一米九，比二号还要壮上一圈，整条手臂到脖子再到光秃秃的头皮全是文身。他呆了一下，从安息手里接过武器，愣愣地点点头。

"小羊"环视一圈"狗熊"，伸出手，严肃地说："你们那些没有安全栓的枪，还有没有手柄的刀，全都交出来。"

安息花了一宿时间把所有"安全隐患"都清除了，其实大家都清楚这举动没有太大实际意义，但没有人阻止他，都老老实实地交枪配合。

快到凌晨时，风速达到顶点，整栋楼似乎都摇晃了起来。安息趴回废土身边，掏出电子宠物来玩。

安息伸出手指头，没精打采地："小羊……"

二号在不远处学他："小羊……"

安息："……"

然后他们来到了第七日。

"第七日"总是包含了很多意义，上帝花六日创造世界，第七日是新生世界的第一天。第七日也是万物休息的日子，是所谓的安息日。可是在废土的世界里，在风暴来临的第七日，一切看起来不那么像开始，反而更像结束。

一股巨大的龙卷风赫然横行于地平面上，它上通天际，下达修罗地狱，向罗城方向直面而来。

所有人都陆续站到了落地窗前，看着这宛若末日的状景。

此时，整座罗城的所有生物都进退维谷——此时逃出去就是找死，不离开便是等死，这狂风沙砾组成的巨龙粗看足有两公里宽，还只是漏斗底部接触地面的部分。越是往上，龙柱直径陡然增大，怕不是有五十公里，半边天都被死死遮住，如若死神现世，他巨大的披风从天而降，毫不留情地一步一步向前。

龙卷风速度极快，不出十分钟就靠近了肉眼可见的一大截，此时众人才看清这不是一股龙卷风，而是两股巨大的风柱扭转在一起，它们的底部完全被沙砾、尘土和各类生物的尸骸所包围，犹如一个死星的环带。绝望如同空气，钻进每一个人的心肺和大脑。

几乎是不带停顿地，龙卷风的边缘已经迅速挨到了罗城的第一栋楼。

一阵剧烈的震颤之下，大楼外墙抖出海浪般的波涛，钢化玻璃和建筑泡沫化作漫天银光，被黄沙吞噬。

废土招呼安息到他身边："安息，看过烟花没？过来看烟花。"

安息走过来，和他并肩站在摇摇欲坠的窗前。一栋栋高楼接连被卷进强悍的自然之力里，楼里的大小电器和备用发电机悉数爆炸，化作一朵又一朵的火光。安息喃喃道："好漂亮啊……"

废土笑了起来："就知道你是个小变态。"

辐射人竟然也笑了，好像生命的漫漫长河走到最后，终于不用担惊受怕——人类不必再过朝不保夕、食不果腹的挣扎人生，辐射人也不必再担惊受怕这逆天改命的变异什么时候结束，一时间，大家眼里都映着这漫天火光，满脸平和。

“你说多久之后，地球就会忘了我们？”一个辐射人说。

“一秒。”另一个说。

“不，我的意思是，多久以后，地球上就会像是从没有过人类存在一样。”那辐射人说，“埃菲尔铁塔在二十年前就已经因为剧烈风化腰折了，当年迪拜的天梯在全面辐射后也不过撑了短短十年，就起火焚毁了，现在地表上还剩下的所谓伟大奇观，似乎只有狮身人面像和长城而已了。”

另一个笑起来：“没有任何工业文明的东西，看我们，看这罗城，今天也要从地球上消失了。”

二十九感叹道：“不值一提，我们是如此不值一提。冰河世纪，火山爆发，行星撞地球，比起这些来说，人类的四维纬度实在是太短了，地球的修复功能启动，就连这核辐射，四百年后也会完全净化。到时候……当最后一个人类消失的时候，地球很快就能把自己恢复到就像人类没有来过一样。”

“人类这个 bug，终于要被清除了。”

两条风柱越旋越近，他们的视野已完全被遮挡，地板剧烈震颤，天花板被挤压变形，灯泡瞬间炸裂，头顶的预制板堪堪落下砸在脚边。安息捏了捏废土的手，废土转过脸来，笑了笑，低头和他碰了个拳。

整栋大楼的玻璃霎时间全部震碎。

所有人被强悍的风浪向后掀翻，无数玻璃碴和石砾划破他们的皮肤，血腥味和尘土塞住了他们的口鼻。

安息紧闭双眼趴在地上，废土叠在他背上，天地摇晃，天地不仁。

而就在这时，剧烈的震颤忽然停止了，周遭安静下来，安静得像死亡之后的世界。安息依旧闭着眼睛，还没打算好怎么面对这身后的世界。

漫长的十几秒后，废土犹豫地从他身上爬起来，抖落一身碎碴。其他辐射人也缓缓爬起。他们站在一个完全露天，地板也缺了三分之一的平台上，从十八楼往上的所有楼层竟然被飓风全部削去！

龙卷风的尾巴渐渐隐去，化作一缕青烟，一大团气流好像幽灵一般浮在空中。

然后这尾巴被越擦越短，只剩上半截漏斗般的风团裹在一起，霎时间，天空下起了黄土色的沙雨，噼里啪啦拍打在他们身上，随之落下的还有各种变异动物的尸体、房屋的部件和石块，废土忙带安息一起护住头。

短暂的死亡之雨过后，安息悄悄睁开眼睛，看着脚边断裂预制板下的深渊——一道细小的彩虹出现了。

安息颤抖着声音问：“我们躲过审判了？”

没有人回答他，但所有人都知道，今天他们又活下来了。

第八章 遇龙

为期七天的极端天气使得整片大地上无数栖息地遭毁，数以万计的人类流离失所。尘土落定之后，疮痍的地表上随处可见人类和动物的尸骸，宛如一场基因大清洗。

废土和安息也决定继续上路。

他们短暂落脚的这栋“生命保险公司”大楼自然已经不能再待。天花板连带之上的所有楼层不知所终，玻璃也全部震碎。如今大楼四面漏风，摇摇欲坠，高级辐射人也收拾着设备和武器准备更换基地。

安息戴着巨大的护目镜，懒洋洋地躺在办公桌上，手臂枕在脑后，脚踝搁在膝盖上跷着。天空澄澈如洗，几乎没有云也没有风，紫外线嚣张无阻。废土收拾好两人的行李，把安息的包甩在桌上，用枪托戳他，说：“下来，准备走了。”

安息坐起来：“这就走啦？”

废土面无表情道：“不然吃个晚饭看场电影再走？”

安息傻兮兮道：“好啊。”

废土抬手作势要揍，安息一骨碌爬起来跑了。

共同经历了一场生死浩劫，安息对高级辐射人产生了些许不舍的革命战友之情。他先是溜达到二十九身边做了一会儿跟屁虫，好几次被忽然转身的二十九踩到或是撞到。对方忙得团团转，拎起安息丢到一边。

二号朝安息招招手，神神秘秘地，安息也蹑手蹑脚地靠过去，一大一小凑在一起。

二号拿出一个食指长的蜡封小瓶子，摇了摇里面浓稠的猩红液体，说：

“送你的，嘘——”

浅浅的红色挂在瓶子内壁上，安息接过来双手捧着：“你的血？”

二号点点头：“不过嘛，咱们今天分开后，前进方向完全是反的，以后也不一定能再见，这玩意儿说不定以后根本用不着，但是你还是拿着，万一……”

安息笑笑：“你当时和废……和米奥也是这么说的吧。”

二号抽动嘴角：“是。”

“谢谢，”安息把小瓶子贴身揣好，伸出手抱了抱他——虽然他手臂根本环不住二号，“祝你们好运。”

二号说：“我运气够好的了，也分你一点。”

安息揣着瓶子懒懒散散地走回来了，心里寻思着要找个什么绳子系起来挂在脖子上，这样不容易丢，抬头就见废土抱着手臂，压着一边眉毛一脸微妙地看他。

安息：“干吗……”

废土说：“走了，安息老爷，小的把包给你收拾好了，可以上路了吗？”

安息一点不脸红，打开包检查了一下，忽然问：“我的无敌炸裂弹呢？”

废土下意识反问：“你的什么蛋？”

安息比画道：“这么大的，黑色的，有两个。”

废土指了指角落的一堆垃圾：“我扔了。”

安息“啊”地叫起来，扑进垃圾堆里一顿扒拉，找出来两个黑黢黢的尖头圆锥状金属，沉甸甸的。他又拣出一柄尾端像弩、前端像火箭炮的东西抱在怀里。

废土看着那巨大的炮管，头痛道：“能不能别带这么多有的没的，这么重，你自己背啊。”

安息不满道：“这是我设计的！硝油比例改了下，用这个做推进管，虽然射程不算太远，但理论上杀伤力应该非常大，爆炸之后可燃物会溅开五米，里面还有化学灼烧的部分，沙子都扑不灭。”

废土一脸呆滞地看着他，安息误会了他的眼神，以为他不信，作势要把炮弹塞进去，说：“我给你演示一下。”

众人连忙冲上来拉住他：“别别！”

废土没办法，只能把这个垃圾合成的大规模杀伤性武器一并带上。

安息终于满意了，再三检查小羊水草充足，随口问：“我们接下来去哪儿啊？”

废土举着方向针，说：“继续往西北，今天天气不错，争取多走一点，去四十三公里远处的那个休息站。”

安息一听“四十三公里”立马头晕眼花，忽又想起一茬：“你说你那个……朋友，帮你存钱的那个，我们去哪找他啊？”

废土答：“他在番城集市，番城离这里二百二十八公里。”

安息吃惊道：“那不是没多远了？”完全没意识到自己对距离的概念已经大变样了。

废土点头：“本来这段路是得要绕着罗城走的，所以计划上是多出一倍的距离，这次误打误撞抄了近道。”

安息了然地看了看不远处的辐射人，又问：“你那个朋友，你就那么确定他一定会在那儿？”

废土已经戴上面具，说：“他常年在番城集市开店，基本都住在那儿。”

安息“哦”了一声，犹豫着措辞小声道：“我的意思……你给了他那么多钱，又延迟了这么多天才去，我的意思是……你先是在我们避难站耽误了那么多天……他万一走了……”

废土明白过来他的担心，却果断道：“不可能。”

安息酸溜溜道：“你倒是挺自信。”

废土却说：“不是自信，是相信他。”

偌大一个废土，安息只认识这么一个人，难免兴起了一丝幼稚的独占欲，于是更酸了，怪腔怪调道：“哈……万一到时候人家卷钱走人，打脸，啪啪啪……”

废土冷冷地看了他一眼：“如果真是那样，那我也认了。他救过我的命，不止一次，那些钱他真的要，也就给他了。”

安息愣住了——财迷废土这么多年存下来要去虚摩提买循环艇的钱，竟然可以眼都不眨地拱手送给这人。他又情不自禁地对照了一下自己——如果换作自己，废土也会这么大方吗？

废土不耐烦地提高音量催促道：“别啰唆了，到底走不走！”

安息被吼得吓了一跳，下意识脱口而出：“那你自己去吧！到时候拿了钱，你俩就一起去虚摩提……”

废土莫名其妙，火大道：“你有病啊。”

两人正吵着，不远处的辐射人们起哄道：“哦！吵架了吵架了！”

辐射人 B：“哎哟，你看他把别人弄哭了。”

辐射人 C：“就是，还不如留给我们吃……不对，还不如留下来给我们做技师。”

两人一齐转过来看他们，又对视一眼，脸上显出尴尬的样子，也吵不起来了，只得闷闷地背好包准备出发。

安息抹了一把脸，挥手道：“我们走啦！保重！”

辐射人们：“遇到其他的变异人可千万不要跟着走了！”

安息：“……”

经过一场严酷风暴的洗礼，安息又揣着二号新鲜的血，出罗城的一路都顺顺利利。他默不作声地跟在废土后头——对方走得飞快，安息心里憋气，也铆足了劲追他不肯喊累。

走出罗城地界五公里时，一只不知怎的落单的变异犬忽然从一辆只剩空壳的废旧汽车里冲了出来。它速度极快，无声无息，废土听见风被破开的声音，回头刚从腰后掏出枪对准，却从旁闪过一道红光，击中它的颌骨将它弹飞出去。

废土扬起眉毛看了一眼，安息双手举着一柄便携式能量手枪，面色沉着，掉转枪头似乎是想再补一枪。

废土抬起手示意他不要浪费，用刀把抽搐打滚着想再站起来的变异犬给解决了。

废土还是有些惊讶，问：“哪来的？”

不料安息一蹦老高，语气中全是惊喜和不可置信：“我打中啦！我打中啦！”

废土哭笑不得：“是，是，好厉害。”

安息得意扬扬，扬了扬手里的枪：“捡的，楼里挺多剩个底儿的能量槽，我就凑了凑。”

两人一齐低头看地上死去的巨大变异犬——城市崩溃之后，那些宠物狗很快在竞争中被淘汰了，活下来的全是这种适合生存战斗的纯种狗。

安息自从离开避难站后，这么多天以来终于完成首杀，高兴得忘记和废土冷战，仰着脸笑得不知道多甜。他把枪揣好，脚底生风地继续赶路了。

废土本来只是抱着叫安息少拖后腿的念头给他布置锻炼任务，根本没指望他能如何自保，不料安息不知什么原因对此事极有热情，特别上心，甚至到了每夜入住休息站时，他竟然也一反常态没有累得虚脱倒头就睡，反而还挣扎着完成了重量训练，吃了增肌胶囊才倒下。

少年的成长几乎肉眼可见，青涩的气息在慢慢褪去，蓬勃的朝气仍一如既往。安息整个人骨架稍宽了一些，摆脱了过去的单薄羸弱，脱掉衣服后不再能看见肋骨脊椎，反而有一道漂亮的肌肉弧线。废土回忆了一下安息站着时头顶的高度，发现他似乎个子也长高了一些。

此时，这个小小休息站里只有他们两个人，安息趴在一堆衣料干草叠成的床铺上跷着脚看小羊。

“你自制的练习弹还有多少？”废土问。

“还挺多呀，”安息说，“挺好做的，你要吗？”

废土摇了摇头，补充道：“不用，明天你准备一排随身揣着。”

安息惊喜地回头：“哦？明天打靶玩儿吗？”

废土说：“打……对啊，找几只给你练手玩儿。”

安息笑起来：“教学关卡第三课！”

废土也笑起来：“课程核心为——如何在行动过程中打移动靶。”

安息高兴了一会儿，在废土脚边地板上滚来滚去。废土忽然看见他脖子上有一条棕色细绳，捻起来奇怪道：“这是什么？”

他拿着那熟悉的细长瓶子诧异道：“二号给你的？”

安息说：“对啊。”

废土脸色微变：“你就挂脖子上放衣服里？”

安息依旧道：“对啊。”

废土“哦”了一声，松开吊坠，若有所思地靠在一旁。

安息莫名其妙地看了他的背影好几眼，不明所以，拉开领口把瓶子收好，继续给小羊梳毛去了。

废土说到做到，路上遇到的小家伙统统丢给安息练手。两座大城之间的地界上几乎全是宠物猫狗衍生出来的变异怪物。

第一次，安息见废土完全没有搭手的意思，扭脸就惨叫着朝反方向头也不回地跑了。

第二次，他本是想开枪的，却失手把枪整个丢了出去，虽然误打误撞砸中了那变异斗牛犬的头，枪却掉在变异犬流着哈喇子的嘴边。

废土忍无可忍，大吼道："不要再卖萌了！"

安息也怪委屈："你根本就没有教学！就直接丢给我！而且这个长得实在太恶心了！"

安息颤抖地指着那只浑身脓包、皮肤灰白的怪物控诉道。

废土扶额走到安息身边，无奈道："之前怎么跟你说的，打移动靶的时候不要把太多注意力放在准星上，眼睛要跟着目标走，更重要的是，要跟着目标移动的节奏走……"

这样说着时，地上的变异犬晕过了劲儿，东倒西歪地爬起来，原地转了三圈，眼瞅着就要继续朝他们撒腿狂奔。废土不慌不忙地把自己的枪递给安息，手罩在他手背上示意他随着自己的牵引平移胳膊，贴在他耳边指导道："站立射击保持精度固然更加困难，但你只要协调运用全身肌肉，脑子里不要东想西想，注意力集中……"

那红眼恶犬已经扑到跟前，废土才慢条斯理地做总结："呼吸节奏调整好，扣扳机。"

干净利索的一枪，变异犬眼窝中弹，被冲击力顶得在空中一滞，抽搐地掉在地上爬不起来了。

安息举着枪又自己比画了一下，自信心陡然爆棚："我懂了。"

废土："呵呵。"

他抽走安息手上的枪，扬了扬下巴："把你自己的枪捡回来，去。"

于是，在他们第三次遭遇变异怪物时，安息虽是一边大叫，但仍牢牢握着枪，用三发歪七扭八的子弹勉强击中了那变异蜥蜴的前腿。废土不忍心看他继续浪费子弹，掏枪帮了一把，还得表扬道："有进步。"

安息嘿嘿地笑起来。

废土又补充："但是……"

安息的脸垮下来了。

废土连忙改口："没什么。"

安息已经不高兴了，自顾自地往前走，嘴里嘟囔："算了，我已经听懂了！算了！"

废土在心里喊冤——青少年脾气好大！好难哄！

两人就这么一边赶路一边实战教学地朝西北走了四天。

虽然罗城不过也就在身后两百公里外，地貌和气候却已经完全不同了——大量南北走向的矮丘挡住了一部分东西风，但强势的北方气流使得昼夜温差更加极端，这些岩山直上直下十分陡峭，像是被利刃劈开一般，粗略看去，地质层都很新，形成的时间大约不长，板块运动应当十分活跃。

只是越靠近番城，情况越不乐观。

这一片受灾十分严重，他们途经了好几个休息站都损毁殆尽，废土不得不把路线向北调整了十度，把一日行程掰成两份，临时改道去一个原本规模较大的避难所碰碰运气。

离天黑还有一段时间时，两人已经抵达了这里。避难所由数个避难小屋整合而成。然而他们见到的第一个避难小屋就已经完全报废——一块巨大的落岩砸在房顶，聚合金的顶盖凹成锐角，沙尘已掩了上去，不知底下是不是还砸着人。安息不自觉地盯着看了一会儿，废土脸色也不好，拽了拽他，示意他跟上。

再往前一点，脚下的大地忽然凭空出现了一道裂缝，好像一块摔在桌上的饼干——这裂缝最尾端能供人两条腿分开站在缝隙两侧，但往东延伸过去越来越宽，深渊横穿一座碎成泥渣的屋子，再看竟然一眼望不到头。

安息惊呆了："这……这房子怎么能碎成这样？"

废土皱着眉头看了一会儿："可能有过一场地震。"

安息惊奇道："什么时候？咱们怎么一点儿没感觉到！"

废土失笑道："咱们当时那栋楼晃成那样，能感觉到什么？"

安息傻乎乎地想了片刻，说："也是。"

两人越过这屋子又往前走了些。避难所原本有一个指示塔，环绕它的五间避难小屋只剩一间侥幸尚存。两人对视一眼，决定还是保险起见，暂时不再继续赶路。

这避难小屋虽然骨架俱在，但四面漏风，太阳刚刚落山气温就降至十摄氏度，安息穿着三层衣服，还是冻得拆枪都不利索了。反观废土，像一只关在笼子里的大狮子，精力过剩地走来走去。他叉腰站了一会儿，招呼安息道：“过来，借你当个哑铃。”

安息不太高兴：“我很重的！”

废土“嗤”了一声，说：“少废话，来坐我背上。”

他张开双臂撑在地上，安息侧坐在他腰上，被他载着做俯卧撑。

安息没个准备，忽然双脚离地被撑起来，吓得叫了一声，随即又觉得十分好玩，嘻嘻哈哈地笑了起来。

做完俯卧撑，紧接着废土又做了一组深蹲。安息骑在他肩上，起起伏伏的，乐在其中，大声申请道：“我也要玩！”

废土不理他，安息就用脚后跟磕他：“我也要玩我也要玩！”

废土没办法，只得把他放下来。瞧他有模有样地趴在地上，长腿一跨就坐在他腰上，安息立马岔了气，被压扁在地。

废土居高临下道：“你倒是起啊。”

安息狂拍地板：“不行了不行了！喘不上气！我无法呼吸了！”

废土：“呵呵。”

安息放弃抵抗开始装死之际，避难屋摇摇欲坠的门忽地被推开，一个包裹得严严实实的旅人站在门口……他看了看两人神奇的姿势，下意识就要关门出去。

废土和安息看着大门，心想：这大晚上的，他能去哪儿？

果然，下一刻那人又推门进来了。他浑身脏兮兮的，满是尘土和血污，又已经天黑了这么久，怕是经历了一场恶战才找到避难处。

废土站直身子秒变正经赏金猎人，酷酷地朝来人点了点头。那人尴尬地笑道：“你们好，打扰了。”

安息也毫不脸红地从地上爬起来，拍拍裤子上的灰笑道：“你好啊！”

一番闲聊之下，旅人解释这里之前在风灾中受损惨重，且确实是地震了。安息他们之前看到的那道裂缝最宽处原来竟有一公里，而长度至少有五公里，途中大量休息站被毁。

旅人叹了口气：“我今天本来也没打算来这歇脚，完全是被迫的。

我其实三点半左右就到了C533休息站，结果那里已经完全没法住人，山体滑坡，全给埋了，害得我又疯狂赶路，幸好这里还留了一间。”

废土闻言皱起眉头，安息戳他胳膊：“怎么啦？”

废土：“他说被毁了的那个休息站，C533，就是我们明天要去的那个，那里离番城集市只有三十五公里。”

安息：“……”

旅人干笑道：“这下你们至少不会像我一样走冤枉路了！”

废土想了想，又问：“番城集市怎么样了？”

旅人摇头道：“不知道，本来是打算要去的，但是那条裂缝横在中间，实在太绕路，就放弃了。”

废土点点头，又陷入了沉思。

那旅人大概累得不行，靠着墙，说话的间隙竟然就要睡着了。安息心里忽然惦念起另一件事，出声问：“番城集市有蛋白浓汤吗？”

万万没想到，此话一出，废土和旅人竟然同时投来了一模一样的质疑目光：“那玩意儿不管饱也不好吃，简直垃圾！”

第二天，天刚蒙蒙亮，安息就被废土揪起来吃早饭。他大脑完全无法运转，眼睛都睁不开，吃着吃着脑袋都要掉到胸口，被废土轻轻推了一把，整个人失衡地摔到地上。

安息这一摔，整间屋子忽地晃动了一下。他有些茫然地站起来，以为是自己的幻觉。

角落里的旅人也略有所感地睁开眼睛。

安息忽然觉得有些头晕，脚下站不太稳。他抬头看向废土，对方也报以同样诧异的眼神。

满腹疑惑的短暂平静之后，屋子骤然间更加明显地晃动了起来，桌上的水瓶“嘭”地头朝下栽在地上，房顶扑簌簌地落下灰渣，前一秒还躺在地上发愣的旅人一个打挺跳起来，叫道：“地震了！”

三人以最快的速度抓起随身物品和面罩冲出房间，连外套都来不及穿。刚跑出不到十米，脚下的大地就剧烈地震颤起来，安息失衡摔了一跤，啃了一嘴灰，急忙连滚带爬地起来继续跑。

脚下不敢停，耳边捕捉到一阵令他牙酸的响动——他回头一看，他们刚才还住着的小屋似是被地底冲起的一道蛮力顶开，墙壁上出现几处巨大的垂直裂缝，最后竟生生将房屋劈成两半，一时间黄土漫天飞扬，好像连地壳都撼动了。

废土抓起安息的手拽着他一路狂奔，在他们身侧飞速后退的，是一栋又一栋坍塌的房屋和瞭望塔——他们背朝那座石头滚落的岩山，生怕山体忽然大幅度滑坡，将所有人掩在地下。

然而地震还远没有结束，大地又是一阵疯狂地颠动。这一次的振幅是如此之强，连废土都膝盖一软跪了下去。他赫然发现脚下的土地开裂，好像有什么庞大的东西要破土而出。

这不可思议又别无他解的念头一时间冲入三人脑子里，他们汗毛竖立，头皮发麻，不祥的预感达到顶峰。像是为了印证他们的噩梦，下一刻，天翻地覆，日头倾斜。安息被什么硬物撞飞出去，废土紧紧抓着他的手，脚下流沙打滑，随他一齐摔了出去。

另一边，他们偶遇的陌生旅人在不远处堪堪站稳身子，躲过一堆从天而降的石块，也被晃得头晕眼花。安息瘫坐在地，手脚并用地向后爬。

一道巨大的阴影冉冉升起，覆盖住他身边方圆数米，安息惊恐地抬起头，只见两只巨大的五趾铁爪按在地上，泛着金属光泽的深绿色皮肤折射着日光，铜墙铁壁一般的庞大身躯遮天蔽日，竟有近十米高！

不知这巨物是被大地唤醒了，还是它唤醒了大地。

怪兽前肢到腰间连着两扇半透明膜，像是某种爬行动物的散热蹼，张开来又更像一对翅膀。它脸侧的两只巨大凸眼朝不同方向转了一圈，随即忽地竖着眨了一下，薄膜般的眼睑退开后，巨兽的两只眼球都聚焦到了面前的落单旅人身上。

它扬起前爪，带过一片骇人风声，将那拼命朝一旁躲闪的旅人迎面拍中。

他瞬间飞出几十米远，撞在矮丘裸露的山崖上，脑浆迸裂，鲜血洒了一片，好像一只刚吸了血被拍死的蚊子。

安息捂住自己的嘴巴，眼中全是惊恐，他又看向废土，第一次发现对方眼中从未动摇过的自信和淡定消失了。

一声震耳欲聋的嘶鸣响彻天际，巨兽引颈狂啸，三角形的头颅高高仰起，露出两排锋利的尖牙。

安息失声大喊：“龙！”

废土也大喊一声：“跑！”

安息不需更多指示，两人回身拔腿狂奔。所幸巨龙暂时被那一巴掌拍扁在山上的倒霉血袋所吸引，后腿一蹬，前肢张开，借着身体两侧的透明薄翼“飞”到了山脚。它重重落地，周围溅起浪浪扬尘。

废土边跑边扭头确定巨兽的方位——那东西伸出又长又细的舌头，前端分叉，如同蛇芯子，在空气中抖了抖，然后舔上了山崖壁的血。

废土明白了，这头所谓的“龙”，应该是巨蜥或巨鳄之类的物种变异了，但过程中怕是又发生了什么突变，导致生物基因完全扭曲，走样得有点彻底。只是不知道这东西沉睡了多久，直到最近才被地震唤醒。

废土没有时间多想，舔完血的巨兽已经掉转头，黄色的凸眼就转了过来。

显然那一点血还不够它塞牙缝的——放眼望去，漫漫大地上只有废土和安息两只奔跑的血袋，诱人的气味随着升高的体温飘散开来。随着脚下传来的几次晃动，他们玩命狂奔五分钟的距离被巨蜥三次跳跃滑行就追上了。

废土的战斗本能被激发，身体先于大脑反应，下意识掏出旅行这么久还不曾用过一次的能量枪。他回身、抬枪、瞄准一气呵成，强力的激光束准确击中了巨蜥的一只眼睛。它暴跳如雷，刺耳的啸鸣差点把两人震晕过去。

巨蜥在原地疯狂大叫，粗壮强悍的尾巴扫来扫去，末端的尖刺几乎挂到安息的脸。安息惊恐道：“它生气啦！”

废土咬着牙道：“闭嘴！”

下一刻，两人被迎面掀翻，一屁股坐在地上。

巨蜥仅靠后腿和粗尾站立着，前肢大大张开，一股强大的风压扑面而来，要不是有防风面罩，两人怕是连呼吸和睁眼都做不到。

废土用手臂挡在脸前努力去看，巨蜥扇动着透明双翼，那薄膜的尺寸自然不足以支撑它如真正的飞龙般离地翱翔，但此时全部张开，尺寸也极其可观。

巨蜥痛失单眼的愤怒还在发酵，它将铁爪重重拍下，废土立马试着掏枪射击，只是普通子弹打上它布满金属光泽的鳞片就立马“当”的一声弹开了。

他再想瞄准对方的眼睛，巨蜥忽然蹬动后腿，朝他们猛扑过来。

这次不需要废土多说，安息发动全身肌肉向一旁跳去，收紧胳膊和膝盖滚出好几圈。废土向反方向跃出，在空中扭转腰部，艰难地滞空着保持平衡，同时，一连排子弹尽数射出，打在巨蜥背部、身侧，甚至头部，但无一击穿。

虽然如此，巨蜥还是被恼得不行，仅存的黄眼死盯着废土，高高扬起一爪，要效仿之前的旅人将他一把拍到天边。

废土一步不退，又瞄准它暴露在外的灰白腹部，“砰砰”几枪下去，竟然击飞了几片白鳞，巨蜥一声怒吼，铁爪生生收回，狠狠按在地上。

果然！浪费了这么多子弹就是为了找到弱点。废土心想，这东西说不定跟鳄鱼相似，身体下方的腹部最柔软。

“安息！”他一边迂回跑动一边大喊，“枪拿出来打它，别太密集！帮我分散它的注意力！”

安息收到指示立马执行，掏出废土送他的多功能步枪。这次需要狙击的目标个头够大，安息几乎不需要瞄准，每一枪都不痛不痒地打在巨蜥身上。

巨蜥被弄得恼了，挥动前肢和巨尾想要把这恼人的苍蝇赶走。废土看准时机换出能量枪，两道红光袭过，巨蜥身侧的薄膜被击穿。

安息也看懂了，学他瞄准另一侧的龙翼，数枪过去，薄膜上多了两个逐渐扩大的燃烧孔。

巨蜥吃痛后猛地挥爪，但漏风的薄膜不再能搅动起巨大的风旋。安息还来不及高兴，就被爪背迎面击中，他被远远抛飞出去然后重重落下。废土心头骤然缩紧，他连忙发力冲刺，在助跑的速度惯性下侧身跪地，借着流沙一路滑到了巨蜥的身下。他四周被巨蜥四只无坚不摧的尖爪包围，后面是它强悍有力的尾巴，头顶是它稍显脆弱的腹部。

废土双手持枪，抬手冲着头顶就是一顿狂轰。

巨蜥的软肋被猛烈攻击，嘶鸣着往一旁趔趄了一下。废土双眼死死盯着它，神经高度紧张，大脑飞速转动。见它肌肉发力就早已预判了它行动的方向，就着那势头也往旁边闪躲着跨出几步，避免被它踩到。巨蜥原地转了半圈，总算顾不得不远处的安息，只想着怎么把废土弄死。

废土已经迅速地换好弹匣，故技重施，朝着巨蜥发黑发焦的肚皮又是一顿猛攻。

巨蜥怒不可遏，抓起一大把沙土，整个身体高高抬起，然后又猛地下落，竟是要整个身体趴下来将废土压扁！

巨兽动作太快，距离也太近，废土几乎没有任何思考的机会，但多年来的战斗经验和无数次的浴血奋战将思考变成了他身体、神经和肌肉的一部分，他拼尽全力朝左侧跃起，右手朝地面开了一枪作为助推力，一个利落而幅度极大的翻滚之后，巨蜥堪堪砸在他胳膊边五厘米的地方，风浪又将他掀开一点。

人类身体的极限在此刻发挥到极致。

废土完全没做任何停留，猫腰发力一蹬前冲，将能量枪调到功率最大的蓄力模式，顺着巨蜥身侧一路狂奔，然后骤然踩地、转身，冲着巨蜥的尾巴根部悍然轰出惊天动地的一枪。

这一枪用光了能量槽里的所有储备，枪体因为过载而在废土手中完全炸裂开来，手套变成残片，整个手掌都是鲜血，他自己也被这一枪的冲击波完全推飞出去。巨蜥吃痛而疯狂扭转身体，废土只见混乱的烟尘之中，一只巨大的尖爪迎面袭来。

他身体倾斜，完全失衡，避无可避，爪尖抠进了他胸前的护具和皮肤。

废土被它高高甩飞，三道鲜血扑溅在黄土上，片刻之后，一阵撕心裂肺的疼痛才传递到他的神经。

安息好不容易猫着腰一瘸一拐地爬回来，见到这一幕险些心跳停止，嘶吼道：“不要！”

只是那巨蜥被强行断尾更痛，它的愤怒在此刻达到顶点，尖头、四肢和残尾疯狂甩动，完全失去理智，粗暴地撞上一旁的山体，大小落岩悉数滚落，砸在它背上。

安息已顾不得浑身疼痛，迈开腿朝废土飞奔过去。

此时还在剧痛下挣扎甩头的巨蜥嘴里忽地喷落出不少唾液，有一些溅到废土身上，他登时发出撕心裂肺的大叫。

废土：“啊！”

安息扑到他身边猛地跪下去。那唾液应是一种毒液，喷溅在废土的皮肤和伤口上滋啦作响，味道竟然和辐射毒素伤别无二致！废土被铺天盖地的痛觉侵占了大脑，双眼失神，身体无意识地抽搐。安息认识他这么久，从没见过他因疼痛皱过一丝眉头，根本不敢想象他现在正经历什么。

“废土！废……米奥！”安息摇了摇他的手臂，但不敢用力。废土似乎已经完全听不见他的声音了。

巨蜥一顿胡乱挣扎之下，残尾已完全断掉了，露着鲜血淋漓的切面。它喘着粗气，毒液从口中滴答溢出。安息浑身发抖，他觉得十分恐惧，更万分愤怒，但与此同时，头脑又前所未有的清明。他一把拽过废土掉在一旁的背包，取出那像弓弩的自制火箭炮，将闪着冷光的黑色炸裂弹填装进去。

他正要瞄准，衣袖却被拽住，安息回头看去——废土找回了一丝神志，断断续续地说：“别，快跑，走。”

安息定定地盯着他，废土如同回光返照般，忽然加快了语速：“它翅膀和尾巴坏了，没法飞，你跑快点，我拖住它。”

“冯伊安，我朋友的名字，你去到番城集市，找到他，拿到钱，叫他帮助你，去买循环艇也好，找个避难站接待你也好，或者……你喜欢逛集市，就留在集市玩也行。”

恶龙当前，废土拼着最后一口气交代遗言。

安息实在忍不了了，打断他道：“你到底在说什么！”

废土也吼：“叫你快走！来不及了！”说罢竟是呕出一大口紫黑色的血。

他的手在衣服前襟掏着，然后一手拿出一个被鲜血裹满的手榴弹。安息看着他，明白过来：“你要自杀吗？为了一头龙你要去自杀不要我了吗？”

废土心急如焚，不再多说，把他推开一些挣扎着要站起来。安息忽道：“你一定很喜欢我……不，你一定很疼爱我吧。”

避难站长大的小孩，身边从来都只有家人般的朋友和长辈，对谁都能说出“疼爱”这个词。但用在外来人身上，还是头一次，可他却并不觉得怪异离奇，也不觉得理所应当。

饶是废土，在此时此刻也诧异道：“什么？”

安息语气冷静得骇人，像是完全忘记两人此时的处境，沉声道：“你看你，居然想要牺牲自己来保护我，让我活下去，还要把钱都给我。”

废土似乎这才意识到自己被拍飞时摔断了一条腿，吃不住力，“扑通”一声，单腿跪了下来，崩溃吼道：“都什么时候了！还在说这个！”

安息依旧居高临下看着他：“平时还老凶我，装出嫌弃我的样子。”

废土瞪着眼睛看着他，试图弄清到底是世界疯了，还是他自己疯了。安息却蹲下来安抚般地擦了擦他嘴角的血污，说：“不要怕，放着我来。”

安息填装好炮弹，把那个四不像炮筒稳稳扛起——其实分量过重，但此时他毫不受影响。安息胸腔里全是燃烧的战意和坚定的决心，他没有立刻开炮，右手撑着肩上的炮筒，左手持枪又朝巨蜥侧腹射击了几次。

巨蜥这次谨慎了不少，没有迅速欹身过来，双爪狂暴地抓挠地面，挥动起大量砂石。安息抬手去挡，胳膊、头部和腹部都被狠狠砸中，但他一步未挪——他身后躺着废土。

很快，安息打空了一把枪，他果断将枪扔掉，又摸出一把，“砰砰砰砰”，连续不断的枪声响起，安息胳膊被震得酥麻。空槽的“咔嗒”声响起，他再次丢掉空枪，掏出最后一把东拼西凑来的能量枪。

之前的子弹准头欠佳，几乎都被巨蜥的鳞片弹开了，但它也终于被迫转成正面。安息连忙深吸一口气，瞄着它前腿猛烈开火。一道道红色激光束飞过，其中百分之五十命中了目标，击飞它硬爪上的皮肤和指甲。

盛怒之下，巨蜥高高扬起前肢。

短短的战斗交锋间隙，安息已经看明白了这是它起跳的前奏，倒在一边的废土也看出来了，用尽最后一点力气试图拉走安息。然而安息等的就是这一刻。他把架在肩上的炮筒拉下来，炮口对准，眼睛透过准星盯着巨蜥的一举一动。

这一刻，整个世界都被调成了慢镜头，荒野和野兽的声浪全部褪去，只剩下安息的呼吸声和心跳声。

“调整呼吸，眼睛跟着目标走，感受它的节奏。”废土的话语在他脑海中清晰地回放。

安息轻轻吐出一口气，龙的身姿已经高高跃起。它是如此之大，破碎的双翼遮盖了整片天空。

安息扣下发射键，一炮出去，自己被后坐力冲飞两米，落在废土后头。巨蜥的布满白鳞的脆弱腹部被准确击中，扑杀动作被生生打停。爆炸之下，它一头栽倒在地上，腹部一个黑洞冒着滚滚浓烟。

那变异巨蜥的腹部竟然被蛮力击穿了，周遭一大片皮肤鳞片都发出嗞嗞的腐蚀声。

废土睁大眼，脑中忆起少年脆生生的介绍：“这我设计的！硝油比例改了下，用这个做推进管，虽然射程不算太远，但理论上杀伤力应该非常大，爆炸之后可燃物会溅开五米，里面还有化学灼烧的部分，沙子都扑不灭。”

安息不顾它震耳欲聋的惨叫，从地上爬起来再次装填第二枚炮弹，单腿跪在地上把炮筒架好，忽地，他回过头来冲废土得意地笑了一下：“我就说我的无敌炸裂弹很厉害吧。”

废土双眼一片血红，逆光看着这陌生的少年，一时间失去了所有言语。

巨蜥滚了半圈从地上爬起来，一头撞上旁边的山体。

到此时此刻，它已在废土的攻击下变成单眼、折翼、断尾，又被安息在腹部轰出了一个大洞，但仍强壮得不可思议，那座山被它撞得石子不断滚落，岩块摇摇欲坠。

废土粗哑着嗓子说：“上面。”

安息略一抬头，会意。

此时巨蜥站在两山之间。这显然本是一整座山，中间因风化作用剥蚀出了一个拱桥，而巨蜥就站在“桥洞”里。

安息眼睛里都是汗水，他用手背大力抹了一下额头和脸颊，发绳被无意勾落，长发散落下来随风展开，他修长单薄的身体稳稳立着。

安息抬高炮口的角度，他知道废土此刻已经爬不起来了，但仍感觉他在背后贴着，扶着他的胳膊，和他一起扣上了扳机。

又是震耳欲聋的一炮，炮弹击中巨蜥头顶的岩山，山体断裂，巨大的岩石轰然砸落。巨蜥后腰被砸个正着，惨叫着将前爪深深抠进地里。

它的咆哮又惊落了更多岩石，一时间，大大小小的石块纷纷砸落，将巨蜥的头和四肢都压在下面。

安息呼出了肺部最后一口气，沉重的炮筒滚落脚边，他终于支撑不住，也瘫倒在了地上。

第九章　三番五市

安息虚脱后昏迷了一小段时间，又被烈日炙烤着醒来——他睁开眼，日头已经移到了头顶，紫外线毫无阻拦地舔舐着他裸露在外的皮肤。

安息这才想起他的防辐射斗篷落在避难小屋里了，如今他们已经跑出了几里地远，而那小屋也早已被夷为平地。

巨蜥依旧断断续续地嘶鸣着，只不过比起之前毁天灭地的气势，如今只像个冤魂不散的恶鬼。要不是眼前还有更重要的事情做，要不是他们的弹药几乎告罄，安息真想上去补它几枪叫它闭嘴。

安息俯到废土头顶看他。

废土双眼紧闭，嘴唇污紫，脸色因失血过多而极度苍白，安息连忙从行李里掏出止血绷带缠在他胸口。他已经完全失去意识，连被推来挪去都不知道痛。

恐惧和紧张后知后觉地袭来，安息又觉得想哭了，废土流了太多血，很快就会吸引来别的变异生物，而番城集市还远在几十公里之外。但是很快，安息镇定下来，他深深地吸了几口气又缓缓吐出，自言自语道："不能哭，不能哭，要争气。"

安息找不到固定废土断腿的东西，灵机一动将步枪拆成零件，两根中空的枪管作为夹板，再用绷带绑紧。

废土似有所感，喉咙里发出了一声呻吟，安息连忙扭头去看他。

废土眼睛睁开一条缝，嘴巴动了动。

安息趴到他耳边，废土气若游丝地说："包里，探测仪。"

安息不明所以，只道他想看看周围有没有暗中埋伏的其他变异怪，连忙将那个生物地形探测仪掏出来给他。废土手指好几次都戳不上按键，安息赶紧帮他按了一下。

废土双眼难以聚焦，费力地举着探测仪看了半天，两根手指推开屏幕上的画面，说：“东边，一公里，山洞。”

安息精神一凛，明白了，手脚飞快地把物资塞进包里。他捡回来几把轻的空枪，剩下的全抛在脚边。他站起来之后瞬间又摔了下去，后知后觉自己被撞飞时脚踝应该是崴了，不知道是否伤了骨头。

安息努力摒弃这个念头，摸出一针精神剂。

废土按住他的手。这种精神剂如同毒品，短时间能叫人失去饥饿感和痛觉，精神大振，但成瘾性极高，且药效过后的二十四小时会导致人极度衰弱。

安息将废土的手推开，点了点头。

废土不再阻止，说：“那给我也来一针。”

安息立刻反驳：“不行！你再打这个就死了！”

废土说：“你不给我打，我们俩走不到山洞，都得死。”

安息双手颤抖，点了点头，拆出针头吸入那粉色的液体药剂，挤出空气，捏着废土的胳膊将针尖推了进去。

药剂通过静脉血管瞬间侵入废土的四肢百骸，一股强悍而非自然的精神力冲击着他的大脑，大量多巴胺被释放，一时间，他胸前腿上的疼痛感都大幅度减弱，神志也清明了一些。

随后，安息又给自己扎了一针。

安息觉得心跳骤然加快，知道自己现在新陈代谢和体能都被临时拔高了，忙扶着废土站起来，把他胳膊挂在自己脖子上，再把两人的包都挂在自己肩上，一下就被压弯了腰。

安息从没觉得这世界这么大，大得令人绝望。他俩虽然注射了精神剂，但行动依旧蹒跚迟缓。废土大部分时间闭眼低垂着头被他带着走，偶尔睁眼看看指南针以确定他们的方位。

这平时只需要十分钟的路程，两人走了近半个小时。毒辣的日头晒伤了安息的耳朵、后脖和手臂，皮肤热辣辣的，焦灼无比，但他无处躲藏。

所幸这个山洞就在地平线上，虽然隐蔽性不够，但洞穴很深，出口也能简单伪装一下。两人进洞之后，终于不再受太阳侵蚀，安息连忙脱下废土的外套。止血绷带上的药粉似乎发挥了作用，上面只浸出一点粉色。

安息把绷带拆下来，露出废土那让人不忍入目的前胸，血污、抓痕和碎布全都粘在一起，安息小心翼翼地把烂掉的衣服剪开剥离。废土即使被药物安抚着，仍痛得闷呼一声。

安息嘴上“嘘——嘘——”地安慰他，憋了半天的眼泪终于夺眶而出。废土有气无力地笑了一下，说：“你离远点，眼泪……别，掉我身上，痛。”

安息连忙用手背擦擦脸，但满脸水光不断，哽咽道：“我要，我要给你消毒了呜……”

废土又是好笑又是痛：“你刚，不是挺猛的吗，消个毒，哭什么。”

安息咬着嘴唇，将医用消毒液倒在绷带上，手不住颤抖。他长长呼出一口气，下定决心举起胳膊。

“等，等下。”废土忽然打断他，“给我个，给我个东西咬着。”

安息点点头，把剩下的半卷绷带递给他。废土翻了半个白眼：“便宜点的。”

安息边哭边笑，说：“都什么时候了，还财迷。”随手把他自己的外套衣角塞给他。

废土将衣料折了折用牙咬住，点了点头。

安息也点了点头，浸满消毒液的止血绷带轻轻挨上废土血肉模糊的胸口，他痛得眼球上翻，腹部的肌肉紧绷了起来，令人头皮发麻的痛吼被堵在他喉咙里，安息只觉得自己也受了极其严重的伤害。

用最快的速度和最小心的动作清理了伤口周围，安息赫然发现那些抓伤的边缘已经发黑卷边了，一些辐射毒素呈紫黑色的放射网状发散出细细的枝干，大量细胞液化为水从伤口里涌出来。安息不忍再看，重新缠上止血绷带。废土也松开了嘴里的衣角，胸口无力地起伏着。

“你别这样，”废土说，“我受过好几次……变异伤，都没衰变，运气，运气还行。”

他不安慰还好，话一出口，安息又呜呜哭了起来，低着头找抗辐射剂和消炎药给他吃。

他一边哭，一边又去查看废土的断腿。废土道：“这个，固定得不错，暂时……别去动。”

安息点点头，问：“还有哪里痛？”

废土没力气了，闭上眼摇了摇头，安息连忙抓着他手臂说：“你别睡！睁开眼睛，你别睡！”

废土皱着眉头，意志力和透支的体能在无形中角力，他缓缓张开眼睛，看着安息，忽然说：“我是真的嫌弃你。”

安息意识到他是在回应自己之前说的话，同时也知道他并不像之前表现的那样自信——如果其中一个不幸未能活下来，生者也需要毫无包袱地在人生路上前行。安息流着泪摇头道：“没关系。”

废土勾了勾嘴角，露出一个疲惫的笑容：“还是这么好骗。”他说，“就是死到临头想气气你。”

安息尖叫起来，捂着他的嘴：“不准说！不准说！”

废土又闭了闭眼，这次终于坚持不了，昏睡了过去。

“废土？废土？米奥？喵喵？”安息不管怎么喊他，都再也得不到回应，他浑身血液冰冷，恐惧得无以复加。

“怎么办，怎么办，不要哭，快想……”安息如同被关进烤箱的变异苍蝇，又是惊惶又是绝望，他把两人行李包里的所有东西全部倒出来。

能够用上的急救医药已经都用上了，他此时当真束手无措。

这时，他忽然看见两个深绿色的烟筒，那是废土最初留给他，叫他给自己避难站发射信号的求救 SOS 弹。虽然信号的样式是自己避难站独有的，但此时此景，他无论如何得试一下。

安息跑出洞口，毫无遮蔽地冲到烈日下，对着天空发射了第一枚信号弹。

猩红色的火光直冲天空，炸开形成一个避难站特有的标志，在正午日头下并不是很明显。

安息又钻回山洞里，默默祈祷有人能看见。

等了漫长的一个小时，安息的耳边还是只有大地噼啪燃烧的声音，以及废土逐渐微弱的呼吸。他把自己的裤腿拉上来，发现右脚脚踝肿大了一圈，完全无法弯曲。这环境下没有任何能冰敷的东西，安息索性不再去管它。

又过了一个小时，安息已经逐渐绝望。废土开始有些喝不进去水了，自己脚踝的痛感也越来越无法忽视，他被晒伤的皮肤开始不正常地泛红，而且表面滚烫，贴着石壁也凉不下来。

安息单腿蹦出洞外，再次发射了一枚信号弹。

第三个小时过去了，倾斜的阳光爬进了洞口，安息靠墙坐着，废土的头搭在他肩上，他脸颊挨着废土头顶。安息翻开他手掌，却发现他手上全是之前能量枪爆炸的划伤，血已经凝固了。安息心疼极了，轻轻拉起他手腕，放在自己大腿上。

废土现在睡着了还会痛吗？安息忍不住想，自己也好想睡。

他睫毛颤了两下，正要闭上眼睛，却被一阵响动惊醒。安息茫然地看着通向洞口的走道上出现了一个、两个、三个阴影。

安息脑子发木地想：如果是什么辐射人的话，还不如之前给二号他们吃，亏了。

来人走进了山洞。安息先是看到一双军靴，再看到他们满身严密的防辐射服，松了一口气。

为首的人蹲下来查看两人，安息连忙恳请道："请帮帮我们！"

那人面具后的眼睛毫无波澜，仔细打量了废土一番，又转过去看了看他身后的几人，众人皆摇了摇头。

什么意思！安息瞬间紧张起来，为首的人转回来，手拍了一下安息肩膀，说："对不住了，你们伤得过重，我们带不走。"

"什么！"安息惊叫道，"可是！可是我们会死的！"

那人不为所动："我们最终都是会死的。"想了想，他又说，"可以带你一个人走。"

安息愣愣地摇了摇头。

那人于是站起身来，众人纷纷回头准备离去，只有一个依旧看着他们。

安息张着嘴不可置信。他只知道等不到救兵绝望，却不知希望之后的失望更加令人无法承受。

一直盯着他们的人忽然开口道："啊，我想起你们是谁了！"

他摘下头盔，一头灰白的短发露出来："之前在休息站见过你！"

安息颇为茫然地瞧了一会儿对方的娃娃脸，想起来了："你是那个！哦哦哦！"

那是安息刚出发时在休息站遇到过的热心青年，对方彼时还以为长发的他是女孩儿。

可青年脸色立马纠结了起来。他看着昏迷的废土，说："他身上血味太重，也完全没有行动能力，带着太危险了，要实在……我可以把你带走。"

安息干巴巴地“哦”了一声，靠回到墙上说：“谢谢，不用了。”

青年抿着嘴，又反反复复去看他的队友，领头人催道：“走了。”

白发青年垂着头，只得重新戴好头盔跟上他们。

他的身后，安息忽然睁开眼睛，里面满是灵动的光泽，出声喊道：“等等！”

众人回过头来，安息说：“你们是赏金猎人对吧！我有钱的话就可以发布任务对不对？”

领头人猜到他要说什么，问：“你有钱？”

安息摇了摇头，指着废土：“他有钱，我们是要去番城集市的，路上遇到了……他在番城集市存了一大笔钱，护送我们到了那里，我就可以支付给你们。”

众人将信将疑，安息咬咬牙，说：“真的，他以前是什么莉莉赏金旅团的……”

白发青年不忍直视地补充道：“雅威利！”

安息连连点头：“对对，就是雅威利赏金旅团的，真的，我们准备拿了钱去虚摩提的。”

听到“虚摩提”三个字后众人倏地静了，领头人去看白发青年，他点点头：“是真的……我说雅威利的部分。”想了想，他又补充道，“这位是米奥·莱特。”

领头人可疑地停顿了一下，反问：“‘那个’米奥·莱特？”

安息一头雾水。

青年点头：“对，雅威利赏金旅团的米奥·莱特。”

领头人诧异道：“他怎么在这儿，他不是死了吗？”

安息冷不防地大喊：“你们再聊一会儿他就真的要死了！”

青年看他一脸悲愤，助攻道：“我相信他是真的有钱付我们，这样吧，我……我那一份报酬我不领了，分给你们。”

下一个瞬间，他接收到安息必杀技“感激涕零的小羊眼”，一阵晕眩。

几名赏金猎人彼此对看了一眼，达成了共识。头领比了个手势，说：“这个数，如何？”

安息对钱完全没概念，连忙点头答应。

头领手一挥，指着两人说：“你们去抬他，抓紧时间。”

奇威——也就是那名白发青年，分了一件防辐射服给安息，码子略大，安息高举着双臂才勉强露出手指头。他一瘸一拐地，把背包、枪支纷纷捡起，一个个挂到身上。

奇威看不下去，给他换了一把宽柄的机关枪做拐杖，然后又拆了一条冰镇带，蹲下来给他缠在脚踝上。

“嘶——好冰！”安息龇牙咧嘴。

奇威笑笑：“过一会儿就不痛了，四十八小时以后才能热敷。”

这时另两名赏金猎手一言不发地走到废土身边，一个抬胳膊一个抬腿把他丢进了简易的折叠担架里，那玩意儿看着质量有些堪忧，好像一不注意就能把人颠下来。废土无知觉地被搬来挪去，毫无血色的脸上被罩上氧气面具。安息目光追逐了他一会儿，也拉起兜帽。

这还是安息第一次和除废土之外的人一起上路。他走在沙地上，一脚深一脚浅，刚出发十来分钟就掉队了，所幸奇威回头找他，一群人便停在大太阳下等着。

安息有些不好意思，只得试着加快步伐。

半小时后，旅团的头领快步走过来把安息身上的包全拿走了，重重叠叠背在自己身上。

安息有气无力地冲他笑笑。

一个小时后，奇威把安息背到自己肩膀上。

安息面色潮红，不知道是因为拖了大家后腿而不好意思，还是因为西晒的太阳。他伏在奇威背上老半天，才开口道：“其实我平时走路也不比现在快多少。”

奇威不明所以，偏了偏脑袋。

安息又说：“要是没有我的话，废土早就到虚摩提了吧。”

奇威听懂了，知道安息想起了上次两人分别时的场面——当时奇威推荐废土和另外一个在休息站避难的旅人同行，废土说自己带着拖油瓶而婉拒了。

奇威安慰道：“不哦，没有你的话，他现在已经死在山洞里了。”

安息只是摇了摇头，低声自语：“没有我的话，他根本不会遇见这种东西。”

旅团紧赶慢赶，终于在太阳落山时赶到番城集市门口。安息听见人声嘈杂才迷迷糊糊自奇威背上醒来，面前赫然出现一眼望不到尽头的铁丝围网。电网背后，是一片片高矮错落、形状各异的铁盒子，顶上铺着一大片太阳能吸热板，彼此由钢筋管道、安全楼梯和广告牌子串联在一起，间距非常近，下层是连绵不绝的合金遮阳棚，在余晖的照耀下反射着奇幻的光泽。

番城集市的规模竟然比罗城集市还要大上数倍！

安息还没完全睡醒，一脸呆滞地微张着嘴，直到奇威拍了拍他的腿才如梦初醒地爬下来。他试着站了站，脚踝依旧很痛。

守门人从里面打开了这五米高、布满电网圈的门，挨个盘查众人，轮到废土时，对方拉开他胸口的外衣低头看了看，说："这个不行，辐射伤员全都去后头的医院。"

这里还有医院？安息竖起耳朵，但其他几人脸色都不那么好看，回头瞅着他。

安息茫然道："怎么啦？我们去医院啊。"

知道别无他法，头领说："你们先进去吧，奇威跟我去医院。"

于是两人接过担架，又抬上废土绕着电网圈继续走，安息跟在后面。

果然，走了不出五十米，安息看见一大排低矮的平房，表面看是几个大型集装箱拼在一起，不过只有普通集装箱的一半高，估计下半部分都嵌在地底以防被风吹走。

安息走到门口，一拉开软帘，立马被扑鼻而来的刺激气味冲得一滞，扑到一旁干呕了起来。

整间"医院"里全是辐射伤病人，血腥、溃烂、药物和辐射毒素的味道混杂在一起，伴着炙烤一天的热浪扑出来。

奇威有些忧心地看看安息，解释道："没办法，不能冒险把可能变异的人放进集市里，所以全收容在这儿。"

安息忍着胃酸上涌，点了点头，深吸一口气站直身体，一副要英勇就义的样子。

他再次拨开帘子，里面依旧是地狱一般的场景，四处都有人呻吟或哀号，宛如什么大轰炸后的伤兵营。安息几人找了个靠通风口近的空位，把废土从单架挪到光秃秃的床板上。

就在这时，角落里忽然惊起一声惨叫，有人变异了！安息吓了一跳，忙回头去看——只见一群人已经扑了上去，把那叫得撕心裂肺的病人手脚分别按住，一个人踩跳到床板上，自上而下一枪爆头。

大量血迹横洒遍地，溅在周遭每个人的脸和脖子上。他们面无表情地松开这个刚刚变异就被结果的人，片刻，集市的“环卫工”进来收走了尸体。

安息看得目瞪口呆，后背发麻，半晌才问：“他们要，要尸体干吗？”

奇威抿了抿嘴，只含混道：“生物能源，发电。”

安息双手捂住嘴，喉头发紧，胃里阵阵作呕。可他又不住去看那个角落。奇威又说：“你别去凑热闹，身上有外伤的话溅到变异者的血也可能感染，虽然概率很低。”

安息瞪着眼睛，往他俩身边凑了凑，可接收到旅团头领面罩后的视线，安息又往回挪了挪。

安息嗫嚅地说：“暂时还没钱给你……”

小羊眼必杀技对这位头领显然不奏效，对方依旧阴沉地盯着他。安息只得清了清嗓子，摆出一本正经的小财迷脸说：“我发布的任务内容是把我们护送到番城集市里，这根本没进集市嘛，任务不算完成，还不能发报酬。”

头领叹了口气，摘下头罩，露出一张意外年轻的脸，说：“知道了，明天早上，你跟奇威进集市去，找到你们接头人，找到之后就算交货了，再之后……就不关我们的事了。”

见安息不答话，头领微皱着眉，问：“有意见？”

安息反应过来，连忙装作自己刚才没在放空，摇头道：“哦，没有没有。”

夜里，旷野只剩下风声，集市也安静了下来，只有这间“医院”仍不得消停。似乎亘古以来，但凡日落之后所有病痛都会变得更加难以忍受，黑暗里不断有人咳嗽呻吟，铁架床吱呀摇晃。

安息第一次觉得应急灯这么暗，夜这么浓。

到了午夜，废土开始发烧，睡梦中也不安宁。安息正眼皮打架，迷迷糊糊地醒过来，发现废土眉头紧皱着，表情十分痛苦，之前还苍白的脸色变得绯红。他嘴里喃喃地说些什么，但又听不清楚，安息用手背去贴他的额头，被烫得缩了一下。

忽然，隔壁床有人提醒他：“他发烧了，你去找点水。”

安息连连点头：“我有水。”

他喂废土吃了一轮消炎药和退烧药，浸湿几层医用纱布搭在他额头上，这股凉意似乎安抚了废土，他渐渐安静下来。

安息从没见过他这个样子，总是那么淡定、强大又无敌的废土，不管情况如何变化，他都能迅速找到解决之道，好像只要他在一切都会迎刃而解。可是如今，此刻，他又是这么脆弱而无助，一如这片大地上每一个生命。

安息在心酸之余，忽然又感到了一种奇特的安慰。他想，如果没有他，废土若是受伤，就得像这医院里的其他人一样独自度过了，没人给他额头降温，也没人为他守夜，更没人在他变异时帮他守住全尸。

又过了一个多小时，废土蒙蒙眬眬地睁开眼，但仍神志不清。安息用水把干粮泡软喂给他吃，只是他吃得少，吐得多，反反复复。

干燥的空气很快蒸干了湿纱布，安息在凌晨三点半又给他换了一次，终于脑袋一歪，睡着了。

安息是被奇威摇醒的。

他睁开眼，发现已经天光大亮，那名年轻的头领也在，一脸不认同地看着安息，仿佛在无声地指责他怎么可以在照看伤员时睡着。

伤员？安息在椅子上原地弹了一下："废土！"

随后他发现，废土正靠在病床上一脸面瘫地看着他。

安息惊喜道："你醒啦！"

废土有些无奈："醒了两个小时了。"

安息十分高兴，毛手毛脚地去摸他额头。温度完全正常，又去掀他衣服的前襟，来回看了一会儿，说："该换纱布了。"

废土试着撑起身体配合他，痛得咧了下嘴。纱布拆开之后，最里层的布料已因血水凝固而长在了伤口上，安息不禁皱起了脸。

废土见他犹豫，就要自己伸手去扯，安息大叫一声："不许动！"

方圆五床都停下了自己的动作，茫然四望。

废土被吼得手僵在空中，安息用消炎药水沾湿了纱布，再将软化的部分一点点撕下来。

纱布拆好后，奇威和头领都凑到跟前盯着废土胸口看，又彼此对看了一眼。安息莫名道："怎么啦？"

奇威啧啧道："这是什么逆天的复原能力。"

安息也凑过去看。三道又深又宽的抓痕依旧狰狞，翻着里面鲜红的肉，伤口边缘依旧紫黑，不过毒素没有进一步扩散，炎症也好转了不少，体液不再流了。

安息茫然问："这算恢复得快吗？"

头领摊手道："他还活着，这不够快吗？"

安息不理他了，把最后一卷纱布拆出来给废土换上。他低下头时，废土能看见他脖子和手臂上的晒伤。上面已经有皮肤化作白屑脱落，露出粉色的嫩肉，废土吹了口气，果然见安息痛得一缩脖子。

他有些诧异地抬起头，发现是废土在整他，竖起眉毛抿起嘴，一副要他好看的样子。

奇威在旁边不禁笑了起来。他们第一次见面的时候，安息睁着少女般的大眼睛，不管看什么都带着一丝惊惧和茫然。如今，他虽然仍是长头发、白皮肤，但又的确改变了很多。

于是他就这么说了。

废土一副生无可恋的样子仰头看着天花板："是啊，脾气越来越大，凶得很。"

奇威笑问："是吗，那蛋白浓汤呢？你还喜欢蛋白浓汤吗？"

废土收回视线勾起一个笑，扬了扬下巴，说："安息，告诉他。"

安息学着废土的腔调："蛋白浓汤是垃圾！"

奇威哈哈大笑："我明白了。"

废土腿伤未愈，只得口头交代安息如何寻找自己的友人。安息漫不经心地听着，点点头，站直身子伸了个懒腰，又左右扭了扭活动关节。他戴上口罩，指着抱臂站在不远处的旅团头领说："我们去去就回，他留在这儿照顾你。"

头领："……"

奇威背着扭伤未愈的安息顺利进入集市，两人一路沿着路标前往C区。

奇威边走边介绍道："C区大部分都是医疗用品的摊子，之后你也可以来这补给点药物，不过……你得先多问几家价格，免得被宰。"想了想，他又补充道，"你这样，很容易被宰。"

安息没有理会他话里的意思，巴在他肩头伸长脖子左右张望，忽地叫道：“在那儿！”

安息指挥奇威左拐右拐，停在一个猩红色的帐篷面前，说：“就这个！”

“等等，”奇威骤然刹车，张着嘴看着红色帐篷上金色的花体V字，不可置信道，“你们要找的人，是冯伊安？”

他大喊出声后，遮阳棚下，站在各式药品和呼吸过滤芯背后的男人闻言也看过来。

安息对上那双灰色的眼睛，半张着嘴：“啊……好像是叫这个名字。”

那男人还来不及说话，奇威已经叫唤起来：“我的天！圣手冯伊安！大治疗师冯伊安！满级医生冯伊安！六翼天使冯……”

听着这一串越发夸张的外号，冯伊安哭笑不得。

安息有些茫然地来回看了看两人。

冯伊安好脾气地笑问：“找我？”

安息愣愣地看了他一会儿，反应过来，颠三倒四地说：“啊！废，米奥叫我来找你，你帮他保管钱，我要先付他们钱，他腿上有伤来不了，现在在医院……”

冯伊安打断他，微皱着眉头：“米奥在这儿？不对，他受伤了？”

“嗯？啊，对……”安息说，“我们遇见了超大的变异怪物，他被抓伤……”

他话没说完，冯伊安已经从店铺后面匆匆走出来，拉上了合金卷帘门，挂上一个“暂休”的牌子。

“……了。”安息终于把句子的最后一个音节吐出来。

安息跟在这个刚见面五分钟的男人背后，听着奇威在他耳边絮絮叨叨地科普冯伊安此人，心里飞快地计算两人的属性面板。

身高：冯伊安 加10

动手能力：安息 加10

医术：安息 加10

医术：冯伊安 加100

认识废土的时间：冯伊安 加50

一股挫败感油然而生，安息于是更加用力地盯着走在前面的背影，好像自己的目光是激光束。

回到医院时，原本百无聊赖跷脚坐在凳子上的旅团头领看见和安息他们同行的人，也“嘭”的一声把凳子前腿放下来，“唰”地站直身子，眼里的惊讶一闪而过。

废土似是又昏睡了过去，冯伊安没有叫醒他，只是探了探他额头和胸口的温度，翻了翻他的眼皮，又测了二十秒的心跳。

他接着弯腰查看废土的伤腿，一边微微侧过头，问安息：“你刚才说，你们遇见什么了？”

安息说：“龙。”

众人疑惑地看过来。

安息结结巴巴地给众人描述解释前因后果。

众人：“……”

奇威和头领的眼神里竟都多了一丝敬意。

冯伊安听完咂舌道：“这都能活？！这小子的复原力还是如此彪悍。”他又转过来冲安息说，“你做得很好，急救措施都很到位。”

安息被自己努力想要讨厌的人表扬了，脸皮热了点，小声说：“谢，谢谢。”

废土被折腾了一会儿，也幽幽醒来，目光有些茫然地在冯伊安脸上转了几圈，明白过来。

旅团头领见状终于开口道：“好了，集市也进了，人也找到了，该给钱了吧。”

安息点头，冲着废土和冯伊安摊开手掌，废土有气无力地问：“多少钱？”

安息兴高采烈道：“五百笔芯！”

废土怒喝一声：“什么！”胸前伤口崩裂，血流如注，心痛得再次昏死过去。

几经沟通之下，安息终于明白了——五根手指的意思不是五百根笔芯，而是五打。他讪讪地数出六十根递给年轻头领，又悄悄凑到奇威身边跟他咬耳朵：“你真的不要报酬吗？帮了我这么多忙，还是给你点，你看，这还有好多……”

奇威好笑道："我真不要。"

废土再次转醒，连忙帮腔喊道："他真不要！"

安息下意识回头瞪他一眼，正巧撞上废土身后冯伊安笑眯眯的灰眼，默默收回目光。

冯伊安却走了过来，说："我看看你的脚。"

安息不明所以地眨了眨眼睛，对方又指了指他扭伤的脚踝，这才明白过来。他蹦到一边凳子坐下，抬起腿搭在冯伊安膝盖上。

肿胀的脚踝像个圆滚滚的番石榴，冯伊安用手指头戳了戳，又握着他脚后跟轻轻转了转，问："这疼不疼？嗯，那这儿呢？"

安息老实回答了，脚忽然往后缩了一下。冯伊安抬眼看过来，安息眯起眼睛笑："痒。"

冯伊安也笑了笑。

他是我在废土上遇到的第一个爱笑的人，安息想。

"应该没有伤到骨头，不过这种扭伤痊愈最慢，你要注意休养。"冯伊安随手打开挎包拆了一个新的冰带给他缠上，说，"回去给你敷点药，接下来几天你就躺着，腿底下垫些东西，高过心脏。"

说罢，他站起身来，拍拍废土肩膀，说："走吧。"

安息茫然抬头："去哪儿？"

"当然是进集市了，傻羊。"废土幽幽道。

不料安息瞬间奓毛："完啦！我的羊呢！小羊没电啦！"

安息一瘸一拐地跟在废土和冯伊安后面，拄着医院里借来的棍儿单脚跳。

前头走着的两人身高相仿。废土右腿只简单固定了一下，还完全不能受力，他手臂环在冯伊安肩膀上，而对方则搂着他的腰，靠在一起的样子十分亲密。两人有一搭没一搭地聊天。安息努力蹦个几步竖起耳朵去听，只拾取了只言片语，却完全不明白他们在说什么，好像他们在说另一个世界的事。

来到集市门口，冯伊安和守门的战士只简单解释了几句话，对方竟然就点点头开门了。进到集市里一路走，一路都有人和冯伊安打招呼，和他问好，偶尔也有人顺便和废土点点头，完全没有人注意到安息。

早上进来集市时是奇威背着他，如今安息才发现这番城集市不是一般的大。此刻周遭来来往往的人越来越多，安息被擦身而过的人挤得摇摇晃晃，一抬头，发现废土他们竟然不见了。

跟丢了？安息有些茫然地站在原地张望了一会儿，只能看见密密匝匝的人头和肩膀。他挡在路中间，好些人都啧啧地嫌他碍事，安息不得不左右侧身让别人过路。

突然，一个步子飞快的人肩膀猛然撞上他后背，安息本就只是单腿站着，一时间身体失衡，朝旁边磕磕绊绊地摔了下去，栽进一个摊位里，挂倒了一大堆东西。

撞他的人根本没注意，大步流星地走了，受害的摊贩主倒是愣了一瞬间，下一秒便中气十足地大骂起来。

安息还在人腿间满地找自己的拐棍，又怕被踩到不敢伸手，混乱中抓着头顶的桌板想要单腿站起来。不料那桌板也是活动的，一桌面的东西全被拽翻了，丁零当啷砸了安息一头一脸。

摊贩主凶神恶煞的脸出现在安息头顶，他把面罩推到光头上，露出一张满是皮肤斑的骇人脸孔。安息结巴道："对……对不起，我不是故意的。"

摊贩主竖起乱七八糟的眉毛，深吸了一口气，一副要把安息耳朵吼聋的气势，却忽然被别的什么吸引了注意，抬起了脸。安息也顺着他的目光仰头去看——冯伊安高挑的身影出现在他面前，背着光，对他伸出手。

见安息没有反应，他主动弯下腰抓住安息胳膊把他扶了起来，随后又转身开始帮摊主满地捡货物。那摊主见状摆手道："不用了医生，您别管。"

冯伊安置若罔闻，接着帮他收拾地上散落的杂物。摊贩主连忙也走出去，嘴里道："我来我来。"一边和冯伊安一起捡东西。

冯伊安找到了被踹到一边的拐棍，还给安息，说："到家给你做个新的。"然后他又转过身去对摊主道歉："不好意思，没什么损失吧？"

摊贩主连连摆手。

冯伊安冲他笑着点了点头，牵着安息带他离开了。错身而过的人流都被冯伊安挡开，安息看见废土靠在前方不远的拐角处抱着手臂等他们，见两人走过去，开口嘲笑道："蠢羊又惹什么祸了？"

安息看了他一眼，低下头，一声不吭地继续蹦。

废土眼里闪过些许诧异。

冯伊安伸手去扶他，废土配合地把重量靠过去，又有些疑惑地越过冯伊安肩头看了安息好几眼。

和罗城集市的规划相似，番城的B区也是居住区。只不过，比起千篇一律的集装箱小方块来说，这里的“建筑”就可谓是乱搭乱建得多姿多彩了。显然番城有大量常驻于此的居民，他们的房屋外面有的贴满太阳能板，有的挂着长期收购某类资源的广告，还有的向上扩建了一层，装饰都充满了屋主的个人色彩。

例如冯伊安的屋子就是如此。

冯伊安的住所外面订了一块巨大的猩红绒布旗帜，上面绣着金色的字母，同他的摊子一模一样。打开门来，里面设施齐全，跟之前的休息点完全不一样，活脱脱一个小型避难站——小型净水器、药品蒸馏仪、临时发电机一应俱全，甚至还有一张可升降的病床。安息左右环顾一番，注意到角落的活板门，惊讶地发现居然还有地下层。

在他的身后，废土眼中射出了仇富的光芒。

但安息没有注意，因为他也在仇富。

安息愤愤地在冯伊安属性面板上又加了100分——不对，废土这么财迷，冯伊安又这么有钱，估计要加个1000分。

怪不得之前废土那么相信他——冯伊安根本不需要私吞他的钱嘛。

于是安息更憋屈了。

冯伊安撂下废土后跑到自己工作台后翻箱倒柜，安息再不敢乱动，单腿站在屋子中央，如同一只打瞌睡的鸭子。

很快，冯伊安捏着一管药膏回来了，招手道：“来坐下，给你上扭伤药。”

安息有些受宠若惊，没料到他进门的第一件事就想到这个，一时间不知如何反应：“啊……”

另一头，废土已经很自觉地爬上病床躺着了，遥遥指挥道：“还有晒伤膏，也给他来点。”

冯伊安“哦”了一声，问：“哪儿晒伤了？”

安息埋头拉开衣领，把泛红的脖子和后背给他看。

冯伊安观察了下，说：“不严重，我洗了手帮你擦，你够不到。”

安息点点头，把外套脱下来。衣料一接触，又有些坏死的皮肤白屑掉落下来，安息窘迫地抱着自己的胳膊，缩着肩膀坐在椅子沿上。

可冯伊安却轻轻拽过他手腕，把晒伤膏一坨一坨地点在他胳膊上，轻轻画圈推开。一股好闻的清香味弥漫开来，带着镇静灵魂的冰凉快感。

擦完胳膊，冯伊安一手捏着药膏说："头发撩一下。"

安息微微侧过身，听话地拢起头发露出后脖颈，肩膀到后背形成了一道优雅的弧形。冯伊安一手勾开他领口，一手挤压膏体。

废土忽然说："我来。"

冯伊安只当没听见。

被无视的废土百无聊赖，只得又拿出麻布袋子来反复数笔芯，越数越肉痛。

他把袋子口一扎，装模作样地感慨道："没钱了没钱了，只能去把羊卖了。"

安息闻言瞬间忘记装忧郁，扭头叫道："你敢！"

废土觉得十分好笑，脸上依旧面瘫。

安息被他盯了一会儿，心里打鼓，不知道他是不是认真的，手悄悄伸到衣兜里捏住电子宠物，小声说："不，不能卖小羊。"

废土还是看着他不说话。

安息慌了神，结巴道："别，别卖小羊嘛，求你了，我会，我会去赚钱，真的……"

废土冷冷道："你赚不来钱。"

这句大实话叫安息备受打击，尤其是在属性面板还被冯伊安完全碾压的情况下。他把电子羊掏出来死死攥在胸前，像是怕谁抢似的往旁边飞快一躲，不料从椅子上摔了下去，结结实实地坐了一个屁股墩儿。

屁股蛋上传来的闷痛彻底压垮了安息，他再也忍不住，抱着羊大哭起来。

冯伊安惊讶地看过来，又看看废土，赫然发现对方一脸玩脱了的表情。

废土连声劝道："别，跟你开玩笑呢，哭什么。"

安息根本不理他，哭得要多伤心有多伤心，要多委屈有多委屈。

废土腿脚不便，行动受限，十分努力却又十分缓慢地挪过来，哄道："没，跟你开玩笑呢，不卖羊。"

安息歇斯底里道："你还说！"

废土彻底屃了，如同一只大狗熊，以笨拙而奇异的姿势蹲在安息旁边："没有没有，不说了不说了。"

安息一哭狠了就打嗝，一边抹眼泪，一边断断续续道："你，你以后，不能这样了。"

废土生无可恋地点头："哦哦，不这样了。"

冯伊安目睹全过程，在一旁憋笑到快要崩溃。

安息哭累之后被废土好言好语哄到病床上休息，听他再三保证绝不会打小羊的主意，才气鼓鼓地闭上湿漉漉的睫毛。他过去两天里只趴着睡了几个小时，眼皮一沾就睁不开了，一觉昏睡到天黑。

安息醒来时，侧过头就看见暖黄灯光下站在一起的两人。

废土背对他靠在工作台上，冯伊安站在废土面前，两人脑袋凑在一处在看什么东西。

安息躺在黑暗中，没人发现他醒了，他只觉得心脏沉甸甸的。

废土压低声音问："什么意思？"

冯伊安解释："我不是抽了一管血吗，是想看看你身体里变异毒素清除状况怎么样。"

安息精神了点，也竖起耳朵听。

废土点点头："结果呢？"

冯伊安皱了皱眉头，似乎没想好措辞。

废土见状，沉下声音："你就直说。"

冯伊安摇了摇头："不是你想的那样，毒素代谢得很顺利，我只是……这么说吧，具体的结果还需要进一步提炼你的基因序列才能确定。我接下来要说的一切，纯粹是我的猜测，但我怀疑……你并不完全是人类。"

安息睁大眼睛，从床上坐起来一些。废土一言不发，安息只能看见他凝滞的背影。

废土大概也想好如何消化他这句话，半晌才说："我不懂。"

冯伊安解释道："你……你从小到大被多少变异怪物抓伤过了，哪次不是迅速痊愈了？我猜那些毒素搞不好不是被你的身体代谢掉，而是被吸收了。我早就觉得你的免疫系统和修复机能强得有些不正常，不像人类反而像……”他顿了顿，说，“我猜……你是变异人的后代。”

废土立马站直了身体，无意识提高音量：“什么？变异人根本无法繁殖后代！”

话音刚落，屋里的三人都同时想到一件事——废土的母亲受孕时，他的父亲可能就已经受了辐射伤，只是那时还未发生变异。

意识到这一点，废土脱力地靠回到桌子上，整个肩膀都垮了下去。

冯伊安说：“所以，你有可能是至今所知的唯一一个变异人后代。”

片刻，他又补充道：“这事儿千万不能说出去，不然，你这辈子除了虚摩提的实验室，哪也别想去了。”

屋里静得能听见灯丝燃烧的声音。

废土半晌摇了摇头，说：“还是不对劲，怎么可能，变异人的身体修复能力和新陈代谢是我的几十……不，上百倍，辐射和暴晒对他们也不起反应。我就完全不行，太阳底下走一个小时，我的脸皮就没了。”

冯伊安说：“这一点我也不清楚，毕竟你不是通过普通渠道变异的，我之前也没遇到过变异人繁殖后代的先例……”他见废土的表情，安慰道，“都说了这还只是我的猜测，你别多想。”

两人沉默了一会儿，废土低声道：“你先别跟他说。”

安息知道废土口中的“他”是指自己，可是已经晚了，他想装没听见也不行，因为冯伊安眼神转过来，和自己对了个正着。

废土抬头还要说什么，意识到冯伊安的目光，也顺着扭脸看过来。

两人在黑暗中对视，彼此都没有眨眼，也没有说话。

废土也会像变异人一样衰变吗？安息想。

他也会有那样的一天吗？连剪个指甲也有生命危险，然后自己只能坐在一边无助地看他血流不止，慢慢变成一具干尸。

还是说，他也会像五十三一样，在察觉之时就悄然离开，连道别都没有，然后自己找一个无人陪伴的地方尽量有尊严地死去。

短短的几秒钟里，安息脑子里想了很多事，但他最终什么也没说，只是呆呆地看着废土。

废土也知道他听见了刚才的对话，心道糟糕，刚好容易才把他哄住不哭的。

安息张了张嘴，两人都有些紧张地盯着他，不料安息软绵绵道：“饿了。”

冯伊安笑了声，走到一旁把头顶的大灯打开，打开柜子找吃的。安息被光线刺激得眯了眯眼，回过神发现废土还站在原地看着他。

安息说：“你腿不要老垂着，会肿的。”

废土有些自嘲地笑了笑。要是变异人，这种程度的骨折早就好了。但他还是老老实实扶着桌子走过来，顺着床沿坐下。

安息配合地往里挪了挪，分出半张床给他。单人病床的空间实在有限，两人干脆把受伤的那条腿搭在床上，另外一条垂在地上。

废土面无表情地看冯伊安忙来忙去给他们准备吃的，一点没有麻烦人的自觉。安息却悄悄转头看了看废土，他好几天没刮胡子了，但下颚的线条依旧刚毅，带着男人的成熟和魅力。

安息低头看看，自己的腿比废土的短了一截，但脚像两个大面包。

“你别怕。”安息轻声说。

废土沉默了许久，才低声说：“是你别怕。”

冯伊安的神奇扭伤膏见效奇快，安息次日醒来就感觉好了不少，他活动了下脚踝，又拉高裤腿看了看，脚踝几乎消肿恢复成了原来的形状，只是瘀青沉淀成了紫黑色，看着有些吓人。

安息环顾屋里，冯伊安和隔壁行军床上的废土都不见了，但地上的活板门开着，楼下依稀有响动。

安息下地走了两步，还是不太敢用力，蹦到活板门边，单脚配合膝盖往下爬梯子。他环顾四周，发现地下一层非常宽敞，比起如诊所般的楼上，这里才更像冯伊安居住的地方。整间屋子一半被各种药物和药品原料占据，另一半摆放着生活起居的家具。

安息扶着墙，顺着水声走到盥洗室门口。门半开着，冒出丝丝暖烟，安息依稀能听见冯伊安和废土说话的声音。

他贴着墙通过门缝去看，废土坐在一个塑料凳子上，胸前贴着防水绷带，伤腿搭着一层塑料布支在一边。冯伊安站在他身后，袖口和裤腿都挽起，露出精壮的手臂和小腿，手里拿着一个舀勺和一个海绵，帮废土洗澡。

废土的头发湿了，顺着额头和眉毛滴水，他闭着眼睛听冯伊安说话，偶尔开口和他聊两句。

安息看了一小会儿，心里觉得有点羡慕，又有一点寂寞。冯伊安和废土站在一起时总有一种经年累月的默契，看着比普通朋友更亲密一些，而自己和废土，搞不好连朋友都算不上。

这个想法一冒出来，安息简直如醍醐灌顶，越想越郁闷。两人老相识的独特气场暂且不谈，废土作为一个从不和人主动来往的面瘫，居然对冯伊安这么亲近，这么放松，还这么信任。

安息不想看了，手脚并用地爬回楼上，又觉得根本不想再在这个屋子待下去，抓起口罩和拐杖一瘸一拐地出了门。

安息漫无目的地在居民区瞎逛。

他先是坐在邻居家门口看别人晒东西——棕灰色的，像是什么动物的皮，但皱皱巴巴的。安息凑近去看，被邻居挥手轰走了。

他又往前走了点，一户主人趴在房顶上修太阳能板，却不小心把梯子踹倒了。安息见梯子迎面砸来，连忙手忙脚乱地丢了拐杖帮他扶住。屋主也吓了一跳，忙和安息道歉道谢。安息帮他把梯子靠回去，仰着头看他弄那些复杂的线路。

安息逛着逛着，隐约听到一个熟悉的人声，推开门探头进去看了看，果然见奇威正坐在里面大笑。

除了他之外屋里还有旅团的另外两名队员，见了安息竟然都笑着和他打招呼，安息有些受宠若惊。毕竟一路上全团都寡言得可以，可能是终于到了安全的地方，所有人的神经都放松下来。

旅团扎营的房间里只有一个大通铺，奇威大大咧咧地往自己身边一拍，示意安息来坐，问："你腿脚怎么样了？"

安息顺着坐到通铺床沿，把腿抬高拉起裤腿。

众人凑过来观察："哦哦，好多了。"

奇威说："不愧是冯伊安。"

听到这个名字，安息不禁又郁闷起来。奇威问："莱特怎么样了？"

安息板着脸说："不知道，死了。"

众人震惊："啊？"

安息嘟着嘴，满脸写着不高兴，不情不愿地问：“那个医生真的很厉害吗？”

奇威下意识答：“对啊，超厉害的，我还是第一次见真人。”见安息脸色不对，他连忙改口安慰道，“但是你比较可爱！”

安息更恼火了——他根本不想要可爱啊！

正巧这时门又开了，一大群半裸的壮汉鱼贯而入。

奇威解释道：“公共澡堂就在隔壁，我刚去了，条件还不错，你想不想去？”

安息哪里还在乎什么澡堂，屋里挤满了半裸的肌肉壮汉，荷尔蒙爆棚，安息就像一只误入狼群的小鸡仔。

最后一个进门的正是那名不苟言笑的年轻头领。他一眼看见安息，有些惊讶，但也只是眉毛微微上扬了一毫米。

世界上的另一个面瘫……另一个废土，安息想。

这样想着，安息情不自禁对比起了两人，废土似乎略高一些，但两人差不多壮。头领的皮肤更黑一些，是健康的古铜色，泛着饱满的光泽……

对方像狗一样甩了甩湿发，抓起一件干净衣服就往身上套。他一抬手，更显得手臂粗壮，腰腹结实有力。

头领的动作忽然顿住了，感受到安息的目光，狐疑地扭过身来。

安息偷看被抓个正着，想要若无其事地移开目光。他眼神往一边飘去，可一转头就惊呆了。不知从什么时候起站在门口的废土，正一脸阴沉地看着他。

安息心里有千万只羊狂奔而过，干巴巴地问：“你怎么在这儿？”

废土：“这话不该我问你？”

安息眨了眨眼睛，蹦出一个字：“哦。”

废土额头上肉眼可见地爆出一根青筋。

安息又问：“医生呢？”

废土说：“冯伊安出去摆摊了。我找半天找不到你，饭也不吃，到处乱跑。”

安息蔫了吧唧地从通铺上蹭下来，两个瘸子缓慢地往回走。

回到冯伊安屋子里，安息觉得还不如跟旅团挤通铺自在。这里又豪华，设备又齐全，应有尽有，但他就是不喜欢，觉得自己并不属于这里。

我太小气了，安息想，他俩在我出现之前很久就认识了，感情好得多，经历也多，这也没办法。

可他就是提不起精神，开心不起来。

废土凑在“厨房”的料理台边单脚站着，不知在鼓捣什么东西。安息看了会儿说：“我来吧，你去坐着。”

废土不为所动，只说：“马上好。”

安息搬了一个凳子坐在吧台边看他背影，废土转过身来，手里端着两个搪瓷碗。安息往里看了一眼，愣住了，又抬头去看他。

废土不在意地说：“这是能找到的最接近蛋白浓汤的东西了。”

安息呆呆地眨了眨眼，拿起勺子，搅了搅碗里浓稠的面糊，舀起一勺放进嘴里。

他抬眼看废土，发现对方手里不动一直在看他，于是弯起眼睛甜笑起来：“好吃！”

废土忙假装不屑地移开目光，小声抱怨：“烂品位。”

安息埋头苦吃，一勺一勺地把偏烫的浓汤塞进嘴里，整个胃都暖和了起来。

吃完早饭后，安息下楼去洗了个颇为奢侈的热水澡，出来见废土懒洋洋地躺在行军床上，手指摆弄着床头的血压仪，就凑到他旁边伸着脖子看。废土有点嫌弃地挥了挥手：“头发擦干再过来。”

安息笑起来，学旅团头领那样甩脑袋，糊了废土一身水。

废土火大地拽着他发尾：“早晚给你剪了！”

两人在平日里战斗力天差地别，但此时废土身负重伤，行动力受限，一时之间还制不住安息。正巧碰上午饭时间到，冯伊安歇摊回屋。他一进门，安息下意识往后退了一步，后脚跟踩中正要冲出来揍他的废土，后者龇牙咧嘴地倒在地上。

冯伊安似乎没注意到这边发生了什么，自顾自地脱下外套挂在门边，又洗了洗手，才指挥两人亮出伤腿给他看看。他先是看了看安息的扭伤处，修长干净的手指轻轻摁在安息脚踝，又松开，观察道：“基本消肿了，年轻人就是恢复得快。”

安息放下裤腿，小声说谢谢。

然后顺手把地上的废土拽起来扶回病床上，幽幽道：“不过，你们俩在服药期间，最好还是老实点。”

安息像做错事被独耳叔叔批评的小朋友，脸埋到胸口。冯伊安仔细查看了一番废土的小腿胫骨，顺着骨头和肌肉的线条摸了摸，沉吟道：“骨裂伤还要一段时间才能自由活动，但恢复得相当不错。”而后他又检查了下其胸口的抓痕。

洗过澡后，废土就没再缠上纱布，辐射毒素被代谢得差不多了，伤口颜色越来越浅。

这本该是令人惊喜的转变，可一时间屋里三人都想起了这毒素褪去背后的可能原因，气氛有些凝重。

冯伊安拍了拍废土的背，打开活板门顺梯子爬了下去。安息抬起头来一脸纠结：“第一次觉得伤好得快也挺伤脑筋。”

废土嘲笑道：“你还有脑筋？”

安息登时要跳起来揍他，冯伊安却忽然又从活板门那探出头来，扒在楼梯上抬头问：“你们谁动了煮水器吗？”

安息这才想起来：“哦对，我刚稍微改了一下，这样有个待机模式，不然每次用热水的时候都要重新启动，好费电，而且机器寿命也会变短。”

冯伊安扬起眉毛，颇有深意地看他。

安息会错意，连声道歉：“对不起对不起，我不应该不经过你同意乱动你的东西的！”

都怪自己以前修设备太顺手了，养成了职业习惯。

冯伊安笑起来，解释说：“不是，没关系，我只是……有点惊讶。”

废土在旁边一脸无所谓地帮腔：“你还有什么要修的、要换的都可以拿给他，他是机器猫，给你修设备抵伙食费。”

安息愣头愣脑地来回看两人，问：“机器猫是什么？”

冯伊安问：“真的吗？”

安息老实地点点头。

冯伊安招招手：“那你下来。”

草草吃过午饭之后，冯伊安就又离开屋子去摊位上了，安息则全情投入到家居设备全面升级计划中。冯伊安出门之前交代了几个叫他排查的老旧设备，他不出半小时就全部搞定，于是开始捏着扳手转着圈打量屋里每一个电器，摩拳擦掌。废土在楼上待得实在无聊，身上有伤，不能出门也不能运动，就吭哧吭哧地爬下楼来，看安息兴致勃勃地来回折腾，根本不搭理自己。

废土拄着棍儿，尾随在安息身后捣乱，一会儿拽他头发一会儿戳他背，安息嫌他烦，摆着手给轰到一边儿去了。

被无视的废土心里不平衡了，不满道："你差不多也行了吧。"

安息正搭梯子趴在垃圾降解器上，头也不回道："别打扰我，你不懂！"

被嫌烦了！废土感觉自己是被叛逆期青少年拒之门外的家长，十分受伤，蔫了吧唧地走到角落里的小板凳上坐下，如同一头委屈的大狗熊。可惜卖惨半晌也没分到一个眼神。

又过了一会儿，废土忍不住问："他怎么还让你帮着换这个啊？"

安息没注意听他说话，延迟了两秒才答："没，是我自己要做的，帮他都看看嘛……"他想了想，又说，"在别人家白吃白住，还是要帮人家做点什么。"

废土说："那你在我那儿白吃还白住这么久，怎么不帮我做点什么啊。"

废土故意把"白吃"两个字着重念，勾着嘴角，等着看安息被嘲讽后猛地回头瞪人的样子。可对方只是微微侧过脸，手上动作停了一瞬，然后又继续动作起来。

空气安静了五秒，安息才"哦"了一声。

废土迟钝地察觉气氛不太对，说："开玩笑的。"

安息已经把设备顶部的盖子推回去，左右手同时拧紧螺丝，动作十分麻利，但没吭声。

废土又说了一遍："跟你开玩笑呢。"

安息于是更大声地回应了一次："哦！"

废土也觉得没趣了，爬回自己床上睁眼躺着。

整个一下午，废土与安息没再说一句话，一个在楼下乒乒乓乓，一个在楼上喘气等死。直到冯伊安收摊回家，屋内的气氛才再次活跃起来。

安息一脸机油，衣服和手都脏得要命，但仍十分热情地给冯伊安挨个解释他的劳动成果。

当视察工作进行到药品反应堆时，冯伊安终于忍不住问：“这个东西不算常见吧，你怎么也会修？”

安息说：“以前在避难站的时候我也在医疗站工作过的。”

冯伊安挑眉点了点头，微微了然的样子，可立马又歪过头困惑起来：“所以……你到底是为什么离开了避难站跑到废土上来的？”

安息闻言霎时间也愣住了，他似乎还真没好好想过这个问题。

最开始，他被多巴胺冲昏了头脑，脑袋一热就跟着废土走了，幻想小小少年举着宝剑征服大地的英雄故事。后来，这份幻想很快破灭了，那时候他又为什么不回去呢？

是因为自己勇闯天涯的野心太大，还是潜意识里觉得这趟旅程若是太快结束实在丢脸？

抑或是，他当时只一心想要逃离，逃离现实，逃离彼处，即使从没直面过逃离的对象是什么，即使从没想过旅程的终点又究竟是什么。

但此时此刻，安息忽然意识到，旅程的终点竟已不知不觉来到了能见范围内——等废土伤一好，很快他们就可以继续上路，而这次，他们将直达虚摩提。

到时候自己又该如何自处呢？虚摩提是废土的目标，却不是自己的梦想。

说到底，他也不知道自己的梦想是什么，只是，当两个人并肩走在漫无边际的废土之上时，那份天地辽阔的隽永迷惑了他。

冯伊安的话语打断了安息的思绪，他啧啧称奇地测试着器械的性能，说：“你这个手艺，完全可以赚钱啊，集市上肯定很多人愿意付钱给你让你帮他们维修升级电器。”

他这么一说，安息反倒有些不好意思，抿着嘴偏过头去。余光看到废土进屋，立马又切换成“得意羊羊”模式，一脸“看到没”的表情，完全忘记此刻自己是个满脸黑油的花脸。

废土见状“喊”了一声，安息也哼哼地转过头去。

夜里，熄灯在即，冯伊安猫腰在一旁准备隔天要带去集市的物品，忽然转过来问道：“对了，安息明天想不想跟我去集市上玩？”

安息被点名后茫然了一瞬，下意识地反问道：“我？”

冯伊安又露出那种眼睛弯弯的亲切笑容："对啊。"

安息有些茫然地看了看废土，对方则面无表情不做反应。

安息点了点头，说："好啊。"想了想他又问，"那米奥一个人在家怎么办？"

冯伊安不解道："他？他就在这待着呗，他那个腿要少活动，况且……"冯伊安总是温柔笑着的脸上露出了几乎可以称作嫌弃的表情，"他那么大个人了，不会死的。"

废土："呵呵。"

冯伊安继续诱哄："明天哦，是每个月虚摩提商队路过的日子，他们会带出来好多有趣的东西，废土和地底都没有，只有海上才有的……"

安息明显动摇了，但仍然一脸纠结："可是……就算有好玩的东西，我们也没钱买了……"

废土嘴一快，接话道："是'我'没钱了，你从来就没有过钱。"

说完这话废土立马后悔了，略紧张地看了安息一眼，幸好对方反应十分正常，咩咩叫着要打他。

次日清晨，冯伊安果然揣上安息一起上了集市。匆匆来回几次，安息这次总算能够好好体会番城集市的盛况——延绵不绝、错落交织的大小商铺，里面摆满了奇怪商品——只有你想不到的，没有你找不到的。集市甚至按照设摊的补给品类型设有专门的分区，安息帮着冯伊安把大帐篷的猩红门脸撑起来，卷在顶上用绳子拉住，绑紧在柱子上。

冯伊安把一个系着绳子的铁盒挂在安息脖子上，说："你负责收钱。"

安息"哦哦"地抱紧盒子在胸前，还没来得及多问什么，就迎来了第一个客人。

"医生！"那客人比安息还矮一头，但听声音已是个成年人。他头顶戴着巨大的墨绿色防风镜，好像一只变异蟾蜍。注意到一旁的安息，奇怪道："哦？哪里来的小朋友？"

冯伊安说："是弟弟。"

客人不信："你哪来的弟弟？"

冯伊安说起绕口令："是弟弟的朋友，朋友的弟弟。"

客人懒得理他了，自顾自地选了药品，递过来两根笔芯和一块空槽的辐射过滤芯给安息，问："能不能用这个抵？"

安息抱着铁盒，茫然地用眼神询问冯伊安。对方看过来，却反问："你觉得呢？"

安息摇摇头，冯伊安摊手耸肩说："安息说不行。"

客人哀号了一声，安息连忙摆手解释："不是不是，我不是说不行，我不知道……不知道价格。"

冯伊安说："哦，听见了吗，安息说要五根笔芯才行。"

客人不满道："他根本没说！医生，咱们认识这么久了！"

冯伊安笑起来："好吧，五根笔芯，再送你一排安非止痛药。"他从桌子下面拿出一捆扎在一起的药盒，边拆边跟安息解释："这个是急速止痛药，副作用大，如果有急性需要处理的外伤时可以做麻药使用，平时不要轻易吃。"

安息睁着眼睛点点头，不明白他为什么忽然跟自己解释这个，想了想问："那要饭后吃吗？"

冯伊安说："不用，这个不走消化系统，跟胃没关系，不过，小部分人群对这药有过敏反应，此后的两三周里肝指数也会飙高。"

安息明白了，冯伊安是在趁摆摊的机会教自己医药知识，连忙打起十二分精神，全神贯注地帮忙。

事实证明，冯伊安是个相当优秀的科普老师，不像废土只用两三个字回答问题。态度好，还不面瘫，安息使了劲儿想讨厌他，但发现十分困难。

间歇清闲的时候，安息主动帮冯伊安整理摊子下面的药品和交换来的货物，一弯腰，吊坠从衣领里滑落出来。

冯伊安惊讶道："他把这个给你了？"

安息捏着那管二号的血，鬼使神差地点了点头。

冯伊安微笑道："他从不离身的，应该是很重视你才会送你。"

安息立马心虚起来。这根本不是废土的那一瓶，但转念一想，又摇着尾巴掏出电子小羊给冯伊安看："这也是米奥送我的。"

冯伊安不可置信地凑过来，屏幕上的小羊正眯着眼睛躺在草坪上晒太阳。"他居然会买这种东西……不，应该说，那家伙居然会买任何东西送人。"

安息喜滋滋，简直想把小羊顶在头上招摇过市。

他在帐篷里原地转了一圈，把小羊摆在身后柜台的最高处，冲着它左右欣赏。一扭头，发现冯伊安一脸哭笑不得的样子，安息有些不好意思地清了清嗓子，问：“你认识米奥多久啦？”

冯伊安回忆道：“我认识他的时候……他比你现在的年纪还要小一点呢。”

安息：“啊？”

冯伊安比画自己下巴的高度：“那么小就加入赏金旅团，时常搞得全身是伤，又瘦弱，又穷，估计抠门的毛病就是那时候留下来的……”

安息完全抓错重点，惊奇道：“比我还瘦吗？”

冯伊安笑起来：“对啊，一个小屁孩，还成天板着脸不说话。”

“哦……”安息露出羡慕的样子——好想看，面瘫的小废土。

脑内思维发散了一会儿，安息又忽然想到别的什么。

“米奥以前有没有和……就是，在赏金旅团的时候，”安息结结巴巴地措辞，“有什么关系好的朋友吗？”

冯伊安若有所思道：“朋友吗？不太有印象，他好像从小就开始装酷了。”

“哦。”安息呆呆地答。

纠结了一会儿，他又问：“那……你呢？”

“我怎么？”冯伊安一时间没意识到安息问的什么，随即反应过来，爆笑出声。

安息脸红了，拉他袖子小声道：“喂！”

冯伊安还在笑，弯着腰不住颤抖。安息又更大声道：“你别笑啦！”

冯伊安插着腰直起身子，擦擦眼角：“抱歉抱歉。”

安息闷闷地噘着嘴瞅他，又听冯伊安若有所思地“哦”了一声。

冯伊安缓缓摇头，止不住地好笑，抬眼看着他：“原来，我就是因为这个被讨厌了啊。”

安息这下连耳朵都红了。

日头渐渐升起，即使躲在连成一片的遮阳棚下，安息依旧热得满头大汗。

地表蒸腾着逐渐升温的尘埃，集市里的人也越来越多，冯伊安的摊位上来往的人络绎不绝。

除开最开始的半个小时，安息很快不再茫然失措。摸清了应对客人的方法，也熟悉了各种药品的位置，他和冯伊安一直忙到中午一点半。正午的烈日终于逼退了活动在地表的生物，两人总算闲了下来。

冯伊安抱歉地对最后一个客人摇摇头：“对不起，我们要午休了，三点重新开业。”随后，他拉下了门帘，递给安息水壶。

咕咚咕咚灌了大半瓶被晒热的温水，安息用手臂蹭了蹭额头，呼出一口气：“你平时一个人是怎么忙过来的啊。”

冯伊安耸耸肩，无所谓道：“平时嘛……能招呼几个人就招呼几个人呗，客人多了制药量也供应不上。”

安息理解地点点头。冯伊安屋里的制药设备虽然于一个私人拥有来说已经十分奢侈，但比起避难站来说规模还是差远了，番城集市这种人来人往的地方，一天走掉一批量的药很正常。

冯伊安锁好卷帘门，伸了个懒腰，说：“饿不饿，走，回家吃饭。”

安息也学他的样子伸长手臂扭了扭腰，冯伊安问：“累不累？”

安息摇摇头，兴高采烈道：“下午还想来！”

冯伊安乐起来：“好啊。”

于是两人并肩往回走。

不出几步，冯伊安忽然问：“对了，你多大了？”

安息犹豫了一下，还是老实道：“十……十七。”

冯伊安感慨道：“哇……好小啊。”

安息鼓起脸颊：“我就知道，你们怎么都这么说……”

冯伊安笑说：“确实很小嘛，那你猜我多大？”

安息倒退着走，歪着脑袋仔细观察他。对方身材挺拔结实，脸上也没什么暴露年龄的线索，只是眼角有些许笑纹，但叫人感觉十分亲切。

安息想起娃娃脸的奇威，犹豫道：“不知道……三十五？”

冯伊安又笑起来：“哦。”

安息：“怎么啦，不对？”

冯伊安不说话了，安息追问：“那是多少啊？猜大了还是小了？”

冯伊安只是笑眯眯看他，说：“你回去问米奥吧。”

两人回到家，一开门便迎面扑来一股低气压，室内温度直降十度。

废土阴着脸坐在饭桌旁边，长腿搭在另外一把椅子上，手指头一下一下敲着桌子。

“舍得回来啦。”他阴阳怪气地哼了一声。

“嗯。”安息老实答。

“嘁。”废土扭过头去。

安息觉得莫名其妙。不管是以前在避难站还是在罗城时，两人虽长时间生活在一起，但废土其实很少主动和他讲话，应该是早习惯了一个人安静地做自己的事，还老是嫌他话多。

怎么受伤之后，废土性格似乎发生了什么微妙的变化，比如现在这个样子……

简直……就像是在撒娇一样。

安息情不自禁又多看了废土一眼，觉得有点可爱，心里开始冒泡泡。

见安息傻兮兮地杵在原地，废土没辙道：“算了，先吃饭，你平时不都 12 点就闹着要吃吗，今天不饿？”

安息在避难站多年来养成了码表般精确的生物钟，每天到点就要吃饭睡觉，一过了时间就开始崩溃，两人一起旅行的初期可是把废土烦得够呛。把人凶哭了好几次之后，废土也只能妥协了自己的作息。

安息摇头晃脑地走到桌边坐下：“跟医生忙着就忙忘了。今天人超多的，好多客人啊！不过医生真的好厉害呀，他告诉了我好多东西，我之前都不知道的！你知道吗，原来麻黄消炎粉里面的原料和防感染的杀菌药里面好多成分都是一样的，好神奇……”

看安息一脸兴奋地絮絮叨叨，废土决定不提醒冯伊安上楼吃饭了。

安息把一种番城集市特有的营养饼全部塞进嘴里，才发现嚼不过来，腮帮子鼓起一动一动的，像某种啮齿动物。废土用叉子柄去戳他脸颊。

安息弯着眼睛嗤嗤地笑起来，肩膀一抖一抖的，用手指头按着脸颊帮助自己把饼吃掉。

废土嘴角也挂上一丝笑意，用鼻子哼气：“蠢羊。”

安息听罢却忽然呆住了，猛地站起来，凳子“砰”地碰翻在地。他惨叫道：“糟啦！我把小羊忘在店里了！”

废土也是一愣，安息每天揣在怀里怕碎了的电子羊竟然会忘在别的地方？他不自觉挂回冷酷的拒人千里的表情，说：“不是不想卖吗，改主意了？”

安息着急道：“不是的！我摆在柜子上给它充电，走的时候忘记收了。”他焦虑地原地转了两圈才弯腰扶起凳子，问，“医生走的时候锁门了，应该没事吧。”

废土硬巴巴地说：“不知道。”

安息抓狂道：“啊啊啊，我的小羊！”

听到凳子倒地而探头查看的冯伊安正好从楼下爬上来，安慰道：“没事没事，不会丢的，锁了门的。”

安息“唔唔”地点头，乖乖坐回到凳子上。

冯伊安扭头一看，假装生气道：“啊，你们吃饭不叫我！”

废土面无表情地看他一眼，很没诚意地说：“哦，来吃饭。”

冯伊安端过碗坐在料理台上，仅有的两个凳子都被霸占了。他对安息说：“等会儿去店里的时候，你就先把那个电子宠物收起来，免得忘了。下午人更多更杂，别到时候不小心弄丢了。”

安息睁着水汪汪又委屈的大眼睛，捧着碗点点头。

废土闻言却转过头挑起眉毛：“什么？下午还要去？”

安息说：“对啊！医生的摊子生意很好的，不帮他的话，他忙不过来。”

废土冷笑道：“他之前自己一个人不是也干得挺好的，”他顿了顿，又拧起眉毛，“你之前不是不喜欢他吗，怎么忽然又黏得要死？”

安息一下窘迫起来，原来大家都看出了他对冯伊安的敌意，他还以为自己隐藏得很好呢。

废土一眼看穿他的想法：“你什么东西都写在脸上，谁不知道。”

安息“啊啊啊”地大叫起来，捂住脸。

冯伊安说：“对啊，安息做得很好呢，帮了我不少忙。”

安息被表扬，从手指头上方露出一个羞怯的笑，睫毛一闪一闪的。

废土看他亮晶晶的眼神只觉得满心焦躁，又不知从何处宣泄，只能把眉头皱得更紧。

隔了一会儿，他又忽然冒出一句：“那我也要去。”

冯伊安抬起眼：“你去干吗？”

废土说：“我都要发霉了。”

冯伊安好笑道：“你这才躺了几天，你胫骨骨裂了知道吗，不能下地到处乱走。”

即使是废土，也无法在“圣手冯伊安”面前质疑他的医学判断，他抿着嘴，下巴形成一道冷硬的线条。

冯伊安继续教训：“总是仗着自己身体素质好，恢复能力比别人快一点，就不把自己的身体当一回事。”

安息帮腔：“嗯，嗯。”

冯伊安：“不好好敷药，也不好好休息。”

安息：“就是就是。”

废土凶神恶煞地瞪过来，安息连忙低下头往冯伊安身边躲了躲。

冯伊安又转过来问安息：“他是不是每次战斗的时候，都为了图快图省事，不肯迂回等待最好的攻击时机，反而一股脑冲在前面，受伤也无所谓？”

他这样说，安息于是认真回忆起来，好像还真是这样。怪不得他一直觉得废土战斗的样子特别帅，现在仔细想想，那种帅气很大程度来自那种不顾自身安危的舍命一搏。

安息立马嚷嚷起来：“就是就是！医生你快说说他！”

废土站起身来，一瘸一拐走过来要揪安息耳朵，但只有一条腿的情况下实在追不上，被安息跑了。安息趴在门口招手：“医生医生！走了，我们去开店！”

冯伊安拉开卷帘门的一瞬间安息就猫着腰冲了进去，从架子上取下电子宠物抱在手里亲了几下，又跟它道歉：“对不起哦，小羊，我以后再也不会丢下你了。”

冯伊安边收帘子边搭腔：“小羊说它原谅你了。”

安息泪流满面，医生好温柔啊，废土就只会叫他“蠢羊”。

才跟冯伊安单独相处短短大半天，安息完全抛弃了自己仇视竞争对手的立场，反而默默展开想象。自己从小到大就想有个哥哥，他想象的哥哥会跟钿安姐姐一样温柔，会纵容他撒娇胡闹。但又要比她更厉害，什么都懂，就像冯伊安一样。

一旦兴起这个念头，安息越来越觉得冯伊安光芒万丈，又亲切，性格又好，帅气极了。

冯伊安哭笑不得地接受炯炯有神的“小羊崇拜眼”，苦笑自己又要被另一位讨厌了。

这一天对于安息来说其实相当非同寻常，其意义仅次于他走出避难站踏上废土的那一天。这是他第一次没有在废土的庇护下和陌生人交流，不管是一身血腥味的凶恶疤面战士，还是兜里露出一截人指的怪异贩子，安息都能强自淡定地和他们直面接触，这是三个月前的他不可想象的。

再仔细回溯，其实这些改变也不是今天才发生，从罗城的高级辐射人，再到奇威所在的赏金旅团，这些人放在以前安息根本不敢靠近，更别说和他们同住在一个屋檐下嘻嘻哈哈了。

这一刻，就在这人声嘈杂的番城集市中心，在这一个风平浪静的炎热午后，安息忽然觉得其实生活在废土，也没有想象的那么难。

安息：“医生，我问你啊……”

冯伊安正埋头记账，用鼻子“嗯”了一声。

安息：“你之前说，你第一次见废……米奥的时候，他比我还小？”

冯伊安点头道：“嗯，他个子蹿得早，但其实年纪很小。”

安息张了张嘴：“那么小就在废土上生存啦……”

冯伊安说：“不是哦，他就是在废土长大的。”

安息想起来了，沉沉地点了点头：“他妈妈怀孕的时候就被赶出来了。”

“嗯，他跟你说了？”冯伊安扭头打量了他片刻，似是自言自语道，“你的话，告诉你应该没关系。”

安息一头雾水：“？”

冯伊安说：“米奥的母亲是个非常坚强的女性，我只见过一次，但你不得不佩服她。在这个时代，一个女性独自在废土上生存就已经够辛苦了，还要带大一个小孩，说起来几乎是不可能的任务。”

“那时候还没有现在这么发达的商贸路线，虚摩提高高在上，整个废土苟延残喘。休息站隔很远才能有一个，集市的规模也很小，遍地都是战前残留下来的杀人机，有时候，一个侦查机器人就可以移平一个村落的流民。最初，米奥的母亲应该是带着年幼的他辗转了很多地方，随着不同的流民部落迁徙避难——你知道的，那些群落都是避难站不接收的弱势人群组成的，为了能留下来……”冯伊安叹了口气，重新措辞道，“她前后换过很多依附的对象，也曾数度怀孕，只是那些小孩子都没能活下来。

“就这样磕磕绊绊地过了好些年，米奥也总算长大了一些。可就算是这种流民部落，里面也有等级强弱之分，他们对于这种身体脆弱、生产力低下的小孩子接受度很低，所以，在部落首领数次更换后，她们俩又一次被赶了出来。

“事情发生在米奥……十一二岁的时候吧，那时他和母亲已经又在废土上辗转了好几年，碰巧在一个休息站落脚。可是，入夜之后，那个休息站的一群旅人……把米奥母亲围住了……”

安息倒抽了一口气，双手捂住嘴巴。

冯伊安也脸色沉重，说：“其实这种事估计也不是第一次了……”

安息胸膛一起一伏：“怎么会……”

冯伊安微微摇头：“不幸中的万幸是一个过路的赏金猎人正好看到这一切，他杀了屋里所有施暴者，救下了米奥母子。”

安息心里无比震撼。他忽然想到，在这之后的很多年，废土也路过了一个休息站，也拯救了里面的一个女孩。

那是二号的女儿。

冯伊安接着说：“当时负责抓着米奥的两个人被这位猎人一枪爆头，那些正在兴头上的男人更是被杀个措手不及，还没反应过来就睁着眼睛死了。”他脸上忽地露出一抹极其浅淡又哀伤的笑容，“不过也是因为这位猎人枪法神准，百发百中。

“当时米奥和他的母亲都被喷了一头一脸的血，但两个人都十分平静，尤其是他母亲。这时候他们才看到，那群人渣为了压制她的反抗而死命掐着她喉咙，不小心把她掐死了。米奥走过去，低头看了她一会儿，给她合上眼睛，穿好衣服，把她带到外面废土里埋了。当时已经入夜，他挖了很久，满手都是血，中途一直有很多变异怪物袭击，那位赏金猎人就一直站在他旁边，一枪一枪地帮他解决黑夜里冲过来的所有怪物。

“天亮的时候，米奥终于把一切收拾妥当了，他把一屋子死人的物品都整理出来，那名猎人不要的他统统收起来背在身上，然后对他说：‘你教我怎么用枪吧，让我跟着你，其他你什么都不用管，我自己会找吃的。’”

安息已经哭得满脸泪水，眼泪涌出的速度都来不及擦干。

冯伊安微微抬起下巴，看着空气中的一个点回忆道：“之后的很多年里，米奥就一直跟着他。他教米奥用枪，用刀，搏击，他教他怎么做一个赏金猎人，带着他长大。”

安息哽咽地问道：“你为什么会知道这些？”

冯伊安缓缓地眨了下眼，轻声说：“因为那一夜，我是和那名猎人一起进的屋啊。”

安息吸了一口气，恍惚道：“那也是你第一次见米奥。”

冯伊安点了点头。

默默吸了一会儿鼻子，安息又问：“他是谁？那名猎人。”

冯伊安这次沉默了很久，才徐徐开口：“他叫翊，他是米奥的师父，是我的朋友，是我最好的兄弟，也是最亲近的人。”

安息微微睁大眼睛：“那他现在在哪里？”

冯伊安脸上最后一丝微笑也终于全部褪尽，他垂下眼睫，叹息道：“可惜在这个世界上，所有我爱的人，都已经离我而去了。”

墨蓝色晕染在天边，月亮的形状隐隐透在天幕上。

安息呜呜地抱着冯伊安，一边大哭一边顺他的背，好像对方才是那个号啕大哭的人。

冯伊安连声哄劝：“哎哎，我说错了，这不米奥还活着吗？米奥是他养大的，也算是我弟弟，也是我的亲人。”

安息根本听不进去，哭得快要晕厥，嘶哑着嗓子一抽一抽的：“你不要，你不要难过。”

冯伊安说：“我没难过……”我这不是笑着呢吗。

他侧头看着哭得乱七八糟的安息，好像自己干涸已久的眼泪也被他一并流掉了。

有一个人，如此具体而彻底地为自己的悲伤而悲伤，冯伊安忽然觉得心底那个巨大的伤口又愈合了一点点。

其实，他已经很久没有想起过那个人了，虽然无时无刻又没在不想他。

自从那个人死后，他也很少和米奥见面了，两个人都不可遏制地从对方身上看到那个人的影子，尤其是米奥，冯伊安以前总说他们是面瘫师徒，两个人加起来只有一勺子的情商。

其实他很早就对米奥的血缘有所猜测，但那人只瞪他一眼，叫他不许在小孩子面前瞎说——你看，就连这种过度的保护欲，也是如出一辙。

虽然被保护的人，都比他们想象的要坚韧很多。

他还记得那天安息找到他的时候，满身裹满尘土和暗红的血痂，右脚肿得连路都走不了，脸上全是眼泪流过又干掉的花印子。他看着自己，开口问：“请问你是冯伊安吗？”

少年的声音里带着不可忽视的细微颤抖，但他仍努力地站直身体挺起胸膛，眼睛又明亮、又清澈、又坚定：“你认识米奥·莱特吗？他受伤了，请你帮帮我们。”

他和米奥，一眼看去似乎是毫无相似之处的两个人，但仔细想想，又不尽然。

一个能浑身是伤仍面不改色地战斗到满地尸骸、天地血红的末日，一个人即使从这末日走出来，身上却一点血腥气也沾染不上。

此刻，这名少年正用尽全力试图安抚他们陈年的伤痛。

隔壁摊位的店主来借东西，被安息呜呜嗷嗷的阵仗吓退了。冯伊安无奈地动动眉毛，身上挂着安息站起来，用手背蹭他的脸，说：“快收拾东西回家了，再不走，米奥要喷火了。”他一边收摊一边苦恼地看抽泣的安息，叹气道，“哎……这下回去可怎么解释。”

安息心情仍然十分低落，身上被冯伊安大包小包挂了各种用药换来的东西，一边吸鼻子一边低着头跟在他后面慢慢走。走了一会儿，他忽然拉住冯伊安的衣服。

冯伊安被拽住，回头就对上一对红彤彤的大眼睛。

安息说：“我以后也会很厉害的。”

冯伊安：“啊？”

安息认真道：“我会变得很厉害，不止会修机器会做药，还会开枪会打架，会赚很多钱。”

冯伊安听懂了，不禁笑起来，打趣道：“哦，你要把米奥领回家吗？”

安息并不太懂，只点点头道：“我会照顾他，保护他的。”

冯伊安忍不住伸手摸了摸他头顶，心想这还真是不得了。

回到居住区时天已经变成了深蓝色，冯伊安的屋里亮起暖色节能灯，干燥温暖的空气中飘散着食物的香气，像一个真正的家一样。

废土本来黑着脸不知道酝酿了什么话要说，见安息一副明显狠狠地哭过的样子立马变了色，问：“这是怎么了？”

安息闷闷不乐地摇摇头，废土去看冯伊安，对方一溜烟跑了。

废土只得又转回头打量安息：“怎么了？谁欺负你了？”

安息还是不说话——中午那只蹦蹦跳跳的快活小羊不见了，回来一只沮丧的红眼羊。

他把身上的大包小包摘下来，废土忙去帮他：“是不是被客人欺负了，还是出什么事儿了，怎么去摊子上帮个忙也能哭，你真是……算了，明天不去了，听到没，就在家休息……”

还没说完，安息已经把脸埋进他怀里，手臂搂着他的肩膀，废土只能环住他肩膀，摸摸他头发：“好了好了。”

安息闷闷地说了句什么，废土没听清，安息就把脸抬起来，下巴磕在他胸口：“明天还要去。”

废土低头看着他，没接话，半晌才说：“你是不是长高了？”

安息站直身子，废土伸手比画了一下，对方毛茸茸的头顶正好在自己下巴的高度，说：“是长高了，最开始你才到这儿。”

安息说：“以后还会更高的，还会有更多肌肉。”

废土笑了一下，说：“那以后你再哭再撒娇就很丢脸了。”

安息摇摇头，说：“以后不会撒娇了？”

废土嘲笑道：“你这不就是在撒娇吗。”

安息纠结了一下：“这个不算，和你不算。”

废土“哦”了一声：“我怎么这么荣幸。”

安息放开他，蹲在地上默默收拾包裹——他把装笔芯的铁盒摆在一边，把以物换物得来的补给按照类型摆开一地。

废土问：“今天赚了多少钱？”

安息茫然地抬头：“不知道，收了好多奇怪的东西，都不知道有什么用。”

废土无奈地笑了声，拎着他领子说：“行了，先吃饭吧。”

安息却执拗地蹲在地上，说：“不行，我答应了医生要帮他整理的，哦对了，还有，之前花掉的钱我也会赚回来的。”

废土反应了一下才明白他说的是付给旅团的六十根笔芯，一头雾水：“干吗忽然说这个？”

安息严肃道：“很辛苦才攒够买循环艇的钱不是吗，而且以后你去了虚摩提，肯定也还有用钱的地方，要买吃的，买净水，现在你腿不方便，暂时也接不了任务……”

废土觉出不对劲来，抓住他句子里的重点：“以后‘我’去了虚摩提？你呢？”

“我……”安息很缓慢地眨了一下睫毛，眼里透着一股子天真的茫然，但那天真又和最初的懵懂不一样了，带着一丝少年的愁绪。

他老实道：“我不知道。”

废土愣了：“什么意思，你不跟我走了？”

安息不敢抬头看他，小声说：“不是，我……我去虚摩提又能干什么啊。”

废土低头看了他一会儿，像是不认识他一样，撂下手中的东西转身下楼：“冯伊安！你给我出来！”

废土单脚跳下梯子，冯伊安原地转了一圈，意识到无处可躲，只得露出招牌笑容，问：“晚上吃什么呀？”

废土瞪着眼睛，举着修长的食指：“你都跟他说什么了？”

冯伊安哼哼哈哈。

废土：“别装傻！人交给你半天，怎么回来就不对劲了？”

冯伊安一脸无辜：“怎么了？”

废土吸了一口气，尽量好声好气地说：“他忽然就跟我说不去虚摩提了，还要赚钱还我，这都是哪来的主意。”

冯伊安打哈哈失败，只能说：“这不是很正常吗？青少年都想要独立自强，离家走天涯的。”

见废土仍怒瞪着双眼，冯伊安叹口气，道：“他都十七了，想要做个男人，想要负起责任来，保护自己想保护的人，有什么不好理解的，你小时候更那啥……”

废土皱着眉：“不是，他不太一样，成长环境单纯，很容易被骗……”

冯伊安挑起一边眉毛，揶揄道：“你说……像被你骗那样吗？”

废土：“……”

冯伊安无所谓地晃晃头：“况且，这世界上哪里有什么单纯的成长环境，你也护得太过头了。小孩子要长大要懂事，你还不乐意，对于你来说生存负担不也更小吗？”

废土仍有些烦躁：“是没错，但就这样也不是过不下去，你非要逼他一下子长大……”

冯伊安打断他：“不是哦，他已经长大了，小孩子长大是一夕之间的，也是经年累月的。他独自面对变异巨蜥再把你从废土上救下来的时候，就已经长大了。但在更早之前，他也在拼了命地长大，你却选择看不见。”

废土没话说了。

冯伊安见他一脸郁愤，忍不住调笑道：“啧啧，真可怜，一个一天都没在废土上生存过的小孩子，被你带着到处受罪。”

废土：“当时也不是……”

冯伊安仍在啧啧：“怎么下得去手……”

废土怒吼道：“这不在计划内！算了，我不想再谈论这个问题！”

冯伊安已经好久没把某人的面瘫徒弟欺负得满头冒火了，不禁哈哈大笑起来。

废土啧了一声，郁闷地往回爬。

手刚放上梯子，冯伊安又开口道：“你要真想为他好，就不能总是这样护着他。在这片大地上，保护就是毒药，没人比你更明白这个道理了。

“到了虚摩提，情况怎么样你也还不清楚，带着他到处走也不安全，你看这次，要不是小朋友争气，你俩不就都没命了。”

见废土顿在原地没有说话，冯伊安叹气道：“废土上，是没有羊群生存的。”

废土听在耳里，明知道他是对的，但是心里就是不爽，酸溜溜地说：“你倒是很关心他嘛。”

冯伊安哭笑不得，骂道：“我都比你们俩加起来还大了，能不能别都在我这吃醋！”

是夜，废土睁眼躺在床上。白天什么也没干在家待了一天，根本睡不着。

他余光瞄到隔壁床上有阴影动了动，又动了动。

废土说：“睡不睡，明天不还要早起去摊位上吗？”

安息被抓包，在被子里支支吾吾地答应。

过了一会儿，他又动了动，说：“喵……”

废土头上冒出一根青筋：“不准这么叫我。”

安息：“哦……”

等了半天也没下文，废土问：“干吗？”

安息小心翼翼的声音听起来怯生生的，带着委屈的鼻音，问：“当时你是不是真的很生气啊，你给我留了食物叫我回避难站，我却全都浪费了。”

废土轻轻哼了一声：“气死了。”

安息又“哦”了一声，问：“那你……你为什么还……”想了想，他又改口道，“你带着我会不会很后悔啊，我什么忙也帮不上，只知道吃……”

废土被他对自己的形容逗得有点好笑，反问：“你不是一直都吃了饿、饿了吃吗，怎么忽然不好意思起来了？”

安息有些气鼓鼓地说：“我现在在反省了！”

安息不高兴了，自己这么认真地烦恼，他还不当回事。

他又问：“那你说去了虚摩提之后，又怎么样嘛？”

废土说：“虚摩提啊，就可以不用每天灰头土脸的，洗脸下来全是泥汤。也没有沙尘暴，水源充足，哦，对了，还没有变异蟑螂和变异老鼠。”

安息想了一会儿，说：“听起来好像还可以。”

废土嗤了一声：“蠢羊。”

安息大概是在仔细畅想虚摩提的样子——碧海蓝天，波光粼粼的大海上空有无数飞船飘浮着，他和废土住在一艘小飞船上，和隔壁飘来飘去的邻居打招呼。

废土夜视能力很好，几乎能看见安息一脸茫然地眨眼睛的样子。

安息又问：“那到时候我们吃什么？”

废土说：“不知道，买了循环艇就没钱了，到时候我可能加入骑士团吧，偶尔接任务来废土上送送货、卖卖东西，就跟赏金猎人的工作差不多。”

安息问：“那我呢？”

废土随口道：“你就吃草啊。”

安息登时奓毛了，从床上坐起来：“说到底我不还是个废物吗！”

废土也坐起来，有些不耐烦：“那你想怎么样？”

安息说：“我想靠自己啊！我也想赚钱，像你和医生一样！”

冯伊安说的没错，小孩子长大了，就想要离开家到外面的世界去。

他先是离开了避难站，离开了从小相处到大的家人朋友，有一天也会离开自己。

废土躺下翻了个身，背对着安息，说：“哦，随便你吧。”

安息在黑暗中凝视着他的背影。他没有再说话，也没有转过来，呼吸均匀，像是睡着了。

安息也只能无声地仰面躺了下去。

第四卷

第十章　血瓶

“你说，我都这么认真地烦恼了，他怎么还不当回事？”

数日后的一天，在熙熙攘攘的集市摊位上，安息一边嘟囔一边愤愤地将止血绷带塞进抽屉里。

柔软的止血绷带被粗鲁地揉在一起，好脾气地承受着安息的不满。

“那次也是，明明我就提议先去附近那个休息站嘛，可他非要抄近道赶路，结果到头来，天都黑了也没走到下一个休息站，害我们被变异大蜘蛛追了半小时。”

“那个蜘蛛有那——么大！”安息伸长手臂比画道。

因为白日高温，他把长发扎成马尾绑在脑后，再将红色的方巾叠成宽条绑在额头以收拾碎发和细汗。安息手脚麻利地将物品分类，一脸认真地叽叽咕咕，完全没注意到摊位前已经站了一位客人。

冯伊安对露出困惑神色的客人笑了笑，对方用口型问：“怎——么——啦？”

冯伊安也用口型回答：“没——事。”

“事后你再问他，他就会说‘我没听见’。”安息在模仿废土说“我没听见”时，板着脸有模有样的，方巾的耳朵在他脑后摇来摇去。

“你说是不是很过分？”面对安息忽然抬头的质问，客人僵在原地，配合地点了点头。

安息说：“你也觉得很过分吧？消肿喷雾是八根笔芯，谢谢。”

客人莫名其妙地付了钱，一步三回头地走远了。

冯伊安在一旁笑到打跌，跷着二郎腿看安息一个人忙活，耳朵里传来他气鼓鼓的念叨。

老半天后，他终于插嘴道："你说的这个沟通问题嘛……"

安息停下来看着他。

冯伊安："……在短期内是无解的。"

安息的嘴巴立马不高兴地噘起来了。

冯伊安连忙举起手，继续补充："但是！"

安息又扬起眉毛。

冯伊安接着说："随着时间会慢慢解决的。"

安息不满道："什么嘛……这根本等于没说！"

冯伊安摊开手，笑了笑："没办法，两个人不站在一个高度的情况下，很难听见对方在说什么。"

此话一出，安息瞬间收敛了神色，似乎被他话里的意思给镇住了。

是了，他本来也并不是期待自己能变得有多厉害，或是能赚多少钱，他只是想要一个机会，一点时间，来证明自己可以独立生存，能够独当一面。能够作为一个平等的存在，能够站在废土面前。

站在他的面前，平视他的眼睛，听他所要说的话。

"这条真理不管在什么社会法则下都适用啊……"冯伊安感叹道。

"什么真理？"安息问。

冯伊安笑笑："经济独立决定人格独立。"

安息仔细消化了一下这句话，又是一脸人生观被颠覆的表情。

"不过这件事也没办法着急，量变累积质变，时机到了，就会看得更明白。"冯伊安摸了摸他的头顶安慰道。

但安息依旧低着头，没有回应。

他感觉自己第一次脑子这么清晰。他忽然想通了，来到幸福结局触手可及的地方，自己为什么会越发惶恐。

这就是终点了吗？这就是我想要的吗？

心里总是有个微弱的声音——这是废土赚得的未来，不是我的。

我真的可以一直这样待在废土的身边，依赖他，冲他撒娇叫苦吗？如果有一天他厌烦我了，不再心软，那时候我又要去哪里呢？

他一直很崇拜废土，安息想，甚至在遇到废土以前，他就已经开始崇拜他了，崇拜一个冷静、强大、淡定、自由、无所不能的英雄。

直到废土出现，英雄才忽然有了具体的影像，于是他开始渴望变成他。

他想要长高，想要变壮，他吃浓缩蛋白胶囊，每天做负重训练。他开始学枪，开始学习格斗。

现在他明白了，他其实并不是想要变成废土，他渴望长大，只是为了变成站在废土身边的那个人，而不是躲在他身后的那个人。

但这话他无论如何也对废土说不出口，他肯定不在乎，安息想，我能做的太少了。

安息的哲学思辨被吵嚷声打断了，他抬头看去，发现人群在缓缓挪动，当中不自觉地分开了一条缝，像是在为什么人让路。

安息率先看到的，是一双深红色的翻毛皮靴——那应该不是真皮，安息想，虽然人造革也十分稀有。

然后他看见那人扎在靴子里的墨蓝色裤子，再往上，是和皮靴同样扎眼颜色的红色披风，前襟处用一块金色的兽爪形别针固定在一起。那人把黑色的手套放在腰间皮带上，胳膊肘微微撑起斗篷，露出里面的隔热服，头顶戴着棕黄色的老式牛仔帽。

安息注意到自己不是唯一打量他的人，周围的旅人都窃窃私语着。

那人走路带风，大步来到安息，准确地说是冯伊安的摊位前。安息这才发现他后面还跟着几十号人，全都披着同样颜色的红色披风，胸前别着金色的尖爪，在黄沙中形成一道亮眼的血色。

领头人摘下护目镜，手指顶了顶帽檐算作打招呼，微一颔首道："医生。"

他开口时一道亮光闪过，安息赫然发现他所有的牙齿都呈银色，不知是真的牙齿还是牙套。注意到安息的目光，那人看过来，冲他露出一口银光闪闪的笑。

安息不由得朝冯伊安身后躲了躲。

对方没再看他，只递过来一块平板屏幕，说："我需要上面的所有物资。"

冯伊安面无表情地接过订单来上下滑了滑，沉吟道："唔……大部分没问题，有一些……不知道库存够不够。"他转过来问安息："杀菌抗氧剂还剩多少支？"

安息愣了一下，答道："最后半盒了，但是新的一批明天出炉，应该会有……四十八支。”

冯伊安点点头，转回脸去问：“急吗？”还不等对方回答，他就递回屏幕说，“急的话就没办法了，那边还有挺多摊子，可以去问问。”

对方笑了笑，没有伸手接，说：“不急，明天也行。”

冯伊安依旧将屏幕举在两人之间，对方又说：“除了止血绷带和正骨板，其他的我明天来取，这些是定金。”

对方摊开一只手，身后立马有人递过来一大捆用麻绳绑起来的笔芯。冯伊安只看了一眼，就说：“太多了。”

那人又笑了笑：“这里是八成的全款，我相信圣手冯伊安的招牌。”

安息目不转睛地盯着对方的脸，忽然明白了这种不舒服感从何而来。他笑起来的时候，只有嘴巴会弯，但眼睛是没有笑意的。

冯伊安微微侧过脸来低声说：“帮他拿绷带，还有正骨板五套。”

安息“哦哦”地应道，拉出一个大箱子打开，拣出五套牵引钢钉和正骨板放在台面上，又拉开抽屉，问：“绷带要多少？”

那人低头看了一眼，说：“全部。”

安息睁大眼睛眨了眨，回过神来，弯腰把里面所有绷带都抱出来。这时，对方身后又走出来一名队员，拉开一个大防尘麻袋，安息把东西全丢了进去。

“一共是四十六根笔芯，谢谢。”安息顺口说。

对方闻言看过来，说：“你的小助手？”话音未落，笑容却凝在了他的嘴边，安息没有注意，冯伊安却一步走过来背过身将安息挡住。

冯伊安一手拉开他的领口，把刚才弯腰时掉出来的血瓶挂坠丢回他衣领里。

一系列动作后，安息全然没有反应过来，冯伊安已经转回身去，接过对方手里的笔芯，拉开抽屉像丢石头一样把它们丢了进去，发出一声闷响。他随手带上抽屉，说：“明天中午你派人过来拿吧，所有的东西都会帮你准备好。”

对方却半晌没有答话，安息从冯伊安肩头露出一双眼睛偷看，不料正对上那人直勾勾的眼神。他手臂莫名泛起一片鸡皮疙瘩，想要移开目光却好似被海妖定住一般。

冯伊安又问：“还需要什么吗？”

对方总算收回目光，恢复笑容说：“就这些，明天见。”

一大队人渐渐走远，安息还觉得身上残留着他目光的黏度，搓了搓胳膊，问：“谁啊？”

冯伊安尚未回答，周围人的议论已经钻进安息耳朵里。

“红龙披风……”

“金爪……雅威利赏金旅团……”

雅威利……好熟悉的名字，安息皱起眉头苦苦思索。

冯伊安已经开始放下卷帘，一副要收摊的样子。他把那捆笔芯拿出来丢给安息，说：“收好。”

安息自从有了钱的概念之后还从没见过这么多钱，他大致数了一下，十二小捆笔芯扎在一起，沉甸甸的，像旧电影里的老式炸药包。

他不禁想象了一下废土看到这么多钱的样子：他兴奋得瞬间变成一只大狗，然后安息丢一捆出去，废土就摇着尾巴去用嘴叼回来，放在他手心里还给他摸摸头。

安息被自己的想象笑坏了，满眼冒爱心地跟在冯伊安身后，抱着一大捆钱晕晕乎乎地往回走。

“刚才那个人，”走了一段路后，安息忽然说，“我不太喜欢他。”

“哦？”冯伊安偏过头，“为什么？”

安息仔细想了想，对方在这片黄沙之上，甚至在这个集市来说，都不算行径装扮最怪异的人，至今为止也不曾无礼，一直保持着微笑，但他就是觉得浑身不舒服。

于是老实说：“不知道，就是觉得他……怪怪的。”

冯伊安笑起来：“小羊的嗅觉还挺敏锐的嘛，知道躲开凶残的肉食性动物。”

安息不满道：“我不是小羊！”

“就是，小羊是你能叫的吗？”废土的声音突兀地响起，安息抬头一看。他拄着单拐，站在前方不远处，贴身背心外罩着一件工装围裙，露着两条健壮的胳膊，估计是在屋里等久了出来看看。

冯伊安大笑起来，说：“家庭煮夫的新角色适应得很好嘛。”

废土懒得理他，眼睛盯着安息怀里的巨款。

安息举着“炸药包”摇了摇，嘚瑟道：“你看哦，好多钱哦……”

废土斜了他一眼："拿在手里也不怕被抢。"

三人并肩往回走。

缓缓地溜达了一段路后，废土问："你们刚在说什么？"

冯伊安淡定答道："哦，在说刚才集市上遇到火弗尔的事。"

废土却猛地刹车，扭头问："什么？！"

安息被他忽然提高的音量给吓了一跳，又看他的眼神十分可怕，喃喃道："你认识啊？"

忽然，安息灵光一闪，叫道："哦！那个什么莉莉赏金团，不就是，不就是你以前的团嘛！"

废土的脸色变了变，这丝变化在三个月前安息是肯定看不出的，他微微下压眉头，眼睛也微微眯起，低声问："你确定？"

冯伊安不甚在意地招了招手："安息，给他描述一下刚才那个人长什么样。"

安息得令，想了想说道："是一个很臊气的人！"他咧开嘴，露出一口白牙，说，"银色的牙齿，红色的披风，还有红色的靴子，哦对了，还戴了一顶很容易被风吹走的帽子！"

废土又是发愁，又觉得安息手舞足蹈的描述有些好笑，轻轻叹了口气，说："是他。"

安息贴上来，眼里泛着狡黠，问："谁啊谁啊？他好像很有钱的样子！"

废土依旧皱着眉头，简短地说："我以前所属赏金旅团的副团长，现任团长。"

安息"哦"了一声，问："那前团长呢？"

废土低头看了他一眼，淡淡道："被他杀了。"

自从废土被限制出门，大把时间只能在冯伊安的住所周围活动后，三人的伙食质量就以指数上升。安息从小吃避难站里的计划餐长大，以前还不觉得，如今才深刻认同蛋白浓汤是垃圾这一事实。废土看安息整张脸都埋进碗里，耳边好几丝头发都要掉进去，用勺子把食物往嘴里赶，忍不住伸出手指顶着他额头。

安息唔唔地反抗，伸长脖子想去够最后一口酱汁。

废土嫌弃道："怎么能吃得满脸都是。"

安息含糊地吞咽着食物，口齿不清道："唔……好吃。"

废土依旧不放过他，一会儿揪揪耳朵一会儿捏捏脸，评价道："你最近伙食太好，胖了一圈。"

比起最开始缺乏日照又营养不良的苍白模样，少年原本削尖清瘦的脸颊确实圆润了一些，一双大眼不比之前那样滚圆，但更加神采奕奕。

"没有！"安息放下空碗，撸起袖子握了握拳，说，"看，肌肉。"

废土"喊"了一声，伸出胳膊和他摆在一起。整条胳膊不止粗了一圈，线条流畅，肌肉鼓胀而结实，上面隐隐有几丝青筋，并且肤色也是更加男人的小麦色。

安息肩膀垮下来，鼓起脸颊。废土见状忍不住伸手去戳，一使劲，他嘴角就"扑哧"漏出气来。

"咳咳！"冯伊安大声清了清嗓子，两人同时看过来，废土讪讪地收回了手。

安息用勺子刮了一会儿碗底，再把勺子里外舔了个锃亮，又想起了之前来摊子上的人。

"对了，你还没说完刚才那个莉莉团长是怎么回事呢。"安息用勺子柄敲了敲废土的胳膊。

废土一把夺过勺子拍在自己右手边安息够不到的地方，快到他都没看清。

"不是莉莉是雅威利！"废土说。

安息只好把手指头老老实实地放在桌子上，嘟囔道："他杀了前队长自己做队长，肯定不是什么好人。我就知道，我第一眼看他就不喜欢他，你问医生，对不对医生？"

正凑在一旁显微镜前仔细查看的冯伊安忽然被点名，头也没抬，无脑配合道："就是就是。"

废土："你别在那嬉皮笑脸的，离他越远越好，听见没？"

安息懒洋洋地趴在桌子上，脸贴着桌面抬眼看他："不行啊，他订了好大一批货，要在明天中午前给他准备好。"

废土指着食宿提供者，毫不留情道："让他自己去！"

冯伊安茫然地直起腰："嗷？"

安息填饱了肚子，困意上涌，拖着黏糊糊的腔调问：“为什么啊，他很危险吗？”

废土说：“他跟你以前认识的人都不一样，为了目的可以不择手段、不顾一切，任何人、任何事都只是利益天平上的砝码。一个没有心的人，你说他危险不危险？”

安息眨了眨眼：“那……他为什么要这样做啊？”

废土轻轻哼了一声：“为了他自己呗。”

难得听废土自己讲过去的事，安息接着问：“那个前队长呢，他被杀掉之后队员们都无所谓的吗？”

废土用手指轻轻敲了敲桌子，似乎是在回忆，又似乎是在思考措辞，半晌才说：“严格地讲，我们全队都是造成他死亡的凶手，虽然没人对他扣动扳机，但却对他见死不救。”

“我加入雅威利赏金旅团的时候，也就不到你这么大，那时的队长是我师父的朋友。”废土说这话的时候，两人都瞄到冯伊安整个人僵住了一瞬间，但他俩都没转过去看他。

“你知道像雅威利这种大团，够格进去的都是已经有一定能力的猎人，而我，能进团完全是因为师父和队长的关系。年纪小，体格差，没有任务经验，连一般的实战经验都不太多。团里其他人都不太高兴，尤其是火弗尔。

“这种规模的团其实平时很难全员凑在一起，大家都有习惯合作的队友，平时接任务也有固定的组合，很容易形成小的阵营，火弗尔作为副队长，在团里亲近的队友不算少，他们最开始都挺抵触我。”废土表情渐渐严肃起来，“不，也不是针对我，算是……针对队长那种所谓圣母的做法。

“没有错，这是一个弱肉强食的世界，但这种争斗也是有基本的人性框架在的，有些人以为只有完全抛弃那些不必要的坚持，做一个彻底的利己主义者才能活下去，其实这种人都活不久。”说罢他看了一眼冯伊安，冯伊安也朝他笑了笑。

安息明白了，这肯定是废土那位师父、冯伊安昔日挚友的言论。

“很多人过早地放弃了在这个框架下生存，其实很难在心底不对自己感到失望，这种失望无处发泄，就转嫁给那些还在坚持的人。”废土摇了摇头，接着说，“但不论如何，大大小小的任务，队长还是愿意费事把我带在身边，平时也算照顾我，后来慢慢地，我也就没那么菜了。”

安息笑了笑：“你也有菜的时候啊。”

废土挑了挑眉：“最菜的时候也菜不过你。”

安息“哼哼”了两声表示不屑，转念又想到废土童年时期一直跟着母亲四处辗转，肯定早就经历了他从没面对过的艰苦无助，又抿起嘴巴。

废土继续道：“队长虽然严格古板，但对大家都挺不错，队里不少人其实都很尊敬他，直到三年前。

“那时候我们接了一个小型避难站发布的任务，那避难站周围滋生了大量变异生物，小半年来被袭击了二十几次，人口死了大半，实在没办法了，把所有资源都换成酬金来雇用了我们。当时我们兵分四路，去清扫避难站周围的巢穴。我被分配到的那个巢穴离避难站最远，大概三公里开外，但到了之后，就觉得不太对劲。”

安息已经从桌子上爬起来坐端正了，问：“怎么不对劲？”

“因为怪太少了。”废土说，“打掉那些小喽啰没花多长时间，之后我们本该直接回营的，但当时就有一个……可能是直觉吧，想着要先去避难站那边看看。我们走出不到两公里就发现远处着火了，老远就能看见黑烟，能闻见味道。”

废土皱着眉，手捏成拳，说：“那个味道……不止有塑料和化纤烧焦的气味，还有那种，很香的……烤肉的味道。”

安息一开始没明白他什么意思，霎时间反应过来，震惊之下喉头紧缩，一阵反胃。

废土说：“等赶到避难站时，几乎整个站都已经被烧成灰烬。不知道那个片区的变异生物当时出了什么毛病，大白天的，就全部扑到避难站里去了。也许是过去几个月死了太多人，血腥气太重。”废土腮帮子动了动，像是咬了咬牙，接着道，“那避难站不是之前被袭击过很多次吗，不少人被变异生物扑杀，死的死、变异的变异，有一个站里的居民就……疯了，放了一把火，把避难站烧了。他应该是眼见自己所有朋友亲人全都被……受不了了，这种事说起来也不算罕见，但亲身经历还是……”

废土没有再说下去。他知道安息也不需要他过多解释，这个看似脆弱懵懂的少年，也早已经历过无数次的死亡和离别，骨子里是坚韧而偏执的。

安息果然只是点点头，小声说："嗯。"

"火势扩大时，队长就在避难站里，他好像跑出来过三次，又进去救人。最后一次要进去前，大家都拦着他，可他还是执意进去了。"废土说，"他最后一次进去不久大门就垮了，你知道的，大部分避难站就只有那么一个出入口，里面氧气本就不算充沛，火弗尔当即下令抛弃……抛弃他。"

安息吃惊道："什么？"

废土冷笑了一声："是啊，其实死在火场里的不止他一个人，除了避难站的居民之外，我们团好几个队友也困在里面。但火弗尔很轻易地就放弃了他们。在他的眼里，生命是一道很简单的数学题，五条生命比四条生命值钱，比起多花几条命去冒险、去牺牲，还不如尽快止损来得聪明。毕竟，要回到避难站里是他们自己的选择，其他人不应为他们的选择而负责。"

安息喃喃道："怎么……怎么这样，也太冷血了。"

冯伊安也走过来坐下，感叹道："冷血吗？可这片土地上，大部分人都是坚信着这一条而活着的。"

"总之，我回去之后，和他大吵了一架，但心知也不能挽回什么了。我无法认同这件事，不只是他，还有其他眼睁睁看着这一切发生的队友。我交了一笔契约终止金自行离开了旅团，当时离开的也不止我一个人，之后嘛，我就一直是一个人旅行了。"废土淡淡地结束了这个故事。

屋里安静了一会儿，只有热水器间歇工作的声音，安息轻声问："一个人之后，会不会比较辛苦啊？"

废土乜了他一眼，话里有话道："还行，不如两个人辛苦。"

安息蔫儿了，支支吾吾的。

废土说："自己一个人就接不了什么大型任务，来钱慢，在集市参加临时队伍比较靠运气，队友可靠还好，队友不行就……"

安息梗着脖子道："队友不行的话，会帮助你成长哦！"

废土无语地看他："你脸皮也越来越厚了。"

西晒的红日透过窗棂在地板上爬过一格后，冯伊安给三人都倒了一杯味道奇怪的茶水，据说是集市人多口杂用来增强病毒抵抗力的东西，安息皱着脸，捧着杯子一口一口地喝，忽地开口道：“所以……”

废土漫不经心答：“嗯？”

安息问：“你今年到底几岁？”

废土从杯沿上斜过眼：“……”

安息：“？”

废土：“你到底是怎么从刚才那个故事得出这么一个问题的？”

安息老实道：“我在意很久了，一直忘了问。”

废土：“我下个月就二十八了，大你整整十岁。”

安息没什么表情地拖长音调：“哦……”

冯伊安又咳了两声：“我希望大家在讨论年纪这个话题的时候，稍微有点公德心，不要不把老年人放在眼里。”

安息在心里默默计算了一下两人的年龄差，也没得出什么感想，他觉得自己似乎并不吃惊。他一直只知道废土比自己年龄大，但不确定大多少。对方时刻板着脸、天塌下来眼也不眨的样子叫他看起来好像很成熟，但偶尔又会流露出一些幼稚的苗头。

比如条件受限食物不好吃的时候，废土很明显就兴致不高，虽然由于爱惜食物的强迫症作祟，他总能零抱怨地全部吃光，但那模样比看到眼前爬满变异蟑螂还不高兴。

再或者，医生总乐此不疲地调戏逗弄他，废土想奓毛又努力忍着装不在乎的憋屈样，安息每次都会忍笑到胃痛。

等他到废土这么大年纪的时候，废土就快四十了，安息漫无边际地想，那时候他会是什么样呢，还是一脸面瘫吗？四十岁的他还有胸肌吗？

废土注意到他的目光，懒洋洋地扫了他一眼：“看什么？”

安息欲盖弥彰地眨了下眼睛：“没有。”

废土扬起眉毛：“分明一脸不怀好意。”

安息正想反驳，冯伊安却忽然出声叫道：“你俩，过来。”

两人看过去，冯伊安站开一点让出桌上的显微镜，废土慢吞吞地站起来，单手把粘在桌面上的安息拎起来带上。

废土凑到显微镜前去看，一些大大小小结构不同的红色椭圆呈现在玻片上，安息也凑过去看了看，两人都一头雾水。

“红细胞、淋巴细胞，血小板的话这个镜头暂时看不到。”冯伊安点了点自己胸口，说，“这是我的血液。”

废土和安息茫然点头。

冯伊安取下玻片又换上一个，低头凑上去调了调物镜，对废土说：“这是你的血液。”

废土神色一动，凑过去只看了一眼就移开目光，安息狐疑地伸长脖子，将眼睛对准目镜，赫然发现玻片上呈现的细胞，除了仍是红色之外，外壁形状与样品更是大相径庭，更不提其内里结构之复杂，跟之前的样品好像不是一个次元的作品。

而且那些细胞好像有生命一样，活跃极了，在玻片上不停地动来动去。

两人默不作声地看着冯伊安，等待他接下来要说的话。

冯伊安又换回先前的玻片，取出一根试管蘸了一点在上面，说：“你们看，这是普通人类的血液遇到变异生物血液的反应，首先会产生非常剧烈的排斥反应，之后的二十四小时内，各种白细胞会大量滋生，那时会产生三种结果，你们都知道的。”他竖起手指，“消灭吞噬异变细胞，被异变细胞感染而异变，或者在感染后直接衰败。我做的实验量还不够大，具体概率拿不准，不过按照经验来说这几种情况大概各占三分之一，你们没意见吧？”

安息摇了摇头，废土默不作声。

冯伊安接着说：“安息，我能借一点你血瓶里的血吗？”

安息愣了一下，反应过来，把脖子上二号的血瓶取下来给他。冯伊安戴上手套小心地打开密封盖，用玻璃棒蘸取了一点放在干净的玻片上，安息立马迫不及待地凑到显微镜前。他看后立马松了一口气。

这和废土的血液看起来也完全不像，这些细胞带着尖利的外缘和黑色的内核，跟刚才试验用的变异生物细胞更为相似。

冯伊安取了一些自己的血液样品放上去，立马就被这些张牙舞爪的细胞给吞噬了。他又用变异生物的血试了试，也是同样的结果。

他将镜头下的画面放大投射出来，指着其中一团小的暗红色细胞说：“这个东西，看见了吗？相当于变异人体内的免疫抗体系统，但构成比人类的白细胞或浆细胞要复杂得多。这个东西，米奥的血里也有，”冯伊安说，“我手上没有衰变期的高级辐射人的血液样本，但按照症状来说，应该是在某种瞬间的突变下，血小板数量急剧下降，导致伤口不能愈合。但产生衰变的具体诱因现在谁都还不知道。”

此时停留在每个人嘴边的问题都是，有一天废土也会像高级辐射人一样突然衰变吗？但没人能问出口，也没人有答案。

冯伊安绕开这个话题，接着说：“我看了报告，你血液的构成其实大部分还是和人类相似，但就指数而言……血小板的数量非常高，但不知道为什么不会形成血栓。肝酶、血清蛋白之类的指数都非常惊人，大概这就是你伤口愈合速度快、毒素清洁周期快、身体修复能力强的原因吧。”

“毕竟……人类所有的疾病说到底，其实都是细胞疾病，而我用你的血做了二十次试验，你的细胞每次都毫无例外地吞噬了入侵细胞，这在人类血液来讲……不说不可能，概率是很小的。”冯伊安直起腰，还是没有将那句“你不是人类”说出口。

废土沉吟不语，好半天才低声说：“知道了，谢谢。”

屋里安静了一会儿，耳边忽然传来安息轻声的自言自语：“好酷啊……”

两人齐齐回头盯着他，安息吓了一跳，才发现自己把心里所想说出了口，结结巴巴地解释道：“不，我的意思是，这不就像，像超级英雄一样嘛！”

废土一边眉毛压低，一边眉毛都要扬到天上，露出了一个极为匪夷所思的表情。冯伊安哈哈大笑，把所有玻片全部扫到垃圾桶里，连带手套也丢了进去。

安息耳朵有点红了，小声辩解：“米奥就是米奥嘛，细胞长相奇怪一点有什么关系，平时又看不到……”

废土低头看着他，神色十分复杂。

安息仰着脸去向冯伊安寻求帮助：“怎，怎么了嘛……”

冯伊安拍了拍他头顶，笑着说：“没什么，你说得很好。”

入夜后，废土早早地仰躺到床上闭起眼睛，安息轻手轻脚地围着他转了两圈，废土只当不知道。安息讨了个没趣，爬回自己床上，翻过来滚过去，差点掉到地上。

听见他折腾的动静，废土额头冒起一根青筋，不由得睁开一只眼瞄过去。安息一见他睁眼了，立马原地起跳蹿到他床上。

废土没办法，只得抬起手臂给他腾位置，嘴里嘟囔道："干吗？"

安息说："睡不着，之前都没这么好的待遇，还有两张床可以睡，挤一块儿习惯了。"

废土面无表情道："我睡得着。"

安息嘿嘿道："你也睡不着。"

废土作势要把他推下去，安息连忙手脚并用地抓着他胳膊："别嘛别嘛，来聊聊天呀。你……你是不是在想医生说的话啊？"

废土没有点头也没有摇头，只说："其实他不说，我也不是没猜到，早就有感觉了，只不过今天证实了而已。"他有些自嘲地叹了声，"大大小小的伤口总能很快愈合，周围的人开始觉得惊奇，慢慢地觉出不对劲，后来也会害怕。小时候不懂，长大了才知道这不正常，才意识到要隐藏起来。"

这样说着，他伸手揭开了胸口的绷带。纱布下面的皮肤因为药水的关系微微发黄，但几天前还深可见骨的抓痕已经长出了粉色的新肉。

安息把纱布丢到一边，仔细看了看。发丝滑过他的手臂，凉凉的，又有些痒。"厉害呀。"他诚心实意地说。

废土嘴角动了动，还是忍不住勾起一个笑。

半晌，他又说："我可能像变异人一样……"

安息立马道："才不像呢。"

废土示意他别打断自己，说："我的意思是，说不准哪一天，我这个逆天的复原能力就会消失，到时候随随便便一道小口子就能要我的命。"

安息看了他一会儿，说："我们不都是这样吗？"

废土歪了下头，没太听懂。安息又说："不知道生命在哪一天会突然结束，因为地震、怪物、风暴或缺水……难道我们不都是这样吗？"

霎时间，废土觉得灵魂受到了温柔而有力的一次撞击。

他想起自己刚刚认识安息时，避难站遭到变异怪物和变异人入侵，安息在看到同伴的尸体后，只花了五秒钟消化这个消息。他前一刻还被虫子们吓得大哭，下一刻就冷静地为死去的朋友合上了眼睛，关上了门，大步走进了怪物堆里。

当时废土就想，这个小孩子，说不定比他们都要强大。

安息对他此刻内心的想法毫无察觉，顾自摇头晃脑。废土不自在地动了动，抱怨道：“你这一头毛，很痒。”可他手举起来，在安息头顶晃了晃，到底也没推开他，又放了回去。他像是面对家里最小的弟弟，总是恨得牙痒痒，却又下不去手打他。

不料安息突然抬起头，眼睛在黑暗里发出贼兮兮的光，欲言又止道：“那……”

两人对视良久，都从对方眼里看到了不安定——一个因对未来无所适从，一个因自我怅然若失。

废土这时候不合时宜地想起来了，安息之前说过的，他可能不和自己去虚摩提了。

这本不该是什么难以接受的事，在过去的十几年，他从不曾因独行感到孤独。每当认识新的人时，也自动会以离别作为终点。他本不该为此感到难受或不甘的。

但此时此刻，他忽然发觉自己竟无法开口提及离别，好像冯伊安的这个小屋有什么魔力，好像这个风平浪静的集市是一个伊甸园，是午夜十二点前的舞会，一旦戳破泡沫，梦境就会碎裂，那时候他们就得面对太过真实的未来。

废土看着对方眼睛里的自己，和自己眼睛里的他。

安息看到废土几近痊愈的伤口，却忽然清醒了过来。

伤好了的话，就没有继续留在这里的理由了。

“很快……很快你就要出发去虚摩提啦？”安息小声问。

他又说“你”了，而不是“我们”，废土脸上的笑意一扫而空，毫不犹豫地坐起身，带走了所有热量和温度，坐在床尾目光沉沉地盯着他：“嗯。”

废土温和好看的笑容不见了，他独有的干燥气味也不见了，安息十分懊恼。

他搞砸了。

“你呢？”废土问，“你干什么？”

安息也坐起来，在床边晃着腿，低头答道：“我……我想也许会在E区租一个小单间，医生说摊子分我用，平时帮他守着，有维修工作的时候就出去干活。”想了想他又补充道，“大部分工作都会在集市里的，不危险。”

E区是番城集市里最新建的也是最边远的居民区，走到集市市场要多绕个二十分钟。即便如此，长期负担一个出租屋也不算轻松。

“哦，你们俩都商量好了。”废土略有些嘲讽地说。

我太蠢了，他想，在某些日子里，有那么几个一闪而过的瞬间，他以为会拥有一个属于自己的家。他被毫无保留的依赖和吵吵闹闹的陪伴麻痹了，竟然对那种多余的东西不舍了起来，软弱了起来。

废土看了他一会儿，安息也抬起头，黑白分明的大眼睛同他坦然对视，废土终于叹了一口气，说：“我不懂。”

安息紧张地笑了笑：“我也不懂。”

废土皱眉道：“所以到底是为什么……”

安息打断他：“有些事情……有些事情我需要，我想要自己一个人用一定时间来认清。但在你身边的话，这过程会更慢更困难。”

废土觉得自己好不容易让孩子老实听话下来，但下一秒对方就要离开家了，闷闷不乐道：“哦，怪我。”

安息看他那么大一个人却皱着脸垮着肩膀，像头委屈的大狗熊，样子十分好笑，又有点心疼，就跪起来揽了揽他肩膀。废土有些不情愿，想要挡开他时安息却已经收回了手。

安息说：“一年。”

给我一点时间，给我一个机会。

废土撩起眼皮，安息似乎这时候才发现他睫毛也很长，只是不翘，像小刷子一样遮去半边眼睛，叫他看起来总是高深莫测。

安息曾经也这么觉得，但如今他只觉得那双眼睛又茫然又可爱。

废土闭上眼睛，颤了颤又睁开，问：“什么一年？”

“一年时间，如果我可以……不对，不管结果如何，我都会去虚摩提找你。”安息说。

希望到时候，我已经配得上和你并肩站在一起。

废土下意识道：“谁要你找我，万一到时候我不想搭理你了呢？”但又立马改口道，“不行，一年太长了，三个月。”

安息听他这样说，眼中盈满笑意——只是那笑容里又夹杂了很多复杂的心思和少年的哀愁。

废土看着这个笑容，意识到自己说什么也不会改变了。

隔日清晨安息睁眼的时候，隔壁的单人床上已经没有人。

他揉了两把眼睛，把一头乱毛拨到脑后，看见冯伊安正蹲在门口打包一地货品。

“啊，我来帮你。”安息从床上蹭下来，头脑发蒙地原地转了一圈，茫然道，“废土呢？”

冯伊安抬头看了他一眼，没有回答问题，反而若有所思道：“废土是谁，米奥吗？”

安息挠了挠脸：“心里这样喊，不小心叫出来了。”

冯伊安动了动眉毛，似乎在回味这个名字，见安息还盯着他瞧，才想起来，说：“哦，米奥去集市上买东西了，干粮、净水，你知道的，上路需要的东西。”

安息立马垮下肩膀：“哦。”

冯伊安问：“后悔了？”

安息摇摇头：“没。医生我来帮你。”

两人用板车将一大堆药品和急救设备推到集市上，库存瞬间空了大半。安息蹲在地上，按照订购清单又仔细数了一遍，表示没问题了。

冯伊安倒是很无所谓的样子，搬了两个凳子招手道：“过来休息。”

安息同他坐在一起，试图学他一样把脚搭在货架上，悲伤地发现腿不够长。

两人悠闲了没多久，摊子前忽然急匆匆地跑来两个浑身是血的旅人，安息吓了一跳，冯伊安已迅速站起来问：“谁受伤了？”

两人虽都灰头土脸狼狈不堪，但一时间也看不到伤口在哪儿。其中那个矮个子说：“在外面，被抓伤了进不来。”

冯伊安点点头，拿出桌子下面的急救医药包，打开看了一眼，交代道：“安息，给我拿两针镇静剂。”

安息忙跳起来给他拆针剂。

那人又问：“医生，眼睛……眼睛坏了有救吗？”

冯伊安愣了一下，抬头看着他：“眼眶还是眼珠？视网膜是没法修复的，只能手术换。”

此话一出，另外那个高个子突然蹲下去，号啕大哭起来。

冯伊安说：“视网膜是人身上少数几个无法自己修复再生的部位……先看看伤的程度吧。”

那矮个子表情也不好看，估计伤势不容乐观：“他是狙击手，右眼和右手都没了的话……”

安息情不自禁退了半步，脑中浮现出伤员现在可怖的样子。失去了一只眼睛和一只手，到底是怎么样的伤势。

他又想到了集市外那个气味刺激、温度极高的伤员临时帐篷，别说眼睛了，手的神经系统特别复杂，在那样的医疗条件下怎么可能接得回去?

高个子哭得声音嘶哑：“用我的，用我的眼睛吧！他是为了救我才……”

冯伊安已经又收了一些简易的外科手术用具，走出摊子打断他道：“现在别说这些，快走，抓紧时间。”

安息连忙一把拽住他：“等等，戴上口罩！”

冯伊安接过来套在脸上，三人风风火火地走了。

安息一脸空白地留守在冯伊安的摊子那儿，发了一会儿呆，发现桌沿蹭了一个血手印，估计是刚才来的两人不知谁扶了一下桌子。安息倒了一点水，撕了一小块纱布把手印擦掉，又干脆把整个桌面都擦了一遍，白色的纱布很快变成了土黄色。

自从来到这片灼热的大地，尘灰就无处不在。

那天听隔壁摊子的人聊天，说虚摩提有植物，在某几个大型反重力岛上竟然还有小花园。而且那里空气湿润，有时会下雨，偶尔甚至不是强酸性的。

每个人说起虚摩提都是一脸向往，安息本来不太能理解，但看到刚才的一幕，他意识到自己也许把在废土活下来这件事想得太简单了。

也许一个月后我就会后悔了，安息想。

正想得出神，头顶忽然罩上了一片阴影，安息迟钝地抬起头，背着光费劲盯了半天，才“啊”的一声站起来。

来人露出一个银色的笑容，说：“你好啊。”

安息差点忘了这茬，也没想到对方会本人亲自前来拿药。火弗尔误解了他的茫然，问：“要是还没准备好，我就晚点再来？”

安息连忙摆手：“不是的，都好了，在这边。”

他揭开油布，来回看了看，对方确实只来了一个人，为难道：“你一个人可能拿不走这些。”

火弗尔露出有些困扰的表情：“那怎么办？其他人都有事在忙，今天只有我一个人。”

安息沉吟片刻：“可以把推车借你，你……会还回来吗？”

火弗尔有点想笑。他昨天多给的定金足够买多少个这种板车了，但还是点点头：“你不放心的话，可以跟我一起去。”

安息插着腰左右望了望，不知道医生什么时候回来。火弗尔又说：“你可以先把摊子关了，我等你锁门。”

安息左思右想了一会儿，点了点头：“你等下，我给医生留个消息。”

雅威利整团人数太多，找一个集中的住所不太容易，所以住得离市场稍有一段距离。火弗尔单手掌着板车，推起来毫不费力。安息抱着装笔芯用的铁盒跟在差半步的距离。

“你叫什么？”火弗尔边走边搭话。

安息小声道：“安息。”

火弗尔像是没听清，转头过来：“嗯？”

安息只好又大声说了一遍：“安息，安息日的安息。”

火弗尔说：“哦，这名字……我叫火弗尔，没有姓。”

安息说：“我也没有姓。”

顿了片刻，火弗尔又问：“你跟着冯伊安多久了？你不是废土长大的人吧，看着不像。”

安息含糊道：“没，没多久。”

火弗尔见他不想答话，也没不高兴，自顾自道：“待在这里挺好的，比避难站自由，比废土安全。”

安息问：“那比起虚摩提呢？”

火弗尔闻言轻轻挑了下眉，不知所谓地笑了一声，说：“虚摩提啊，大概更好吧，大家都是这么想的。”

安息听出他话里有话，问：“你不这么想？”

“你见过从虚摩提出来的人吗？被丢弃的仆人，被玩腻的奴隶，年纪大了之后渐渐无法提供租金的无用劳动力……他们不论是怎么进去的，但最后都会被虚摩提抛弃。虚摩提不是我们这些人的家，只是一个昂贵的度假场所。”火弗尔用拇指和食指比出一个缝，“真正属于虚摩提的人，只有这么些。”

安息扭头去看旁边一排排的房门，不知道该回应什么。

火弗尔接着说：“你知道20/80定律吗？”

没有等安息回答，他就自顾自地继续说：“百分之八十的资源和财富掌握在百分之二十的人手里。不过这个定律现在已经不准了，硬要说，可能是百分之九十九和百分之一吧。”

安息觉得他有些太夸张了，显得愤世嫉俗，只干巴巴地答应：“哦。”

火弗尔问：“怎么，你想去虚摩提？”

安息说：“没，就好奇而已。”

火弗尔点点头，说：“当年全面辐射大爆发的时候，那些人是抱着他们将是地球上最后幸存者的信念逃到了海上。人类的火种，带走了几乎所有技术人员和资源。所有没钱买这个挪亚方舟船票的，在他们看来就跟已经死了没区别吧。”

安息知道他说的“那些人”是虚摩提的第一代创世神，在这个破烂金字塔顶端的人们，如今他们虽都年事已高，但仍握着人类科技文明的命脉。

火弗尔接着说道：“这就像旧时代的种姓制度一样，如今地下和海上的生产能力差距越来越远，一个苟延残喘，勉强续命，一个竟能有闲心摆弄时尚和奢侈品，偶尔还拿些不要的垃圾出来到废土上换刚需资料。”

听到他说“奢侈品”，安息不由得捏了捏兜里的电子小羊。

他忽然想到，几乎所有人都在拼了命活下去的时候，废土给他买了一个只有海上世界的人才有资格拥有的东西。

他突然开始有些后悔跟过来了，他应该在摊子上乖乖等医生和废土回来的。

“到了。”火弗尔忽然说，安息抬头一看，这片住宅区人已经很少了，只有好几个同样外观的帐篷连在一起。

安息问：“这都是你们租的？”

火弗尔点点头："大家都很累了，只能短暂休息两天，还是得休息好才行。"

安息随着他进了其中一个帐篷，里面仍旧是通铺，但地方十分宽敞，还有一个小小的盥洗室，可以不用和集市里其他人一起排队挤公共澡堂。

比起集市里其他的租屋自然是豪华不少，但比起冯伊安的住所还差远了，安息心里嘀咕。

见火弗尔开始单手卸下各类医药品，安息这才注意到他原来左手绑着绷带，于是连忙说："我来我来。"

火弗尔没有阻拦，指挥安息把药品全部卸下来堆在角落，除开一些敏感的药剂放进了低温隔热盒。

"好了，"安息直起腰来拍了拍手，"我看看，还需要给……我看看，只剩下八十笔芯需要支付了。"

可火弗尔没有动，安息抬眼看他，发现他盯着自己瞧。

安息不由得紧了紧怀里的铁盒，问："怎，怎么了？"

火弗尔又上下打量了他两秒，才说："没事，八十笔芯对吧，给。"

安息打开铁盒，火弗尔直接把笔芯放了进去。

见他关上盒盖，火弗尔问："你不数一下？"

安息想了片刻，又打开用手指头点了一遍。

"谢谢，我回去了。"安息拉上空板车，扭头就要出帐篷，却忽然觉得不对。

他耳朵捕捉到了微弱的脚步声和风声，还来不及反应，下一秒就被人从背后袭击。安息一惊，板车的把手和怀里的铁盒先后掉到地上，发出很大两声响，笔芯立刻撒了一地。

"唔！干吗！"安息下意识回了一击，被火弗尔单手握住胳膊肘挡下，另一条手臂格挡在胸前，大力把他掼在墙壁上压住。

安息后脑勺磕在墙板上，吃痛地叫了一声，却几乎没有犹豫地猛抬膝盖，可惜又被火弗尔一掌挡下。安息胸中火起，左手虚晃一招，右手手刀劈在对方喉结处。

饶是火弗尔再厉害，现目前也只有一只手能用，他连忙退后了半步，没被砍中，只被安息指甲划出两道痕。

安息充满警惕地盯着他。

火弗尔又退了一步，打开手掌，一条链子掉出来，坠着二号的血瓶。

安息连忙去摸脖子——空的。

安息表情冷下来："还给我。"

火弗尔却笑了："哟，原来是会生气的。"

安息又重复了一次："还我。"

火弗尔把链子慢慢一圈圈绕在手指上："看起来无害的小家伙，还是有两下子嘛，谁教你的格斗？"

安息不作声地盯着他，等待他出现破绽的一刹那。

火弗尔把血瓶捏在手里端详："是米奥·莱特吧，这个也是他的东西。你俩什么关系？他现在在哪儿，也在番城集市吗？"

他一连串的发问话音未落，安息已经矮身窜出去，角度颇为刁钻地朝他小腿骨扫了一脚——利用速度优势填补身高差距，找准人类脆弱的关节——这是废土的教导。自从他开始找废土学习战斗技能后，时不时就会趁对方刷牙或发呆的时候搞偷袭，虽然从没成功过，但此刻需要使用肌肉爆发力了，才感觉这些日子的锻炼有些成效。

只是这点进步对上常年刀口舔血的赏金队员来说远不够看。火弗尔虽然因为单手受伤而平衡感降低，但仍迅速转动身体避开了攻击。安息看准他收起手的一刻，抄起手边的东西就朝火弗尔眼睛砸过去。条件反射下，对方抬起完好的那条手臂挡住脸，另一条伤臂被安息一脚蹬中。

"啊！"火弗尔痛呼一声，捂住自己的胳膊，安息又朝着他因疼痛开始痉挛的手臂伸长胳膊。对方果然侧身躲了一下，安息钻了空子一把拽住血瓶的挂链。

顾不得散落一地的笔芯，安息扭头就开跑。只是不出两步，他就感到后腰一痛，整个人向前重重地摔飞出去。

还没来得及用手肘撑起身体，火弗尔已经一脚踩在他背上，安息岔了气，趴伏在地，脸贴着粗糙的地板。

安息此刻后悔极了。

明明废土昨天还警告他离这人远点，自己却没有听话，还只身跟着他走到这么远的地方。他又想，即使只是在集市里，这个世界也充满危险，一点也不安全。

火弗尔改为由膝盖压着他的背，全身的重量都搁在他脊柱上，抓住他的手腕往地板上重重一磕，安息痛得松了手，血瓶滚落出来。

火弗尔好整以暇地捡起血瓶，笑了一声：“你……”

他刚开口第一个字，整个人就被一股巨大的力量掼飞出去，安息只听见一声沉闷的撞击声和火弗尔喉头涌出的痛吼，随后伴着一些杂物滚落地板的动静。

安息还没来得及看清局势，就被拉着胳膊从地上拽起来，废土满是怒气的脸出现在他面前。

废土反手一拦，把他拨到自己身后。安息看着他的侧脸，鼻子一下就酸了。

真奇怪，刚才独自一人的时候，虽然害怕，但却从没生出任何退缩的念头。反倒废土一出现，手臂腰背就忽然都痛了起来，痛得人直想掉眼泪。

“莱特，你果然在这儿。”火弗尔面色不改地从地上爬起来，拍了拍衣摆的灰。他手臂上缠绕的纱布已经从粉白变成红色，但他就像没感觉一样。

“你在这干什么？”废土冷冷地问。

火弗尔先是动了动嘴唇，朝地上吐出一口血沫，随即摊开手：“来集市嘛，还能干什么，买买东西，找找乐子。”他朝一地笔芯努了努嘴，“安息，你钱都不要了吗？”

废土猛地扭头瞪他，似乎在责怪他怎么连名字都说了出去。

安息心虚，躲闪着目光开始满地捡笔芯。有废土在他才不怕别人偷袭呢。

“拿过来。”废土摊开手。

火弗尔又对着光看了看手里的瓶子。废土道：“别逼我动手。”

火弗尔扬了扬眉毛，居然也就老老实实地走了过来，把血瓶放到了他的手里。

火弗尔又露出了那种毫无温度的笑容：“别生气嘛，开个小玩笑而已，这么久不见了，也不打个招呼吗？”

废土一句话都不想和他多说，只侧过头问：“都收好了吗？”

安息点了点头：“嗯。”

废土说：“走吧。”

安息转过身往屋外走，又不自禁地回头看了一眼。火弗尔半边脸已经因毛细血管破裂而乌红起来，他露出银色的牙齿，朝安息挥了挥手。

这次安息终于看清楚了，那口森森银牙，是野兽对猎物露出的威胁。

废土看了一眼安息，也顺着他的目光回过头去，用食指对着火弗尔胸口的方向："我之前说过给你三次机会，下一次再看到你，就杀了你。"

第十一章　一号小队

安息的胳膊被拽着拖行一路，从背后都能看到废土肩膀上和头顶愤怒的小火苗。走出好一段路后，周围恢复了集市热闹的常态，废土的脚步才慢下来，松开手，自顾自地朝前走。

安息一跑动起来后背就疼，龇牙咧嘴地追他，问："你怎么找到我的？"

废土脸色仍不好看："我买完东西到摊子上找你们，结果看到这个。"

塞到安息怀里的是一块手掌大的黑板，上面是他给冯伊安留的信。

安息举着板子恍然道："哦哦！"

废土轻轻呼了一巴掌在他后脑勺上："还哦！昨天怎么跟你说的？"

安息支支吾吾，直觉自己躲不过这顿训，灵光一闪，开始捂着后脑勺瘪起嘴巴："刚才撞墙上了，好疼，你还打……"

废土竖起眉毛："你别跟我在这装哭！"

安息眉毛耷拉下来："呜……"

废土瞪了他一会儿，烦躁道："真撞了？撞得厉害吗？晕不晕，想不想吐？"

安息低着头，嗫嚅道："还，还行。"

废土良久没有说话，叹了口气，说："头发撩起来。"

安息不明所以地看看他，反应过来，把头发捏在手上露出脖子，废土从背后给他挂上血瓶的链子。

安息胳膊举了半天，也不见废土说好，正疑惑地转头看去，废土却已经把手收了回来："算了，还是别戴了，找事。"

他把血瓶塞进安息衣兜里，说：“回去找个地方揣好，下次可没人救你。”

安息跟在废土后头慢悠悠地往回走，一脚一脚地踩他的影子。

废土走路的样子已经完全看不出腿伤了，反观自己，之前崴伤的踝关节还时常隐隐作痛，医生说扭伤恢复个一年半载也是很正常的。

——对于普通人来说。

两人回到租屋里，安息一眼便看见墙角立着的大远行包。这次没有那个较轻较小的远行包摆在一旁，安息忽然间意识到自己是真的要和废土分开了。

安息盯着看了半天，伸手拎了拎。腰痛，好重。

废土叉腿坐在床沿上招手道：“过来。”

安息丢下包跑过去，眼睛亮晶晶地盯着他。

废土往后微微仰了仰头，皱皱鼻子，像是被什么毛茸茸的宠物兴奋地搭着膝盖，无语道：“转过去。”

安息又背过身去，但频频扭头来看。

废土说：“衣服脱了。”

安息：“？”

安息犹豫了片刻，一把将防晒外套和里衣全部从头顶拽了出来，露出脖子和后背。他微微侧过脸，正想要说点什么，刚张嘴就惨叫出声。

安息：“啊！”

废土把膏药十分不温柔地涂在他背后青紫的地方，安息整张脸扭曲在一起，绷着背部的肌肉，龇牙咧嘴地喘气。

废土戳他脊椎的骨头：“知道痛了？”

安息：“嘶——嗷嗷嗷！”

废土手下不留情，边说：“还想玩什么独立，放你一个人待着，才半天就搞成这样。”

安息鼓起腮帮子，扭着躲开他的手指。

废土继续道：“就说你根本没有独立生活的能力，在集市里也有冯伊安看不着你的时候。”

安息不高兴了，嘟囔道：“才不是呢，这次只是大意了，以后不会了。”

废土语气生硬地大声说：“别闹了，这边去虚摩提路途不远，净水两个人很够用。明天早上吃了早饭就走，听见没？”

安息沉默了。

半晌，他才小声道：“说好了一年，一年后我就会去找你的，到时候，到时候的我……”

废土忽然捏着他的肩膀，把他整个身体扳了过来：“安息。”

忽然被他这样叫名字，安息吓了一跳，不禁收敛神色看着他。

废土冷冷道：“差不多就行了。”

安息愣了一下，脸上生动的表情也渐渐消退：“我很认真的，你为什么总是不听我说话。算了。”

废土拧起眉头：“算了？什么算了，你有什么好算了的。”

安息语调中带上一丝不悦和一丝委屈：“尊重一下我的想法很困难吗？你一直这样的话，我就算和你一起去了虚摩提，到时候是不是有什么事情你不同意的，都打算无视我的想法？”

废土呆了一下，张口解释：“不是这个意思……”

安息烦躁地挥了挥手：“所以我就说算了嘛，算了是……不想最后一天还吵这些。”

安息从他膝盖间抽身出去，拎起衣服穿好，再把长发从衣领里翻出来，原地叉腰站了一会儿，开始蹲在地上收拾自己的东西。

废土默不作声地看了一会儿，开口叫道：“安息。”

安息不理他。

废土又说：“安息，你干吗呢？”

安息闷闷不乐道：“收拾行李。”

废土说：“你收拾什么行李，不是不跟我走吗？”

安息回头瞪他一眼：“搬去新租屋住，你走了之后，我也不能总腻在医生家蹭吃蹭喝吧。”

废土“哦”了一声：“要去E区住。你看，我也不是完全没听你说话。”

安息：“哼！”

废土绷着脚尖去戳安息屁股：“安息……”

安息猛地回头：“干什么！”

废土：“别生气了安息，一起走吧。”

安息又大力转回头去：“我没生气。”

废土莫名想到了那个总是用卷毛屁股对着自己的电子宠物羊。

安息此时却开口了："我从来……我从来没自己努力着去得到点什么，或是去达成些什么。在避难站的时候，所有吃喝用度都是按人头分配好的，所有工作和技能也都是叔叔们安排学习的。出来了之后，又完全依赖着你，自己根本不用动脑子，只要傻兮兮地跟着你就行。"

他微微侧过身子，露出颤动着的睫毛："但是这样是不行的，上次遇到龙的时候，说实话，我……我吓坏了……后怕，怕当时要是运气差一点就……"

废土打断他："没有，你当时做得很好。"

"是吧？我也觉得。"安息转过脸来，努力笑了笑，"也就是那个时候我才意识到，原来我也不完全是没有用的，我也可以战斗，我也可以保护别人，我只需要再努力一点点……"

他吸了口气，说："在这片大地上，每个人好像都有一套存活的模式和机制，比如医生，比如奇威，比如你，你们都明明白白地走在自己人生的道路上。如果我说叫你放弃虚摩提，叫你留下来在集市陪我，你愿意吗？"

废土皱了皱眉。

他这么多年来都把"离开废土去虚摩提"作为目标，几乎从没想过其他的可能性，一时竟答不上来。

安息摇了摇头："所以说，就只有我啊，只有我什么状况都弄不清楚，被牵着鼻子走来走去，到底自己是谁，能做什么，能成为什么样的人……到底什么时候才能明白啊。"

废土看着他的眼睛，浅浅叹了一口气："我师父曾经说，这个世界上有三大哲学命题，是人一辈子都会去想，但终究也想不明白的，其中第一个就是'我是谁'。"

安息抿了抿嘴："医生也说过同样的话，第二个问题是'我要到哪里去'。"

他接着说："但这一切在你身边就没有意义啦，本来没那么痛的，看到你就会觉得特别痛；本来可以忍住的眼泪，看到你就会掉下来。"

前进需要逼迫，而孤独使人思考。

废土看了他一会儿，眼里似乎有千回百转的话语，但到了嘴边，最后只变成一句调笑："你这是把我当你妈吗？"

安息闻言一下子笑出声来，眉眼弯弯，一副不长心的样子。

该死的，就是这个笑容，废土在心底不甘地想——就是因为这个笑容，所以什么都答应了他。

他当初就是用这个笑容憧憬废土，憧憬自由，憧憬电子羊。

憧憬自己。

到头来才明白，原来自己才是软弱的那个人。

羊皮下面的筋骨是钢铁做的。

废土像是有些自嘲地笑了笑。他露出这个表情的时候，总带着些安息羡慕的、成熟男人的忧郁。他说："看着是一回事，但实际上倔强得要死，一点话都听不进去，就这一点来说，你其实挺讨厌的。"

被说"讨厌"，安息却又笑了笑："讨厌我也没办法，到时候好好布置循环艇哦，找个能看日落和星星的。"

废土绷着脸，一肚子火地瞪着他，安息晃了晃脑袋，不太在意的样子。

再见啦，移开目光之前，两人都在心底说。

隔日清晨很早的时候安息就醒了，他看了天花板很久，才敢转过脸去看隔壁的床。

上面空荡荡的，被子叠得一丝不苟，床单也拆下来了。

他机械地撑起身体。墙角的远行包也不见了。

他有些茫然地左右看了看，发现自己枕边有一张字条。

安息打开来，这次里面只有一句话：

这次离开的是你，扯平了。

他盯着这几个字看了很久，摸出胸口的小包，把字条叠好，和废土曾经在山顶休息站留下的纸条放在一起。

安息坐在床上发了很久的呆，才意识到屋里实在太安静了。

没有废土，医生也不知在哪儿，世界被隔绝在两步之外。

他慢吞吞地挪下床，拉开活板门顺着梯子爬到地下室。这里还是和昨天一模一样的摆设，冯伊安的床铺分毫未动，他随手搁置的水杯甚至都没变过位置，他还没回来过。

安息心里有点纳闷，一边刷牙一边呆呆地看着镜子里的自己，没精打采的，眼神空洞又茫然。

简单洗漱了一下，安息饭也没吃，就锁上门出去了。

天地无情，今天的废土之上仍是晴空万里，一丝微风也没有，他有些恍惚。一切都变得有些陌生，好像自己是第一天见到这片焦土似的。

安息先是来到集市大门口的管理处，找轮班的守门人领了钥匙，定金是冯伊安垫付的，说是刚好抵这几天帮他看店的工钱。安息捏着钥匙，仔细研究管理处门口的大地图。这个地图很明显不是一个时期的作品，集市的老三区绘完的时间最早，已经被风沙和酸雨腐蚀得颜色显旧。外围的几个区颜色较新，安息即将要去的 E 区颜色最鲜艳，像是刚钉上的。

在不远处的集市大门外，电网那头不知今日为何特别吵闹，里外围了好几层人，空气中飘散着一丝不安的味道，像是铁锈混合着消毒液。可安息此刻没有关注热闹的心思，只远远看了一眼便离开了。

他按照地图指示的方向穿越番城市场，一路走过各式各样的商铺，看着摊子上的防砂靴和过滤芯，又看着摊子后面的一张张脸，忽然间，他们的脸都变得模糊起来，好像被高温的气体给扭曲了，变成了浑浊空气中的黏着分子。

安息越走越快，脚步控制不住地几乎要奔跑起来。他觉得身体周遭的空气实在太干燥了，拼命吸收着他体内的水分。然后他意识到了，模糊的不是人们的脸，模糊的是他的眼睛。

安息猛地刹住脚步，站在原地急促地喘气。他低下头，黄土上出现了几个湿润的斑点，但转瞬间就蒸干了。

他缓缓地呼出肺里的空气，胸口渐渐平息下来，于是继续迈开步子。

今日的地球引力似乎格外强大，一声不吭地把安息朝地心拉扯，叫他每一次迈步都无比沉重。他照着越来越稀少的标识费力地寻找着 E 区，到了 E 区后，又晕头转向地试图定位 98 号房。

番城集市不愧是废土上第一大城，新区的避难房都长成一个样，安息终于成功地迷路了。

集市延伸到这里已经十分荒凉，此刻日头正盛，人们大多躲在室内，安息走了二十分钟愣是没找到一个能询问的人。他已经满身是汗，头发黏在额头上，喉咙发干，舌苔快和上颚黏在一起了。

安息余光忽然捕捉到一个人影，他连忙快速朝着那个拐角跑去。

那人在烈日下却穿着一身黑，层层围巾裹在兜帽外面，像旧时宣传册里的死神。

安息一下有些退缩，但想到不知下次遇到路人又得是什么时候，只能做足心理建设，克服恐惧，迈出独立日的第一步。

“你好！”安息叫道。

可那人像是没听见一般，连脚步都没停。

安息又更大声地叫了一次：“你好！”同时快步追上他拍了拍他的肩膀。这次陌生人终于停下步伐，缓缓地回过头来，露出半张脸。

之所以是半张脸，是因为那颗头颅上，确实只有半边脸。

另外的半脸肌肉萎缩凹陷，像是被强酸还是烈火侵蚀过，依稀可见头骨的形状，仿佛大白天见了一具骷髅。

安息膝盖一软，差点没站住。但他还是努力捋直了舌头，问：“请问，你知道……”

对方仅剩的一只眼上下滚动着，分明是在从头到脚地打量他。安息的生存警报霎时间哔哔作响，背后汗毛倒立，在大热天出了一身冷汗。他忽然意识到，如果问了对方门牌号怎么走，不就变相告诉了别人自己住所的地址吗?

“对不起我认错人了！”安息大喊一声，转身逃了。

跑出一段路后又拐了几道弯，安息快走了几步，回头数次见身后确实没人才停了下来。他背靠着滚烫的铁皮——一个租屋的外墙，惊魂未定，同时有些得意。如果废土知道了，会不会夸自己反应快、有警觉意识呢?

可他同时也意识到，废土不在这里了，等他们再见面的时候，他可能已经忘了这件事，也不可能因为这件事得到废土的表扬了。

再说了，废土在这儿的话，怎么可能叫他一个小时连一个门牌号都找不到。

安息摇了摇头，甩出几滴汗珠和几丝沮丧，

这种四四方方的集装箱状避难屋根本就没有房檐，太阳又悬在头顶正上方，大地上一点阴影都没有。安息把汗水蹭在手背上，又在裤子上抹了抹。

他抬起头眯着眼眨了眨，几滴汗水浸到眼睛里了，他面无表情地扫视着这一座座铁盒子熠熠反光的外皮，瞳孔慢慢睁大了。

单数，隔壁也是单数，这一排的屋子门牌全是单数，安息恍然间精神起来。

自己的屋子是双数，从进这个区时的分岔路开始就走反了！

安息这次照着号数递减的方向摸索回了E区的入口，朝着丁字岔口的反方向看去：2号房，4号房……

十五分钟后，他终于来到了门牌98号房。

安息租到的是一个可以算是简陋的单间，有窗子，只有一张床和一张桌子，连凳子也没有，地上一层灰，十分像他和废土离开避难站时落脚的第一个休息站。

这样也不错，安息想，这就是我的起点了。

安息在屋子里走了几圈，随即意识到这里面积实在太小了，天花板也有些低矮，只得坐在床上开始盘算。先继续在医生的摊子里帮忙，摊子客流量挺大，可以做一块宣传招牌摆着，看能不能从帮邻居们维修家电开始，也试试帮过往商队升级武器。反正有医生的脸做招牌担保，希望能先凑上第一个月的租金。

安息又环视了一圈屋子，没有洗浴室，也没有通水管。他暗自打算着等回去医生那里把东西都搬过来后，首要任务是找到E区的公共浴室和净水供应站。

安息抿了抿干燥的嘴唇，深吸一口气从床上站起来。

回去的路途比来时快了很多，安息回到冯伊安屋门口正要开锁，门却被从里面大力推开。

冯伊安从里面冲出来，和他照面之下也愣住了。

安息从没见过冯伊安这个表情。

冯伊安不复平日嬉笑温和的样子，面上十分严肃冷硬，问："你跑哪去了？找你半天！"

安息茫然道："啊？我，我领钥匙去租屋了，正准备回来拿东西搬过去。"

冯伊安脸色不太好看，拉着他说："别管什么东西了，快跟我来。"

冯伊安人高腿长，安息几乎要小跑起来才能勉强跟上他。他喉咙冒烟，到现在也没喝上一口水，但却不敢插嘴。冯伊安一路来到集市正门也没停下，直接带着安息来到电网之外。早先在这看热闹的人已经退散了一些，安息这才看清面前的场景。今日无风，黄沙还未将满地的血迹掩盖起来，反而结成了一坨坨暗红色的块状，按照这出血量来看，绝不止一人重伤。

安息觉得脚下踩到了什么，移开鞋子一看，竟然是半片人耳。

他踉跄地后退几步，这才想起来之前闻到的气味是什么。是血腥和死亡的味道，是皮肤被子弹烧焦、骨头被重挫击碎的味道。

冯伊安已经走出好几步，发现安息还站在原地一脸苍白地盯着那些血迹，解释道："你还记得昨天需要做手术的那个伤员吗？我们做完肢位缝合手术已经很晚了，之后才送回到伤员集散大棚里。但是那里条件很差，你也知道的，病毒、细菌浓度又高，到了晚上他情况就开始不稳定，我就留在那儿守夜。"

安息有些惊疑不定地点了点头，不确定这对话要走去什么方向。

"今天早上我正准备离开的时候，大棚里忽然抬进来两个伤员，"冯伊安说，"我本来没注意，但他们的穿着太过明显，红色的披风。"

雅威利赏金旅团！安息一下有了不好的预感，昨天和火弗尔正面冲突的场景浮现在了眼前。

"于是我去问了问，才知道早上外面有两拨人起冲突，在集市门口就打起来了，但具体怎么开始的大家都不太清楚……于是我就去案发现场看了看，结果找到了这个。"

冯伊安递过来一块灰黑色的电子屏幕，安息一眼就认出来了——那是废土的天气气压仪，屏幕被子弹击穿，上面蛛网密布。

安息颤抖着接过来。不可能的，也许只是相同的型号呢。

他把屏幕翻到背面，那里有一块独一无二的白漆，安息手一松，气压仪掉在地上，屏幕彻底碎了，无数晶莹的细屑散落开来。

"他人呢？他还好吗？"安息哑着嗓子颤声问。

冯伊安摇了摇头："不知道。"

安息心脏骤然缩紧，提到了嗓子眼。

不是才重伤恢复吗？不是才好手好脚地离开吗？不是终于要去梦寐以求的虚摩提过不再提心吊胆的生活吗？为什么才半天时间，事情就变成了这样！

安息又觉得无法呼吸了，他胸口大起大伏，带着哭腔问："什，什么叫不知道，米奥肯定没事吧？他不是，他不是可以很快复原伤口吗？不是不管多严重都能愈合吗……"

冯伊安打断他："不是这个意思，我是真的不知道米奥怎么样了，他不在这儿，不止他，整个雅威利赏金旅团也都消失不见了。"

安息屏住呼吸："什么意思？"

冯伊安看了看他，掏出一块布把气压仪裹起来收好，拽了拽他的袖子示意他跟上："送进来的两个雅威利伤员，一个撑了没一会儿就不行了，另外一个失血过多还在昏迷，但伤得也很重，估计是被断定必死无疑，才能留下的吧。"

安息再一次回到了这个恶臭闷热的伤员帐篷里，他看着病床上的人。那是一张过分年轻的脸，面色苍白，嘴唇毫无血色，眉头紧紧皱着，在昏迷中还经受着疼痛。他的红色披风上有些颜色更深的部分，想必是染上了鲜血。

他破碎的衣料下面，从胸口到腹部再到大腿全都裹着层层纱布，绑结的方式是冯伊安的手笔。

冯伊安说："等他醒来，就能问问他知不知道米奥的情况。"

安息盯着病床上的人看了一会儿，忽然开口说："我知道米奥怎么了。"

冯伊安惊讶地回头："你知道？"

安息说："火弗尔，一定是他，一切都是他挑起的，是他把米奥抓走了。"

冯伊安皱着眉，犹豫着问："你有证据吗？"

"没有，"安息说，"但等他醒了就可以确定了。"

他掏出兜里二号的血瓶，感觉自己前所未有的愤怒，也前所未有的冷静。

被盯上的那个自始至终都不是自己，而这个，就是出卖废土行踪的线索。

不多时，病床上的黑发年轻人悠悠转醒，他眼神只茫然了一刹那便神志清明，猛地想要坐起来，却牵动了全身上下的伤，"嗷"的一声又倒下了。

安息凑过去，幸灾乐祸地俯视他。那年轻人满眼警惕，又看到了安息旁边的冯伊安，似乎是认出了他，紧绷的肌肉才放松了一点。

安息把床头摇起来一些，叫他能坐着平视自己，说：“你醒了的话，我有些话要问你。”

年轻人只看了他一眼，便冷淡地移开了目光。

安息伸出一根手指，戳在他大腿的纱布上。

那人忽然被袭，毫无准备之下大叫出声，又立马闭上嘴，恨恨地剜了安息一眼。

安息露出奸诈的假笑：“你最好乖乖配合……”

冯伊安有些哭笑不得，开口说：“你好，我叫冯伊安，请问你叫什么名字？”

那年轻人表情仍是不耐，但碍于对方十分客气，又似乎刚救了自己，简短蹦出两个字：“炎王。”

安息：“好奇怪的名字……”

冯伊安却点了点头：“我听过你，爆破专家，但我不知道你加入了雅威利。”

炎王说：“加入有一年了。”

冯伊安给安息介绍道：“这应该是继米奥之后雅威利最年轻的团员了，”他又转回去看炎王，“米奥·莱特，你知道他吗？”

炎王抿起嘴唇，不说是也不说不是。

安息又指着他全身上下，问：“这些，是米奥弄伤的吗？”

炎王脸上露出了羞恼不甘的表情，“啧”了一声。

安息不满道：“问你话呢……”说着就举起手指又要戳他伤口。

炎王下意识往旁边一躲，反而牵扯了更多伤处，疼得龇牙咧嘴。

安息说：“我知道你们把他抓走了，火弗尔为什么要抓他？”

炎王讥笑道：“你都知道了，还来问我？”

安息危险地眯起眼睛，似乎在考虑从哪边开始折磨他好，但冯伊安却微微挡在安息面前，说：“炎王，你知道的吧，你们团已经走了。跟你一起送进来的那个孩子，因为没能及时采取抢救措施，已经没命了，现在……估计已经被集市带走做成了生物电池。你运气不错，活了下来，但是因为我们才活下来的，不是因为你的旅团。”

炎王听到自己队员被做成生物电池的时候，喉结猛烈地滚动了一下，听到最后，他提高音量反问：“我可没求你们救我，现在要我怎么样，感恩戴德吗？”

冯伊安摇了摇头，说：“不，恰恰相反，是我们在请求你，希望你能帮助我们。我说这些话只是想问你，一个可以毫不留情把受伤的队员抛下的旅团，真的是你想守护想追随的旅团吗？不知道你怎么想，但我曾经认识的雅威利赏金旅团，不是这个样子的。”

不知冯伊安哪句话触动了炎王的神经，他表情有些愣怔。

冯伊安接着说：“所以，你愿意帮助我们，告诉我们米奥的下落吗？”

说完后他就停下，看着炎王不说话了。炎王低垂着眼，似乎在纠结思考。安息本想说点什么，被冯伊安悄悄握了一下胳膊阻止了。

半晌，炎王才说：“下落的话……我是真不知道他们去了哪儿，只知道今天离开这里之后是要去岐山休息站，但那也只是个落脚点，估计你们赶过去的时候，他们也早就走了。”

安息心里有些难以言喻的失望，但又暗暗对自己说，知道一个大概的方向也是好的。

“但是，”炎王又说，“我可以告诉你们莱特为什么被火弗尔盯上。”

安息和冯伊安都认真地看着他。

炎王抬起头来，严肃道：“因为他的血。”

看见两人的表情之后，炎王也有些惊讶：“你们都知道了？”

冯伊安说：“等等，你先说你知道什么。”

炎王犹豫片刻，还是说：“之前，就大概几个月前吧，出现了一例变异人婴儿，你们知道吗？”

安息和冯伊安面面相觑，双双摇了摇头。

炎王点头道：“知道的人不多，因为婴儿出生后几个小时就夭折了。母亲在怀孕初期被咬，中期产生了突变，生出小孩之后就虚脱而亡，反正被人发现的时候母子都已经死了。当时我们听说了这件事后也只是有些好奇，之后也就忘了，但队长……火弗尔他，似乎很在意这件事，打听了很多人关于这个变异人母亲的事。”

炎王忽然剧烈地咳嗽起来，一咳嗽便全身抽痛，腹部的纱布立马渗出了血。他指节发白地抓着床沿，死命忍着。

平息下来后，炎王接着说："有一天晚上，轮到我和火弗尔两人守夜，无意间和他聊到了这个事，我跟他说变异人注定是无法繁殖的，不然这个世界早就被他们接手了，人类连像如今这样在夹缝中生存也维持不下去。

"他却不同意，说搞不好，已经有人成功过了，他就曾经认识这样一个人……他问我，'你是因为什么被雅威利赏金旅团招纳？因为你的爆破才能，因为你能最有效地杀死最多的人和怪物，而如果是一个人类，一个有牵绊能被控制的忠诚人类，同时还能拥有变异人的速度基准和复原能力，这将是什么？是比我们都要优秀的战斗兵器。如果说赏金猎人是这个世界上不可或缺的职业，而作为普通任务的完成者的我们能够获取那么多酬劳，你能想象愿意为了这样一个超级战士，人们愿意花多少钱吗？'"

冯伊安皱眉道："你不是要告诉我……"

炎王皱着眉按住胯骨的地方，好像是那里的伤口在痛，但他没有要止痛药，只是咬着牙忍了一会儿。

安息有些难以相信，说："可是，抓走米奥也，他也不会合作……"

炎王抬起眼看他："你还不明白，他合不合作根本没有关系，火弗尔要的不是他这个人，只是他的血，是他的血所携带的基因，要这基因提炼出来的血清。"他牵着嘴角，难看地笑了笑，"如果我是你们，现在应该是松了一口气，因为毕竟要用他的血，就得叫他活着才行。"

"虽然……"炎王脸上的笑容又褪去了，"有时候活着，并不一定是好事，活着很多时候比死亡更痛苦。"

说了一大段话之后，炎王又因为精力透支而昏睡了过去。安息和冯伊安离开了空气凝滞又嘈杂的伤员大棚，一边走，一边默不作声地各自思考。

过了一会儿，冯伊安说："所以，火弗尔会出现在这个集市也许不是巧合。"

安息知道他要说什么，摇了摇头："不可能，他怎么会知道我们在哪儿？他肯定是……肯定是看到了我脖子上挂的血瓶，想到了废土，才……"

冯伊安打断他："他知道我和废土的关系，才大张旗鼓地到摊位上来找我。就算不是因为那个瓶子，肯定也会因为其他的线索……"

安息却突然蹲在地上大哭起来，发出断断续续的悲鸣："不是的！米奥本来！本来在屋子里养伤，根本不在外面走动，本来就不会被发现的！都是因为我……因为我。"

一直压抑在心里的过载情绪全部爆发出来，伴随着自责、悔恨和内疚，哭喊道："他走之前叫了我好几次，让我和他一起走，我都拒绝了，我应该跟他一起的，呜——"

集市里的路人纷纷侧目看他俩，冯伊安也跟着蹲下，拍拍安息的背，说："如果安息也被抓走了，谁去救米奥呢？"

安息抽着气，用手背把眼泪胡乱一抹，给自己打气道："对，对，不能哭，要去救米奥。"

冯伊安说："这件事今天就算不发生，以后也会发生，到时候我们也不在他身边，还以为他在虚摩提过悠闲日子，说不定要过了一年才发现他被抓走了。"

安息听他这样说，想想觉得好像也是，皱着脸，半天才说："医生……那个……"

冯伊安疑惑地看他："？"

安息："你有没有带水？我要渴死了……"

两人就近回到摊子，把帘子降下一半坐在里面小声商量。

冯伊安把桌面上的东西都扫到一边，掏出一幅地图铺开，说："这个不是最新版的，可能有些地方不太准，而极端天气之下地貌很容易发生大改变，不过休息站和大型避难站的地址应该没什么出入，比例尺也比较精准。"

安息稀奇地凑过来瞧。他已经一口气干了一整瓶水，正抱着第二瓶小口小口地抿。

冯伊安指着地图上几个绿点："这些都是方圆十公里以内的休息站，这个是刚才炎王提到的岐山休息站，在番城东边，这个方向再过去的话……"他用尺子比着画出两条放射性的线，边思考边说，"有这三个休息站和一个避难站。按照门外交战的情况来看，他们队内目前应该也有不少人负伤，再加上带着米奥，不可能进行太长线的跋涉，尤其前段时间那个大风暴之后，休息站的复原情况还没有得到完全统计，处处都是风险。"

安息点点头，问："避难站也要考虑进去吗？好像避难站不都……

不怎么为旅人开门。”

冯伊安说：“一般来说是这样没错，但雅威利这种大团，在过去的这些年里跟很多避难站都签订了协议，避难站偶尔会提供住宿和补给，而旅团提供庇护和悬赏任务折扣。现在已经有越来越多的赏金旅团在自己的常动路线上做这种交易了，毕竟避难站的条件比野外休息站好太多，安保完善，还可以共享医疗设备。”

说到这里，冯伊安忽然顿住了，灰眼瞪得大大的，好像在空气中见到了穿着纱裙跳舞的蟑螂。安息也不敢喘气，狐疑地盯着他。

冯伊安忽然转过头来，语带兴奋地说：“之前炎王说什么来着？火弗尔的目的是复制废土的基因，从而做成超级战士血清。要完成这种事，必须得有设备完善的实验室。这种东西，集市没有，旅团基地更没有，只有大型避难站里有。”

安息恍然大悟，一路顺着地图东边看过去。上面星星点点的休息站很多，但相对而言避难站就少得多了，再看有一定规模的大避难站，更是屈指可数，范围一下缩小了不少。

一个声音忽然在两人身后响起：“不错，我本来是想来告诉你们这些的，但你们也已经想到了。”

两人诧异地回头去看，惊讶地发现炎王正靠着遮阳棚栏杆勉强站着。

冯伊安眼睛微微睁大：“你怎么，怎么进来的？”

炎王嗤笑了一声，嘴唇发白：“当然是，走进来的，门口排查了半天，但我身上都是枪伤和刀伤，没有辐射毒素，就让我进来了。”

安息整个人都凌乱了：“不是！你，你已经能走了吗？”

却不料安息话音未落，炎王就身子一歪朝旁边倒去，安息吓了一跳，下意识攥紧了手里的水瓶，结果水喷出来滋了他一脸。冯伊安眼疾手快地接住炎王，对方软塌塌地倒在他怀里。

两人让出自己的凳子给他搭了一张简易床叫他坐下。冯伊安看起来有点头疼，像是不知道拿这种太激进的伤员怎么办，又像是因彻夜未眠而心神疲惫。

炎王缓过劲儿来，半睁着眼，虚弱地说：“虽然缩小了范围，但我们时间还是很紧迫。虽然谁都不知道血清这事儿到底能不能成，但一旦火弗尔的实验取得初步成效，虚摩提立马就会收到消息，毕竟，咳咳，避难站只是试水区，真正的金库在虚摩提。”

安息抿着嘴点了点头：“一定得在这之前阻止他。”不然消息一旦传出去，废土的虚摩提养老梦想就要泡汤了。

冯伊安的注意力却不在此，他抱着手臂狐疑地反问：“我们？”

炎王很是冷静地点点头：“对，我跟你们一起走。”

帐篷里沉默了一瞬间，随即传出一声响亮的：“哈？”

炎王挣扎着支起身子，对着冯伊安说：“你说得对，我认识的，不对，我想要加入的雅威利赏金旅团，根本不该是这样。我才加入一年，已经失去了不知道多少同伴，火弗尔那个垃圾，根本就不配做队长。”

“所以，”他眼神变得清明冷酷且志在必得，“看在前队长的分上，我要亲手把这个垃圾解决掉。”

发表过这番雄伟宣言后，炎王眼白一翻，彻底晕了过去。

炎王再次醒来已经是傍晚时分，他这次睡得有点久，花了一点时间才认清现状。冯伊安正在不远处的炉灶旁给食物装盘，看见他睁眼，笑了笑说：“你醒啦，刚好吃饭。”

安息也正巧推门进来，愁眉苦脸地对冯伊安说：“租屋退了，但押金不给退，说只能用来抵消以后的租费。”

冯伊安招手道：“没事，来吃饭吧。”

安息也看到了病床上的炎王。想到昨天那个地方趟着的还是废土，立马悲从中来，瘪着嘴一副要哭的样子。

转念间，他又想到这一切都是雅威利赏金旅团做的好事。废土现在不知伤势如何，有没有好好包扎伤口，而他之前的腿伤又是否受了影响，之后又将被如何对待。

他是会被虐待、被关押，还是被药物控制作为一个无知无觉的实验素材？而眼前这个人也是促成这结果的一份子，于是安息又感觉怒火中烧，双眼冒红光。

炎王目睹了他瞬息万变的脸色，惊恐道：“你干吗？”

安息抹了一把脸，面无表情地转身去端碗了。

炎王在心里默默下评语：这个人，不但奇怪，还很危险！

三碗杂烩端上桌，安息只吃了一口，就开始疯狂怀念废土的手艺。

但炎王和冯伊安都神色如常，一口一口地吃着。

冯伊安问：“你现在感觉怎么样？”

炎王摸了摸自己腹部，又捏了捏拳，说：“好多了。”

冯伊安说：“我们明天一早就会离开，到时候留你一个人在这儿应该没问题吧。”

炎王愣了一下，立马放下碗正色道：“不是说了吗，我和你们一起走。”

安息“噗”了一声，惊讶道：“你是说真的？”

炎王皱起眉头：“那不然呢？”

安息也搁下碗，眯起眼睛露出审视的眼神：“你真的……很可疑啊。”

炎王瞪起眼睛：“你说什么？”

安息不满道：“本来就是嘛，你不久前才和他们一伙试图把米奥绑走，怎么转眼间就要帮我们了，很没道理吧，到时候万一你又改变想法……”

冯伊安按住他冰凉颤抖的手：“安息，别说了。”

本来还一肚子火气的炎王看到安息的表情，把到嘴边的反驳吞回了肚子里。

冯伊安小声劝道：“我理解你现在着急的心情，但是对于炎王来说，他和米奥事先并不认识，也没有任何个人冲突，只是按照火弗尔的命令行事而已。”

炎王深深吸了一口气，说：“本次行动的目的团员间事先并不知道，火弗尔骗我们这是客人的委托，除了我之外，估计到现在好多队员也不知道他到底在打什么算盘。说实话，很多事我看在眼里已经很久了，关于过去一些事……谣言也听了不少，但我是真没想到，为了赚钱，他是真的可以眼都不眨地让我们去死。

“不管怎么说，你们的目的是救出莱特，其中最大的阻碍就是火弗尔，而我的目标是火弗尔，我看不出我们不合作的理由。”

“还是说……”他眯起眼，“你在怀疑我的能力？你信不信，单用这间屋子里的东西，我就可以把整个番城集市炸掉。”

为什么要炸番城集市！这下轮到安息惊恐了——这个人不但奇怪，还很危险！

冯伊安沉默了一下，问：“你……到时候就算我们成功了，你打算对火弗尔怎么办呢？”

炎王想了想，说：“我要先问他一个问题。”

冯伊安：“什么问题？”

炎王说：“我要知道真相，三年前，是不是他杀了明队。”

冯伊安挑了挑眉，“哦”了一声，问：“你认识明？”

炎王点点头：“他是我想加入雅威利的理由，六年前……算了，总之，你只需要相信我……”

安息却打断他，问：“六年前怎么了？”

炎王微皱着眉，似乎在为难要怎么说，咬了咬下唇，他打定了主意。

正要开口时，冯伊安却接过了话头：“如果他否认呢？你不是第一个质疑明遇害事实的人，包括米奥在内，很多人都质疑过他彼时的做法。”

炎王冷笑了一声，点点头：“他的统一回答是因为不能浪费更多队员的性命去冒险，所以才留明队一个人在火场里。但你看火弗尔，像是在意队员性命的样子？不少人都怀疑当时他是在还有营救机会的情况下故意放弃了明队。”

“但是，”他接着说，“我认为根本是火弗尔顺水推舟，制造了爆炸，导致避难站出口提前坍塌，为的就是取代明队的位置。”

冯伊安叹了口气：“你心里已经有数了不是吗，还要问他干什么呢？”

炎王说：“问他，只是给他一次机会，算是对他这个队长最后的一点尊重，不论他承认与否，最后我都会杀了他，为死去的兄弟们报仇。”

冯伊安似乎对“报仇”这个字眼有些敏感，不适地皱了皱眉，问：“那你身体……”

“我身体没问题！”炎王情绪过于激动，又咳嗽起来，一脸痛不欲生。

安息无语地看着他。

缓了一会儿，炎王接着说：“我好歹在雅威利待了一年，对他们的行为模式很熟悉。我可以告诉你，现在的雅威利跟以前已经不是一回事了，明队死后，像莱特这样脱队的不止一个，而对火弗尔心生怀疑和不满的也不止我一个。你们要和全团硬碰硬，胜算不大，但如果有我……如果里面有人接应……”

冯伊安打断他：“好了好了，已经被你说服了，快吃饭吧，接下来可就吃不上热的食物了。”

炎王哼了一声，像是想要表示自己才不在乎什么食物的冷热，但还是老老实实一勺勺地吃完了。

吃完饭后，安息开始收拾行李。

不知为什么，以前总能恰好塞进所有随身品的远行包像是缩水了一般，无论怎么调整都拉不上拉链。安息小声威胁远行包道：“不要以为废土不在这你就可以闹脾气……”

炎王懒洋洋地靠坐在病床上，轻轻“嗤”了一声。

安息耳朵竖起来，立马抬头怒道：“你笑我！”

炎王撇过脸：“你听错了吧。”

“我才没有听错，你就是笑我了，戳你哦！”安息举着手指虎视眈眈地凑过来。

炎王如临大敌，但无奈伤处太多，一时间竟不知道从哪边开始护才好。

“好了好了，”冯伊安连忙打圆场，“先来看看路线。”

他把地图铺到炎王腿上，三人一齐低头看。

炎王率先在地图上用手指画了一条线，说：“这条路不能走了。”

安息点点头：“我们来的时候也路过了这，有一条超级无敌大裂缝。”

炎王似乎对安息夸张的说法颇有微词，动了动眉毛，也没说什么，手指轻轻点在地图上：“这一条路我觉得最有可能，路上有这三个大避难站。”

他的手指纤细修长，手也很稳，跟常年握枪拿刀的人比起来，这是一双和危险爆炸物敏感核心打交道的手。

他说：“这三个都是数一数二的老牌避难站，规模大，各类设施也很完备。

“先说第一个，虽然和雅威利来往已久，但不久前刚换了一批新的管理者，不知道现在和旅团关系怎么样。而另外这个，就我所知和雅威利没有过任何往来，我们也从没收到过他们发布的赏金任务。”

“这么看起来，这一个最有可能，几个月前才刚达成了合约协议。”他手指敲了敲东南角的一个站点，说，“这个站本来好像一直在自主循环，但前段时间被变异怪物和变异人入侵了好几次，损失有点惨重，才开始发布任务寻求外援。我不久前刚去过一次，里面有完善的制药系统和抗辐射实验室。”

冯伊安若有所思道："如果是被变异生物入侵困扰，又刚损失了大量人力资源，这应该是最需要高强度战斗型人员的一类。"

炎王点点头："没错，我猜测，火弗尔会试图说服他们提供试验场地和研究人员，作为报酬，第一批成功研制的血清会率先给这个站使用。"

安息满眼转圈圈，觉得自己智商完全被碾压了。逻辑推理什么的，根本没人教过他，怎么三言两语就推断出旅团的落脚点了！

炎王说："这个站我之前去过一次，标志是个……三头鸟。"

"什么！"安息失声喊道。

炎王吓了一跳，啧他道："你吼什么？"

安息哆哆嗦嗦地问："是……是这样的吗？"他在地图背面画了一个圆圈，里面有三个鸟头冲着三个方向嘶鸣，尖嘴里露出细长的舌头。

炎王皱了皱眉："对，你知道？"

安息失神地点点头。他太知道了，不但知道，他还在那里生活了十七年。

冯伊安瞠目结舌："等下，不会……这就是你原来所在的辐射避难站？"

屋里另外两个人都一副反应不过来的样子。

安息点点头："我在这里出生，在这里长大……遇见米奥之前我从没去过避难站之外的地方。"

炎王看起来更是震惊："你的意思是，这是你第一次走出避难站，第一次……"

安息点了点头："第一次见到天空，第一次看见太阳，还有月亮、星星、整个废土……什么都是第一次。而米奥其实是我见过的，来自避难站以外的第一个人。"

两人眼睛都睁得滚圆，炎王犹豫道："你有没有听过一个词，叫作雏鸟情节……"

"咳咳！"冯伊安清了清嗓子，绕过这个话题，说，"那……你是悄悄跑出来的，这么说在你离开之后，你们站的人都不知道你去了哪儿？"

安息心虚地"嗯"了一声。

炎王露出微妙的表情，说："这个莱特……我们真的要去救他吗？总觉得他不是什么好人。"

听起来就是诱拐少年啊！

安息听不得任何人讲废土不好，立刻龇牙道：“你说什么，不准你说他！”

炎王也龇出牙：“嘶——”

“好了好了，”冯伊安再度把两人隔开，“我们明天一早就出发，炎王你的行李……估计也都不在了吧。”

安息还在冯伊安背后张牙舞爪地做着鬼脸，炎王瞪着眼睛，说：“我……对，都没了，但我不需要太多东西，如果可以的话……”

冯伊安又移了移身体：“没关系，我应该有多的，你来挑你要什么。”

炎王似乎还不习惯这种毫无缘由的好意，局促道：“哦，谢，谢谢。”

冯伊安笑眯眯地点了点头：“好的，今天大家都早点休息，要洗澡的有没有？”

安息高举手：“我！”

炎王也跟着问：“我能，也洗个澡吗？”

冯伊安把地图卷起来收走：“好的，排队洗澡了。”他又打量了一下炎王，问，“你……你一个人洗澡能行吗？要不要我帮忙？”

炎王过去一直生活在粗枝大叶的集体环境下，第一次受到照拂，还是来自一个完全的陌生人，十分不能适应，他因过度失血而苍白的脸色瞬间泛起红晕：“什，什么！不不不用。”

安息哈哈大笑，飞速冲到楼下去抢占第一批热水了。

临睡之前，安息又将废土送给他的枪拿出来，迎着月光端详了一遍。

线条美丽的枪身泛着冷光，他仔细擦了一遍，再用防尘布裹好，立在鼓鼓囊囊的远行包旁边，忽然想到一句不知是谁说的话——不管走出多远，人总会回到自己开始的地方。

他从没想过自己会在这种情况下回到避难站，到时候的他，真的可以面对大家吗？

瓶盖一定在责怪自己一声不吭地跑掉吧？他那么自私，只顾着自己离开，根本没有考虑过需要他的大家。

自己走了之后，避难站又被变异怪入侵了好几次吗？独耳叔叔一定十分头疼吧。铟安姐姐有没有被指派给什么新的繁殖对象呢？

大家都还好好活着吗？

安息对自己说，这才不是最后，还差得远呢。

另一个世界的番外

Day 1. 周日

已经快晚上十点，米奥才加班回到家。一个周末又这么“浪费”在工作上了。他把西装外套挂在一边，食指勾进领带口松了松，忽然听见几声敲门声。

他有些纳闷，搬到这个公寓一年多以来，几乎没有什么到访的朋友，跟邻居也没怎么打过照面，近期也没网购过，他想不出是谁会上门找他。

一边往玄关处走，他一边问：“哪位？”

门外无人应答，只是又敲了两下门。

米奥皱了皱眉，一边单手解开袖口，身体朝前倾凑到猫眼上看。

第一眼，他没有从猫眼中看到任何东西，稍微调整一下角度，才发现视角下方有什么白色的东西在晃。

好像是什么白色的毛线帽子，他狐疑地又问了一句：“谁？”

“咚咚咚。”回答他的还是敲门声。

米奥往后退了半步，他半只袖子挽到肘部，露出精壮的小臂，伸手拧开了门。

门外站着一只羊。

米奥觉得自己的眼睛从未睁得这么大过。

羊？十几层的电梯公寓上面，出现了一只羊？

米奥探出上半身在楼道里左右看了两圈。确实是没别人，忽然，他腹部一软，低头见那只羊正歪着脑袋顶在他肚子上想要进门。

“你等等。”米奥用手撑着白羊的头部，对方却以为自己要摸它，主动地在他手里蹭了蹭。

不远处，电梯铃响一声，米奥连忙让出位置叫羊进屋，不然这被邻居看到了，还不知道要怎么解释。

他身子一错开，羊就迈着腿进了屋，蹄子在大理石瓷砖的地板上发出清脆好听的咔嗒声。

米奥还来不及关门，邻居就走出电梯进了楼道。对方笑着和他打招呼，米奥严肃地点了点头作为回应。

关上门转过身，米奥赫然发现那只羊已经信步漫游到了客厅阳台边。一只羊和电视沙发摆在一起的场面实在太过荒诞，米奥深吸了一口气，满脑子震惊地左右摇了摇头。

他边走边招手道："你过来。"

然而那只羊好像听懂了一般，听话地"咔嗒咔嗒"溜达了过来。

"你从哪儿来的？"米奥问，一边去摸羊的脖子，看上面有没有挂什么卡片或字条。

羊脖子毛很厚，手感很好，米奥情不自禁多摸了两把。

然而什么也没有，这就是一只不知怎么出现在了公寓楼里的羊。

米奥叉着腰，观察起这只羊来。

羊的体型不大，介于羊羔和成年之间，全身覆盖着白绒绒的厚实卷毛。它两只圆溜溜的黑眼好奇地左右打量，耳朵微微有些塌，看着很好欺负的样子，头顶上已冒出了向后微弯的角，是只小公羊。

小羊的蹄子整齐又干净，完全想象不出是怎么穿越城市来到了这里。

米奥坐到一边，打开手机搜寻附近有没有什么动物园或宠物店走失了羊，期间小羊就在他家里逛来逛去。他能听见羊蹄声忽近忽远，走得十分悠闲。

网上搜索的结果自然是一无所获，然而小羊已经逛回来了，用角轻轻顶他的胳膊。

米奥侧头去看它："饿了？"

但小羊好像只是因为角痒了，想找个地方磨一磨。

但米奥一用拇指去揉搓它的角尖，小羊又抖着耳朵甩了甩头避开了。

围着茶几走了一圈，小羊再次回到他身边，背过身去，柔软的尾巴在他手臂上扫来扫去，然后圆滚滚的屁股一矮，再慢慢收起前蹄，坐在了他的脚边。

米奥还完全不能消化这个场景，他几乎确定是自己的员工部下弄来整自己的。

对着羊的后脑勺拍了一张照片后，米奥传给自己助理：这是什么？

几乎是立刻，助理传信息回来：这是什么？

米奥：不是你们干的？

助理：不是。

助理：不对，这是什么？

米奥：羊。

助理：？

米奥退出了聊天页面。无用的员工，他心想。

小羊已经把半边身子挨在了他小腿上，软蓬蓬又热乎乎的。他轻轻动了动腿，小羊无动于衷。

米奥又问："你从哪来的？"

小羊竟软软地"咩"了一声，好像在回答他一样。

米奥失笑道："咩？咩是什么意思？"

小羊又拖长音调："咩——"

米奥转着圈把小羊拍了一遍，全程小羊都很配合，只除了有时候他手举得太近时老拿头来蹭他。

米奥问："你饿不饿？"

小羊没有咩，但米奥还是去打了一碗水，又掰了一些青菜叶子放在碟子里。

小羊用鼻子拱了拱菜，没有吃，但舔了两口水喝。

米奥蹲在地上看了一会儿，打了个哈欠。最近赶项目尾期，他已经连着加班两周，明天又要早起，于是他决定先放置这突如其来的羊不管，站起身伸了个懒腰，一边解扣子一边踱步到浴室里洗澡。

洗完澡后，他擦干身上的水，再用毛巾擦着湿发，浑身赤裸地走出浴室。

有一刹那，他甚至忘了羊的存在，但下一刻，他就看见自己床上趴了一只十分舒坦的大白羊。

米奥挥手赶它："下去，你身上脏，去。"

小羊不为所动，直到米奥伸手过来推它身体，才咩咩叫起来，但就是不挪窝。

米奥竖起眉毛：“你下不下去？”

小羊拖了一个千回百转的“咩”，委屈极了。

Day 2. 周一

隔天一早，米奥是被有节奏的咔嗒声叫醒的，他坐在床边一脸魔幻地看羊散了一会儿步，才起来刷牙洗脸。

出门前，米奥留了一些清水和菜叶，又把门窗关好，回头说：“你不要……拆家。”

小羊坐在地上甩尾巴，歪着头看他。

到公司后，助理小姐看见他，就端着咖啡和行程表随他一起进了办公室。

助理：“头儿，今天上午十点……”

米奥却举起手打断她：“先别说这个，你去查查周围哪儿丢羊了。”

助理：“头儿，您怎么最近老跟羊过不去。”

米奥说：“我没过不去！我……我捡了一只羊。”

助理愣住了。

助理：“照照片了吗？来看看啊。”

米奥递出手机。

角度有些奇怪，光线也不是很好，米奥想，羊本羊似乎可爱一些。

但一声尖叫依旧划过周一早上的办公室：“好可爱啊！”

不出片刻，全办公室都拥进来围观羊的照片。

“太可爱啦！”

“带来班上看看嘛头儿，求你了！！！”

“超可爱啊！！！”

米奥头疼不已，把大家连带助理小姐都轰出去了。

一忙起来，米奥就忘了时间，下班时间分分秒秒地过了，直到天幕渐黑，腹中传出饥饿的回声。

糟啦！米奥从座位上弹起来。完全忘了家里有只羊！

一路赛车回家后，门还没开呢，就听见里面咩咩的叫声，刚打开门，一阵急促的咔嗒声后，米奥被羊角顶翻了。

米奥用手捂住脸，身上被羊蹄子踩了好几下。顶着羊蹄攻势，米奥费劲地爬进屋里关上了门。

盆里的水喝光了，菜叶也没了，阳台上的盆栽也秃了。

小羊还在闹脾气，咩呜咩呜地抗议。

米奥举起手投降："对不起对不起，我工作忘了时间。"

小羊仍旧不太高兴，米奥伸手摸它头的时候竟然躲开了，扭着屁股走到了客厅角落，凶巴巴地盯着他。

这个时候，宠物饲料店也关门了，米奥只能先热了一点冰箱里的咖啡、牛奶喂给小羊。羊像是饿狠了，呼啦呼啦地舔得嘴边毛都是牛奶。

米奥很发愁，想来想去，只能到楼下花园拔草。

高档公寓绿化很好，但米奥人生第一次做这种没品的事，无奈极了。

Day 3. 周二

站在穿衣镜前调整领口的翻折，米奥感到自己屁股戳在一个硬邦邦的东西上，回头一看，小羊正在用他的屁股磨角。

米奥严肃道："你怎么还不穿衣服，不是说了要出门了吗？"

小羊依旧沉迷屁股，耳朵摆来摆去的。

吸取了昨日的教训，米奥再不敢把羊单独放在家里了，时间还早，小区一片寂静，米奥牵着羊贼眉鼠眼地进了电梯直达地下停车场。

打开车门，米奥收起后座，比画了两下，小羊似乎明白了，前蹄一搭，后腿稍用力，就乖乖坐进了车里。

把羊安置在办公室里后，助理小姐才到，惊奇道："头儿，今天这么早，咖啡还没做呢。"

"没事，"米奥招招手，"你叫美宣那边来个人，拍点照片，做个寻人……寻羊……寻人启事。"

助理愣了三秒，眨了眨眼，尖叫起来："什么！小羊在这儿吗？！"

"快去头儿办公室看小羊！"

"超可爱的！"

半个小时后，陆续走近办公室的人全体疯魔，再度拥入米奥办公室，把小羊团团围住。

小羊发出了颤抖的咩咩声，往米奥身后躲。

大家母爱爆棚，太可爱啦！

“它好黏你啊头儿。”

“太可爱啦，在哪儿捡的我也要去捡！”

“对啊头儿，帮我们也捡一只羊啊！”

小羊害怕地把脑袋钻进了米奥西装外套里，米奥双臂张开发力，手臂和肩膀鼓起，把一屋子的人全都推了出去：“快去工作！”

又花了足足二十分钟，大家的亢奋才逐渐平复，办公室恢复了宁静。小羊本来在米奥办公室玩，好奇地朝外面看了好几次，胆子逐渐大了起来。它用头顶蹭了蹭门把手，前蹄扒拉着门缝，小心翼翼地溜了出去。

办公室的各位立马就看见了它，兴奋到浑身颤抖，但怕吓到羊只能忍着不敢吭声，听它咔嗒咔嗒地四处溜达，闻闻这个看看那个。

“小羊小羊，来吃这个。”一位员工悄声说。

小羊观察了他一会儿，凑近他闻了闻，又闻了闻他的手，吃掉了他手里的零食。

一瞬间，每个人的浏览器页面都变成了羊饲料的网购平台。

被投喂了一圈的小羊终于逛回了米奥的办公室。

彼时米奥正在打电话，听见丁丁零零的声音，发现小羊脖子上系了一个粉色蝴蝶结铃铛。

小羊摇头摆脑，铃铛清脆地响。

米奥嘴上依旧讲着电话，眼睛却观察着小羊溜达到自己身边的桌子下坐好。它半个屁股搁在米奥脚上，用前蹄有一下没一下地拨弄铃铛，耳朵动来动去。

米奥禁不住伸手去揉它脖子后面的毛，小羊软咩咩地叫一声。

一天高强度的工作后，米奥困倦不已，不小心在办公室的沙发上眯着了，醒来时办公室一片寂静，大家早走空了。下班时间已经过了很久，大家也习惯了他独自加班的日常，没有打扰他。

黑暗中，米奥觉得自己脸颊湿湿的。

小羊正用鼻子蹭他，又舔了舔他的下巴。

米奥笑起来，问：“你在等我吗？”

小羊围着他来回走了几步，他一举起手，小羊就把毛茸茸的脑袋塞进他手心里。

米奥掏出手机给助理发消息：那个启事，暂时还是别发吧。

带上大家买的大量食物、草料、零食和营养剂，米奥带着小羊坐电梯来到空荡荡的停车场。打开车门，小羊顺从地蹦了进去。

“给你取个名字吧，”米奥说，“前天捡到你的，我想想，前天有什么特别的呢？”

“前天是个安息日。”米奥手伸到后座，小羊舔了舔他的手掌，“回家了，安息。”

Day.3000

米奥抱着小羊的身体，身体不住地颤抖。

其实它早已经不能称之为小羊了，“小羊”只是一个旧时的用语习惯。

躺在兽医院台子上的羊，有着修长的四肢、漂亮的弯角，只是它已经很老了，虚弱地半睁着变灰的眼睛，倚靠在米奥怀里。

医生劝慰道：“没办法啊，宠物的寿命本来就比人要短暂，你还有好几十年可以活，但对于它来说，已经是极限了。”

米奥伸手摸摸小羊的头，觉得他的心有一块被挖掉了。

Day.0

猛然从梦中醒来，安息睁眼看了一会儿天花板，才摸出手机瞧了瞧时间。

还不到六点，今天又没早课，完全可以再睡一会儿。

不过刚才那个梦真是奇怪啊，自己变成了一只羊。

梦里还有个男的，是个混血大帅哥，很喜欢摸自己的头和耳朵，穿西装的时候手臂和胸膛会把衬衣和马甲都好看地撑起来。

安息闭了闭眼，试图回到那个梦里。

但忽然，似乎有什么细微的抓挠声响起，安息“唰”地再度睁开眼睛。

他屏住呼吸听了一会儿，挠门声再次响起。

什么啊！安息抱住被子，干吗非得趁室友都不在的时候发生这种灵异事件！

但下一刻，走廊里传来了响亮的一声：“喵！”

第五卷

第十二章　二号小队

“我想到了，”安息忽然说，“你可以假装你是去归队的。”

历经数个日夜不停歇的跋涉，三人勉强走过了大半的距离。炎王常年在废土上奔波，虽然刚出发的那几天因为伤势未愈而脚程缓慢，但对路线的规划却十分拿手，对天气的预判也很精准。他选择了一条离避难站几乎是直线的行进路线，其中一大段和安息来时的路线几乎是重合的。

安息这时候才知道，原来大部分的旅人会规避这条路，毕竟途中休息站的数量不多，变异怪物的巢穴却很密集，还有个黑暗狂欢的大本营罗城。

但安息已经不是那个抱着枪在桌子上大哭的小孩子了，也不是那个打中一枪变异犬就欣喜若狂的少年，他的枪口越来越稳，带着一丝成长的无奈。

此时三人刚在一个休息站歇下。

自从有了冯伊安后，小分队的活动时间比普通旅人长了不少，这不只是因为夏季日照时间的延长，也因为冯伊安发明了一种避怪香，工作原理类似于二号的血。

这是一种低温下凝固，但温度稍有升高就会变成液体甚至气体快速挥发的成分，能够散发出对于低等变异生物而言相当具有攻击性的气味。在这种香的帮助下，小分队日出日落前后的活动时间得到短暂延长，寻找适合的休息站时也变得更加灵活。

只是，这样一个作弊道具还不足以用于夜间赶路，毕竟对于弱小而言危险的气息，对于强者来说便是引诱。

在过去的数天，三人已经不断地讨论过各种潜入避难站的方案，安息此时正擦着刀柄上的血迹，忽然又有了新想法。

“你穿着你的披风去敲门，如果火弗尔他们已经进驻避难站，站里的人肯定能认出来这个装扮，然后给你开门。”安息一边在磨刀石上细细地片着刀尖，直到它能反射出自己的脸，说，“然后你就说你之前负伤所以掉队了，一直在养伤，伤好了就赶着来归队了。”

冯伊安说：“这是个办法。”

炎王想了想，问：“那我怎么会知道他们在那儿？”

安息反问：“你知道吗？你不知道啊，不就是碰运气嘛，而且你不是著名的雅威利赏金旅团的头号粉丝吗，热切归队有什么稀奇。”

安息说出“头号粉丝”几个字后，炎王脸皮就泛起了浅浅的红晕。之前某夜闲聊的时候，他不小心说漏了嘴，一直被安息揶揄到现在。

那一夜，安息刚起草了避难站内构造图的第一稿，正给两人讲解着主要房间的隐藏通道在哪里，以及全站上下的作息。炎王听完，不禁再次对他数十年住在地下的生活经历感到不可思议。

“所以……你们每天都过着完全一样的生活？活动空间就那么大？”炎王的世界观被狠狠撞击了，“怪不得你这么白。”

安息说：“那也不是的，每周六可以看电影哦！”

炎王抓狂道：“一共也只有十部电影不是吗！”

冯伊安说：“其实现在这样的二代穴居人不少，从出生就一直生活在避难站，住在地底一辈子也从来没出去过的。”

炎王咂舌道：“这样的日子，过久了会疯掉吧。”

冯伊安无奈笑道：“你要是从小都过这样的日子，甚至从你出生以来你的全部世界都是这样的话，你又怎么感觉得到差别呢？”

“你呢？”冯伊安问，“你小时候在哪儿长大的？”

“一个小集市，”炎王随意答道，“早已经毁了。我父亲是开杂货铺子的，低价收购器械，修好之后再转手卖出去，有时候也帮邻居修修太阳能板之类的。”

安息惊喜道：“哎呀！我就想干这个！”

炎王看了他一眼，本来想说点什么打击他的话，但实在累得没精力。

他停顿了一下，似乎在回忆，说：“很小，我就跟父亲一起出摊了，看他修电器也跟着学，很快就能把很复杂的机器拆开再装回，对机械地图的三维记忆非常好。”

安息故意发出了不屑的“啧啧”声。

炎王立马反弹道：“找死吗？”

两人同时把手指扣在了自己腰间的挂饰上。亲眼见过两人的创造力，更准确地说是破坏力的冯伊安连忙换了个位置，挡在两人视线之间。

炎王“喊”了一声，接着说：“后来，我物理改装玩得有点儿腻了，觉得化学反应似乎更有趣，尤其是那些……反应剧烈的，发光发热的，能爆炸的……”

炎王这样说着，眼睛看着虚空中的一个点微微失焦，黑色的瞳孔中好像泛起一丝血腥，但定睛一看，那又好像是火光。

冯伊安却笑起来：“真是不得了的兴趣爱好啊。”

炎王眨了眨眼，那一抹红色的亮光消失了，他垂下睫毛，说：“没错，我父亲也是这样认为的。不只是他，周围的所有人都把我当作危险分子来对待，我小时候确实把握不好剂量，也没人教我，所有东西都要试一试才知道，经常惹出很大的动静，有次还差点把眼睛也炸瞎了，所以……”

安息问：“小时候？你现在多大啊？”

炎王说：“19。”

安息惊奇道：“好年轻啊！”

炎王嗤笑道：“我可不想被你这么说。”

“你说那些爆破的成分，都要试一试才知道……的话，”安息歪着头看他，“你居住的那个已经不存在了的小集市，不会是被你炸毁了的吧。”

“嗷！”安息额头被弹出一个红印，炎王怒道：“你是傻子吗！”

安息捂住脑袋，委屈地瘪起嘴告状：“呜……医生……”

冯伊安赶紧转移话题：“好了好了，接着说，然后呢？”

炎王翻了个白眼，继续说：“有一天我父亲出摊去了，我被集市的一群人围住……不是平时没事爱找我麻烦的小鬼，是大人。他们叫我赔之前被我炸坏掉的东西。这也就算了，后来人越围越多，里面有好多人我根本不认识，别说惹麻烦了，见都没见过。”

“这个世界就是这样，没有秩序，什么都没有，分散开来的时候，每一个人似乎平凡而正常，但一旦人群中出现了一个恶人，整个人群都会变成恶人，就好像……好像所有人都生出了巨大的恶意，这里面再也没有什么个体。他们平时不过也就是邻居的小孩、隔壁摊的大叔，抑或是路过的商人。但是忽然之间，他们不小心组成了一个临时的群体后，就像是什么失去理智的……”

炎王深深地吸了一口气，甩了甩头，重新说道：“总之，他们把我痛殴了一顿。真是下了狠手，不止拳脚，还有铁棍、钢丝，乱七八糟的道具，我也记不太清了。我当时真的以为自己要死了，血全糊在眼睛里，头发也被揪掉了不少，膝盖手肘完全没了知觉，然后有个人踩着我的手，说，‘这双手，就是这双手太危险了。’然后我听见所有人都在附和，‘太危险了，要废掉这双手。’

“为什么，我根本没对他们做过任何事，在那之前，我的手不曾伤害过他们任何人。”

炎王摘掉手套。纤细修长的手指，指甲修得短而整齐，他又把手背翻过来，上面干干净净，漂漂亮亮。

随后他解开袖口，把袖子往上折，露出一条精壮匀称的小臂，只是从手腕上方直到手肘、上臂，全是交错的老旧伤痕。

他把手捏成拳握了握，又松开，说：“但他们说得其实没错，这是一双危险的手，因为他们全都为此付出了代价。”

安息吃惊地问道：“你当时怎么逃掉的？”

炎王冷笑了一声：“逃？怎么可能逃得掉，只是因为当时‘他’出现了。”

安息下意识问：“谁？”

冯伊安却反应了过来：“是明吗？”

炎王点点头，说：“当时，雅威利赏金旅团和明队都已经颇有名气了，救下我之后，周围人当场也不好多说什么，但明队却没有立马离开，他说……”

炎王低头盯着自己的反折的指尖，说：“他说，你的手很漂亮，要小心保护，然后他凑到我耳边，用很小的声音说，只有足够灵活的手，才能足够效率地完成任务。”

炎王把手攥在一起，似乎是嫌冷地微微颤抖起来：“我当时，我当时应该是哭了吧，我说我做不到，我想杀了他们，但我太弱了。

“明队说，‘你现在是还不够强，但对付他们已经足够了，等你变

得更强的时候，就来雅威利找我吧。’

“那之后，我一直在为了能够格进入雅威利而不断努力着，不只是爆破，还有体术、近战、枪械、体能……虽然雅威利对外招人的要求向来严格，你得是什么在别的赏金团已经有相当名气的赏金猎人，才能够着门槛。但我不信这一套，就算之前没人做到，我也要做到，何况……”

“何况之前还有人做到了，毫无经验和名气，就进了雅威利。”冯伊安接话道。

安息“啊”了一声：“是米奥吗？”

冯伊安点了点头，笑说：“但是你被骗了哦，米奥可不是什么奇迹，当时是被我和他师父推荐……不，硬塞进去的关系户。”

“什么！”炎王吃惊地抬起头。

冯伊安大笑不止：“没办法啊，大人的世界就是这么黑暗。”

炎王呆呆的样子把安息也逗乐了，叽叽咯咯地笑起来。

炎王好半天才缓过神来，说：“总之，去年我终于又有机会遇到雅威利的一支分队，最后被他们带到总部去，最终被招进了团。”

“只可惜,你进团的时候已经物是人非,明也不在了。”冯伊安叹息道。

“不仅如此，”炎王咬牙道，“我其实在那之前已经听闻了明队遇难的消息，虽然难过，但这也并未改变我要加入雅威利的想法。只是进了团之后没过多久，我就开始发现事情的不对劲——队内气氛古怪，总有人欲言又止闪烁其词，队员们也很明显地分成好些个小团体，火弗尔和他亲信是一派，欧文和棉布是一派，蛟鲨是一派……”

安息一个人也没听过，不在意地晃头晃脑，冯伊安却紧皱眉头思索起来，问：“已经到了这种地步吗？那么这里面，有没有哪一拨人是有可能……”

炎王摇了摇头：“你说帮我们？不好说，但乐得看我们两败俱伤的应该大有人在。”

冯伊安说：“那也行，少一个人帮火弗尔，就是好消息，敌人的敌人就是朋友。”

话说到此时此刻，安息还在阐述他的“进站大计”：“你到了之后，先痛哭一场表示自己十分思念队友，然后再表达一下自己重新归队的喜悦，就可以混在队里悄悄观察了。”

炎王听他的描述，嘴角抽搐，问："那你们俩呢？"

安息说："你听我说完啊，你进去之后，先到餐厅找一个跟我差不多高的……嗯，不对，我现在应该比她高了的姐姐，叫作钿安，饭点前后保准能看到她，很好找。然后你告诉她是我回来了，叫她帮你打听巡逻的换班时间。"

炎王说："换班时间你不知道？"

安息摊手道："毕竟也离开这么久了嘛……而且听你说避难站好像……现在人手很不够的样子，轮班人数少了，估计也会做时间上的调整。"

他接着说："知道了轮班时间后，顺便叫钿安帮你联系瓶盖，白天午休的时候，你和瓶盖趁轮班空当到大门来放我们进去。"

炎王问："这个瓶盖是守门大厅的一员？"

安息说："不是……他是净水站的。"

炎王瞪起眼睛："那他凑什么热闹！"

安息说："但瓶盖会开大门的！我俩小时候没事就喜欢溜到地表去撬门玩儿……虽然，每次开了锁，也没敢出去过一次。"

炎王满头黑线，说："行吧行吧。然后呢，你们进来了之后，那么大两个活人，能往哪儿藏？"

安息却兴奋起来："哦哦哦，我们可以住负十二层啊，当时我和米奥就在那认识的，那里没人，只有变异老鼠！"

炎王不忍直视地扭过脸去。

说到变异老鼠还能这么兴奋的，这个人危不危险不知道，但绝对很奇怪！

两人还要再说点什么，太阳能灯的光却啪地灭了，冯伊安在黑暗中说："好了，很晚了，明天还要很早出发。"

安息说："四点走吗，医生？你叫我。"

冯伊安"嗯"了一声。

他们在外赶路的时间越来越长，因为每个人心中都焦急不已，一分一秒的拖延都充满了无限的变数。冯伊安掏出一瓶所剩无几的避怪香，摆在一边，仰躺下去进入了短暂的睡眠。

“安息，安息？醒醒，该起来了。”

安息迷迷糊糊地“嗯”了一声，闭着眼睛伸了个懒腰，发出吭吭唧唧的难受的声音，然后被炎王踹了一脚，安静了。

随后，他听见炎王缓缓爬起来的窸窣声，也撑着胳膊坐直身子，头发全堆在脸前，在黑暗中十分吓人。

安息手脚并用地爬起来，眼睛半睁半闭地收拾起远行包。这些日子以来，他独自做这些事越来越顺手，也再次习惯了每天早上醒来都肌肉酸痛、骨头发疼的日常。

白天的步行任务虽然很重，但每到晚上他依旧坚持做着负重训练，再吃一片增肌胶囊，日日如此，似乎在拼一口什么气。

他晃晃瓶身，里面不剩多少了，希望能在吃完前见到废土。

没有废土的这些日子里，他每日的行程变得非常简单：赶路，休息，细化避难站地图，然后擦枪，磨刀，喂羊，睡觉。

一夜过去，又到了该赶路的时候，安息努力振作了一番精神，把包和狙击步枪挂在肩上，简单清洁口腔后戴上呼吸面具和防风镜，再把兜帽拉起来系好。

只这样看的话，他已经和一个普通废土旅人的外观毫无二致了。

冯伊安也准备就绪，摇了摇避怪香，说：“开门吧。”随后把香瓶插在了气味扩散器上。

虽是盛夏时分的北半球，但凌晨四点半的天幕也只是微亮，放眼望去就能看见几只在外徘徊的变异动物。

离他们最近的是一只变异野猫，浑身毛发斑秃，眼睛瞎了一只，冲他们露出尖牙，哑着难听的嗓子嘶吼了一声。

几乎是同时，安息把背上的步枪端到胸口，一枪贯穿了野猫的脸。

他的狙击步枪现在有两个枪口，确切地说，是在原来的基础上平行添置了一根枪管，变成好似老式的双枪管猎枪。但新枪管的作用却大不相同，其前端插着一个如同刺刀尖般的箭头，里面没有火药也不具备爆炸功能，更像是弓弩之类的冷兵器。虽然改变了原本枪体的平衡性，但胜在可回收、造价便宜，如果不扣动扳机也能当作进攻时的刺刀或长矛使用。

安息慢悠悠地走过去，从变异猫的脸上拔出箭头，随便蹭掉上面的血迹，又插回枪口上，打了个哈欠。

他一脸木然地左右看了看，还有几个阴影在浅蓝色的晨曦中蠢蠢欲动。

每天夜里，这片大地上的行尸走肉就会游荡而出，它们漫无目的地在原野上寻觅，全凭嗅觉行动，黑暗正好是它们的保护色。到了日出将近的时候，地表开始急速回温，大量的腐皮开始脱落，怪物们的行动也更加迟缓，慢慢避着日头躲回洞穴里。

此时正处于这个微妙的时段，空气中却忽然出现了三个新鲜血袋的味道，振奋了所有怪物的鼻腔。一时间，近距离的几个阴影开始骚动。

就在这一刻，其中一个阴影忽然飞快地奔跑了起来，直朝着安息三人的方向。安息的瞌睡瞬间醒了个透彻，把枪托稳稳架在肩窝，枪口随着怪物跑动的轨迹移动。这一边，也有好几只怪物飞速行动了起来，炎王把手伸进了披风下的后腰，他腰间皮带上挂着一排千奇百怪的危险物品，只要食指一扣，这里就能化为焦土。

变异怪物们越跑越近，两只变异犬，三只……四只变异巨鼠，还有一条在沙地上飞快游动的变异响尾蛇。

糟糕，安息心想，蛇的身体灵活，命中目标又小，他打中的机会不大，只能靠炎王了。

与此同时，他心里又嘀咕，今天怎么避怪香没作用了？

他分神去看了一眼冯伊安。

对方也掏出了枪，另一只手举着气味扩散器，倒插在上面的瓶子只剩了一个底，但确确实实还有不少剂量在里面。

刹那间一只变异犬已经掠到安息面前，但安息迟迟没有开枪。

“你在干吗？”炎王大吼道。变异犬离安息已经太近，他无法投掷炸弹。

安息皱了皱眉，一时间也无法解释，但身体却先一步做出了判断。

扳机扣下的一刻，变异犬右腿被钉在沙地里，但身体依旧疯狂挣动着。

与此同时，另几只变异怪也朝着这边来了，其他两人这才注意到其中的怪异之处，这一群怪物似乎只是盲目地朝着他们的方向而来，却不像是以他们为目标，毫无攻击性。那条三米多长、毒牙暴长十公分的变异响尾蛇竟然径直从安息两腿间的空当钻过，其他几只怪物跑入避怪香气味的范围后，更是生生偏离了奔跑轨道，先后越过他们，片刻不停地窜走了。

炎王呆愣道："被无视了……"

安息"哇"了一声，喃喃道："这个避怪香好厉害啊。"

"不对！"冯伊安却依旧处于备战状态，"是有别的东西，那边，有什么更可怕的东西！"

两人精神一凛，也反应了过来，警戒线拉到最高。安息暗自祈祷，除了龙之外，那次地震不会还叫醒了什么其他奇怪的东西吧。

三人全神贯注地看着怪物们逃窜的反方向。

地平线的彼端，一丝金红色的太阳露出顶端，整个世界的扬尘都在这强势的暖光下摇晃起来。然后，那缓缓升高的巨大火盘之中出现了一个人摇摇晃晃的剪影，随后变成两个人、三个人。

"有人在那边？"炎王疑惑道。

"不对劲，如果是人的话那些怪物跑什么跑。"冯伊安说，"高级辐射人！"

此话一出，两人立马回头就跑，安息愣了一下，才后知后觉地跟上。刚跑出没有十步路，他忽然感到后腰一痛，整个人向前飞扑出去，却又在快要落地的时候被扣住脖子接住了。

安息被单手卡住脖子抓离地面，还来不及看清对方的长相对方就欹身过来，同时耳边隐隐传来一阵温热的喘息。安息全身上下立马被冷汗渗透，汗毛倒立。

他想起来了！当初在罗城高楼里，那个被抓回来的瘸腿旅人就是这样被高级辐射人一口咬断了脖子！

然而，瞬间窒息的剧痛叫安息发不出声音，所幸炎王敏锐地回头看了一眼。

见到此情此景，他瞳孔骤然放大，生生刹住逃跑的步伐，手伸到腰后大喊道："躲开！"

他掏出一把手枪，动作极快，可还没等他举到胸前的高度就被一脚踹在手腕上。与此同时，卡着安息脖子的手也忽地松开来，那个从背后袭击自己的高级辐射人被一手抓着胳膊，一手掐着后颈丢飞了。

他足足飞出去了十几米才重重落地……谁能有这么彪悍的腕力，把一个将近两米的高级辐射人像扔垃圾一样扔掉！

安息跌在地上猛咳了几声，来不及回头便下意识往前连爬带跑，可身后的人轻飘飘踩住他外衣的一角，安息便是费尽全身力气也再移动不了半寸。

“安息，你跑什么。”那人忽然开口说。

安息瞬间愣住了，他猛地回头。

那个高大的身影背对着初升的太阳，脸部隐在黑暗中看不清楚，但声音是绝对没错的。

“二号！”安息大喊出声。

那边的二十九也将踢飞的枪捡回来还给炎王，说：“不好意思，刚才怕你开枪误伤。”

炎王看着他递过来的枪，迟迟不敢动作。

二十九无所谓地又把枪丢回地上，对安息说：“上次你们来的时候七十三不在，就不认识你。”

那个被丢飞十几米的“七十三”正巧走了回来。

他应该是落地的时候额头撞到了石头上，鲜血糊了一脸，但伤口已经愈合完全看不见了。他随手擦了一把脸，问：“认识的？”

二号点点头，比画道：“安息，七十三。七十三，安息。”

安息这才从地上爬起来，揉着后腰龇牙咧嘴：“哦，你好你好。”

他余光瞥到完全在状况外的冯伊安和炎王，会错他们的表情，连忙也介绍道：“这是炎王和医生。”

炎王的脸裂了。

二号面无表情地冲他们摆摆手，问：“米奥呢？”

不料这话刚一问出，安息却忽然爆炸，怒吼道：“啊！都怪你！就是怪你！都怪你的血瓶！害得米奥被火弗尔发现了！米奥被抓走了，呜呜呜！”

二号完全听不懂他在说什么，也不明白自己怎么三句话就又把小孩子弄哭了，非常懊恼，连忙举起双手：“对不起对不起。”

炎王的世界观受到了极大的震撼。这个身高不足一米八的菜鸟少年正在揍一个高级辐射人！而且对方还老实挨打并且跟他道歉！

自己的判断没有错——这个人，果然非常危险！

一旁的二十九却皱着眉重复了一遍："火弗尔，这个名字有点耳熟。"

七十三摊手道："没听过，话说，认识的人就不能吃吗？"

作为回答，二十九抬腿就是一脚，七十三这次飞出了足足二十米。

等七十三再次爬回来的时候，二号刚问出一点眉目，费解道："抓米奥干什么？雅威利还缺打手？怎么说也是你比较值钱吧。"

被表扬后，安息羞涩地笑了。

炎王在心里怒吼，现在不是做这种反应的时候吧！

七十三纳闷道："为什么？"

二十九介绍道："你之前不是好奇我们的武器是谁给改装的吗，就他。"

七十三"哦哦"地兴奋起来："那别吃了，抓走建新基地的时候用啊！"

二十九翻了半个白眼，不耐烦道："别吵。"随手一把按住他的后脑勺，将他的脸狠狠砸进砂石地里。

这边安息看了看二号，又看了看冯伊安，问："能告诉他吗？"

冯伊安摊开双手，有些哭笑不得。

饶是他也从没和高级辐射人正面接触过，刚才他们离着至少一公里远，却不到三秒就被轻松追上，这种生物的身体素质和强度远远超过他的想象。

安息叹了口气，说："好吧，只告诉你们俩哦。"

七十三终于把自己的脸从地里拔了出来，满头都是灰和血迹，他总算学乖，紧闭着嘴巴走远了点。而二号也了解了事件的始末，露出了自以为可称之为"恍然"的表情，实际上他只是将毫无高光的红眼睁得更大而已，效果非常灵异。

二号说："怪不得和那小子投缘呢，原来是一家人。"

安息"嘁"了一声，说："米奥才不是变异人呢！他会笑的！会笑！"安息将两根手指撑在嘴角向上戳，气呼呼道，"不和你们说了，我们还要赶路。"

七十三也若有所思地把手指放在嘴角，努力地往上推了推。

安息刚一迈步，二号也跟着随了一步，同时炎王惊恐地后退了一步。

二号说："别啊，带上我们一起玩。"

安息回过头来，拖长音调"啊"了一声，二号解释："我们和大家走丢了，瞎逛了半个月，无聊得够呛。"

安息莫名道："那你们干吗不回去？"

二十九说："回去？你说罗城？罗城上次暴风过后已经不能住了，大部分的楼都没了不说，还每天都在余震，老被砖头砸醒。"

七十三也兴致勃勃问："去哪儿玩？"

二十九刚斜斜地瞄了他一眼，他就立马闭上嘴，做了个拉拉链的动作。

二十九说："其实……跟着你们也行，你们就三个人，避难站就不说了，对方还有一整个专业赏金杀人团，要救人确实比较困难，正好叫二号去帮你们打架。"

为了彰显自己能够打架，二号配合地露出上臂。

紫斑和青筋盘踞的肌肉虽不算太夸张，但没人怀疑这是这片废土上战斗力最强的一具身体。

七十三欣喜道："避难站吗！我还从没去过！"

他话说一半就忽然长了记性，左腿一蹬，跳出好几米远，堪堪逃离二十九的暴力制裁。

安息歪着脑袋想了想，说："也行，反正避怪香剩得不多了，我们用二号吧。二号很好用的，变异怪物都怕他。"

炎王此刻终于忍不住了，一把掀了面具，险些破音地吼道："你认真的？"

安息莫名地看着他："怎么了吗？"

怎么了吗？炎王简直不知该如何回答这个问题，只能结结巴巴地说："他们……他们是变异人！"

安息像是明白了的样子点点头，安慰道："其实他们不用吃东西的，只是觉得血闻起来香，有时候馋而已。"

炎王备受震撼。

不是这个问题吧！他转头看向冯伊安，试图寻找一丝理智的支持，不料对方单手撑着下巴，若有所思道："这倒是听说过，原来是真的。这样也好，本来我们的计划就不太保险。我和安息都不算太能打，炎王的炸弹在避难站里也发挥不了太大作用，只能依靠里应外合、偷天换日，多点战力确实是个不错的选择。"

炎王瞪着眼睛看着他，又看看安息，又看看二号，不知道是这个世界疯了还是自己疯了。

二号却忽然指着炎王问："这是你哥？"

两人同时回头："啊？"

二号挠了挠头："哦，看你们感情挺好，长得又有点像……"

"哪儿像了！"安息奓毛道。

"哪里感情好！"炎王也同时吼道。

两人对视一眼。

双方都皱着脸一副不悦的样子，但确实又都黑发黑眼，五官清秀，身体骨架也是刚刚抽条的青少年样。

"医生！"这次轮到恼羞成怒的安息看向冯伊安寻求态度支援，不料冯伊安却无奈地笑了笑，说："其实吧……我早就想说了，就怕你们俩不高兴……"

"哼！"

"哼！"

二号讪讪地收回手，对面的二十九送来责备的眼神——不会聊天就少说话，看吧，又把小孩子们惹不高兴了！

小分队扩大为阵容奇特的六人之后，行进路线也发生了一些变化。

炎王早先设计的路线虽然已经在风险和距离中尽力寻求平衡，得出一个耗时最短的选项，但二号出现之后情势大为改观——不但小型变异怪物远远闻到他们的气味就拔腿而逃，原本作为人类禁区的大小城镇区也解锁为可路过的站点。

当然了，这些大小城镇是全面辐射前的产物，如今那里已沦为罗城般的死地。

步行五个小时后，太阳已高悬头顶，安息累得快虚脱，几人就近寻了一个四面漏风的废弃休息站坐下。他背靠着墙壁，小口小口地喝着水，掰了几块压缩干粮捏在手里。

二号叉腿坐在门口的台阶上。紫外线和空气中残余的核辐射对于他早已没什么影响，能够自由地呼吸这片大地上干燥的空气也许是成为变异人后唯一的好处了。他几口喝光一瓶水，把空瓶随手丢在一边。

安息见状问："瓶子你不要了？"

二号说："前面是泥石镇，再拿就好了。"

炎王问："泥石镇？那是什么地方？"

这条线路他走过不知道多少遍了，从没听过这种地方。

二十九说："步森县上的一个镇子，从这边去你们说的那个三头鸟避难站的话，穿过泥石镇是最快的。"

炎王立马道："什么？步森县？那不是变异人的重灾区吗！"

话一出口他就意识到了，对方也是变异人，怎么会在乎这个。

他细想一下，忍不住皱了皱眉。

所有人都知道，前辐射城镇是最危险的地方，那里曾经人口和宠物最为稠密，换言之就是如今变异人和变异怪物最为密集的地方，又有不少遗留的战时侦察机器。而在各国政府以及暴力机关崩溃初期，这些地方的商场、超市往往也是最先被洗劫一空的，根本留不下多少物资，去了只是徒增烦恼。

他又看了看二号。

对方显然是在罗城那种大型屠宰场都能横行无阻的存在，但自己和他们比起来毕竟还是不一样的。

这些变异人显然已经适应了一套和人类完全不同的生存法则，对危险的判断大相径庭，如果一味依赖他们的能力，很有可能因为疏忽和大意而出问题。

炎王一边心不在焉地吃东西，一边做着打算。

二十九看了看他，说："步森县的人口主要集中在北边的首府，而泥石镇处在最南。前阵子的大地震后，外围的三座山体全部垮塌，如果不从城镇中间穿过，需要绕很远的路。"

炎王有点吃惊地看着他。

对方看出了自己心里所想，在给自己解释？他心中虽然仍有疑虑，还是礼貌地点了点头。

冯伊安听罢也掏出地图，比对了一下他们的原定行程。如果按照原定计划，他们最快能在大后天的下午到达避难站，而如果直穿泥石镇的话，后天早上，不，甚至明天夜里就能接近目的地。

他抬头以询问的语气说："我觉得可以试一试。"毕竟我们现在阵容不一样了，该利用的优势要尽力利用。

炎王和安息对视一眼，双双点了点头。

一旁的七十三不太关心大家的对话，蹲在破损的窗边抠墙玩儿，一不小心劲儿使大了，抠下来一大块墙皮，本就摇摇欲坠的金属窗棂彻底脱落，“哐”的一声翻下来砸在地面上。

安息下意识惨叫了一声，本来没被吓到的炎王因为安息忽然大叫而被吓了一跳。

七十三迅速看了二十九一眼，立马抱头蹲好。

等了一会儿也没挨揍，七十三又大着胆子露出眼睛，说：“按我说，这样走也太慢了，不如咱们就一人背一个，加速跑到目的地，一脚踹烂那什么避难站的大门，冲进去一顿揍，然后收工。”

二十九冷哼一声：“你会背着人去目的地？我看你跑出十米就忍不住要下口了吧，你口水都要流出来了。”

七十三贼心被发现，讪讪地不吭声了。

注意到炎王惊恐的表情，二十九说：“不用管他，他要是有什么非常规动作，我会把他拍死的。”

休息结束后，小分队由二十九带路，直线行进至泥石镇。

这座荒废的小镇依稀能见到昔日的荣景，以前大概是个富人区。每栋别墅都独门独户，自带车库，依稀还能见到花园篱笆的边缘，只是现在土壤已经全部污染，树木植物枯死化为灰烬，整个城镇蒙着一层辐射尘。

城镇安静得几乎诡异，只能偶尔捕捉到低吠的变异犬，嗡鸣的巨蝇，抑或是蠢蠢欲动的硕鼠。房檐阴影下一闪而过的红色眼睛，是躲在暗中观察的嗜血猎手。

安息三人均把枪上好膛，端在胸前小心翼翼地前进，二号大摇大摆地在前面溜达，七十三如同脱缰的变异野狗一般东窜西窜，把怪物踢得满天飞。

进入这个城镇之后，安息就感到前所未有的不舒服和怪异，这不是他第一次见这种荒凉死寂的场景，甚至连罗城的景象都比这里血腥可怕，但就是有什么地方叫他觉得不对劲。

越往城镇中心走，路边的人类和动物尸体越多了起来。安息紧紧盯着它们，生怕某一只忽然跳起来，但这些尸体干瘪得不行，烈日和干燥将它们变成了天然木乃伊。

忽然，安息脚尖踢到不知什么东西，那玩意儿滚了两圈磕在路沿上，忽然“砰”的一声爆炸了。

几人吓一跳，二号几乎是瞬间就移动到了他的面前。

然而那只是一瓶红色罐装汽水，里面的二氧化碳已经堆积到了一个极限，轻轻一碰就炸了。

炎王光火道：“你能不能好好看路！别吓人！”

安息自知理亏，老实道：“抱歉。”

他又看了一眼那个还在滋滋喷水的罐子，忽然明白了这怪异感是从何而来——整座城镇好似被时间遗弃了一样。

街角的路牌断在地上，锈得看不出样子，透过没有玻璃的窗子，能看见那些还没逃出自家客厅就被杀死的可怜人，身上挂着看不出颜色的布料残片，颅骨上仍粘着几缕头发。而城镇最中心的大教堂，巨大的挂钟跌碎在教堂前的平地上，下面压着几具经年的枯骨，连上面的婚戒都没人回收。

但除此之外，这座城镇正常得过分，就像是人类一夜之间消亡了一般。

没有满街的残肢断骸，甚至好多车子都还好好地停在车库里，非但预想中变异人大队游街的场景不曾出现，连空气中都闻不到什么腐败的气息。

是因为二号他们散发出了太过强大的气味吗？安息纳闷道。但在罗城的时候，即使有二十九在，那些变异人依旧不管不顾地想要攻击他们。

“有点奇怪，这些人好像不是被变异人杀的，而是……”炎王用枪头把一具尸体翻过来，说，“这是枪伤。”

“怪不得这些人都没变异，他们全都是被人类杀害的，”冯伊安也说，“这么大一个镇子，至少有上千人口，没道理一个变异人都看不见。”

安息握枪的手冷汗涔涔：“辐射全面爆发时，这里到底发生了什么？”

炎王摇了摇头：“不知道。连车都没开走，也太怪了，变异爆发的时候，有车的人基本都在第一时间出逃了。”

二号走在前面，一使劲把矮房的门拽了下来丢在一边，独自走了进去。下一刻，里面传出尖锐且短促的叫声，伴随着几声重击，又安静了下来。

二号探出半个身子招手道：“安息，来购物。”

安息端着枪小心翼翼地走过去，时刻不忘注意左右有没有怪物冲上来。他走进门里，发现这是一家超市，大部分的货架都是空的，早已不工作的冰柜里布满风干的霉菌。二号丢过来一个罐头，安息连忙双手接住。

二号边走边把还在汩汩淌血的变异怪物踢到一边，弓着身子左看右看。安息觉得有趣，也仔细打量起这些带着奇奇怪怪标志的包装，以及墙上剥落一角的海报。他抬头见二号摘下了模特头上的棒球帽，戴在自己头上，回头问："好不好看？"

安息情不自禁笑起来，说："好看。"

这种东西早已无人生产了，既不能防紫外线，也不能隔离辐射，对于普通人来说根本没有用。

安息找到几小瓶玻璃装的棕黄色液体，拿在手里看来看去。好像是密封的，说不定还没变质。

安息问："能喝吗？"

二号看了后哈哈大笑，说："当然能喝，这可是好东西，能叫人忘记一切，包括恐惧。"

安息煞有介事地点了点头，问："那你要吗？"

二号摇摇头，说："可惜这玩意儿对于我们来说已经没有用了，新陈代谢过快，劲儿还没上来就已经过了。这副身体啊，就是这样，久了之后，什么刺激都再也感觉不到，就算受伤也好，吸血也好，都没用了。"

安息点了点头，挑了颜色好看的两瓶烈酒揣在兜里，连带几个密封罐头、一把多功能小刀、一个太阳能手电筒和一捆尼龙鞋带。

于是六人继续前进。然而旅途的顺利并未持续多久。

快要出镇的时候，忽然不知从哪冲出了几个变异人，安息一时间没能反应过来，但七十三已经飞速窜了出去，一把捏住其中一个的喉咙把他大力掼到墙上。一声巨响之后，变异人背后的墙体出现蛛丝般的裂缝，整个房屋竟然都晃动了起来。

这声巨响似乎惊动了这个沉睡的小镇，短短几秒之内，本在暗中蛰伏的怪物和变异人们忽然一涌而出，一时间枪声四响。

"他们手上有枪！"冯伊安大喊道。

安息定睛一看，混在变异怪物之间的几个变异人竟然都端着冲锋枪，他们僵硬的指头卡在扳机上，机械化地不断扣动，空枪槽咔咔作响。

安息也吼道："没子弹的！"

三个高级辐射人混在怪物之中，动作快到安息根本看不清，完全不敢开枪。

炎王此时忽然大喊出声："躲开！十米！"

话音落地之时，二十九和七十三便迅速从怪物圈里跳开，二号一步蹬过来拦腰抱起安息，掠出十米远。安息此时才看见刚才站着的地面上泛着一片湿润的光泽。

他鼻子动了动，是什么机油的味道。

下一刻，他发现刚才的混战之中，路边一辆汽车的油箱被无意打穿，里面所剩不多的汽油漏了一地。

几人都迅速意识到了炎王的计划，向外围再退开一些。

怪物们正要追过来，油面上忽地溅起一丝火星，随后"轰"的一声，站在上面的所有怪物陷入熊熊烈火。

片刻后，迟钝的惨叫才响起，半身火苗的怪物们毫无章法地胡乱冲撞，但炎王紧接着又投出一枚拇指大的小型炸弹。

炸弹落到怪群中心，一道红光亮起，撑出一张直径二十米的激光电网，而后那电网紧紧一束，范围内的所有生物瞬间全部被切成肉块，啪嗒啪嗒地掉落在地上。

安息一把推开二号，掀开面具转过身吐了。

七十三半张着嘴，围着一地尸块看了一圈，然后凑到炎王面前看了看，朝他竖了个大拇指。

炎王眉毛抽动一下，皮笑肉不笑地点了点头。

二十九也走上前去看了看，评价道："你这个效率不错，就是……武器都切坏了。"

他捡起一截枪管，两头都是平滑的激光切口，又低头踹了踹一截断臂，疑惑道："这是……军装？"

安息用刚才搜刮的烈酒漱了漱口，差点没呛着。他吐掉酒液抹了一把嘴，也忍住反胃的冲动凑上去观察。

肩章、迷彩、军靴，这都是旧时军队的穿着。

几人环顾四周，又彼此对视。

这一座宁静的小镇，怎么会有这么多军队的人？

“这边！”二号的声音遥遥传来。

顺着声音，他们绕到镇子出口处一座加油站的背后。

这里或许原本是草木丰盛的树林，但如今只剩几根光秃秃的树干支架，不远处围着一圈满是破洞的铁丝网，上面歪歪扭扭挂着一块“禁地”的牌子，二号用手擦了擦，金属牌上露出几个字——“军事重地，请勿使用明火。”

冯伊安仰起下巴朝里看。一座方正的水泥建筑物倒扣在土坡上，纳闷道：“怎么在这种地方有军营？”

安息脑子里却想着完全不同的事，脱口问出：“有军营的话，是不是有武器弹药库？”

此话一出，几人的精神都为之一凛。

外面那些游走的变异人身上都戴着配置不低的枪械，虽然弹药已经打空，但说不定库房还有剩余。按照这座小镇保存下来的完整程度，就算有激光枪和核电枪都不稀奇。

安息在心里清点盘算所剩的装备。他的热武器只有一把手枪和狙击步枪，弹药十分缺乏，所以此前才想出了用可回收箭头的方法。炎王虽然手上有不少杀伤性爆炸物，但到时候要是进了避难站，势必不能使用这种规模的武器，必须要找一些能进行精准点杀的东西。

三人数日前离开番城集市之时优先选择了携带食物和净水，本打算届时进了避难站之后再想办法。但此时此刻，消耗品已经腾出了不少负重空间，又有一个弹药仓库摆在面前。

是冒着浪费时间的危险开门，还是保险起见地离开？

几人正举棋不定，七十三却已经掰断了铁门的插销，众人齐刷刷地看过去，他也一脸无辜地看过来：“我没使劲，我就想看看，真的，是因为锈得太厉害了！”

话音未落，铁门从里面被猛力撞开，一大拨变异人蜂拥而出，将七十三踩踏在铁门之下。

怪不得整个小镇这么空荡，原来全都关死在了这里！

五个、十个、二十个、五十个……无穷无尽的变异人终于冲破了牢笼，朝着渴求已久的鲜血疯狂奔出。

一时间双方全线开火，部分手持武器的变异人更是进行无差别攻击，枪林弹雨之下火光飞溅。

炎王大喊道："这里地方太小了，快出去！"他一把将安息拽到身后，扬起手就想要往里面丢炸弹。

"不可以！"安息赶忙拽住他的胳膊，"里面有军火，会炸的！"

七十三总算从铁门下脱身而出，就近抓了一个变异人手臂回身一抡，带倒了一片。三个高级辐射人做前锋，如同三座绞肉机，耳边尽是骨头折断和子弹入肉的声音。但即使他们再快再强，变异人们更感兴趣的还是人类鲜血的味道，想方设法地越过他们朝安息几人扑了过来。

变异人实在太多了，过载一般地不断拥出。安息边开枪边后退，很快就把子弹打空了。

"这！"炎王扬手丢过来两排弹盒，吼道，"上去！"

安息顺着他指的方向一看。

左手不远处有一个二层楼高的小铁塔，是旧时用来集合镇上居民的钟楼。他连忙把枪背在身后，手脚并用地往上跑。

与此同时，冯伊安和炎王爬上了对街的另一座广播塔，喊道："往我们这边逼！"

安息听明白了，把枪变回狙击枪的造型，稳稳架在栏杆上，专挑外侧的变异人点杀。普通变异人的智商十分有限，只剩下趋利避害的生物本能，他们歪歪扭扭地朝炎王所在的塔底推搡。

那两人所在的广播塔很低，只有两米高，几个行动迅速的变异人手脚并用地攀着墙壁，被冯伊安一枪一枪地解决掉。

一旦在距离合适的地方凑足一定规模的漏网之鱼，炎王便将其一发炸弹全部带走。

这般反反复复之下，军火库大门口的变异人尸体已经堆积成山，空气中全是腐肉烧焦的味道，触目间一片火海。一个背后着火的变异人惨叫着冲到马路上，被安息从后方一枪点杀。

"够了！"安息吼道，"离加油站太近了！"

炎王看了一眼路口的加油站，又回头看他，正要回头却瞳孔迅速放大，嘶喊道："后面！"

生存的本能瞬间接管了安息身体里的每一寸肌肉和每一丝反射神经，他下意识往旁边一滚，原来趴着的地板赫然被变异人凿出了一个大洞。

许是刚才太过专注，他竟然没发现一个变异人已经顺着钟楼外墙爬上来了，安息还来不及从地上坐起找回重心，那变异人又是一扑，迎面而来，力道之大，安息勉强撑起枪管将其格挡架住，双臂被震得生疼。

变异人已经露出骨头的指尖几乎要挠到他的脸，对方嘴里腐败的恶臭迎面扑来。安息避无可避，双手肌肉紧绷到极致。那双利爪一旦划破自己的皮肤，只要略微见血就有可能染上变异病毒。可变异后的人类力量实在太过强悍，即使对方身体上已经只剩不太多的肌肉组织，却依旧蛮横至极。

安息死死撑着枪杆，双臂发颤，他咬着牙，抬起脚猛踹出去，重重踢在变异人的腰部，但对方并未像他预想中那样飞开，只是被踢得力道一松，安息得空喘了半口气，大喊一声，发力狠补了一脚。

变异人终于踉跄地退开一点，安息立马连滚带爬地站起来，高举枪托朝他的太阳穴处狠狠砸去。被砸中的变异人重重摔回地上，但他不知疼痛，反手就是一爪，安息的裤子立马划破了几道。

此时已经来不及检查自己是否出血了，他肾上腺素急速飙升，精力高度集中，脑子飞速运转着。

他脑中闪过一个画面——那是废土第一次把这把枪送给他的时候，是怎么教他如何快速把狙击枪切换为冲锋枪，又是如何将怪物近距离一枪爆头的。他想起废土示范时的动作是如何行云流水、宛如艺术，自己又是如何在他不在的日子里一遍又一遍地练习的。

短短的 0.1 秒内，他脑子里鱼贯而过大量信息，手上却异常平稳。他浅浅吸了一口气，将枪头掉转，左手托枪，右手按靶，却意外地清醒自己此刻不能急躁——距离太近，空间太小，只有一次机会。

变异人已经调整好平衡，利用四肢的力量从地上弹起，朝他飞扑过来。

呼气。

扳机扣下、枪声响起的一刹那，变异人右脸骤然炸开，所剩不多的血液和皮肤组织混着脑浆飞溅出来，安息下意识抬起胳膊去挡。

“没事吧！”二号忽然出现在窗口上，他满头满脸沾满了鲜血，竟然直接从地面跳到了二楼。

安息摇了摇头。二号落地进屋，一脚踢在那缺了半张脸的变异人身上，将其踢飞到了楼下。然后他越过安息径直走到楼梯间上下查看了一遍，回来说：“没了。”

随后，他看到了安息的裤腿，一把捏住他肩膀，问：“你被抓伤了？”

安息痛呼了一声，二号问：“疼？”

安息龇牙道：“不是，你，你抓得我疼。”

二号连忙放开手，安息弯下腰扒着裤子看了看，里面绑着的护腿还完好无损，说：“没伤到。”

二号像是松了一口气，许久才说：“下来吧，底下的也杀光了。”

安息本来还不觉得，但刚一试着迈开步子就稳不住身体跪在了地上。

太近了，离死亡实在太近了，他刚才绷紧的肌肉全都变得松懈无力，这才后知后觉地感到紧张和恐惧。

二号本想帮他，但安息却已经撑着枪杆摇摇晃晃地又站了起来。两人慢吞吞地走下楼，冯伊安和炎王匆匆跑过来，问：“没事吧？”

安息摇摇头，看着眼前这过于真实的末日场景。

火海中尽是残肢断臂，好像大屠杀过后的人间炼狱。七十三把尸体朝两边推开，清出一条进军火仓库的路，二十九正好从里面走出来，身上挂着两把机关枪，单手拎着一箱几十斤重的弹药，说：“欢迎来到购物天堂。”

封闭的军火仓库里面味道令人作呕，满墙都是暗红色和黑色的不明痕迹，安息刚走进一步就忍不住又冲出来吐了一次。他胃里已经不剩什么食物，只是控制不住地一阵阵反酸。

炎王说：“你坐着，我们把东西拿出来再分。”

安息没力气再逞强，只得点点头，但满地都是尸体，他实在不知道坐哪，只能原地靠墙站着。过了一会儿，武器弹药一箱箱地送了出来，机关枪、激光枪和、能量槽、手榴弹、催泪弹、音浪弹、核电盔甲、火箭筒，应有尽有。

几人在武器堆里翻翻拣拣，掂着重量。二十九却找出一块家用电路系统的遥控板。那块遥控板在太阳下晾了一会儿后重新启动，二十九拿在手里翻了翻，看着行事日历，说：“哦。”

七十三好奇道：“哦什么？”

二十九挑着念了几段：“三月十八日，新闻里的场景越来越可怕，发生变异病例的地点也越来越近，不知道什么时候会来到泥石镇。

“三月二十六日，跟三零五兵工厂第三次交涉未果。他们说什么也不肯开放武器库，到时候丧尸来了，我们难道只能用家庭猎枪保护自己吗？

“四月十九日，昨天夜里杰弗森他们带队夜袭了兵工厂，想要接管武器库的控制权，失败了，死了好多人。

“四月三十日，死太多人了，人们都疯了，难道这就是末日吗？丧尸们还没来，我们却要全部死在人类自己手里。”

二十九又快速往下翻了几页，失去兴趣道：“大概就是这么一回事吧，当地居民和守卫军火库的军队发生了冲突，最后上升为暴力镇压，退守的军队大概以为兵工厂里足够安全，没想到当时已经混入了受变异伤的人，就全关在里面了。”

安息问：“那……这个控制板的主人，明显是个居民，他又怎么会到了里面？”

二十九耸耸肩，把板子丢到一边，说：“谁知道呢，事情都已经过去九十多年了。”

也就是说，在这个狭小而不见天日的军火库里，这些百年前的小镇居民，竟维持着行尸走肉的形态近一个世纪。

冯伊安感叹道：“这个镇子，竟然迟了一百年才迎来结局。”

二十九说：“大概是上帝想要留下几个当初的人，叫他们看看这世界如今变成了什么样吧。”

安息依旧感觉不太舒服，但他知道他们现在最缺的就是时间。他打开远行包，寻思着带什么武器最合适。

二十九也低头看着这一地武器装备，又抬头看了看七十三。

七十三缩了缩肩膀，往后退了半步。

二十九冷冷道：“上次你抠掉一个窗子也就算了，这次抠掉个门锁，居然给我折腾出几百个变异人。”

七十三努力摆出一个无辜的表情，脸部肌肉因此变得无比狰狞。

二十九指着地上说：“既然你精力这么充沛，就全背上吧。”

七十三看了眼那摊上百斤的武器，老老实实弯下了腰。

第十三章　返家

“就是那里吗？好不起眼。”七十三趴在炎王身边，撑着下巴嘟囔。

炎王不动声色地往一旁挪了挪。

他还不习惯和变异人挨得那么近，但确实，望远镜镜头里的避难站入口极不起眼，不但低矮，还灰扑扑的，像一座随时能被吹走的沙包，跟废土融为一体。

“当然要不起眼了，蠢货，不然一下就被发现了，还能存活到现在吗？”二十九无情地嘲讽道。

三十个小时后的此时此刻，他们终于来到了离三头鸟避难站不到两公里的地方，寻了一个天然形成的岩洞匍匐下来。不能再靠近了，今天虽然有风，能见度不高，但废土地貌平展广阔，再走近一些难免会被避难站的守卫发现。

“所以避难站的地图你都记住了吗？”安息巴着他问。

“记住了，你好啰唆，小小年纪的，”炎王把他脑袋推开一点，“而且你凑太近了。”

“钿安在几层工作？她长什么样？”安息又挨过来。

炎王木着脸说：“五层，净水站，红头发，瓶盖在四层，医疗手术站在七层最靠里面的房间，正下方八层的房间是武器库。你已经问过几百次了，还有你压到我胳膊了。”

安息哼哼道：“哎呀，这不是担心你嘛。”

炎王皱着脸：“担心我？我看你是不放心我吧。你以为我是你吗？看见尸体都会吐。”

“那不是！”安息正想反驳，又蔫蔫地放弃了，“总之，我们会一直在这里等着，你安全为上，在有把握不被发现的情况下再来开门，不要冒险。”

“你现在是在教我吗？”炎王扬起一边眉毛。

安息说：“是在提醒你！因为你好像很浮躁，很不稳重的样子！”

炎王不可置信地“哈”了一声：“你说什么？你！”

“好了好了。”新加入青少年维和阵营的二号和冯伊安把两位少年分头抓开，冯伊安说：“再检查一下身上有没有什么不该带的东西，进去之后保不齐要搜你身。”

炎王听话地查看了一番。终于一切都准备妥当，他抖出那醒目的猩红色披风，用衣角擦了擦金色的胸针，别在披风的前襟。

安息握拳道：“加油。”

炎王竖起两根手指在眉尾一画，说：“回见。”

猩红色的披风走入黄沙之中，带着一丝华丽又苍凉的美感。

几人默不作声地或站或坐，看着炎王渐渐走远。

看了一会儿，安息忽然说：“医生。”

冯伊安：“嗯？”

安息：“那个莉莉团的披风，跟你摊子帐篷的颜色差不多呢。”

冯伊安弯了弯嘴角，说：“你才发现啊。”

安息下巴搁在手背上点了点头，说：“挺醒目的。”

冯伊安说：“毕竟兄弟二人审美奇特地相似。”

安息歪过脑袋，问：“谁？”

冯伊安说：“就是明和……和米奥的师父。”

安息吃惊地抬起眉毛：“赏金团的前任团长和米奥是兄弟吗？怪不得说他是走后门被塞进团的。”

冯伊安说：“没有血缘关系，但……兄弟，也不过就是那样了吧。”

安息依旧愣愣的，嘴巴张成“哦”状。

炎王已经走到了接近一半距离的位置。

安息又感叹道：“我那时候离开避难站，也差不多是一天中的这个时候，当时大家在午休换班，我和米奥就溜出来了。

“当时避难站的大门一打开，我差点被阳光闪瞎。”

冯伊安笑起来，二十九和二号也转过来默默看着他。

安息接着说：“当时我第一感觉是，哇，好热啊，阳光这么刺眼，而且，外面好像什么都没有的样子。

“但那时我不敢吭声，一是因为紧张，怕随时会被发现，二是我怕当时说错什么的话，米奥可能就丢下我不带我了。

“后来我们走啊走，走了好久，我当时觉得一辈子都从没那么累过，又渴又饿，米奥走得好快，我根本追不上。我都快不行的时候才终于到了一个休息站，哪承想，还要爬到山上才能进。

“那个山非常陡，直上直下的，我费了很大劲才爬上去，爬上去就虚脱了，怎么都动不了。而且，那算是什么休息站嘛，只有一个石头台子，就算作是床了。”

“当时你一定后悔死了吧。”七十三挨着他坐下。

“有一点，”安息笑了笑，“这个废土，根本糟透了嘛，什么都没有，怪不得那么多人想要进避难站呢。”

冯伊安说：“是啊，不过之后你也就习惯了呢。”

安息却摇了摇头：“不是习惯了，而是落日了。”

冯伊安没听明白，侧过脸：“嗯？”

安息说：“落日了，之前在避难站的时候米奥对我说，想带我看一次落日，看一次星星。然后我就看到了，就在那个小山顶上，那是……那是……”他喉咙似乎被什么涌起的情绪哽住了一下，却又将之吞咽了下去，说，“那是我见过的最美丽的东西。

“那之后的每一天，直到此时此刻，每当我觉得难过的时候，我就会想，你得到了落日，已经足够幸福了。”

山洞里的数人陷入了沉默，而炎王已经来到了避难站的门口，他在大门外站了一会儿，似乎在和里面的人交涉。

“不过，米奥说带我看一次落日，还真就是一次呢，第二天早上他就抛下我独自悄悄走了，给我留了一堆东西，让我自己回避难站。”

二号和七十三同时喷水。

二号：“咳咳，什么？”

安息回头看了他一眼，想起来：“哦！我记得后来我试着想自己下山回家的，结果半天爬不下来，忽然老远看到一队高级辐射人走过来，吓得我赶紧又爬回到山顶上。那是我第一次见到高级辐射人呢！”

二号露出了几乎可以称为匪夷所思的表情，半晌才说：“那个是什么山。我倒要去看看，那个休息站在哪儿。”

安息脸上的微弱雀跃又收了起来：“哦，咱们来的路上经过来着，不过……已经没了。”

二号问：“休息站没了？”

安息摇了摇头：“整座山都没了，可能是之前地震造成的吧，从半山腰就碎成土块了。”

避难站的大门打开了，猩红色的披风一闪，炎王进去了。

大门合上后，又化为一个低矮的山包。

有些东西还是没有变，安息想，比如这成吨的烈日，比如这无尽的黄沙。

等待，接下来要做的就是等待。

“但你已经变了这么多，”二号却说，“甚至比起第一次看到我们的时候，都变了很多。”

安息有些吃惊地看着他，好像对方听到了自己在想什么似的。

安息握了握手中的枪杆，对自己说——还不够，还要再快一点才行。

四个小时后。

烈日暴晒下的废土毫无动静，安静得像一座死星。安息热得把兜帽、外套全脱了，只留了个带阴影的护目镜。

二十九离开山洞不知干吗去了，安息歪歪扭扭地摊在地上，发出“呲呲”的声音。

安息：“嘿，呲。”

七十三耳朵竖起来，左看右看，指着鼻尖问：“我？”

安息点点头：“嗯，你过来。”

七十三兴致勃勃地坐过来：“你肯给我吃了吗？”

安息却忽然看着他身后，说：“啊！二十九！”

七十三立马抱头埋在膝盖里。

安息：“哈哈哈哈……”

七十三生无可恋地放下手臂，也摊坐在安息旁边。

安息乐了一会儿，问："你为什么这么怕二十九啊？"

七十三干巴巴道："因为打不过啊。"

安息好奇道："噢？你不也是个变异人吗？"

七十三没好气道："那能一样吗，我是七十三，他是二十九。"

安息呆道："啊？什么意思……"

"你知道他们起名字是按照……发生变异的顺序来的吧。"冯伊安说。

安息茫然地点点头："我知道啊。"

冯伊安说："虽然没有任何实验数据的直接证明，但普遍观点认为越早变异的变异人越强大，因为突变后的基因似乎并不是一个不变的结果，而是一直不断地在修正，而他们的身体作为容器来说，也和突变基因越来越融合，如同一次次的软件升级。"他又对另两个点了点头，说，"抱歉。"——因为自己在他们面前像谈论实验体一样谈论这件事。

二号点了点头，七十三耸肩表示无所谓。

冯伊安接着说："只不过，在这个'升级'的过程中，有时候会出现容器不再适配的情况，身体崩坏，无法修复，才会产生衰变的情况。"

安息保持惊讶的表情足足十秒，才说："噢……这不就……这简直就像吸血鬼一样嘛，越古老的越厉害！"

"是你们站里什么电影的内容吗？"冯伊安好笑道，"所以变异人才被称为新时代的吸血鬼啊。"

安息兴奋地点了点头："但是你们不怕太阳呢！比吸血鬼更厉害！而且……"他眼冒星星地盯着二号，"这就是说，二号每次升级都成功了呢，你好厉害啊二号！"

二号清了清嗓子："咳咳，这个，嗯……没什么厉害的，只是碰巧运气好而已。"

七十三迅速挪到了山洞的另一端，嘟囔道："居然害羞了，头儿好恶心。"

下一刻，他的脸被二号一拳砸进了山壁里。

七个小时后。

天已经完全黑了，避难站的大门仍然没有再次打开。

避难站到了夜间，守卫本就更严格，太阳余晖收起的那一刹那，安息的肩膀明显垮了下来。冯伊安安慰道：“你之前不是告诉他不要冒险吗，这才进去了没多久，你别着急。”

安息点了点头，把膝盖抱得更紧了些。

冯伊安又说：“你坐进来点，今天没有云，晚上会很冷的。”

十个小时后。

冯伊安：“安息，你真的不要睡一下吗？你昨天晚上就没怎么睡。”

安息摇了摇头。

冯伊安叹了口气：“现在才早上九点，你不是说午饭后的守备才最放松吗？”

安息面无表情地点了点头。

三个小时后。

地表再次出现阴影，表示太阳开始西斜。太安静了，安息想，他快要受够这安静，这令人不安的、漫长的安静。

要是他们还在番城集市就好了。

集市繁荣又热闹，每天他和医生出摊赚钱，回到屋里的时候废土已经做好了美味的食物。他会穿着围裙抱着手臂站在桌边，语气凶巴巴的，但眼神很温柔。

他每次都这样，不管嘴上怎么不悦，但只要看他的眼睛，就能窥见他真实的内心。

他送自己小羊，给自己做蛋白浓汤，甚至在那之前更早的时候，如天神一般降临到地下十二层拯救了自己。

这次该轮到他了。

可是为什么，为什么避难站的门关得那样紧，如同一个不可逾越的鸿沟。

不是的，安息摇了摇头，那已经不是什么鸿沟了，我就从那里走了出来。

可到底发生了什么，为什么炎王还不出来，是被什么拖住了脚步，还是……

“呐，医生，”安息说，“炎王……没问题吧？”

冯伊安下意识说：“应该没问题，他已经在雅戴利待了很久，对于……”随即他意识到，对方问的并不是炎王能力上的问题，有些惊讶地看着他，说，“你怀疑……他吗？”

安息仔细想了想，摇了摇头。

“往好里说，炎王到现在还没出来，说明我们找对地方了，但这也说明了火弗尔就在避难站里，情况可能相当复杂，你得给他一点信心，一点时间……”

安息心不在焉地听着，眼睛已经死死盯着远方。

“我真的知道怎么辨识人心吗？”他想。他好像一直在被骗，最开始废土叫他一起走的时候，后来火弗尔叫他帮忙送货的时候，他都毫不怀疑地上当了。

万一……万一炎王也是骗他的呢?

但医生说相信他，总不能不相信医生吧。

安息彻底混乱了。

二号看不下去，站起来说：“强攻进去吧。”

安息吓了一跳，连忙道：“不行不行，好不容易定位到他们在哪儿，万一把他们吓走了怎么办。而且……骚乱起来的话，避难站的大家会有危险的。”

二号嘟囔道：“我们是变异人欸！比起骚乱我们更危险吧……”

安息紧皱着眉，眼睛一眨不眨。

就在这时，避难站的大门忽然开了。

“开了！开了！啊！”安息一蹦老高，又连忙捂住嘴，随即意识到这个距离下根本不会被对方听见。

安息喜出望外，好像所有飘浮在空中的内脏终于回归原位，他抓起地上的远行包和枪，刚跑出半步却被二十九一把拽住。

安息困惑地回头看他，却见二十九眯起眼睛，盯着远方。

安息也解下望远镜看过去。

门开了一条缝，边上站着一个人，可那不是炎王，也不是瓶盖，是一个他完全不认识的人。

安息茫然道：“那是谁？”

冯伊安凑过来接过望远镜，辨认了一下，说：“右边那个我记得，之前来过摊子上的，是雅威利的人。”

安息又急忙把望远镜拿回去。

扶着门的人让开一点，里面走出来两个男人，抬着长条的一大包什么，一前一后走了出来。

两人直朝着安息所在的方向走过来，二号竖了个食指在嘴巴前面，又指了指自己耳朵，示意他能听见。

几人朝山洞里躲了躲，但那两人并未走得更远，将手里的盖布一抖，里面滚出来一个人。

更确切地说，大概是一具尸体。

看见这一幕，安息从指尖到头顶的所有毛发都竖起来了，脑子里瞬间转过无数最坏的可能——是炎王吗？难道炎王被发现了？

还是说……难道实验失败了，废土不会已经死了吧。

他们来晚了吗？所以炎王才迟迟没有出来。

丢掉尸体后，那两人转身走了回去，避难站的大门再一次死死地合上了。

二号摇头道：“他们没说什么有用的，只说丢远一点免得吸引怪物。”

一道残影闪过，二十九已经消失在他们身边，片刻之后他就一手拎着尸体的腰带把它提了回来。

他十分轻松地将一具成年男性的尸体摆在地上。

能看见浅灰色的短发露在外面，不是炎王，也不是废土，太好了。

安息急促地喘息了起来，体会到了一种劫后余生的幸存感，心情巨大起伏之下不由得手脚脱力。

二十九脚尖一蹬，尸体就翻转成了正面，安息只看了一眼，便震惊地捂住嘴，后退两步跌坐在地上。

二号迅速问：“你认识？”

安息指着那人残缺的侧脸，说：“是独、独耳叔叔，怎么会……”

冯伊安皱眉道：“是避难站的居民吗？”他拉开独耳的衣服，看着他胸口的血洞说，“枪杀。”

七十三有些摸不着头脑，纳闷道：“你干吗这么惊讶，这家伙很厉害，很难杀吗？”

安息摇摇头，又点点头：“独耳叔叔……他，他是我们站，他是这个避难站的头领。”

几人俱是沉默下来，半晌，二十九才说：“这样看起来，那里面，已经变天了。”

众人沉默一番后，七十三率先站起身来，扳着胳膊活动筋骨，漫不经心地道：“那还等什么，咱们直接打进去呗。”

安息却说：“等等。”

他半跪在独耳身边，先是将手掌覆上他不瞑目的双眼，然后小心拉开他染血的前襟，再解开他腰间的武装带，从皮带内侧的隐藏夹层里摸出一个银灰色的金属片。

冯伊安凑过来问：“这是什么，门禁卡？”

安息说：“避难站的万能钥匙。”

几人纷纷吃惊地看过来，二号好奇道：“还有这种东西？”

安息点点头：“全站上下只有一把。”

“哈！”七十三凑过来瞧，“运气不错！”

二十九一巴掌拍在他后脑勺，纠正道：“因祸得福。”

“幸好火弗尔他们不知道有这种东西存在，”冯伊安想了想，说，“可是，就算能开门，地表层肯定也有人守卫。”

安息答道：“没错，但用这个开门不会触发警报系统，虽然自动解锁时间比手动开锁要耗时长上一倍时间，但只要趁里面反应过来之前，先把守卫打晕……”

七十三闻言嗤笑了一声：“我可不会什么打晕。”普通人类的脖子在他的手指下脆弱得如同纸片。

安息站起来，直视他猩红的双眼说：“如果是这样的话，那我希望你不要跟我们一起进去了，如果没法控制自己……不，如果有任何伤害避难站成员的可能，我是绝对不会容许的。”

纤瘦的少年站在魁梧的高级辐射人面前，挺直腰板。

冯伊安抬起眉毛看他。

这是他第一次听安息发表态度如此强硬的发言，他的侧脸神情凝重而严肃，下巴处柔和的线条褪去，带着不顾一切的决心。

冯伊安看着安息身后的二号，二号同样在看着他，但没有出声说什么。

他到底是为什么在这儿呢，冯伊安想，这片废土上的一个传奇，第一批转化的高级辐射人之一，除他之外，在那时候变异的人都已经死了。

良久，七十三才说：“好吧，我会注意的。”

气势上的对峙侥幸胜利了，安息暗自松了一口气。

冯伊安挑了挑眉毛，说：“都把兜帽拉好，不要还没走到门口就被看出来。”

几人快速准备了一番，连三位高级辐射人也戴上呼吸面具乔装成旅人，就着西斜的落日飞快地朝避难站靠近。

天快黑了，找不到休息站而到避难站碰运气的人不在少数，应当不会被迅速质疑。

安息看着避难站的大门越来越近。其实他从没怎么从外面打量过这里，七十三说得没错，地表间和土丘混在一起十分不起眼，视线高度挖着几个雾蒙蒙的单向玻璃。

安息压低兜帽，凑到门口隔着厚重的隔热门喊：“您好，我们是路过的旅人，是否可以到贵避难站借宿一夜，我们愿意支付一定的费用或资源，要是有什么活儿的话，我们也愿意做。”

里面没有声音。

安息又用手拍了拍门：“拜托了，帮帮忙吧。”

仍然没有一丝动静。

安息和冯伊安对看一眼，冯伊安会意，继续喊话转移对方的注意力：“我们只需要一点净水，不需要床铺，有地板我们就能睡了！”

与此同时，安息在门边摸索了一番，手套蹭掉黄沙露出一块挡板，他轻轻一摁，挡板就弹开来，露出里面的感应条。

他把门禁卡凑近，看着上面微弱的红光一格一格蓄满。

他回头示意几人准备好，要在门打开的一刹那就动手，阻止里面的人手动触发警报系统。

七十三点了点头，二十九却将他推开一点示意他别捣乱，红色的格子读取到了 40%。

如果里面的守卫足够敏锐，应该能听到机械大门齿轮转动的声音，于是安息提高音量试图盖过这声音：“晚上要起暴风了，求求你们了，救救我们，我们愿意付钱！”

然而，就在他话音未落之时，大门忽地发出“咔嗒”一声，所有人都愣住了。

安息看了一眼感应磁盘，信号灯已经变为绿色，但刚才分明还没有结束读条。

厚重的大门在众人的注视下被从里面推开一条缝，然后又推开了一些。

二号正要上前，却因安息竖起一只手而留在了原地。

透过门缝和余晖，安息看清了门内的高个子青年，诧异道：“瓶盖！”

瓶盖也吃惊极了，他压低声音尖叫道：“安息！我就知道是你的声音！”

两人都颇为震惊地打量着对方。

自从安息从避难站无声消失后，就再也没人听过任何关于他的消息，虽然不愿意承认，但众人难免猜想他是否还活着。

如今他再次看见安息，看见这位昔日的挚友，他不但健全地活着，甚至还变高变壮了一些，从头到脚都散发着废土旅人的气息。

而反观瓶盖，安息更是吃惊。

他曾无数次梦回此处，记忆里的避难站和朋友们仍停留在一年前的模样，好像他离开之后避难站的时间线就陷入了停滞。虽然这只是他一厢情愿的愚蠢错觉。只是他忽略了，在自己努力成长的同时，昔日旧友们也是一日一变的青少年。

安息结巴道：“不是，你，你怎么这么高了！”

如今的瓶盖比安息足足高了半个头，带着穴居人特有的苍白和消瘦，灰色的制服下面空落落的，衣裤因跟不上生长速度而露着一截手腕和脚踝。

“我说，你们还要站在大门口说多久。”七十三忽然欹身到安息耳边，一把掀了兜帽，露出遍布青筋紫斑的脸和血红的双眼。

瓶盖大骇，后跳一步迅速拉开枪的保险栓。

“等等！”安息大喊道，“别开枪！他和我一起的，我们，我们可以先进来吗？”

虽然从小一起长大，但在过去的几个月里，两人显然都经历了人生的巨变，好在瓶盖虽然身体已大幅度抽条，却仍散发着他熟悉的气息。

安息也摘下护目镜和口罩，露出一张肤色不均的、脏兮兮的脸。

但他的眼睛没有变，瓶盖手指微微从扳机上松开。

瓶盖惊疑不定地看着安息同行的几人接连摘下兜帽。

除了安息之外，只有一个人类，其余都是他的噩梦——变异人。

“他们，他们怎么会说话！”瓶盖依旧没有放下枪，枪口直直对着七十三。

安息解释：“他们和普通变异人不一样，是有意识、有智慧的，他们，他们是来帮我的。”他示意二十九关上避难站的大门，毕竟门打开的时间太长也会触发警报。当初他用尽力气才能转动的方向力臂，二十九单手就轻松带上了。

安息似是想到了什么，露出忧心的神色：“先别说这些，你……避难站的大家还好吗，我看到独耳叔叔了。”

瓶盖闻言恍惚了一下，垂下枪口，说：“不好，大家都很不好。”

安息还要问点什么，却被二号拦下了。

二号说：“有人来了。”

瓶盖有些惊讶地看了他一眼。他什么都没听到，但仍飞速地指了指不远处的活板门，安息立刻会意。

当初他和废土就是顺着这个通道从二楼的军火仓库爬上来的。几人迅速跑过去，打开井盖，放下梯子溜到二层的房间里。

井盖刚刚合上，安息就听见地表房间有人进来了。

“怎么就你一个人在这儿？”安息听到一个陌生的男声问。

瓶盖说：“不知道，就我一个人轮班。”

“怎么可能，谁在偷懒？避难站的家伙就是懒散。”另外一个声音骂骂咧咧道。

安息听到瓶盖闷哼一声，像是被揍了之后骤然吃痛。他吸了口气，又说：“真，就我一个人，还没到换班时间。”

来人似乎并不在意他的解释，又响起几声沉闷的撞击声，伴随着瓶盖压抑的痛呼。

安息的手攥成拳头，耳朵贴在井盖上。

他心中有好多话想要问瓶盖。为什么本该在净水站工作的他会在地表看守大门？为什么曾经胆小怕事的他会如此熟练地拉开枪栓，为什么他会知道自己此时回来避难站，是炎王和他联系上了吗？

还有，废土在哪儿，他还好吗？

他还活着吗？

可他现在满腹的问题都说不出口，只能隔着一道井盖听着昔日的好友在自己曾经的家园里，被一群陌生人欺凌。

过了好一会儿，渐渐听不见人声了，安息才松开拳头环顾四周。他吃惊地发现原本满满当当的仓库只剩下空空的货架，连一盒弹药都不剩。

他脱下防风外套和手套，全部塞进一个袋子里藏在货架角落里，拍了拍裤腿和靴子的黄沙，再用袖子粗暴地蹭干净脸。突然，门锁被从外面转开，几人迅速闪身到货架后面，七十三贴着墙站在门后，二号却仍大大咧咧地站在原地。

安息看了他一眼，就知道他一定辨别出了来人的脚步。

果然，瓶盖打开门迅速闪身进来。

只短短几分钟不见，他脸上和胳膊上就多了不少红紫的瘀痕。安息霎时间红了眼："他们打你？他们怎么这样！"

瓶盖摇摇头，冷静地说："这不算什么。"

安息一时间说不出话。虽然还没见到避难站的大家，但独耳叔叔怒睁的双眼和胸口的血洞却也不过是几十分钟前的事。

安息甩了甩头，急切地问："你怎么知道是我，还给我开门？"

瓶盖小声说："那个叫炎王的人，昨天进站的雅威利人，他昨夜溜到宿舍来，歪打正着遇上了我。"

安息点点头："我让他去食物供应站找钿安姐姐，再联系你的。"

瓶盖摇了摇头："钿安已经不在那儿了，食品站和净水站都安插进了雅威利的人，所有女性都被关了起来。先不说那个，炎王说你今天应该会试着想进来，我就趁着晚饭的换班空当上去了。"

瓶盖的答案只换来了更多疑问，安息听在耳朵里，心里难过极了，但他此刻必须要问出那个最为核心的问题，那件叫他最为提心吊胆的事。

安息轻声问："那个……米奥，他在吗？"

他的声音如此之轻，好像怕弄碎什么。

瓶盖对这个陌生的名字先是愣了一下，旋即反应过来："你说那个外来者？”

安息着急道：“你记得他！他还好吗？”

瓶盖迅速说：“活着。”

“活着”，只是“活着”，而非“还好”，但大家也仍小小地松了一口气，毕竟还“活着”。

瓶盖说：“他住在七层，就是……原来那儿。”

安息点点头。废土第一次被救助进来的时候，也是被安排在了七层的医疗站。

瓶盖说：“那边被围起来了，除了医生之外谁都不让进，我去送过两次饭，他意识还清醒。”

安息几乎有些脱力地靠在铁架上，有些盲目地点头喃喃道：“那就好，那就好。”

只不过，废土是否也知道火弗尔对避难站所做的这一切呢？如果知道了，他会怎么想呢？

当初是避难站救助了重伤的他，虽是出于毫无人权的私心，但毕竟还是提供了庇护、食物和医疗。而如今，因为他的存在，叫整个避难站陷入了如此窘迫而黑暗的境地，他要是知道了，会怎么想呢？

“大人……长辈们都被关起来了，他们看我没什么危害性，反倒还勉强可以自由行动，毕竟也需要人来维持正常的供应。”瓶盖交代，“你们现在得抓紧时间到最底层去，熄灯后我会下来找你们。现在净水站和医疗站都不比原来，守卫非常严。通道也都不安全了，除了武器库，武器库反正都被拿空了，反而没什么人注意。”

安息记在心里，点了点头，问：“十二层的医疗仓库呢？”

瓶盖小小地笑了一下。

这是他们重逢以来他第一次做出类似微笑的表情，说：“怎么，你想回去？那里早被拿空，都转移到七层去了。”

安息还想说点什么，瓶盖却制止了他，他看着表针上的秒数说：“还有一分钟，换班开始，我们坐直梯下去。”

几人立马收声，二号贴在门口听了听，点了点头。

瓶盖率先走出回廊按下井梯，伴随着熟悉的吱呀声，井梯摇晃着升上来了。

瓶盖拉开井梯栅栏门，几人动作轻巧地闪身跑了进去，安息快速按下负十二层的按键。

井梯费力地启动，缓缓下行。

负三，负四，负五……楼层渐矮，皮肤表面能探触到的温度也缓缓下降。

负六，负七……井梯下坠的速度忽然减缓了。

有人在外面按了楼层！

安息的手心瞬间渗出一层薄汗，但二号和二十九已经迅速反应，一脚蹬着井梯壁往上一跳，单手推开井梯顶盖，三个变异人秒速消失在头顶。

七十三是最后一个蹿上去的，他的鞋在缓缓合上的顶盖边缘消失，井梯也于负七层停下了。

站在门外的是一个安息从没见过的雅威利队员。他没披披风，但胸前仍别着金色的胸针。冯伊安靠里站在瓶盖侧后方的阴影下，戴着医疗口罩，不甚起眼。对方一眼看见安息，有些不确定自己是否在站里见过他。

安息主动开口问："下楼吗？"

对方说："不，我要往上。"

对方一张口说话，就露出一排锯齿状的牙，好像什么野兽一般。

瓶盖又说："那你进来吗？井梯要先下去。"

对方仍在打量安息。

有些狐疑，有些面生，但这孩子确实带着这个站独有的气息。

半晌，他才松开按钮，说："你们先下去吧。"

安息毫不退缩地直视他的眼睛，又情不自禁地越过他的肩膀去看走廊的尽头，直到水泥地板消失在视野上方。

他看不到房间门，但能看见房间里透出的惨白灯光投射在地板上。

他知道，在那扇门背后，废土就在这短短几尺的距离外，等着他去拯救。

是夜，熄灯后的避难站陷入了寂静，但这寂静和废土的静是不一样的，废土的寂静带着令人心安的白噪音——穿过旷野的风和尘埃落定的土，而这里却只有虫鼠在一墙之隔窸窣作响。

安息于黑暗中仰躺在桌子上，盯着绿荧荧的夜灯发呆，忽然说："我在这张桌子上，开了人生的第一枪。”

安息支起脖子，还要说些什么，二号忽然道：“有人来了。”

几人瞬间坐直身体，二号又说：“是小朋友。”

果然，十秒之后瓶盖推门进来，身后竟然还跟着炎王。

安息从桌上跳下来，小声尖叫：“哦哦哦，炎王！”

炎王面无表情地配合他：“哦哦哦，安息。”

炎王环视了一圈，毫不掩饰地皱了皱眉，说：“怎么把他们带下来了。”

安息愣了一下，有些不满地反问：“怎么了？”

炎王随手带上门，从兜里掏出一个透明的圆球摇了摇搁在桌上。

那里面不知道是什么物质，一顿晃动之后幽幽亮了起来，像一个床头灯，在炎王脸上投下一些阴影。

“你是真不知道还是傻，”他说，“虽然理智在线，但是把他们丢到人类聚集区，还是这种密不透风的环境下，到处都是高浓度的鲜血气味，还要一直克制着本性的召唤，你这不是在折磨人吗。”

安息吃惊得眉毛都扬起来，他转过头去看了看二号，又看了看二十九。

为什么没人告诉他?

安息结巴道：“对，对不起。”

二十九无所谓地耸了耸肩。七十三说：“等等，我可是听说可以杀人才跟着来的。”

“既然说到杀人，”炎王沉下表情，“我现在时间不多，要是有谁半夜睡醒，发现我不在床上就麻烦了。我说两件事。”

安息“嗯嗯”地严肃脸凑到他面前。

炎王清了清嗓子：“第一个，我见到米奥了。”

屋里静得能听见千里外的虫鸣。

炎王继续道：“说实话吧，他状况不太好，也不知道前段时间他们对他做了什么，看着挺……挺虚的。不过就目前来说应该没给他注射麻醉药品，估计是怕影响取样的血液成分，但是他被抽了很多血，之前和我们交手时受的伤也还没好全。”

“还没好？”安息叫道，“这都多久了！”要知道，之前被变异巨蜥抓伤的痕迹和胫骨骨折也只花了一周时间就痊愈。

“可能因为都没摄入什么食物和营养吧，我也不知道，”炎王摊了摊手，“而且，枪伤不把子弹取出来的话，伤口很难愈合，就算日后长好了，子弹也会一直残留在身体里，保不齐会移动到致命的地方。”

安息坐不住了：“什么意思，难道连子弹都没取吗？”

“他只要不死就行了，谁会费心关心一个血袋的状况。你别老打断我，”炎王手掌向下压了压，示意他少安毋躁，“我的意思是，要营救米奥的话事不宜迟，按照这个实验强度，再抽几袋子血怕是危险了。”

安息又靠坐回桌边，沉思道：“不是，这不是那么简单的事，咱们本来的计划只是为了救出米奥就行，现在……”他看了一眼瓶盖，对方也看着他，“不能把避难站留在火弗尔手里。”

意外的是，炎王点了点头说：“同意，这就是我要说的第二点。”

“我简单打听了一下，关于为什么监禁米奥这一点直到现在火弗尔也没跟队里说实话，他只模糊解释成一个基因突变的实验计划，但队里认识米奥的老成员很多，虽然谈不上感情多好，毕竟也是曾经的队员。火弗尔昨天能够毫不留情地抛下我们，今天能够毫无人道地拿昔日队友做实验，保不齐明天又会怎样，队里意见已经挺大。”

“他虽然尽力把这些情绪给压下去了，但实验进展得也不太顺利，”炎王说，“勉强提炼出来的血清十分难以保存，根本来不及测试其效用就迅速变质了。今天白天，我听人说他想用活人做实验。”

瓶盖闻言忍不住叫道：“什么！”

安息也震惊地看着瓶盖：“活人？难不成他关了那么多人，是为了……”

瓶盖摇了摇头，不知道是在否认还是不可置信：“女性都被分开软禁了，应该是要作为生育资源卖掉……”

安息泛起一阵恶心：“你怎么知道？”

瓶盖微微低头：“上周的时候，好像有两个雅威利的人渣想要……想要……钿安。”

他纠结再三，也说不出“强暴”两个字。

瓶盖飞快说：“但幸好没出事，被那个团长制止了，他发了一通火，说什么不能坏了货物的质量，万一怀孕就糟了。”

炎王冷笑了一声，说：“是他的风格。”

他接着道："活人实验这事我也是听其他队员说的，这消息能传到我这里，代表更多队员也知道了，大家都挺反感的。"

七十三忽然呻吟了一声："能不能讲重点，到底什么时候能杀人。"

炎王看了他一眼，没有上火，幽幽道："重点就是，我觉得跟咱们目的一致的，不止这屋里的几个人。"

良久没有说话的冯伊安忽然开口问："咱们的目的是什么？"

炎王立马说："杀掉火弗尔，重选一个能胜任的新队长，把雅威利的荣誉拿回来。"

安息补充道："救出米奥和站里其他被关起来的人。"

瓶盖想了想，也说："让所有雅威利的人都永远离开避难站，"他看了炎王一眼，低声改口道，"你除外。"

二号摇了摇手指说："这是三个目的。"

冯伊安说："不过，却有着同一个目标。"

安息说："火弗尔。"

冯伊安点点头："不错。没有他，本来就被蒙在鼓里一头雾水的团员也肯定对什么基因改造计划不感兴趣，他怕别人觊觎这份生财工具而独守秘密，反而将自己孤立起来。但从另一方面来说，对基因改造不感兴趣的，不一定对别的不感兴趣。"

炎王又皱了皱眉："什么意思？"

冯伊安手指了指头顶："这个避难站，这里硬性软性资源都挺丰富，就趁火打劫将整个避难站据为己有这点来说，不见得其他人就不支持。如果我们单纯杀掉火弗尔，再把雅威利交到另外一个独裁者手里，那么三个目的也只达到了一个。"

炎王手托着下巴，沉声道："你的意思是，在动手之前就得把阵营给划分出来。"

冯伊安说："找出敌人真正的党羽，而敌人的敌人都是朋友。"

炎王摇了摇头："时间太短了，贸然试探的风险很大，就算短时间达成了阵营，也太不牢固了。"

冯伊安食指点了点他胸口，说："不论如何，这件事也只能靠你，具体能不能成，也只有一个方法。"

炎王看着他的眼睛，明白过来，不自觉地挺了挺胸膛，说："我试试看。”

冯伊安点头：“只能试试看。但是……就算你心里对人选大致有数，试错成本还是太高了。一旦说错一句话或者走漏一点风声，你也将把自己陷入危险境地。”

炎王沉思道：“最好是，能先把所有不安定因素控制住，保住米奥和避难站居民的命为先，再逐个击破。我不建议对中立派或者摇摆派进行武力镇压和打击，这样会把原本可能倾向于我方的人推走。”

炎王带来的照明小工具渐渐暗淡了下去。安息脆生生的声音忽然响起：“我有个计划。”

众人一齐看过去。

安息又摇了摇那个玻璃球，就着重新亮起的亮光说：“炎王明天一早开始试探莉莉团各位的倾向，如果有把握是帮助我们的，就提醒他们晚饭后不要喝水。”

二号纳闷道：“喝水？”

安息点点头，看着冯伊安问：“医生，你会调配那种，效力很强的安眠药吗？”

冯伊安一时间没反应过来，说：“有原材料就行，那个不难，你想……”

“这里不像在废土上，每个人都随身带着很多净水，进了站后就会习惯按需领取。而在这里，每个人的净水来源都是一样的，”安息指着瓶盖，“就是四楼的净水处理站。”

“每天早上早餐时会进行第一次供水，晚饭后熄灯前是第二次，趁着晚饭这个夹缝时间，瓶盖在水源处投放安眠药，药效会在将近熄灯的时候陆续起效。就算因为个体差异，有人身体对药物反应更快而先睡了，但总归临近熄灯时间，也应该不会引起太大的警觉。”安息说，“这样给我们留的时间会更充分一点。届时兵分三路，二号和二十九先去控制住火弗尔和他的走狗，医生帮忙给米奥手术摘除弹片，我和瓶盖去营救站里的人。”

安息说完后，大家都一时没了反应，他后知后觉地紧张起来，手指搓了搓衣角。

冯伊安问：“安息，这是你什么时候想到的计划？”

安息指了指身后的桌子，莫名道：“刚才啊。”

大家沉默片刻，你看看我，我看看你。

二十九率先开口：“我觉得挺好。”

瓶盖说：“我也赞成。”

七十三说：“我不赞成，听起来根本没我什么事。”

二十九懒得理他，问：“药的原料从哪儿来？”

安息早想好了，说：“七层，我去偷。瓶盖不能离开大家视线范围太久，除了他就属我对这里最了解，而且我以前就在医疗站工作，原料的包装和摆放我都熟悉。雅威利的人还不太认识我，我只要换上站里的衣服，洗个脸，就算被撞见了也不会被立马拆穿。”

冯伊安似乎不太赞成，说：“除非你遇到火弗尔本人。”

安息无言以对，炎王说：“目前也没有更好的办法了，只能希望你不要遇到他，因为，我想亲手杀了他。”

刚刚成型的计划来不及更多推敲，众人已必须立马行动起来，风暴的前夕是没有时间留给睡眠的。天亮在即，二号等变异人的模样太过显眼，不适合在外走动，直接被送到了当初扩建开挖到一半就作废了的最底层。炎王回到休息站，冯伊安和安息都换上了瓶盖带下来的避难站便服。

“啊……”安息套上连身裤，正要拉起上衣拉链时却发现有些紧绷。

瓶盖走过来翻过领子看了看：“是你的号啊。”

“胖了？”安息低头盯着自己平坦的腹部纳闷道。

“是结实了，也长高了。”冯伊安捏捏他的肩膀。

安息看了一眼瓶盖，两人默契地背对背靠了一下，冯伊安把手掌卡在瓶盖后脑勺。安息转过来看，冯伊安比画道：“差这么多。”

安息瘪了瘪嘴，瓶盖咧嘴笑了笑。

两人对视了一会儿，瓶盖忽然张开双臂抱了抱安息，说：“大家知道你没事，肯定会很开心的。”

安息鼻子发酸：“你们没事，我也挺开心的。”他抿了抿嘴，说，“但是，这次结束之后，我……我可能……”

瓶盖截过话头：“你可能还是要离开是吧。”

安息低下头，把下巴搁在自己胸口。

瓶盖说：“你从小就想到废土上去，咱们去地表层偷偷看了那么多次，但最终只有你有勇气走了出去。你走了之后，我想了很久，才意识到自己不是不能离开，而是不敢离开。自由看着诱人，其实也挺吓人的。”

安息抽了抽鼻子，点点头：“可我，我还是很想你们的。”

瓶盖也抽气道：“我，我们也想你。”

眼看着两名故作成熟的少年就要原形毕露，眼眶里盈满水汽，冯伊安连忙上前打岔道：“时间不早了，瓶盖你再不回去小心被发现。安息来，药品的单子开好了。”

此时是凌晨四点五十分，除了地表层有守卫轮岗之外，还有一个多小时避难站才会醒来。安息以前也思考过，为什么明明已经生活在不见天日的地底了，却还要遵从日出日落的作息。后来他亲眼看见了太阳，亲身体会了它的力量和永恒，才似乎明白了一点——第一批进入辐射避难站的居民，一定以为这只是一次什么短暂的退让，人类一定以为自己很快就能回到地面上去。空气、水源和土壤中的毒素一定会被迅速净化，就像地球在过去千万年来无数次经历的那样。

毕竟天地无情，毕竟烈日亘古。

未承想，人类终究被逼到了这步境地，然而就在这种境地下，还不忘彼此残杀。

安息洗干净脸和手，将头发重新扎好，背上熟悉的工具带，缓缓呼出一口气，笔直地走向垂直井梯。

他的步子迈得那样轻，好像一只灵巧的野猫，然而又那样重，好像每一步都留下了一个脚印。

避难站还没有醒来，巨大而空旷的地底静悄悄的，墙角砖缝都残留着经年的血迹，透着骇人的阴森。他独自来到负七层。

走廊尽头的医疗站门口坐着一个打瞌睡的雅威利团员，听见井梯拉门的声音而不自觉动了动。安息屏息等待了一会儿，对方没有睁眼，又歪过脑袋靠着墙继续睡了。

安息蹑手蹑脚地走上去，手心里捏着冯伊安给他的手术用麻醉针。

针尖准确而快速地扎在守卫的脖子上，对方迅速睁大双眼，双腿乱蹬，安息连忙捂住他的嘴巴，把剩下的半管针剂推进他血管里。

守卫屁股下的椅子腿和地板刮擦出难听的声音，安息紧张地左右四望，生怕惊动他人。

然而很快，那人的挣动便变得无力虚软，安息连忙伸手扶住他，再把他摆回成靠墙熟睡的姿势。

他将针管收回兜里，推开了近在咫尺的门。

病床上的废土许是被外头的动静吵醒，正费力地盯着门口，以为又是什么可怖的折磨，然而当他看清来人后，惊得连呼吸都漏了一拍。

短短的半秒时间里，一直按压着情绪起伏的安息，端枪扫怪也毫不手软的安息，被变异人迎面扑倒又从死亡边缘爬回来都没有掉一滴眼泪的安息，终于忍不住哭了。

炎王没有夸大其词，一眼看去，废土的境况可谓惨烈：他浑身脏污，满身血气，脸颊凹陷而憔悴，陷在乱糟糟又干枯的胡子里。

他的衣服和裤腿都变成深棕色，那是被鲜血反复浸染又干了的颜色。胳膊上全是针眼，床头丢着一个挂着干瘪葡萄糖袋子的输液架，想必就是过去几日里维持他生命特征的全部养分。

废土咧嘴笑了笑，嘴唇因为干裂渗出血丝："刚想到小羊，小羊就出现了。"

他呼吸又轻又浅，嗓音干燥沙哑，眼神也蒙蒙眬眬，像是以为眼前所见只是一场梦。

直到安息的眼泪落到他胳膊上。

那好像是什么古代故事里王子的吻，把画面由黑白染成了彩色。

安息用水给他润了润嘴唇，又小口小口地喂了些，他吐的多喝的少。双手被铐在床上，两只手腕都被磨破了，鲜血淋漓满是烂肉，但安息却还不能放他下来。

废土对这一切毫无所察，他五感迟钝，似乎陷入了什么遥远的回忆，断断续续地说："第一次见你的时候也是在这儿，我躺在床上，你站在床前，你给我水喝，结果洒了一地，还被抓住骂了一顿。"

安息哭得呜呜咽咽："你别，别说话了，你声音好难听。"

废土不为所动，眼神放空，哑着嗓子继续自言自语："早知道是这样，我之前，该对你好一点的，存那么多钱干什么，还不如，给你买蛋白浓汤。"

安息边哭边摇头，把他手背上的空针头拔下来，小心翼翼地帮他清理手腕伤口："我不要蛋白浓汤，你做的饭好吃，以后再不吃什么蛋白浓汤了。你快好起来，给我做吃的。"

废土闭上眼睛摇了摇头："我之前一直在想，最后跟你说的一句话，居然是说你挺讨厌的……”

安息心都碎了：“什么最后一句话，我们这不是又见面了吗，我们明天就离开这儿，一起去虚摩提。我不在什么集市待着了，我们一起去海上，看星星……”

废土十分虚弱，渐渐没有回应了。

安息着急坏了，又不敢摇晃他，只能小声喊他的名字：“废土，米奥，米奥你别睡。”

他慌张地四处张望，这才注意到废土的脚踝为什么没有上镣铐。

医用床单已被染成棕红色，他的两条腿无力地歪着，脚踝被两根长钉钉在了床板上。

安息浑身发冷，声音颤抖：“米奥，你不要，你不要睡，我现在就带你走。”

“他太虚弱了，现在听不见你说话。”

陌生的男声忽然响起，安息从头皮到脚底的每一个毛孔全部炸开，他几乎在没有思考的情况下迅速掏出手枪拉开保险栓。

但对方更快，安息还没完全转过身，黑洞洞的枪口已经对准他的脸。

来人开口露出锯齿状的尖牙，说：“失血过多的感觉，就像生命在逐渐流失，你浑身发冷，意识涣散，满眼跑马灯。”

安息死死捏着枪托，挡在废土脸前，盯着眼前的人。

几个小时之前，他才在井梯处和他打过照面。

安息说：“我，我只是顺路过来……”

对方却打断他问：“你知道什么是跑马灯吗？”

安息缓缓摇了摇头：“不知道。”

“我知道哦，人快死之前，你的整个人生就像片段一样快速地在你眼前播放。快乐的片段、痛苦的片段、悔恨的片段，然后在你意识到发生了什么之前，你就已经死了。”对方看了看安息的眼神，抬起双手做了一个投降的动作，收起枪，说，“我还知道你和炎王那小子是一伙的，白天看见你的时候就怀疑了。刚才炎王不在休息室，是和你见面去了吧。”

安息惊疑不定地看着他：“你是谁？”

对方伸出手来，说：“你好，我叫蛟鲨。”

安息依旧举着枪，等着他继续。

蛟鲨说："我已经做完自我介绍了，该你了。"

安息飞快说："我叫安息，你想要什么？"

蛟鲨咧开嘴，露出一个杀气腾腾的笑容："我？我想加入你们。"

安息瞪着眼睛皱眉道："加入……我们？加入我们干什么？"

蛟鲨说："这就得你告诉我了，你们有什么计划？"他伸长脖子越过安息看了看他身后的废土，说，"你们打算怎么救他走？"

安息反问："关你什么事？"

蛟鲨笑起来："不关我的事的话，白天就把你们和炎王一起抓起来送给火弗尔了。说句实话吧，火弗尔在盘算的那些事，我没有兴趣知道，也没有兴趣参与。"

安息看着他，想了想，问："所以……你感兴趣的是什么，火弗尔的命，还是雅威利这个名号？"

蛟鲨露出尖牙，满意道："这就对了嘛，终于快说到我感兴趣的东西了。"

第十四章　龙与地下城

安息回到负十二层时依旧惊魂未定，他把带回来的药品原料一股脑放在桌子上，冯伊安赶紧过来清点：“路上还顺利吧？”他嘴上问。

安息半晌说不出话，冯伊安疑惑地抬头看了一眼，问：“怎么了？”

安息一脸茫然地看着他，冯伊安放下东西凑过来问：“米奥还好吗？”

安息摇了摇头，一副要哭不哭的样子。冯伊安脸色也跟着沉了下来。

安息对他描述了一番米奥的惨状，冯伊安抿着嘴唇，沉默了一下才低声说：“只希望没有不可逆的身体伤害。”

安息看见他手指紧紧抠着桌边，下巴处线条绷紧，灰眼冰冷无波，心里想——医生生气了，这还是第一次见。

安息又说：“还遇到一个雅威利的人。”

冯伊安吃惊道：“然后呢？”

安息说：“你记得咱们之前坐井梯下来遇到的那个人吗，牙齿全是尖的，叫作……蛟鲨。原来他看见我们的时候就已经察觉到不对劲了。”

冯伊安点点头：“猜到了。”

安息：“他说……他起初看到瓶盖和我们在一起，还以为我们只是避难站居民，在计划如何摆脱火弗尔对避难站的控制，鉴于他也想除掉火弗尔，自己接手雅威利，所以就按着没说。他说……他是说想和我们合作来着。”

冯伊安皱眉道：“就这样？”

安息愣道：“什么意思？”

冯伊安：“你不觉得蹊跷吗？我们正需要找人联手的时候，他就来了，而且他不去直接找队里的炎王，反而去找米奥，去和你商量？”

冯伊安手指搭在下巴上，分析道：“多半是炎王进站后第一时间就去查看了米奥的状况，被他注意到了，才把两件事联系了起来。这个蛟鲨我也听过一点，在雅威利里算是元老了，但他为人十分低调，具体性格还真不太清楚。如果他有心留意观察，也难保不会洞察到米奥血液基因的内情。”

冯伊安抬起头来，眼神中不自觉带上了责怪：“他本来也许只是猜测，现在和你打了个照面，估计所有猜测都坐实了。现在放他回去，也不能确定他是不是真的会照他保证的那样做。我们现在又不能主动出去联系炎王……退一万步说，到时候雅威利真的到了他手上，避难站居民的安全能保障吗？”

安息哑口无言，他根本没想到怎么多。

冯伊安摇了摇头：“你还是太小了，不，这也不是年纪的问题，从这个地方走出去的人，做事方式跟废土上的人确实不一样。如果是炎王的话，他肯定不会就这么放蛟鲨回到团里去。”

安息呆了呆：“什么，什么意思，是要直接杀了他吗？”

冯伊安没有回答，只是微微叹气：“这就是废土的生存方式，每个人的安全感都为零，我得在你杀了我之前先杀掉你，不能给你任何一点机会。但凡是危险因素，就得全部铲除。”

安息半晌说不出话，冯伊安招手道：“算了，事已至此只能等着瞧，先过来帮忙吧。”

安息茫然地走到桌子边分量药品，忽然想起来，说：“我没告诉他饮水投放药物的事，也没和他说我们行动的计划和时间。”

冯伊安只简单点了点头：“那还好。”

安息有点沮丧，又想到米奥虚弱的样子和他钉在床板里的脚，觉得又难受又后悔。

冯伊安把调配药品的剂量和比例写在一旁，吩咐道：“这个一百五十克。”

等了三秒，安息仍没反应，冯伊安转过头去看了他一眼，见他两眼放空，眼下泛着青色，眉目间都是沮丧，知道自己刚才说话太直接了，又叹了口气道：“你昨天到现在都没睡，好几十个小时了，要不要休息一下。”

安息摇摇头。

冯伊安说：“那我们把药剂放进蒸馏箱里以后你去睡一会儿，这个状态下，你反应太迟钝的话会给大家拖后腿。”

安息有些局促地“哦”了一声，小声道歉：“对不起。”

他默不作声地帮冯伊安打下手，所有原料按比例称好，再检查一遍，生怕出错——不能拖后腿，安息在心里反复默念。

药剂进了蒸馏箱后还需要好几个小时，半成品一放进去之后，房间里就只剩下机器嗡鸣工作的声音了。

冯伊安拉开凳子拍了拍椅背，说：“安息，过来趴着睡一会儿。”

安息老实地过来坐下了，他趴在桌上，脸埋进手臂里。

避难站的常服带着一股消毒液的味道，他好久没有闻到过了，既熟悉又心安。

他脑子里思绪杂乱，还以为自己肯定无法入睡，却不出片刻就神志飘远地睡着了。

不知过了多久，安息睡意蒙眬中听见炎王说话的声音。

“我质问他为什么之前在番城集市就直接抛下我们走了……他竟然说什么……天真，在赏金旅团里卖命的人，连这点觉悟都没有……”

炎王的声音忽远忽近：“我说，因为他不肯花几分钟时间把橘田送去急救，才导致他失血过多而死……他还有个五岁的弟弟，是他唯一的亲人，这一下，估计弟弟也……”

安息想努力醒来，但他全身肌肉沉重而酸痛，眼皮有如千斤，根本不听他指挥。

炎王的声音继续响起：“团里几乎所有人都被橘田逼着看过他弟弟的照片，听他唠叨弟弟有多聪明多懂事，平时也净开玩笑说他烦，但这下人真的死了……”

冯伊安说了句什么，像是有些唏嘘。

炎王：“于是我就说，当年，雅威利的鼎盛时代，是风光无限的百人大团，在秩序崩坏的年代下，坚持着自己的原则，被尊敬，被向往，我和橘田都是憧憬着这个团长大的，现在，都变成什么了……”

冯伊安问：“你这么说的时候，大家什么反应？”

炎王道：“于是有人忽然问，是不是当初明队陷在火场里的时候，他也用这种借口，而故意任由他去死的。这话一出，全炸锅了。”

冯伊安说：“大家果然都早有预测……”

他又问：“还有那个蛟鲨，是怎么回事？”

炎王的声音变得模糊不清，安息被睡意团团围住，再次失去意识。

蒙眬间再次听到炎王声音时，已经是几小时后。安息满脸红印地抬起头，带着浓重的鼻音嘟囔：“你还在啊……”

炎王“嘁”了一声：“什么还在，我都又回来一趟了。”

安息连忙揉了揉脸，伸了个懒腰，全身骨头因为太久没活动而啪啪作响。

炎王不理他，接着和冯伊安说：“总之，单独接触了一圈儿队里的人之后，确实挺多人都立场动摇。只可惜……明确表态的少，中立不站队的还是大多数。”

冯伊安点头道：“正常。”

冯伊安正在开蒸馏箱准备做最后的提纯，安息迷迷糊糊地看了一会儿，反应过来，站起来说：“医生，我来帮你。”

殊不知他刚猛地站起来，就眼前一阵发黑，因为低血糖而向后仰倒，被炎王一把搂住，放回到凳子上。

炎王揪住他的发尾挠他的脸，嘲笑道：“你是小姑娘吗，还晕倒？”

安息立马瞪大了眼睛想要反驳，肚子却响亮地叫了一声。

炎王哈哈哈地笑起来，乐道：“你是上天派来活跃气氛的吗？”

安息不想理他了，背过身蹲在地上拉开包找吃的。他拿出之前在泥石镇便利店里搜刮到的罐头，翻过来翻过去看了半天——“午餐肉”，是从没见过的东西，而且保质期也已经过了。

不过罐头这种东西听说都能保存很久，安息心里想着，一边拉开罐头顶部的拉环。

刚一打开，罐头就飘出了诱人的香味，粉色的肉类质地柔软，安息用勺子挖着吃了两口，眼睛都亮了。

“这个好好吃！”安息捏着勺子激动地说。

炎王又“嘁”了一声：“你以前没吃过吗？不过现在罐头是越来越少了。”

安息抿了抿勺子，又把盖子按压回去，放进食品袋里抽成真空。

炎王扬了扬眉毛：“你这就吃饱了？”

安息摇了摇头，摸出压缩干粮抱在手里啃，说：“留着。”

炎王啧啧两声，又看了看表，问冯伊安道：“好了吗？”

冯伊安把大量药剂混合反应再蒸馏提纯，最终只得到了一小瓶浅黄色的高浓度液体，混入几十公升的大水箱后将显得无色无味。炎王贴身收起药剂，说：“我把这个东西交给瓶盖后就暂时不会再下来了，免得让人起疑。”

安息点点头，朝他挥挥手。

数小时后，约定的时间将至，安息和冯伊安坐垂直井梯来到了避难站的最深处——地下十五层。

如果负十二层是“荒废”的话，这里可谓是凄凉，到处都是没有竣工的凿痕和没时间收拾的虫鼠尸体，照明也只顾及井梯入口。隧道里幽深空洞，飘散着阴冷腐烂的气息。

黑暗中忽然出现一双红眼，安息情不自禁后退了半步，随后辨认出来：“二号。”

对方伸腿踹了一脚，阴影处响起一声呻吟，二号说：“起来干活了。”

七十三睡得迷迷瞪瞪，站直身子伸了个懒腰，狂打哈欠。

安息此时已经完全醒过神来，之前的沮丧情绪也因为补充了睡眠而一扫而空，他摆开此前一路绘制完善的避难站地图，几人凑到井梯口就着灯光看。

“等一会儿上去之后，我和医生先去七层，医生给米奥治疗。二号你们跟炎王一起，每一层逐一排查漏网的雅威利团员，难免有药剂漏掉的人，然后将其控制住。”他盯着七十三又逐字逐句地重复了一遍，“是控制，不是杀死！”

七十三歪着脸：“哈？”

二十九说：“不好，我和冯去七层，有人来了的话他没空我可以顶着，你在那儿没用。”

安息想了想，点点头："也行，那我就跟瓶盖一起去解救被分头关押起来的避难站居民了。用作关押的休息室都比较分散，他一个人可能忙不过来。"

冯伊安走过来捏了捏他的肩膀："注意安全，避难站里不比外面，用武器的时候也要小心。"

安息点点头："我绝不会给大家拖后腿的。"

冯伊安顿了一下，说："我不是那个意思，算了……你小心点就行。"

一切准备妥当之后，五人再次踏入井梯之中。安息手指搭在腰间，不自觉摩擦着枪托上的暗纹，不知道从什么时候开始，只有在摸到刀柄和枪托的时候他才感到心安。此时，他又想到冯伊安之前说的话："这就是废土上的生存法则，在别人杀死你之前杀死别人，只要是危险因素就全部铲除。"

我也会变成这样的人吗？安息问自己。

井梯缓缓上行，灯光透过栏杆在他脸上投下一道道阴影，把他切割成很多块。

避难站里一片寂静。

井梯来到七层时，冯伊安和二十九率先走了出去。

走廊一眼看过去空空荡荡，什么也没有。

冯伊安回过头来，把手指搭在唇间，示意他们动作要轻，二号做了个"ok"回应。

到了四层后，安息独自走了出去，二号和七十三面无表情地朝他们挥了挥手，继续上行。

安息再次步入这条不知走过多少次的过道，侧耳倾听片刻，轻轻推开净水站的门。

"咚"的一声响，一个人忽然从门里栽出来，安息吓了一跳，连忙抽出手枪。

门内的瓶盖也吓了一跳，安息定睛一看，房间里除了瓶盖之外，另外两个雅威利的团员都横七竖八地倒在地上。

安息连忙闪身进屋："你干吗呢？"

瓶盖惊魂未定："药效来得比计划中要快不少，但我不知道其他地方怎么样了，不敢乱动。”

安息伸手拉他：“别怕，走。”

两人把晕倒的二人背对背捆在净水器的管道上，瓶盖正要动身下去五楼，却被安息拦下：“先看看这一层还有没有人。”

净水站是足足三个房间连通的大小，占据了四层大部分面积，但因为上五层开挖时间较早，彼时规划布局还不成熟，遗留了不少难以利用的小房间。安息弓着身子，手里捏着枪垂在身前，如同猎食者一般轻手轻脚地走在前面。瓶盖跟在他身后，时不时地打量前后。

“好安静啊……”瓶盖用气音说。

安息点了点头，暗自祈祷一切顺利。

他们一间房一间房地推开门看，果然，走廊尽头安置按压器的工作间里还倒着一个尚未完全失去意识的雅威利团员。安息瞅了他几眼，认出来了——火弗尔第一次来集市摊位上的时候，身边就跟着他。

对方见到安息后，也困惑了一瞬，随即吃惊地认出了他：“是你！”

安息蹲在他身前，问：“你认识我？你知道我为什么在这儿吗？”

对方瞪着双眼，却满头雾水：“因为……莱特？”

安息说：“你以前和米奥也是队友吗？”

对方摇了摇头，脸部肌肉因为药效上涌而渐渐变得不可控：“不……”然后他嘴角歪斜，口水不受控制地流了出来，再说不出完整的句子。

安息淡淡道：“哦。”说罢抬手将枪托敲在他后脑，那人一声闷哼，倒在地上。

“绑一下。”安息说。

瓶盖呆了一下才反应过来，手脚笨拙地拿出绳索。

四楼排查完毕之后，两人决定不要冒险乘坐井梯，毕竟那是站里上下的必经之路。他们回到净水站里，来到出水管道后面。

曾经，两人每天中午都会顺着这条便捷通道爬下去，直达五层餐厅，从笑着的钿安手上接过食物。如今再次拉开这扇隐蔽的门，他们情不自禁对视了一眼，但都没有说话。

此时此刻，似乎谁也找不到合适的词语。

五层的食物站里出乎意料，空荡荡的，只是还剩了大量餐盘来不及收拾。两人狐疑地看了一圈，推开门走到回廊上。

隔壁就是全避难站最大的休息室，大部分居民应该都被关在这里。

安息摸出从独耳叔叔身上找到的万能钥匙，贴在锁芯外面的感应条处。

这次读条比进站时快多了，很快红条就超过了一半。

“安息。”瓶盖忽然叫他。

“嗯？”安息随口应道。

“安息。”瓶盖又叫了一次，声音里带着不可言说的颤抖。

安息僵住了。

他瞳孔放大，反应过来迅速回头，电光火石之间猛地把瓶盖往旁边一推。与此同时，本用枪指着瓶盖后脑的火弗尔扣下扳机，子弹擦着他脸颊凿进墙里。

安息正准备拔枪还击，却见火弗尔像是对他没有兴趣一般掉转了枪头，直直对着摔倒在地的瓶盖。安息大叫一声，整个人扑上去用肩膀撞歪了他的手臂。

下一刻，瓶盖的痛呼声响起。

子弹偏了准头，还是击中了他的小腿，叫他刚刚爬起来就又重重地摔下去，膝盖直直磕在地板上。

安息反应很快，捏住火弗尔的手腕朝粗糙的墙壁上撞去，想叫他丢掉手里的枪。可惜他力道不够，只叫火弗尔的枪微微脱手。他铆足劲想再来一次的时候，动作已被火弗尔识破，对方膝盖一抬，狠狠顶在他柔软的腹部。

安息瞬间弯下腰去，忍不住干呕，露出了毫无防备的背部。

火弗尔居高临下给了他一记肘击，直接将安息痛殴得跪趴在地。

“安息！”瓶盖大喊道，摸出手枪朝火弗尔连连射击，可惜他没有太多开枪的实战经验，情急之下更是难以瞄准。

火弗尔站在无数擦肩而过的弹道中央，露出几乎可以说是嘲讽的表情。他抬手一枪，瓶盖的手背上就出现一个巨大的血洞，枪也随着飞出很远。他惨叫着握住自己的手腕，单腿蹬着地板向后退。

火弗尔啐了一口，抬腿跨过地上的安息，露出银色的牙齿，骂道：“小无赖们，我就猜到事情不对，说吧，药是下在食物里了，还是在水里？”

瓶盖手脚并用爬着想要去捡枪，却被火弗尔快走两步一脚踢开，随后他尖锐的鞋头又踹进瓶盖腰侧，继而踩在他颧骨上，叫他脸颊死死贴着地面。

“就你这种杂碎，我连关都不想关的人，也想算计我？”火弗尔说，“我就是不太明白，你是怎么和炎王那小子搭上线的。”

随后，他又弯下腰，低头俯视着瓶盖，说：“不过，说实在的，我也不是真的那么想知道。”

“谁在乎一个死人的过去呢。”他说。

火弗尔把枪口顶着瓶盖的太阳穴，拇指拉开保险栓。

他刚刚把食指扣上扳机，枪声却先响了，火弗尔猛地朝旁边一闪，上臂被擦出一条血痕。

安息在他身后站着，嘴角冒血，毫不犹豫地紧接着又开了第二枪。

避难站的回廊狭窄，躲避空间极其有限，火弗尔闪避不及，右肩中弹。他骂了一句脏话，迅速把枪换到左手，举枪还击。

然而安息早有准备。

这是他从小长到大的地方，他清楚这里的每一块砖和每一片土。他灵活地朝旁边一让，顺手拉开隔壁仓库的门作为盾牌。子弹打上铁门发出金属撞击的巨响，火弗尔火冒三丈，连连开枪，全部打在铁门上，留下数个凹陷的枪眼。

火弗尔右臂软绵绵地垂在身侧，鲜血顺着他的手腕、指尖滴在地上。他满眼血色，丢下弹药告罄的枪，一把将瓶盖单手抓起来挡在前面，大喊道：“好！那我就直接徒手掐断你的脖子！”

安息从门口让出来连连后退，枪口端在胸前却迟迟不敢下手。怎么办？贸然射击会伤到瓶盖的！

他脑子超速运转，如果是废土的话，他会怎么办？

如果是废土，瞄准镜已经化为他身体的一部分，是他的听觉、触觉、视觉和感觉，他一定能在保证不伤害到瓶盖的情况下将火弗尔击毙。

没时间想这些了！安息说服自己尽快摒弃杂念。火弗尔已经逼到眼前，单手抓着瓶盖的胳膊将他丢了过来。安息不敢开枪，也不敢避开，下意识伸手去接。

瓶盖的身体堪堪落入他怀里，但几乎是同时，火弗尔侧面起脚，结结实实地踢在他肋骨上，安息被大力掼到了墙上，撞得眼冒金星。

还来不及恢复视野，安息后脑头皮骤然吃痛，他头发被火弗尔攥在手里向后拉扯，右手胳膊也被向后反折。

安息呜咽地惨叫起来。火弗尔虽然肩膀负伤，但力道仍略胜于他，说：“怎么了，不玩捉迷藏了？”

安息的手臂被向后撇到几乎要脱臼的地步，眼角泛起泪水。火弗尔凑到他耳边咬牙道：“这一幕是不是挺熟悉的？不过，这次可没有莱特来救你了。”

废土，废土救我。

这个念头刚一兴起，便像是一丝火光落入干柴，像是一粒钠掉入水中，腾起了熊熊蒸汽。

没错，他是为什么在这里，他是为什么来这里。

过去他每次遇到危险时，废土总会及时出现，将他从危险的边缘拯救回来。而这一次，他是为了要以同样的姿态来保护他，才一步一步走到这里的。

“你力量小，耐力差，所以每次打人就要打痛。”废土的声音再次自安息脑中响起，就好像上次面对巨龙之时，稳稳地拖住他的枪筒。“人的致命弱点你要记牢，攻击化为肌肉记忆，每次都要准确地朝那些地方去。”

安息哑着嗓子，费劲地蹦出几个词，同时不动声色地将左腿微微朝外挪了一点。

火弗尔没听清，又拽了拽他的头发，逼迫他露出脖子：“哈？”

安息咳了两声，断断续续道：“我说，我一个，就够了。”

火弗尔皱了皱眉，一时间没反应过来他在说什么，受伤的手不自觉松了力道。安息看准他分神的片刻，从绑腿里抽出细长的无柄匕首，朝脑后迅速一划，割断了被揪住的头发。

火弗尔瞥见刀尖袭来时便下意识向后一仰，手里本拽着安息的头发却又被割断，出乎意料地踉跄着后退了两步。但安息早已率先踩死了他披风的一角，火弗尔措手不及，步伐受阻，身体失衡。

半步之遥内，两人之间有无数断裂的发丝飘落下来，却又被一道寒光悍然割开，安息腰腹绷紧。

他力量不够大，还差点什么！

千分之一秒里，他想起当时废土和巨龙搏斗之时，用朝地面开枪的方式借力起跳，登时灵感乍现。毫厘之间，安息选择单腿后蹬着墙助力，猛然朝前飞扑而来。

他左手奋力向外一挥，划出一个巨大的半圆，火弗尔连忙起手格挡，勉强架住了安息的攻击。眼睛余光一瞥，却赫然发现他手里握的并不是匕首，而是一块泛着冷光的金属片——一把解锁钥匙。

火弗尔的意识先于身体反应过来——完了。但身体完全失去平衡之际无法立即再做反应，安息右手中的刀尖已经来到他喉头。

下一刻，他看见那个白皙又瘦弱的少年满头满脸被溅上了鲜血，少年微眨了下眼，睫毛上滚落一滴血珠，又握着刀把再往前送了一截。

火弗尔双眼大睁。他后知后觉地意识到，那些都是他的血。

这不对劲。

没有时间给他多想，安息已毫不留情地把刀身拔出，更多鲜血从颈动脉处喷射出来，顺着他参差不齐的短发淌下，沾湿了他的前襟。

火弗尔徒劳地伸手捂住自己的脖子，鲜血仍源源不断地从他指缝里冒出来，再顺着手背流下。他发出呕吐般的声音，一个字也说不出，膝盖发软，背靠墙壁滑坐到了地上。

安息再次举起刀，弯下腰凑过来。

火弗尔眼中显出无边的惊恐。对方在他手腕内侧又划了两刀，挑断了他的手筋。这下，他的手也彻底脱力，双臂垂落。

安息低头看了他一会儿，直到他眼里的光亮全部散尽，才浅浅地呼出一口气。

刀尖落地的声音率先惊醒了瓶盖，他想出声叫安息，却止不住大声咳嗽了起来。

安息也反应过来，连忙伸手去扶他。

他朝瓶盖伸出双手，伸到一半手就僵在了空中。他满身满手都是淋漓鲜血，散发着扑鼻的铁锈味。

安息看见自己的手颤抖了起来，他霎时间意识到了一件叫他无所适从的事实，从视觉到嗅觉，他的每一根神经竟然都因为这胜利而兴奋了起来。

不是，这只是过量的肾上腺素——他拼命对自己说。

“安息！”身后传来二号的叫喊，安息猛地回头，只见二号和七十三飞快地掠到他身边，后面跟着炎王和几个不认识的雅威利团员。

几人先是被他这满脸鲜血的样子吓了一跳，随后看到地上的火弗尔，一时间都有些说不出话。

安息完全无法控制自己双手的颤抖，好像那个血液流光浑身发冷的人是他。他把手背到身后，似乎这样就能不叫他们看见。安息分开嘴唇，拼了命地想开口，说一句什么“正常”的话。

他本来已经能够面不改色地解决变异怪物，他本来以为自己和他们已经没什么不一样了，但这种震撼的感觉，像黏稠的毒液般滞留在他的心脏上。

“不，不好意思了，我，本来该把他，留给你杀掉的。”安息冲着炎王露出一个应该算是笑容的表情。

炎王没有接话，依旧神色复杂地看着他。

安息肩膀垂了下去，彷徨地左右四望。

我只是，在他杀掉我之前杀了他。

忽然，炎王把枪揣进了后腰，向前跨出一步来到他面前。

安息吃惊地看着对方张开手臂揽了揽自己，在他耳边说：“没事了。”

安息呆呆地站在原地，二号也伸出手揉了揉他头顶，转身和七十三一路朝里去查看其他的房间了。

雅威利的其他几名成员也一并走上来，两个扶起地上的瓶盖，一个凑到休息室门口开锁。安息尚未完全反应过来，炎王已牵起他胳膊，带他走回到隔壁的餐厅。炎王指着厨房的水槽说：“洗个手。”

安息木讷地把手伸到自来水龙头下面，看着红色的鲜血打着转随水流走，自己原本的肤色又显现出来。

炎王说：“衣服脱了，脸也洗一下。”

安息如同一个接受指令的机器人，呆呆地执行着他的命令。他脱下了连身的工装外衣搭在腰间，里头只穿了个背心，把脸凑到水流下。

炎王说：“你先洗着，等一下。”

安息把水流拢到自己脸上和脖子上，红色的水流渐渐变成浅粉色，他听见走廊里闹哄哄的。大家应该都被好好地解救出来了吧，他想，等下得好好查看下瓶盖伤势如何才行。

很快，炎王又回来了，拿着一瓶皂液，说："头发用这个。"

安息趴着洗头发，几乎是麻木地盘算着，火弗尔在这里的话，说明废土他们是安全的。

炎王在一旁继续说："站里情况基本都控制下来了，还有一个休息室，二十九去开门了，这次亏了有他们在。冯医生那边手术还在进行中，等你好了我们再一起下去吧。"

安息含混地"嗯"了一声。

炎王围着他走了半圈，用手指蹭了蹭他脖子，把他耳后遗漏的血迹也一并抹去，手伸到水流下冲走。

安息微微侧过头，透过滴水的湿发说："你帮我在那边抽屉里拿把剪刀吧。"

自从妈妈死后，他就再没剪过头发。他曾经也是见惯死亡的，却无法接受死亡。

他曾经也是见惯离别的，却不能习惯离别。

不过再也不是了。

长短不一的碎发从他肩头落去，掉落在他来时的路上，一如那个年少的他。

长短不齐的发丝不断掉落，安息一脸麻木地抬动着手腕。

第一剪下去后整个过程便充满了无形又神秘的仪式感，好像一次无声的道别，又像是一场无情的祭祀。

他先是把长度削减到了肩膀处，左右看了看，觉得还不满意，又开始往短里修，慢慢地露出脖子，再露出耳朵。

炎王看了一会儿走过来，说："后面你够不到，我来。"安息才松开手里的剪刀。

不比大刀阔斧的他，炎王用食指和中指揪起一小撮一小撮的头发，用剪刀尖端修剪发尾，再用手指拨开。

一个人的发型竟然能让五官也产生如此大的变化。安息看着铝合金橱柜里反射出来的陌生人，几乎是瞬间就想不起自己长发的样子了。

短发的安息英气利索了不少，脸型的线条也显得更加锐利，原本无辜的圆滚黑眼，不再清澈得一眼能看到底，和黑发黑眼的炎王摆在一起，倒更像年纪相仿的兄弟。

炎王修剪完后面，颇为兴致勃勃地绕到他面前，说：“闭眼。”

安息纠结道：“差不多就行了，外面还……”

炎王发出“嘘”的声音：“闭嘴。”

安息不甘愿地闭上眼，脸上划过头发丝的感觉叫他皱了皱鼻子，痒痒的。

过了一会儿，炎王终于满意了，粗鲁地用手把他脸上的碎发擦掉，说：“好了，走吧。”

两人一同从厨房里走出来，外面的众人还在收拾残局，吵吵闹闹站了一走廊的人。钿安老远看见他，脸上闪过一丝久别重逢的欣喜，但又犹犹豫豫地不敢靠近。

安息也立刻就看见了她。

她面色苍白憔悴，头发凌乱，但身上干干净净没有外伤。安息叫道：“钿安姐姐！”

他穿过众人跑到她身边：“你没事吧！”

钿安这才放下心来，也大力回抱住他：“安息！我，我刚才看着像你，有点不敢认。”

安息像动物般甩了甩刚刚剪短的湿发，背心下是少年精瘦的身体。

大家也都围过来，“安息”“安息”地叫个不停，七嘴八舌地接过话头——

“你没事吧！”

“你跑哪去了……”

“刚才那人怎么回事……”

“不知道，还有的人呢？”

话题短暂地在他身上停留了片刻，立马又被别的刺激点给吸引走了，安息说不清是放心还是失落。

近乡情怯，他原本一直担心着和站里的大家重新会面的时刻，生怕会因为不告而别被责怪自私。但如今看来，站里一切如常，缺了他也好好转动着，自己离开又归来的事件不过是巨浪中的水花，他心里原本压抑着的一点小期待也随着担忧一并落空了。

炎王隔着一点距离在人群外看着他。事实上，所有雅威利的团员都和避难站的原住民稍隔开来，好像中间竖立着一道看不见的墙。

这时头顶的广播忽然响起，瓶盖的声音传出来：“注意，各层注意，请所有人来三层清点人数，如有伤者请迅速告知。”

大家闻言，终于从安息身边散开，开始有序地朝外挪动。安息站在原地，生出些许无措，他知道这个“所有人”是指所有避难站的居民，而这范畴里面，已经不包括他了。

于是，众人离去后，他便和雅威利队员站在一起。

他看了看炎王，又看了看他身后的陌生男人们。不对，我也不属于这里。

安息环顾四周：“二号呢？”

炎王指了指脚下：“下去了，怕大家一时间接受不了。”

安息心中有点酸涩，忽然产生了一丝作为局外人的同病相怜，他问：“我能去七层看看吗？”

炎王点头：“当然。”

安息匆匆穿过七层的回廊，尽头的房间里亮着大灯，二十九老远就看见了他，冯伊安还在忙着收拾器械，见他来了，冲他摇了摇手里的玻璃瓶子。

瓶身里沾着血迹，里面有两块形状扭曲的金属，是刚从废土身体里取出的弹片。

安息低头看着病床上的废土。他身上的伤口总算都被好好地处理过了，全身上下缠着白色绷带，尤其是两条伤腿被裹得严严实实。

冯伊安解释：“刚睡过去了，应该没有生命危险。”

安息呆呆地道：“哦。”下意识又抬头四顾，去找那两根拔出来的钢钉丢哪儿了。

冯伊安见他反应迟钝，怕他没明白，又说了一次：“安息，米奥会好起来的。”

安息还是没什么表情，只点点头。

冯伊安看着他，摘下手套走到他身边，揉了揉他还泛着潮气的头发，说：“这样挺好看，适合你。”

安息肩膀微微垮下。

紧张的感觉褪去了，那种无能为力的焦灼又袭上了他的心头。医生说废土会好过来，但他一定也很难受吧，医生说废土是他看着长大的，就像是弟弟一样。但自己什么也做不了，不能叫他更快痊愈，也不能帮他分担痛苦。

安静的空气凝滞了没一会儿，炎王也下来了，他胳膊撑在门框上，先低头看了一眼废土，才小声问：“冯医生，大家都在三层集合了，有不少伤员，您有空吗？”

安息有些惊讶地回头看他。之前炎王一直全名全姓地叫医生冯伊安，如今竟然会叫“您”了，仔细想想，好像但凡冯伊安交代他的事情，炎王都格外听话。

冯伊安点点头，说：“安息你在这儿照顾米奥，他醒来后再量一次体温，先别急着吃固体食物。”

两人前脚一走，二十九靠在门边说：“我们也走了。”

安息“哦”了一声，随即反应过来：“走……去哪儿？”

红眼里似乎泛起了一丝笑意，二十九说：“当然是离开这儿，回到属于我们的地方去。”

安息微张着嘴，迟钝地明白过来：“要走了吗……”

二十九指着自己说：“我们不好在避难站久留吧，况且之前失散的同伴还没找到。现在趁着站里混乱走，安保全线恢复后就不好离开了。”

安息有些失落，问：“那……什么时候能再见面呢？”

二十九说：“只要活着，总会见面的。”

他伸出手，像是想学二号那样揉揉安息的头发，但又迅速改变了想法，只拍了拍他的肩膀，转身出了门。

这下子，周围人都走空了。安息回头看了看在昏睡中仍旧紧皱眉头的废土，连忙也跟着冲出房间，喊道：“二十九！”

走廊那头的二十九回头看他。

安息急促地说：“谢谢你！也帮我谢谢二号和七十三！”

二十九指了指自己的耳朵，示意二号能自己听见。

安息笑了笑，提高音量：“谢谢你二号！”

二十九冲他摆了摆手，转身离开了，安息也回到屋里。

他搬了一把凳子在废土床边坐下，盯着床上面色惨白、脸颊凹陷到几乎有些认不出的人。

他想起之前废土精神恍惚时对自己说的话——他后悔以前对自己不好，他醒来后还会记得吗？那他以后是不是会对自己更好一点？

安息几乎都有些忘了，他忘了自己最初其实很在意这些事。

刚刚认识的时候，废土对他最好，经常对他笑，也很温柔，但后来很快便发现那其实只是为了利用他。于是之后一段时间废土的态度就不好了，话少且不耐烦，冷冰冰的。

但再后来，安息发现，废土仍是好的——他给他买电子小羊，给他做蛋白浓汤，而且不管多嫌麻烦，不但没有丢下他，还始终竭尽全力地保护他。

如今他只是努力想要保护废土一小阵子，就已经累得筋疲力尽。

安息小声说："只要活着就好了，其他都不重要。"

虚摩提也好，在哪儿都行，在死亡面前所有坚持都变得不堪一击。

等等，电子小羊？

安息一摸兜，发现小羊没带在身上，急急忙忙跑到楼下把自己的包、狙击步枪和手枪一并拿了上来，准备长期驻守在废土身边。没承想，地底没有阳光，小羊早已开不了机。

安息低着头摆弄小羊，但太阳能电池实在用得太干净，无论如何也亮不起屏幕，只有电源红灯一闪一闪的。忽然，一声沙哑又充满疑惑的"安息"叫他回过神来。

安息吃惊地抬起头来："你你你你醒了！你还好吗？感觉怎么样？腿还疼不疼？饿不饿？想不想喝水？你记得发生了什么事吗？"

废土被一连串问题砸得头晕，满眼转圈圈。

安息见他一脸放空的样子，脑洞大开，忽然紧张起来："你你你……你还认得我是谁吗？"

废土费劲道："不好说，是升级版的安息吗？"

安息愣了半秒，随即反应过来，面露羞怯地摸了摸自己的短发。

废土看到这个熟悉的表情，才终于找回一点实感，问："冯伊安呢？"

安息凑趴到他耳边，说："医生上去帮忙了，你哪里痛吗？"

废土摇摇头："火弗尔呢？"

安息说："死了。"

废土有气无力地扬了扬眉毛。安息又说："是我杀的。"

废土这下是结结实实地惊讶了，很快，他又看到了安息手肘的擦伤和颧骨的瘀血，问：“还有哪儿受伤了？”

安息之前被火弗尔踢中的胃部一直在隐隐作痛，他还没时间查验伤势，但想必不太好看。于是摇了摇头，说：“没了。”

废土不置可否，只淡淡地看着他。

安息被他这样瞧着，也莫名紧张了起来。

我撒谎被他发现了吗？

他只是……他实在没办法对着这样的废土撒娇，和对方所遭受的伤害比起来，自己这点摩擦根本不算什么。

二号他们走了，废土还很虚弱，医生忙着照看伤员，炎王还在处理雅威利的事情，现在正是需要他坚强可靠起来的时候。

废土缓缓地眨了一下眼，轻飘飘地说：“安息。”

安息秒答：“嗯？”

废土缓缓开启嘴唇，说：“辛苦了。”

安息呆愣地眨了眨眼，一滴眼泪以快到几乎以为是幻觉的速度飞溅出来。他连忙吸了吸鼻子，露出一口白牙笑道：“不辛苦！”

废土闭上眼睛，弯了弯嘴角。

废土虽然意识回笼，但身体还太虚弱，安息怕打搅他，只敢不作声地守着他休息。不多时，医疗站的门忽地被推开，来人却叫安息大吃一惊。

“你怎么在这儿！”安息瞪着蛟鲨。

对方大摇大摆走进屋子带上门，好整以暇道：“怎么，我应该跟其他人一起被迷晕在仓库里锁着吗？亏得我之前还专门来找你聊天，却连下药这种事都不告诉我。”

不久之前才被冯伊安提醒过的安息立马警戒线上升，皱眉道：“你来这儿干吗，大家都在三层。”

蛟鲨笑了笑，说：“对嘛，之前咱们话才说了一半，现在其他人都在忙别的，不如我们来继续上次的谈话吧。”

安息皱了皱眉：“我不记得还有什么未完的谈话。”

蛟鲨靠坐在角落的桌上，语焉不详地道：“现在避难站的情况，你明白吧？”

安息纳闷道："什么意思？"

蛟鲨做了个手势，说："现在这个小小的避难站里，情况其实相当复杂。站里遗留的几拨残余势力都是定时炸弹，虽然合理解决了矛盾最尖锐的那个焦点，但大家马上就会意识到彼此立场的极大差别，不，不如说现在估计已经开始各自计较了。

"火弗尔虽然被你杀了，但雅威利的进站团员仍基本都在，一部分是火弗尔旧时的亲信，这些人之前态度最为恶劣，算是避难站的头号公敌；一部分是炎王新招募的伙伴，但队伍太新，还很不稳定；剩下的大部分是本来没什么立场、却被莫名其妙迷晕关起来的团员。再看避难站这边，几乎全员都对雅威利痛恨至极，偏偏又不能把部分解救他们的团员也一并轰出去。"

安息打断他："那你呢？"

蛟鲨笑了笑，说："别急嘛，现在大家对局势都没有把握，少数几个没有站队而能清楚看清其中势力关系的，只有三个人，就是你、我、冯伊安。不过冯伊安这个人向来的名声就是无欲无求，说来也是有意思，在这种时代居然还有人扮演这种圣父角色。"

安息回头看了一眼废土。蛟鲨进来的时候废土正闭上眼睛休息，他早先说睡眠状态下伤势恢复的效果最好，但他真的睡着了吗？

安息转过来，废土醒来的事情还没什么人知道，蛟鲨上次来的时候废土也昏迷不醒。

他心里忽地升起了一丝怪异的感觉。

安息看着蛟鲨，又看了看自己身处的这个房间，整个人骤然清醒了起来。

安息清了清嗓子，说："我明白了。"

蛟鲨挑了挑眉："哦？"

安息说："你是一个了解局势的人，对吧？"

蛟鲨点了点头。

安息说："也就是说，从头到尾，大家都被蒙在鼓里，但你其实一直很清楚，你清楚炎王归队的目的，你知道火弗尔抓走米奥的实验目的，甚至……说不定在更早的时候，早在火弗尔之前，你就知道废土身上异于常人的部分了吧。"

此话一出，安息脸上虽极力绷着表情，但手心已经冒汗。猜对了吗？他一定是已经知道废土血液的内情了吧！

蛟鲨愣了愣，旋即扩大了笑容：“你是说他作为变异人混种的事吗？呵呵，不错，不过……火弗尔实在太愚蠢了，居然会想出这种大张旗鼓制造血清的方法。”

安息心下不满他的用词，但仍暗自松了一口气，说：“终于到了坦白时间吗？那我也有两个问题要问你。”

蛟鲨饶有兴趣地歪了歪头，伸出一只手示意他继续。

安息说：“第一个问题，当然就是我一直以来想不通的那件事。这么多人里，你为什么总是挑中我跟我讲这些呢？说起来，我在所有人中不算起眼，没什么话语权，战力也根本排不上号。”

蛟鲨说：“刚不是说了嘛，大家都在站队的情况下，只有你我是旁观者啊。”

安息点了点头：“旁观者，这应该算是你的……人生格言？我听说了，你在雅威利团里和火弗尔资历相当，但一直没什么名气，也没什么人缘。”

蛟鲨眼睛危险地眯起：“注意你的措辞，小朋友。”

安息耸了耸肩，接着说：“我的第二个问题是，除了执行任务的这几个人之外，没有别人知道我们往水里投放迷药这件事，怎么偏偏只有你和火弗尔没有中招呢？”

蛟鲨无所谓地笑了声，指了指自己的鼻子，说：“你刚才不是说了吗，我们俩可不是什么毛头小子了。能够在废土上日复一日地活下来的人，没有狗一样的嗅觉可不行啊。”

安息“哦”了一声，说：“如果火弗尔意识到有问题，他一定会先行下手，或者至少会提醒自己亲信的那几个团员，但他却没有。”

蛟鲨扬了扬眉：“所以你的意思是？”

安息：“所以我想，会不会是有人知道了有问题，却故意没有告诉他，只是悄悄调换了他的那份食物和水，让他既不能昏睡着被抓住等待审判，醒着的时候又一定会落单？”

蛟鲨不置可否，安息却挺了挺背。

他越说思路越清晰，背对着病床站直身子，恰好挡在了废土前面，缓缓说道：“我倒是认为，你每次来医疗站并不是为了找我，这些天来我前后总共只来过七层两次，怎么会那么刚好被你找到。然后我仔细想了想，这两次碰面恰好都是站里戒备松懈的时候。第一次赶上我利用戒备松懈的换班时间，这一次又是解救人质的混乱关头，你听见广播叫所有人在三层集合，才以为这下面肯定没别人了。你的目标不是我，而是这个房间里的其他人……或者其他东西。

“只可惜，你两次来这里又都正巧碰上我，导致你无法完成自己真正想做的事。为了不打草惊蛇，只能先跟我说一大堆故弄玄虚的话。”

蛟鲨收拢笑容：“那你说说，我真正想做的事是什么呢？”

安息朝旁横跨两步，拉开墙上的低温柜。

这里原本是用于冷藏状态不够稳定的液态药剂，现在已全部替换为满满当当的几排血袋——废土的血。

安息说：“你刚也承认了自己早就注意到米奥的身体特殊吧，之前……你或许是没机会，或许是没胆子打和火弗尔同样的主意，现在有人帮你开了路，火弗尔又已经死了，你就着急过来捡漏了。”

蛟鲨面色终于变得不太好看，他冷哼一声：“没胆子？别把我和那种蠢货相提并论。”

安息不为所动，接着说：“仔细想想，也许你并非完全没有提醒过火弗尔，你或许是希望让他和他的小团伙保有行动力，好给我们制造阻碍，却没承想火弗尔并没有如你所愿警告他自己的队友。也难怪嘛，疑心病重的人是谁也信不过的，他大概是想看看最后谁没有中招，借此来判断谁背叛了他，好到时候算总账吧。”

蛟鲨从椅子上站起来，一脸不耐地叹了口气：“真麻烦，明明只需要乖乖上当受骗就不用死的，为什么偏要这么聪明呢。”他从腰后掏出手枪对准安息，“我是很不喜欢自己动手杀人的。”

安息依旧面色沉静，好像早料到他会这么做。

他侧过身，从冷藏柜里拿出一袋血举在手中，说：“可是，有一个部分你算错了。”

蛟鲨不由得分心看了一眼血袋，皱眉反问：“什么？”

安息一字一顿道：“那，就，是……”

他忽然扬手将血袋丢了过来，整个人身子一矮朝旁边滚去，蛟鲨下意识抬手反击，血袋被击穿，腥冷的血液劈头盖脸地砸过来挡住了他的视线。

与此同时，枪声再响，开枪的却不是蛟鲨。

他眉心赫然炸开一个血洞，他双眼怒睁向后倒去，最后一刻看见的是撑坐在病床上的废土，和他身前被单上烧焦的圆洞冒出的缕缕青烟。

废土从被单下拿出手枪，冷冷地看着他。

蛟鲨额头流下一道血迹，划过眉骨滴在他嘴唇上："你……"

他连一个完整的单音都没能发出，就瘫倒在地，双腿只抽搐了一下子便不动了。

废土把枪在食指上转了一圈，挂在指尖上示意安息来拿。这是刚才安息站起身时偷偷塞到他被子里的。

废土撑不了几秒便又脱力地倒下去，哑着嗓子道："真麻烦啊，就不能安静几分钟吗？"

安息接过枪，也颇感无力。火弗尔知道，蛟鲨知道，又还有多少人知道呢？

难道这就是废土的未来吗？

被听闻风声而心怀不轨的人不断算计追杀，难道，这就是他们的未来吗？

第六卷

第十五章　归来者

随着血袋的破裂，医疗站里满是黏稠的腥味。安息小心地绕过蛟鲨的尸体，特意查看了一下他是不是死透了，但被废土嘲笑一番：“击中额头还能动，你以为他是变异鲨鱼吗！”

安息瘪瘪嘴，拉过墙角的折叠床架好，然后伸手去搬动废土。

废土本闭着眼睛，被他一碰忽然睁眼道：“干吗？”

安息：“把你抱到担架上去。”

废土露出狐疑而戏谑的表情：“你，抱我？”

安息不满道：“干吗啊！”

废土说：“算了算了，来扶着点。”一边把胳膊环到安息脖子上，但双腿无法使劲，只得艰难地往担架上挪动。

一手刚刚撑上担架，安息忘记锁死的滚轮就在血迹里朝一边滑开，两人重心一下失衡。安息手忙脚乱地一边扶住废土，一边试图把跑掉的担架钩回来，嘴里哇哇大叫。

废土受不了道：“脚踩住！轮子上的压力片！”

安息这才反应过来，连忙单脚钩住担架腿再把轮子固定住，避免了两人一同摔进血里的命运。

废土惊魂未定，再摔一下他骨头怕是要散架，气不打一处来：“你这蠢羊！”

安息不高兴地噘起嘴巴，嘟嘟囔囔的。

废土竖起眉毛：“啊？你说什么？”

安息小声㞞道：“没有……”

废土在担架上躺好，安息推着他出了回廊。等进井梯时，他又听见安息小声地自言自语。

“明明说了要对我好一点的，骗我……”

废土拧着眉毛：“你到底在叽咕个什么？”

安息梗着脖子，大声嚷嚷道：“你之前昏迷不醒的时候，可是跟我哭着道歉了。”

废土根本不信，“嘁”了一声：“我都昏迷不醒了，还能道歉啊。”

安息说：“真的！我悄悄溜过去看你，你当时意识不太清楚，还以为自己是在做梦呢。怎么啦，你是不是经常梦到我啊，你说实话，我不会笑你的。”

笑我？废土抬眼看了看安息，对方从脖子以上全泛着粉色，短发下露出通红的耳垂。

废土说：“噢？我说了什么，我可不记得了。”

安息喉结动了动，脸更红了：“你说，你说……你后悔以前对我不够好，说应该要把钱都给我买蛋白浓汤。当时态度可好了，结果一醒来就又变这样，哼！”他半真半假道，“你还说你最疼我了，从小就想有个弟弟，叫我别离开你，要永远和我在一起。哦，对了，你还说特别后悔之前临走时跟我说狠话。”

安息三句真两句假，说得有模有样，废土听到前两句时，记忆忽然回笼了，但后面的内容又没什么印象。他听着听着也情不自禁有些窘迫，胡楂下的脸皮微微发烫，嘴唇动了动，像是想反驳，又不知道自己是不是真的说了这些话。

安息本是随口逗逗他，毕竟和废土相处的过去所有时间里，他从没在言语上占过上风。废土总是游刃有余，心思藏得很深，叫他分不清哪些是玩笑哪些是实话。

今时不同往日，废土又是吃惊又是尴尬的表情叫安息爽翻了天，轻轻笑起来，剪短的头发丝在灯光的晕染下显得毛茸茸的。

废土仰头看着他，也勾了勾嘴角。

他正要说些什么，井梯门外的争吵声就打断了两人。

安息正要拉开卡锈的门，废土却开口道：“别去。”

“嗯？”安息回过头来。

废土摇了摇头，示意他安静听。

外面正吵得不可开交。

前因没有听到，但他敏锐地从人声中辨识出了炎王的声音："责难也要分清对象好吗！一码归一码，现在大家状况都不好，就不能先冷静下来……"

可另外一个声音立马打断了他："好啊！一码归一码，我们好心邀请你们团来避难站暂住，还提供了食物、饮水和医疗设备供你们使用，可你们进来之后呢？都做了些什么！还把独耳给……"

本来还好，一说到独耳，人群瞬间又更嘈杂了不少，甚至还有人啜泣了起来。

一个陌生的声音说："那也不是我们做的啊，我们也被骗了好吧，亏我们还来救你们，早知道……"

"你说什么！"

"果然还是不怀好意吧！你说早知道什么？"

炎王再次出声道："好了好了，大家冷静一点，这段时间是什么状况相信大家心里也有数，有哪些人是心怀鬼胎的，哪些人只是奉令做事的，不是那么难辨别的东西。我们不代表雅威利全团，火弗尔更不代表我们。"

瓶盖忽然说："说起那个火弗尔，你们还控制了一些团员吧，那个火弗尔的亲信，你们打算拿他们怎么办？"

一时间人声四起："没错，那个疤脸还想欺负钿安！"

"杀了他们！给独耳报仇！"

"没错，不能就这么算了！"

安息此刻忽然庆幸废土拦住了自己。要是走进那些争论中，他又该以什么身份发言呢？

他固然因为站中的大家受苦而痛恨火弗尔和他的走狗，却也的确和炎王共同行动着，更在雅威利旧部的面前亲手杀了火弗尔，如今手上还多了一条蛟鲨的性命。那种局外人的感觉又变得清晰起来，他赫然发现，他不但无法选择一个对立的阵营，也无法选择一个融入的团体。

长大的感觉原来如此孤独。

站在人群外围的冯伊安头疼地扶了扶额，忽地瞥见井梯里偷听的两人，摊手遥遥叹了口气。

安息指了指楼下，无声地问冯伊安要不要一起走。

对方苦笑着摇了摇头，指了指人群围攻的焦点炎王。

两人互相挥了挥手，安息也替他觉得焦头烂额，原本以为火弗尔是最难对付的家伙，没想到杀掉他只是环节中的一项，现在平衡被毫无组织地打破，才真正陷入了泥泞的焦灼。

废土忽然摸了摸他的手，说：“安息，叫你半天，一脸呆样儿。”

安息：“嗯？”

废土：“我申请洗头洗澡。”

安息一扫脸上的迷茫，十分有精神地说教道：“啊！怎么能行呢！你身上很多外伤，不能见水，万一化脓发炎怎么办！”

废土自然是有意转移他的注意力，说：“洗个头总行吧，顺便刮个胡子，我看你理发技术不错嘛。”

安息不好意思起来，摸了摸还不习惯的短发，声音越来越小：“是不是，是不是不好看……我也好不习惯，头好轻。不过，那什么，我头发长得很快……”

废土看他无措地频频摸自己鬓角，心情莫名好了起来。井梯再次吱吱呀呀地停下，安息背对着门把担架床拉出来，说：“有点黑，这段时间供电不太足。”

废土一眼认出这是负十二层，勾起一边嘴角：“前几天……你们就住在这儿？”

安息说：“嗯，二号他们刚走。”

废土听到二号的名字，只诧异了一瞬：“他也在？”而后小声自语道，“原来看到二十九不是幻觉啊……”

他摇了摇头，装模作样地感叹道：“真是，不知道你是傻还是聪明。”

安息不明所以：“干吗呀？”他推开废弃休息室盥洗间的门，打开水龙头等了一会儿，带着铁锈的黄褐色水徐徐流了出来。又等了一会儿，水流逐渐清澈，安息才说：“好了。”

他仔细地给废土脖子周围圈上防水的油布，又小心翼翼地把他身体也遮盖起来，才一点一点地将他头发打湿。

废土感受到细小的水花，打趣道：“你在给我浇水吗？”

安息的声音从他头顶传来：“水有点凉嘛，这几天都没有热水了。”

废土说：“没关系，你这样更容易感冒。”

安息只得把他头发呼啦啦全部打湿。头发实在太脏，全部打结在一起，第一遍根本搓不出任何泡沫。清水冲过之后，才再接了些皂液在手上搓开。

水流确实泛着凉意，发丝滴滴答答，但头皮上温柔划过的指尖却透着热度。废土闭了闭眼睛，觉得紧绷数日的神经终于放松了。

不得不说，之前他一度真的以为自己要死了。

其实在他过去近三十年的废土人生里，死亡临门的境况也不算少有，但这次重新活过来，似乎有什么东西不一样了。

是什么不一样了呢？

第二次冲净泡沫后，安息见废土还闭着眼睛，把手掌捧在他脸颊上。

废土睁开眼：“干吗？”

安息扳着他脑袋左看右看，评价说：“好像瘦了不少，”随即手掌施力，把他脸颊挤作一堆。

废土口齿不清道：“找事吗！”

安息哈哈大笑。

把废土收拾干净后，安息又转而开始拾掇休息室。废土懒洋洋地看了一会儿，说：“干吗费劲。”

安息头也没回，脱下自己的背心当作抹布，把床垫和床头栏杆擦了一遍：“你伤好之前还得待在这吧，还是收拾一下比较好。”

哦，废土忽然想起来，在他们分别的那一天——在他和雅威利正面对上然后被抓走绑在试验台之前，他和安息本来就要分道扬镳的，如今一切尘埃落定，想必其余所有也会回归正轨吧。

安息说自己精神恍惚的时候，后悔了。

后悔自己说过的话，后悔自己没做的事。

真的吗？也许吧。

看着安息忙忙碌碌地收拾这间小休息室，他们在隔壁间度过了不长不短的、一段真挚又充满谎言的日子，重新回到这里，即使知道现状只是暂时的，有些话已到嘴边他也还是问不出口。

就装作不知道，再久一点吧。

那些在废土上不停跋涉的日子里，每天早上都是他费劲地把安息从睡意蒙眬中叫起来，再把食物塞到他手中；那些风暴来临的日子里，他用绳子牵着他，另一头绑在自己身上；遇到眼神不善的旅人时，他习惯性将安息挡在身后，好像他真是一只软绵绵的小羊。也许安息说得没错——有他在一天，他就会忍不住撒娇。

可十七岁的少年成长的速度就是如此惊人，即使早已不需要那样小心翼翼地对待，他仍习惯将他当作小孩子。

况且，就这样看着小羊为自己忙前忙后也不赖。

安息从柜子里抱出床单抖开，正趴在床上掖四个角。

他半裸着上身，下身穿着肥大的工装裤，忽然“啊”的一声直起身来，冒冒失失地冲到自己的旅行包旁边，拿出之前保存起来的真空袋。

那是什么，废土眯起眼睛，一个罐头？

安息就着袋子看了半天，然后颤颤巍巍地打开袋子凑到上方去闻。

毫无预兆地，安息忽然坐在地上仰着脖子大哭起来。废土吓了一跳：“怎么了怎么了，刚才不还好好的吗？”

在安息号啕的哭声中，废土辨认出几个字：“坏了。”

废土狐疑道：“罐头坏了？”

安息猛抽气，哭诉道：“我，我有好好地放进，真空袋，嗝，结果，袋子戳破了，呜哇——午餐肉，午餐肉罐头坏啦——”

废土哭笑不得。

自己刚才在脑内做了青少年成长建设，转头就目睹了这么一幕，安慰道：“不就是个罐头嘛，到时候在集市上问问有没有人卖。”

“不是的！呜哇——不要！”安息哭个不停，完全发了水灾，忍了多日的泪水全线泄洪，“很好吃的，是我，是我专门留给你的，我都舍不得吃，呜呜——”

废土反应过来，顿时感觉自己心脏被踩了一脚，招手道：“别哭了，过来坐。”

安息连滚带爬地从地上站起来，扑到他床边：“我就是觉得，嗝，我什么，我什么也做不好，保护不了你，也保护不了避难站的大家，我好没用。”

废土使劲揉了揉他的头发，说：“你救了我呢安息，这不是很厉害吗，我还活着，你不开心吗？”

安息根本听不进去，还沉浸在低落的情绪里，哇哇大哭：“小羊也喂不了，没有太阳，没有电！小羊！会不会死啊！呜哇——”

废土一头雾水，好不容易听懂了，连番哄劝：“肯定没事的，别哭了。”他既好笑又心疼，但嘴上只说，“你和冯伊安他们一起的时候，也这个德行吗？”

安息哭声渐止，说：“没，没有，我之前都，一直没哭过。”

废土说：“哦哦，厉害厉害。”

安息推了他的手一把：“你别笑我！我说真的！”

废土无辜地举手：“我没笑你啊，我真觉得你厉害。”

安息仍不高兴地嘟着嘴。

两人不作声地待了一会儿，安息泪水干掉，又恢复了干活模式，帮助废土移到了刚铺好的床上，一脸宣泄情绪后的空白表情。

废土看了他一眼，问：“你黑眼圈好重，要不要睡上来？”

安息摇头道：“你身上有伤。”

废土笑起来：“你现在还知道在乎这个啦。”

安息也想起来。之前他们刚到番城集市的时候，他死乞白赖地非要和废土挤一张床。安息趴在床头，闻着两人间相似的洗发液气味，问：“之后我们去哪儿啊？”

废土没吭声。安息抬头看他，追问道：“怎么了？”

废土摇头道：“没什么，只是有点惊讶，我以为你回到这里就不会想走了。”

安息奇怪道：“为什么？”

终于还是无法拖延这个话题吗？废土几不可闻地叹了口气，说：“这里才是你的家不是吗，你的亲人、家人、朋友都在这儿，而且环境条件也比外面好那么多，我以为……我以为你以前就很后悔的，早想回家了。

“出去之后，又是变异怪物，又是末日风暴，又是火弗尔的，我以为你早受够了。”

安息皱着眉想了一会儿，也无法反驳，只说：“我不确定大家还把不把我当家人……”

废土手指在被单下纠在一起，面上沉静地说：“他们只是一年没看到你，过段时间就会习惯的，你也会重新习惯的。”

安息盯着他的脸，又想了一会儿，忽然露出微笑，问道：“那你怎么办呢？”

废土抬眼看他：“我？”

安息带着笑意说：“站里这么多人呢，大家从小一起长大，彼此照应，可你就只有我啊。”

废土愣住了。

半晌，他才咽了咽干涸的嗓子，努力平稳地说：“这些话，也是我失去意识的时候说的吗？”

安息笑眯眯道：“是的！”

原来如此。

小羊原来有这么漂亮的吗？

长卷的睫毛下，棕黑色的瞳孔熠熠发光，反射出邋遢憔悴的自己。

废土说：“哦，那你倒说说，我半死不活的时候说了这么多话，你是什么反应？”

安息没有回答他，只是看着他。

他的眼神那样认真，叫人几乎有些无法直视。

安息没有回答他，眼睛骨碌碌地转了一圈，没头没脑地道：“循环艇上，会有空间放两张床吗？”

废土愣了一下，不知道话题怎么就绕到那儿去了。

“要是有张大床就好了，虽然挤挤也挺好的。”安息说。

废土看见对方瞳孔里映出的自己，似乎也因为这后知后觉的欣喜而面色明亮了起来。

别这样，太丢脸了。

快吸气啊，就像正常那样呼吸！

但是，喜悦的感觉瞬间爬满了他四肢百骸，连指甲盖都激动至极。

安息说：“落日和星星我都已经看过了，这次，你愿意带我去看海吗？”

安息迷迷糊糊间听见炎王的声音，反应了老半天才昏头昏脑地睁开眼。

炎王不满道：“找你半天！居然在这里睡觉。”

“我睡着了？”安息茫然地左顾右盼，炎王和冯伊安已经推门进了屋，冯伊安单手拎着一个巨大的方形隔热包。

废土也睁开眼坐直身体，说起来，这还算是废土和炎王的第一次正式见面。炎王瞬间想到之前在番城集市门口交手的事，冷笑道：“呵呵。”

废土对他其实完全没印象了，有些莫名其妙，也皮笑肉不笑道：“呵呵。”

炎王拉起衣服，指着一个粉色的疤痕说：“谢了。”

废土下意识说：“不客气。”随即反应过来，“哦……是你。”

炎王：“呵呵。”

冯伊安介绍道：“这是炎王，这是米奥。”

两人对视一会儿，不动声色地上下打量了对方一番，均十分冷漠地“哦”了一声便偏过头去。

冯伊安头疼了，连忙召唤吉祥物：“安息安息。”

安息揉着眼睛听话地走过来了。

冯伊安还没说话，炎王便指着安息脸上的印子和翘起的短毛哈哈大笑：“好蠢！哈哈哈，好蠢。”

安息的脸瞬间垮了。

然后炎王看到了丢在一边的午餐肉袋子，一眼就明白了怎么回事，大声嘲笑道：“哈哈哈！之前不吃完吧！坏了吧！”

不提还好，一说安息又委屈起来，嘴角立马下瘪到了一个危险的角度，“哇”的一声扑到废土怀里嗷嗷哭了。

炎王瞬间收到两道责怪的目光，讪讪地闭上嘴巴。

过了一会儿，安息终于醒过神儿来，一脸呆滞地坐在原地流口水，炎王惊悚地看了他一眼。

怎么把人救出来之后，自己反而变弱智了。他忍不住伸手想戳他脸颊，只不过手指头刚伸到嘴边，安息就扭过头来龇出牙齿，牙齿咬合在一起发出“咔嗒咔嗒”的威胁声响。

炎王把手指头揣回自己兜里了。

与此同时，废土朝冯伊安扬了扬下巴，问：“怎么样了？”

冯伊安说：“还行，大部分都没什么大碍，有些营养不良不过是避难站的通病，没有阳光合成不了维生素 D……”

废土打断他：“谁要听这个。”

冯伊安眨巴了下眼睛，明白过来，没什么兴致地简要说道：“吵到最后双方算是妥协了吧，给了雅威利三天时间撤离避难站，但是被关起来的那几个火弗尔的亲信，避难站还是不肯放人。不……也不能这么说，也有主张把他们交还给雅威利处理的，不过在站里占少数。”

废土问：“那你呢？”

冯伊安说：“我就是个围观的，到时候雅威利撤离的时候跟着一起走吧，毕竟……你现在也安全了。”

废土面无表情地指着安息道：“一点售后服务都没有吗医生，根本不安全，就刚才这蠢羊还差点把我摔地上。”

安息耳朵竖起来：“嗷？！”

冯伊安也看了一眼安息，说：“不过嘛，就算赶走了雅威利的人，经历前面几次入侵，避难站现在人手和资源都挺紧张的，估计这次必须要开放大门迎接外来者了。”

安息终于回过神来：“啊，广播站要开了吗？”

冯伊安笑了笑：“你也知道嘛。”

安息点点头：“我和瓶盖小时候经常去那玩的，明知道没有信号，还是假装对着话筒一直播音喊话。”

“不过现在最缺的应该是医疗人员和武器，在之前几次入侵时都消耗得差不多了，但这些东西的累积都需要时间。”冯伊安说，“对于他们来说，我们都是外人，做出的贡献还不如消耗的多，不可能留在这里多久。”

安息低下头去，默不作声。

他知道，这是避难站最需要他的时候，这个养育他长大，教会他一切的避难站，如今比从前更迫切地需要着他。

炎王接过话头：“别提了，团里现在也一片混乱，火弗尔死了，大家意见又分歧得这么厉害，当务之急是必须选择一个新的队长。资历较老的团员基本都在明队死后离队了，剩下的基本和火弗尔混作一堆，还一个蛟鲨……又被某人杀了。”

安息呆呆地反应道：“啊！”

炎王看了他一眼：“果然是你吧，下次别人问起可别这副不设防的反应。”

废土迅速插话道：“不是他，是我杀的。”

炎王摇摇头："放心吧，没别人知道，之前下药期间没有中招的只有火弗尔和蛟鲨，在其他人醒来时两人就都已经死了，大家下意识认为两人都是和避难站人员爆发冲突时被杀的。"

废土皱了皱眉："可蛟鲨是在医疗实验站被枪杀的。"

炎王"嘁"了一声，忽然激动起来："尸体当然早被我转移处理了！你们倒是跑了！别的也不管！那么多血也不收拾！"

安息蔫蔫地说："我之后会去打扫的。"

炎王提高音量："什么打扫！我说的是这家伙的血，"他指着废土，"满满一柜子，被别人拿走一化验……你是不是傻！"

安息这才反应过来。

对啊！他们之所以走到今天，辛苦到现在，完全是因为这特别的血液，怎么看到废土后就完全忘了这茬。

他急切问道："血呢？"

冯伊安拍了拍那个方形隔热袋，说："这儿呢，不过现在不能打开，打开冷气就散了。"

废土看了看那个袋子，自己的半条命都在里面，他惊讶地发现自己竟然没太多特别的情绪。他本来十分痛恨火弗尔，这种痛恨源自经年的厌恶，又在近期的冲突内进一步发酵，但醒来发现火弗尔已经被安息杀掉后，隐约间忽然觉得很轻松。

废土对冯伊安摆摆手，说："送你了。"

"欸？"炎王和安息同时回过头来，废土莫名道："干吗，你们要吗？"

两人缓缓摇了摇头，又再次看了看那个包。

冯伊安吃惊的表情维持了一会儿，问："你确定吗？"

废土说："随你怎么处理，直接倒掉也行。"

几人盯着那个不透明的包沉默了一会儿，炎王忽然开口道："被你们打岔，我都忘了来干吗的了。"

安息还记得他笑话自己的事，没好气道："对啊，你来干吗？"

炎王白了他一眼，没搭理："我刚说到哪儿了，对了，团里选不出新队长。"

另外三人都显得兴致缺缺。

炎王额头冒出青筋，雅威利赏金旅团虽然今时不比往日，但好歹也是废土上第一大团啊，这几个怎么都一副“今天吃压缩干粮”的表情！

炎王清了清嗓子，大声说：“所以，有人就提议推选他做新队长了。”

安息左看右看，炎王的手指直愣愣地对着他，匪夷所思道：“我？”

炎王不耐烦地抖了抖手指：“走开，挡着我了。”

安息这才顺着他手指的方向看了看自己身后，是废土。“哦。”安息说。

片刻后他才反应过来，尖叫道：“啊？”

炎王微微昂着头颅，颇为高傲地点点头，仿佛在给什么爵士授勋：“现在团里论资历就是莱特最老了，在队里时间最长，又是明队亲手教出来的，况且……”

废土已经迅速打断了他：“之前的事，难道还是火弗尔逼他们做的吗？这么大的人了，自己做的选择，难道还要用这种方法来偿还愧疚？雅威利如今真的已经落得这种下场了吗。”

安息还沉浸在震惊之中，反反复复来回看两人：“什么意思？你要做莉莉团团长了吗？”

废土冲他摇摇头：“不是，这是他们怕我秋后算账，想出的安抚我的烂招数。”

“哦哦。”安息很轻易地就放心了。

炎王额头冒起第二根青筋：“不是！不是因为什么愧疚，怎么可能！你把雅威利当什么了！”

他深吸了一口气，问：“你在雅威利多长时间？”

废土说：“六年。”

炎王点点头：“六年时间，如果明队没有出事的话，估计还会更长吧，这样的你，能够眼睁睁看雅威利就这么毁掉吗？”

安息有些紧张地看着他。

避难站尚且只是陷入窘境，他便已经觉得自己责任重大无法离开。而废土被这样直截了当地请求，他一定很为难吧。

不料废土脸色都没变，淡淡道：“什么话，雅威利早就毁了，没有明队的团根本不配称为雅威利，现在这个……我可不知道是什么。”

冯伊安说：“米奥，别这么说……”

废土反问道：“难道不是吗？”

炎王迟迟不语，似乎也不知如何作答。废土接着说：“我其实挺同情你的，你从未见过雅威利真正的样子。”

炎王忽然出声了：“不，我见过的。”他收起了所有戏谑和轻松，严肃而一字一顿地说，“我是见过的，所以我才无法看着它变成如今这个样子。”

废土也看着他，他重新打量了一下这名年轻得过分的少年，他身上完全没有安息那种懵懂无知的感觉，带着果敢的稳重，反而要细心观察后才能察觉他的真实年龄，废土叹了口气，说：“一件事之所以美好，正是因为它终有尽头。”

之后的两天一夜里，废土几乎在负十二层中昏睡度过。不知道是不是大量采血后刺激了造血干细胞的工作速率，废土的外伤比之前恢复得还要快，几乎以肉眼可见的速度在愈合结痂。很快，除了虚弱以及困倦无力之外，已经看不出几天前还伤势那么严重了。

在第三天的夜里，废土醒了。

他忽然睁开眼睛，觉得神志似乎从未这么清醒过，好像做了一场漫长的梦，梦中又有更多的梦境嵌套在一起。现实的触感在很长时间以来第一次回到了他身体里，好像这是他第一次呼吸空气，好像这是他第一次感觉重力。与此同时，饥饿感也接踵而来。

安息早已习惯他睡睡醒醒的节奏，没怎么在意，一边摆弄手里的东西一边说：“晚上好呀。”

废土发了一会儿呆，蹦出两个字：“好饿。”

安息“咦”地回过头去，废土说：“还渴。”

安息“哦哦哦”地站起来，连忙找出水递给他。废土仰着脖子，喉结上下滑动，因为喝得太快而从嘴角溢出一些水流。一个水袋喝完后，安息连忙把自己的水递上去。

废土很快把两人的水都喝光了。安息原地转了一圈，说：“你等一下，我去楼上接水，顺便再带些吃的下来。”

废土问：“这个时候不是已经不供饮水了吗？”

安息笑起来：“那是以前啦，现在规矩已经改了，你等等哦！”

安息接了两大壶水，又拜托铂安打开食物仓库给他找了些干粮。他抱了一怀食物匆匆回到楼下，推开门时见废土竟然下地了。

他赤脚站在地上，张开手指，又捏成拳头，他看了看自己的手心手背，又抚过前胸腹肌，最后弯曲膝盖试着跳了下，像是刚被制造出来的机器人正在测试自己的性能，适应这副新的身体一般。

“啊……”安息目瞪口呆地看着他。

数日以来的不曾活动叫废土整个人瘦了一圈，原本鼓胀的臂膀和胸膛如今线条更加流畅，整个人修长匀称。他身上遍布着深深浅浅的粉色新皮肤，看得出是伤重初愈的样子。

废土拎了拎凳子，索然无味地丢在一边，又左右看了一圈，似乎在寻找更重的物件，转头看见安息，动了动指头说：“过来。”

安息一头雾水，还是放下手中的东西走到他的身边。

废土将手环过他腋下，忽然猛地将他托举了起来。安息像是一大袋子番石榴，在废土手中被上下掂了掂，还在空中抛了一圈，终于在他的尖叫抗议中被放了下来。

“还不错。”废土这样评价自己的新身体。

安息抓狂道：“我是铁秤吗！”

废土随手从安息给他准备的干净衣物里挑出一条短裤套上，裤腰松松垮垮地挂在他胯骨上，坐下吃起了安息带给他的食物。安息下巴搁在桌子上眨巴着眼睛看了他一会儿，说：“我刚才和大家说了，我们可以再在这里休息几天哦，等你身体完全恢复了再走。”

废土又绕了绕肩膀，摇摇头说：“不用。”

安息：“哦。”

废土抬眼看他：“舍不得？”

安息下意识说：“不是！”然后又点了点头，“有点。”

上次离开的时候，他满心愧疚，这次回到避难站，发现大家的生活都滚滚向前，并未被他的离开所影响，失落和安心两种情绪反复滚来滚去。

废土倒是无所谓：“以后又不是不能来了。”

反正都拐走一次了，再拐走一次他也不会良心不安。

安息想了想，最初自己踏上废土的时候，觉得外面的世界真是广袤无边到令人恐惧。这次从番城集市急行赶回，之后才发现其实这世界说小不小，说大也不大。

于是安息顿时释怀了。

废土观察他的表情，嗤笑道：“真好骗。”

安息不满道：“干吗啊！我是相信你才……”

废土快速吃光东西，又灌了半壶水，终于缓过劲来，说：“是嘛，以后牵一根绳子把你拴在船头，不然分分钟被别人骗走。”

安息张牙舞爪地大声反驳道：“才不会呢！”

次日，终于迎来了避难站驱逐各位不速之客的最后时间，几乎全站人员都在地表层集合了。

炎王已经整装待发，但安息和废土迟迟没有出现。避难站对于两人毕竟有着不同的标准，没人去催，两人也似乎完全忘了这码事。

炎王伸长脖子张望了一会儿，冯伊安问：“找安息？”

炎王说：“人呢，也不来道个别，没良心。”

“你下去找他不就好了。”冯伊安笑道，问，“我去帮你叫？”

炎王下意识说“不用”，但想了想又说：“也行，医生您不走吗？”

冯伊安眯了眯眼睛：“要啊，等等和你们一起。”

彼处的废土与安息也在整装准备上路。两人先是在火弗尔的“遗物”中找到了废土被捕获后遭搜刮走的物品，里面除了他的武器外，最重要的自然是开展新生活所需的全部存款，所有笔芯仍好好收在原本的袋子里。

负责清理尸体的避难站员对于废土上的“钱”毫无概念，拿出另一袋火弗尔本人的存款，问：“这还有多的，你们要吗？”

废土拉开清点了一番，一副如释重负的样子，将带子收紧贴着胸口放好，整个人脸上都洋溢出幸福的泡泡。

安息震惊地揉了揉眼睛，再定睛一看，对方还是那个面瘫的废土。

之前在泥石镇收缴的大量武器二号他们并未带走，安息和废土商量后决定全部送给避难站，作为自己无法留下帮忙的一点微弱补偿。两人来回抬了两趟，才把所有武器都摆进了八层空荡荡的武器仓库。

想当初第一次离开避难站时，他和废土就从这里顺了不少东西走，如今也算数倍奉还了。

做完这一切的两人正欲上楼，又迎面遇上了瓶盖，对方手里抱着一摞衣物，安息一眼便认出那是他当初潜入站里时顺手脱在二楼库房的防风旅行服。他从瓶盖手里接过叠得整整齐齐的衣服。都洗干净了，飘散着熟悉的消毒剂味，安息低着头，有些难以启齿。

这次好歹是有机会说再见的。

他故意开玩笑说："洗得再干净，走出去半小时就脏啦。"

瓶盖也半低着头，迟疑道："那，那听起来，真是个糟糕的地方。"

安息猛点头："是呢是呢。"

瓶盖抬起头来，两人看见对方熟悉的眼睛，安息连忙说："你可别哭啊，你一哭，我就忍不住。"

瓶盖立马用手背飞快地蹭了下眼睛，说："什么啊，是你别哭才对吧。"

两人对视着傻笑起来，又瞬间演变成毫无形象地抱头大哭。

安息："呜哇哇——"

废土："……"

瓶盖："想回来的时候，随时，随时回来啊呜哇哇——"

安息："瓶盖——呜——"

废土额头冒青筋，拎着安息脖子后面的衣领："……够了！走了走了。"

安息被拎上楼时，炎王正在发表自己迷弟生涯告别演说的最后章节。

"对于我来说，对于在场的各位，甚至是外面的很多人来说，雅威利这个名字都不只是废土上又一个赏金旅团的称号，它曾经代表着混乱中的秩序，不公中的正义，和崩坏下的坚持。它曾经收获了很多向往，很多尊敬，很多血泪，和很多牺牲。"

雅威利的一群壮汉热泪盈眶，避难站的瘦弱居民们面无表情。

"但时至今日，连我也不得不承认，这个团能因为明队而诞生，而壮大，而成为我们所认识、所铭记的样子，也不可避免地因为明队的死亡而逐渐毁灭。团里的各位，性格和能力都太过强烈鲜明，本就是因为某一个人而聚集到一起，也在这个人死后继续在旅团里苟延残喘了一段时间，但最终，旅团只剩下一个没有灵魂的空壳。"

"那么今天，就是大家再见的日子了，"他举起那枚标志性的金色尖爪徽章放到嘴边，"愿利刃与你常伴。"

所有人都齐声说："愿利刃与你常伴。"

废土也低声说："愿利刃与你常伴。"

安息抬头看他，废土也看过来。他表情竟也有些动容，解释道："叫你可以猎杀到赖以生存的食物，击退獠牙嗜血的敌人，也能保护自己珍视的东西。”

名噪废土的雅威利赏金旅团就此分崩离析，一个时代过去了。

这天过后，大部分团员选择独行，也有几个在和避难站协商后作为“战士”留下了。曾经直接或间接参与伤害、杀害避难站居民的团员本被关在五层休息室，但在第二日的夜里，一小撮无法释怀的避难站成员潜入休息室将其全部杀死。避难站有心包庇不愿彻查凶手，雅威利又不复存在，此事也只能不了了之。

炎王和几名旧部一起组成了新的赏金旅团，同要回番城集市的冯伊安结伴前行。废土与安息和他们一起旅行了几日后，在路线的分岔口话别，朝着不同方向前进了。

他们的目的地是星辰大海。

数日后。

这日天阴无风，两人只戴了兜帽和呼吸面罩，连防风目镜都没戴。安息手搭在眉毛上眺望着，问：“怎么每次路线都不一样啊？”

起初，他以为只是自己路痴而记不得路，毕竟黄沙漫野之下，他又总是埋着头跟着废土走，不认路也算正常。可如今面前这个东西，他以前绝对没见过。

在他们面前，一座足足横跨了一公里的过山车轨道伫立在废土之上，虽然头尾都已坍塌，但仍显得气势磅礴，好像被时光凝滞，如同一副巨龙的骨架。

废土毫不吃惊，解释道：“没办法，沙尘暴来一趟后许多地表就又都改了，只能靠指南针规划一个大概的路线，但是方向又会因为磁场产生偏差，也不是所有日子天气好得都能看见星星。”

“星星超好看的！”安息立马说，“但这是什么？”

他盯着地上的大型字牌看了半天，也认不出上面写的什么，却听见废土嗤笑道：“这边。”

安息这才发现自己看反了，窘着脸绕到正面。

“五旗……游乐园。”安息念道，“游乐园是什么？”

废土兴致缺缺地说道：“以前的人出门玩的地方，大概像做游戏吧……”

他话音未落，安息已抬脚想往里走，废土连忙叫住他：“干吗，昨天就因为你要逛什么停车场耽误了半天。”

“不是停车场，是卖车的市场！”安息反驳道，“你不也挺喜欢那个红色的……”

昨天差不多也是这个时候，废土站在一个四面漏风的车展厅里，假模假样地介绍着连发动机都被偷走的低矮红色跑车说：“怎么样这位先生，性能良好，颜色耀眼，不兜兜风吗？”

安息发动技能“可怜小羊眼”，软咩咩地哀求道：“看看嘛……”

废土还来不及再说什么，他已经蹦跳到一个早变成空壳的冰激凌摊子边，歪着脑袋打量起来。

废土板着脸看了看表，说：“就半个小时哦。”

安息连忙点头，大步朝游乐园中心迈去。

他先是围着倒塌在地的摩天轮走了半圈，本还想进一个观景舱里坐坐，但是由于门已经完全锈住，废土又不肯帮忙，只得放弃了。

废土背着手跟在他身后，慢悠悠地说风凉话：“这东西就算爬上去了，不过也就是看见更多黄沙而已，没什么稀奇的。”

安息毫不在意，很快又瞧见不远处的海盗船，他凑到跟前阅读介绍，问：“这东西是个‘船’呢，那循环艇也长这样吗？”

废土打量了一番这几乎已经腐朽殆尽的木船，说：“怎么可能，这连密封舱和反重力仪都没有，怎么开。”

安息又绕到船头，看着那里雕刻着的女妖惊奇道：“这有一个美人鱼！”

废土心下想道，你还知道美人鱼。结果绕到正面一看，女妖人身蛇尾，面目狰狞，头发丝全是蛇头吐着芯子，手里还拿着一个三叉戟。

你到底是对美人鱼有什么误解！

整个游乐园里保存最为完好的竟然是一个旋转木马，虽然顶棚的铁皮都已剥落，但忽略这一点以后整体看来还不算太糟。安息越过栏杆，找了一匹勉强还能看出颜色的独角兽骑了上去。

“它会转起来吗？”安息问。

废土绕着售票亭走了一圈，找出一个应急发电机。但也一点儿电都没有了，只能摊手耸了耸肩。

“好吧，那就没办法了。”安息从马背上爬下来。

不料两人刚走出没几步，身后就传来吱吱呀呀的声响。

十几秒后，整座旋转木马就在两人惊恐的注视下塌了。

之后的几天里，天气一直不错。低矮的酸雨云遮挡着臭氧的空洞，气压虽然极低，但却一直无风，两人先后路过了烟囱林立的工厂、尸横遍野的风车发电阵和豪华奢侈的度假酒店。只不过那里已经变成了变异老鼠的天下。

如今，他们又来到一个巨大的深坑边，深坑内部有着一圈又一圈的岩洞，直径约有两百米，呈漏斗状向下缩小，深度更是难以预测。

安息兴奋得不能自拔：“这又是什么！为什么我以前都没见过！”

废土“嘁”了一声，说：“以前你走路根本不睁眼，都是我拉着你走的！”

安息被其壮观所震慑，感叹道：“就像陨石砸出来的坑！”

废土说：“哪有这么整齐的陨石坑，这是矿坑，别在这待太久，这种一般地底都被挖空了，最近地震又多，地表容易塌。”

安息依旧伸着脖子往下看。废土又说：“而且搞不好有什么气体泄漏，小心遇到明火爆炸。”

和炎王同行的一段日子里，安息深刻体会到了“爆炸”的威力，忙不迭地走了。

这天快要落日时，两人靠近了准备落脚的休息站，但在此之前，他们先见到了一座教堂。

当然了，准确而言是一座教堂的废墟。

废土已经习惯了自己的新导游身份，主动介绍道：“教堂。”

“这也是教堂吗？和之前在泥石镇见过的不太一样。”安息果真立马忘记疲惫，高兴起来。

泥石镇的教堂是典型的小镇教堂，规模和气势和眼前这个都不能比。这座曾经恢宏的石质建筑如今只留存着一面较为完整的前脸，中间一个巨大的拱门，两旁对称立着两个侧门，作为门板的木头已经腐化不再了。

教堂的主体和两侧的石墙已经全部塌成碴块，独剩一些立柱和石墩框出它昔日的规模，甚至就连这仅存的正面也满是裂缝，好像手指一推就会倒塌的样子。

废土指着墙面二楼的一排巨大的拱形窗框说：“这些地方原来都是有

彩绘玻璃的，那种五颜六色的玻璃，透过来的太阳光就也是五颜六色的。”

安息仰着脸看了一会儿，露出神往的表情，问：“不过，你为什么会知道这些？”

废土缓缓地眨了一下眼睛，说：“我母亲以前很喜欢跟我讲这些，她曾经居住的那个避难站保留了不少辐射前的资料。”

虽然教堂四周已经根本没有墙壁，但两人还是很有仪式感地从教堂摇摇欲坠的正门进去了。

穿过不存在的教堂正厅，一座巨大的黄铜风琴砸在大厅尾端，下面隐约还压着一个十字架雕像，前面立着一个牧师讲台。

不知为何，这个铁质的牧师讲台反倒成为整座教堂保存最为完好的一部分，稳稳地立在原地，好像还有谁一直站在那个位置见证着这一切似的。

安息左右溜达了一圈，问：“所以教堂是以前人用来……聚会的地方吗？”

废土说：“对，也是人们祷告的地方，和……神对话的地方。”

安息转过脸来：“神？”

在这个信仰没落的时代，宗教也不可避免地走向了极端，大部分人很快成为无神论者，也有一小部分走向了狂热的极端，但不论哪一个，也已经和旧日的诸神无关了。

新的秩序需要新神。

但废土上也流行着这样一句话——如果新神有住所的话，那必然是在虚摩提。

毕竟佛教里的“虚摩提”，正是西方极乐的伊甸园，也是如今唯一还被神眷顾着的地方。

废土看着安息站在牧师讲台前，忽然想到什么，问：“你知道教堂以前还拿来做什么吗？”

安息好奇地看过来，摇了摇头。

废土清了清嗓子，说：“教堂也用作结婚场地，新人……就站在你站的那个地方，讲台前面会有个牧师，他会问双方同不同意和对方结婚，如果都同意了，牧师就会宣布他们结婚。”

“结婚？”安息疑惑道。

“啊……”废土有点头痛——这小孩虽然在外面的世界走了一遭，

但还是缺乏相当一部分的常识，只能简单解释道，“就是两个人定下契约，决定一起居住，互相扶持、互相照顾之类的吧。”

安息脸色亮了起来：“这个‘牧师’好厉害啊，可以就这样直接宣布别人的关系吗！那我也想做牧师！”

什么东西，怎么会得出这种结论！废土脸上爬满黑线：“接着他会宣布两人交换戒指，然后接吻。”

安息眨巴了一会儿眼睛，问：“戒指是什么？”

废土把拇指和食指圈起来，说：“一个这么大的银色小环，套在手指上的，你戴着戒指，这样别人就会知道你已经和……和他人缔结契约了。”

“哦……有人送过你戒指吗？”安息问。

废土面无表情地摇头：“没有。”

“哦，我也没有，”安息努力想了想，问，“在手指上套一个圈，不会影响开枪时的手感吗？”

废土一脸“服了你了”的表情，严肃地点点头：“确实是这样。”

两人又顺着原本环绕后花园的回廊立柱逛了一圈，安息还是不放心地看着教堂的正脸，说：“真的就只有一座墙而已啊，看起来随时要倒的样子，会不会砸到人啊。”

废土放眼四望，能见的数公里内根本连半个影子都看不到，好笑道：“你到底在操心什么？”

安息皱眉思索了一会儿，忽然眼睛一亮：“啊！我知道了，你在这别动，等等我。”

他快速跑到教堂侧面数十米的地方，废土正想跟过去看他干吗，却被抬起手挥走了。

安息从腰间掏出一个巴掌大的椭圆，拉开拉环，然后猛力投掷了出去。

废土愣了：“什么！”

他见安息回身下蹲捂住耳朵，也后知后觉地抬手捂住了耳朵。

这款自制手榴弹是炎王教安息做的小玩意儿，威力不算太大，但仍然爆发出了震颤大地的轰鸣。危楼仅存的石墙自然经受不住这份冲击，毫无意外地轰然坍塌，飞起的扬尘淹没了火光。

在人类最高精神文明的实体颓然毁灭的背景下，安息笑嘻嘻地跑到他面前，举起那个手榴弹的银色拉环递给他，说：“类似这样的？”

废土摘下手套，把拉环拿在手里看了看。

安息不在意地说：“我厉害吧？”

废土点了点头，一句话也说不出。

他低头看着眼前的少年——走了大半天，安息整张脸灰扑扑的，但眼睛又亮又好看。

他一胳膊圈住安息脖子将其勒住，劲儿使得有点大，又似乎只是一个从未拥有过兄弟的人在笨拙地表示亲近。安息纳闷地想抬起脸来看，又被他按住后脑勺塞回怀里。

安息手臂挥舞起来：“唔唔我没法呼吸了……”

他越过安息头顶看着这片废土。

日复一日，年复一年，他在这里走过太多次。

他竟然从不曾发现这片焦土也带着别致又极致的美感。

如今，所有的苍凉都成为壮美，所有的壮美都成为庆典。

第十六章　最终章：新的起点

安息："有没有觉得好热啊？"

废土："你现在才觉得热？"

安息解开前襟用手掌呼扇着脖子，说："不是啊，不是平时那种太阳暴晒的热，就……比平时还要热。"

废土其实本来已经对白日的高温麻痹了，他这么一说，也顿时觉得燥热起来，但嘴上仍说："少废话，你别是又想休息吧。"

"才不是呢！"安息嚷嚷道，忽然"咦"了一声，问，"那是什么？"

废土本抱怨着"又是什么……"，也看到了安息指着的东西——地平线的尽头亮亮的，像是什么东西起火了。

他掏出望远镜看了看。远处的地面上好似熊熊燃烧着，颜色如同通红的灯丝。废土纳闷道："怎么沙子还能着火？"

废土捏着下巴思考，本来预计今天天黑前应该就能到达虚摩提港口的，这一绕路的话……又不知道要耽误多久，于是说："先走着看看吧。"

两人这便又朝着火光的方向继续前行了半个多小时，灼灼的热浪越发难以忽视，迎面而来。废土忽然"啊"了一声，摘下呼吸面具皱了皱鼻子，说："果然。"

安息茫然地看了他一眼，也学着照做，他刚一吸气就被刺鼻的气味呛得叫了起来："这什么啊！"

废土重新戴上面具，说："硫黄的味道，那不是着火，是岩浆。"

安息愣住了，半天才问："岩浆……不是地心深处的东西吗？为什么会跑到外面来？"

废土本想解释，看见安息一脸期待的表情瞬间了然，不抱希望地问：“难不成……你想看看吗？”

安息不出所料地猛点头。

走到足够近的时候，便能清楚看见大地的全貌。

岩浆交织出一道道河流，好像什么猩红的刀伤，或是艳丽的文身，几乎是静态地遍布在焦黑的大地上，把原本单调的黄沙石土修改得面目全非。但其实它们并非静态，只不过因为太过明亮而叫人难以直视罢了。熔岩一刻不停地生长着，带着不容拒绝的蛮横和摧枯拉朽的强势，一步一步侵占着新的土地，将原本在那里的不论任何东西——不论是一块石头，还是一个生命，都尽数吞噬。表面冷却的黑色外壳又被里面不断滋生的红色浆体缓缓顶开，好像寄生在里面的怪物终于剖开胸口皮肤一涌而出，冲天空发出挑衅的怒吼。

这已经根本不像地球了。

两人戴上护目镜，看着这一幕出了神。

安息问：“还有多远啊？”

废土说：“理论上就快要到了。”

他这样回答后，才想起拿出地形扫描仪和指南针对照。

两人被眼前的岩浆吸引了全部注意力，竟没意识到虚摩提已近在咫尺。

望远镜下，已经能够看见天空中航空艇上密密麻麻的指示灯，规模之大，一路延伸到天际。

安息瞧见这幅场面，也不由得兴奋了起来。

从大约一年前初次离开避难站开始，他们一直都在朝着虚摩提曲折地前进，而此时此刻，是真的近到能看见了。

安息提议道：“不然别绕了，小心一点，就这样往前走？”

于是两人顶着高温，小心翼翼地在岩浆河流间穿梭，寻找凝却的边缘前行。可刚走出没几分钟，不远处忽然一声巨响，地缝受不住来自地心的压力而爆破开来，喷溅出漫天火花。

废土连忙说：“算了算了，太危险。”

岩浆的亮度叫人根本感知不到天在逐渐变黑，两人绕着地龙崩裂的外沿一路蜿蜒前行，走到肚子都开始抗议。废土一看表才意识到时间已经不早了。

也好在岩浆周围太热太亮，一路上几乎没有变异怪物靠近。

又不停歇地步行了将近一个小时，岩浆咕咕咚咚的声响被渐渐抛在身后。废土忽然一把拉住安息，急切地说："你听见了吗？"

好一阵子没走过这么长时间路的安息已经累到不行，没精打采道："啊？"

废土将食指竖在嘴边："听见了吗，海的声音。"

于是安息连呼吸都停住了。

他屏息凝神，起初，他什么都没听见，随后，他耳朵隐隐捕捉到了一些细微的沙沙声。

他缓缓呼出一口气，又静静地重新将肺部吸满氧气，终于追上了这些声音的节奏。

那是一浪接着一浪，海水拍打在海边的声音。

只是天太黑了，海水也是漆黑的，根本分不清楚陆地在何处停止，而海洋又从哪里开始。

废土蹲在地上叫安息给他打个应急光，从包里掏出自己的夜视镜递给他，说："戴这个。"

安息戴上后立马叫嚷了起来："这什么啊，绿乎乎的！"

废土不理会他的抗议，把兜帽拉起来盖在他头上："怕你天黑看不清楚摔跤。"然后又不死心地补一句，"免得耽误进程。"

安息一把掀掉兜帽，嘟嘟囔囔道："早就没太阳啦。"

他深一脚浅一脚地走了一会儿，渐渐习惯了夜视仪的分辨率，满眼冒绿光地跟着废土继续前行。

终于，安息靠近到能清楚看见天空中那些亮着的并不是什么星光，而是一艘艘的循环艇时，海浪的声音已经不仅拍打着他的耳膜，而是直接撞击着他的胸膛。废土一把揭掉他的夜视仪，大海和虚摩提就这么突然呈现在安息眼前。

安息还以为自己不会再为星空而感到震撼了。

但这里却拥有着最别致的夜空——没错，是整片人造的天空。

在最外圈，散落着各式各样的小型私人循环艇，像漂流到一半被星星吸附的太空垃圾，漫无目的地流浪着；往内一层飘浮着更大型的循环艇，密密麻麻，数量成百上千，如同卫星组成的绚丽环带；而最核心的——

远到几乎看不清的——是虚摩提的核心主城。单个面积就堪比一个岛的浮空艇遮天蔽日地连在一起，上面没日没夜地亮着灯，比星空还要密集明亮，亮到在晴天也看不见月亮。

一块新的大陆，一颗新的星球！

废土也没有说话，和他并肩看着这壮景。

他们所在之处其实也被照亮着。

不远处由地下聚集而来的大量岩浆没有宣泄的出口，总算在这陡峭岩壁上找到了一处弱点，于是毫不客气地喷涌而出，变成了一道不息的巨大岩浆瀑布，源源不断地朝冰冷海水里注入着滚烫的地热。

就在他们左手边，还竖立着一块广告牌——“海上观赏岩浆瀑布一级景观，还可搭配潜水游览海中石雕展的组合套餐！”

安息站在原地愣愣地看着这一切。

他的大脑还来不及处理这么多信息，一个租船卖船的商贩已经上来搭话了。他朝废土响亮地报出自家中介公司的名号，失望地发现对方并没什么反应。

可是很快，船贩就又拾起了自己专业的态度，开始热情地介绍特价的商品。这时候更多的船贩也围了过来。

可安息什么都没听进去。他好像迷失了，迷失在这无边的黑海，迷失在这无尽的瑰丽里。

曾经的人类世界也是这么恢宏吗？他只见过死去的罗城，以为那就是工业文明的顶峰了。

很奇怪的，他并不感到难过，也不觉得悲伤，却平静地流下了眼泪。

但没有人注意到，甚至连他自己都没有，他好像缩小成了这废土上的一粒沙，迫不及待地想要被海水卷入怀里。

然而就在这一刻，最初搭话的船贩忽然吹了声口哨，然后发射了一枚照明弹，指着万千循环艇之中的一艘说：“这个，这个怎么样？”

白炽的照明弹将整片近海都点亮了，循环艇和海洋一下都有了色彩，充满细节，洋溢着生机。安息瞳孔放大，肩膀下垮，呼出了肺里的所有空气，脸颊上残留的泪水反着光。

他表情茫然地看着废土，对方也正巧看向他，意外地没有对他的泪水多做询问。

照明弹熄灭了，船贩半天没有等到废土的回音，问：“怎么样啊？可以上船看看再说嘛，我家的循环艇质量有保障，售后保修三个月呢！我叫人牵过来了？”

废土又看了安息一眼，却摇了摇头说：“算了，我再看看吧。”

不料这句过后，本来趾高气扬的船商却忽然一愣，随后改了态度，说：“别啊，看看嘛，是不是嫌贵，价钱我们可以再议。”

废土迈了半步，又犹豫地停下了。安息擦了擦脸走到他身边站着。

于是船贩又吹了更长的一声口哨，夜空中也回了一声，其他的商人都失望地退开了。

不出一刻钟时间，循环艇就被开到了岸边。整个船体不算太大，造型优雅简洁，小小的，几乎有些可爱。

安息魂不守舍地踏上船，尾随着废土茫然地听着船贩介绍船体的每一个部分。

甲板、发动机、厨房，甚至还有一间客卧——过去的用人房。安息从没见过这样的住所，这不是他所习惯的那种，一切设备都为生存服务的简陋硬朗，而四处充斥着颜色丰富的、不同材质的，几乎有些意义不明的装饰。

不是合金隔热板搭配双层玻璃而已，还挂着一副灰米色的窗帘。

不是只有准备食物的操作台而已，还有一张木纹贴片的餐桌搭配两把餐椅。

不是银灰色的置物铁架而已，而是带着花边檐角的玻璃门展示柜。

还有卧室。不是避难站那种节省空间的上下铺，不是休息站那种坚硬的石床，也不是集市里那种担架变形的单人病床，而是一张又大又舒适的、雕刻着好看床头板的双人床。卧室的顶上正是船头的甲板，有一个能够打开的透明气窗。

全部介绍完毕之后，废土冷着脸对船贩点了点头，说：“我们商量一下。”

船贩摊了摊手表示没问题，自己走出了船舱。废土拉过安息悄声问：“怎么样？”

不料安息一抬脸，眼泪汪汪，噘着嘴呜呜咽咽地半天说不出话。

废土有点别扭地咽了咽口水，说：“怎，怎么样，后悔了吧，还没你们避难站的发电室大……"

安息打断他："呜……我……我太喜欢了，这实在是太酷啦！"

废土脸不禁红了，捂着他嘴凶道："你小点声，你这样我没法讲价。"

船商忽然在外面招呼他们，两人也跟着来到船尾的甲板。

他滑开一旁的一个操作盘，介绍道："这艘船本来是虚摩提贵族老爷送给儿子的生日礼物，是难得一见的奢侈型号，具体是谁我可不能告诉你，说出来一定会吓着你们。但少爷没用个几年，就换成更大的舰艇了，所以这上面其实有不少普通船没有的娱乐功能设施，你看，比如这个……这里有一个全息投射仪，可以在天气好的夜里看露天电影，还可以用来投影电子宠物……"

于是安息彻底沦陷了。

一场持久的讲价终于在一个半小时后落下帷幕，船商脸色灰败地离开了。废土面上无动于衷，但船商前脚一离开，他便得意地跷着二郎腿，喜滋滋地正想朝安息自夸一番，却愤怒地发现对方已经抱着椅背睡得口水横流了。

他伸手就要揪安息耳朵，最后还是只摸了摸他的头发就收回来了。

虽然他们只是处在虚摩提的最边缘而已，而新星的余光还是照亮了这里，整座海上之城似乎没有黑夜的概念，灯火通明。享受着这凉爽又没有变异生物干扰的夏夜，遥遥可以听见人交谈欢笑的声音，远方还有岩浆瀑布作为景致。

废土大地一片漆黑，看起来十分遥远。

所有船屋交接和租位的手续连夜全部办完后，废土被塞到了一个面色憔悴的技师手中。对方毫无起伏地开始阐述一大堆循环艇的基础使用知识。当他刚刚听到《循环艇用户须知 1.3》的时候，已经头昏脑涨。直到所有话语都原封不动地从他的右耳源源不断地滚落出来，废土终于一脚踹醒了安息叫他去听课，自己趴到一边装死。

不料叫安息听课也不是一件太过明智的事，他听着听着就开始问起不相干的问题。

"请问动力引擎是什么马力的呢？"

"那么如果把净水循环换成太阳能的不就节省很多了吗？"

“全息投影可不可以用一个功率增大器然后改变船体外观呢，我刚看外面的广告就有这种船呢。我们已经有一个发射源的话……”

培训人员丢下一本砖块厚度的《循环艇实用指南》后慌乱地逃走了。

终于只剩下废土与安息两人在这个只有样板家具的空荡荡的新家。

废土环视了一圈。

有床，包里还有食物和水，笔芯还剩一些，明天白天再出去研究各类供给站的位置吧。

虽然天很快就要亮了，不过眼下也没什么事。他看着站在驾驶舱里东摸摸西碰碰的安息，至今还没有实感。

向往了太久的东西就在眼前，过程漫长而艰苦到几乎无法回想，可真正得到的过程却如此稀松平常。

这是真实的吗，还是一个梦境？

一艘小小的循环艇，远离沙尘虫鼠，空气是湿润的，而且还有一只小羊。

说到小羊……

废土叫道：“安息，你要不要插上小羊试试。”

他几乎可以看见安息两只耳朵“噌”地竖起，笔直指向天上。他立马狂奔到甲板上掏出电子宠物，将底座的防尘塞取下，插在全息投影的连接盘上。

安息全神贯注地等着，四处找小羊会从哪里出现。

废土一头黑线，连第一次见到的生物能源发电仪都能随拆随装的安息，竟然紧张到忘记打开电源。

他伸长手臂绕过安息肩膀，轻轻按开了投影仪的开关。

细微到几不可闻的一声“呲啦”过后，一只等身大小的白色小羊就出现在了甲板上。

安息“啊”的一声尖叫出声，又捂住自己的嘴巴生怕吓到小羊。

它已经一岁大了，刚够半人高，两只耳朵软趴趴的，头上冒出了两只幼嫩的角。它浑身覆盖着奶白色的卷毛，蹄子和尾巴都干干净净，抖了抖脑袋转过头来，轻轻“咩”了一声。

安息完全为之疯狂了。

“小羊！小羊好可爱啊！小羊呜——”

废土惊道：“怎怎怎么又哭了。”

安息忽然转过来大力扑进他怀里，在他胸前擦眼泪："新家！新家好漂亮呀……而且，你不但给了我一个家，还给了小羊一个家。"

废土咳嗽了一声，不自在地说："这有什么……"

安息又哭又笑道："海，海也好漂亮啊……"

废土摸了摸他的头发，笑说："漂亮吧，看。"

安息抬起头来松开手臂，向着甲板之外眺望。

天色微亮，空气中飘浮着带着凉意和咸度的风，天空上层层叠叠堆着云，从紫蓝渐变成粉色，迎接着新一天的太阳。

海面上波光粼粼，像是被抓皱的羊皮纸浸润在雨里，光斑比天上的星星还多。

太神奇了，安息想，整个世界都如此苍凉，海却还是这样蓝，就像他看过的电影一样。

它如此沉静，如此包容，连滚烫强悍的岩浆倾注进去也杳无踪迹——一勺糖放进水杯后变成糖水，一勺糖撒入大海后仍是海水。

这样想着的时候，他回头看了看身后的那片废土。

他们只是离岸这样一点距离，废土已经变得如此遥远而陌生，好像绿洲中的一块沙漠，突兀而怪异。

难怪虚摩提主城上的人遗忘了他们，遗忘了大陆，遗忘了另一半的人类。

他悄悄打量站在一旁的废土，忽然眼尖地看见他左手把玩着一个银色的小环，忍不住伸手碰了碰他。

废土似乎也在出神，被拉住后才反应过来，低声问："所以呢？"

安息说："所以什么？"

废土缓缓吸了一口气，说："你真的觉得这里好吗？船其实挺小的，也不能像在岸上的时候可以随意到处走。海什么的，两天就会看腻，就好像废土，你去过主城就会知道，那上面才叫豪华……"

安息牵着袖子的手拽了拽，叫废土不得不转过脸、微低着头看他。

废土比起自己最开始认识他时的样子没什么变化，还是很帅，但那种高不可攀、遥不可及的感觉消失了，即使他面无表情，自己也能判断出他现在是在开心、在不悦、在愤怒，还是在害羞。

安息忽然想起曾经听过的一句话——你无法选择自己的家庭。

你出生在 2397 号辐射避难站，你出生在弱肉强食的废土，你出生在绿草如茵的虚摩提，都是无法选择的。可安息忽然觉得，似乎也并不完全是这样。

他忽然觉得，自己是真的很幸运。这种幸福感有别于在避难站每日醒来就能摸到天花板的安心，也不同于叔叔在过生日时给他放电影的感动，也不是逐渐长高、逐渐变强的窃喜。他和废土两个人，在莫名的契机下遇见彼此，这两个背景和出身完全不同的人相遇相识，彼此的羁绊在各种阴差阳错下越牵越深，而且他们以后还要一起生活很久。

也许是在这里，也许是在别的地方，有什么关系呢？世界这么大，总能见到新的美景。

第一缕日光乍现在海平面上，投下数千公里的金红色波纹。海面上一望无垠，逐渐淡去的星光和慢慢泛起的红霞交相辉映，通红的日光将岩浆也衬托得黯然失色。

安息紧紧握住拳头，摩挲着那枚银色的圆环，嘴上说："才不会看腻呢，我到现在还是很喜欢日出日落。"

废土头微微偏开，喉结动了动，但所幸安息没有抬头看他现在的表情。

安息又说："这要排入幸福事件的前三名。"

"什么幸福，哪里学来的怪词。"废土哭笑不得，又问，"第一二名是什么？"

安息："第二名是上次你带我看烟花。"

废土哑然失笑。

那次在罗城时遭遇双龙卷风，所有人都抱着等死的决心在看整个城市被夷为平地，无数电器和发电机被卷入空中爆炸，火光四溅之时他对安息说"来看烟花"。

废土好笑了一会儿，又问："第一名呢？"

安息毫不犹豫地说："第一名是你带我离开避难站的第一天，我们在一个山头上看日落，那是我人生第一次看见太阳，第一次看它下山。

"我当时想，这么美丽的东西，为什么又这么危险呢？肌肤直面它会被晒伤，眼睛直视它会被灼伤，只有那日出日落的短短几分钟里，它美丽而无害地供人欣赏。"

废土勾了勾嘴角，调笑道："你当着日出的面说自己最喜欢日落，这怎么行呢？”

安息也笑起来。

日盘已经升起了大半个，废土忽然问：“那你知道，我觉得最幸福的时候是什么吗？”

安息骤然来了精神，两眼睁得浑圆地盯着他。废土从来不说这些，很多时候连多做一个表情都不愿意。

废土说：“我当时一心想着接最后一票重金任务好来虚摩提买船，结果受了重伤，没有食物也没有队友，以为这次是最后了，心里很不甘心，明明差一点就要成功了。

“结果，我居然被一个避难站给救了。醒来的时候，一睁眼，看见旁边有一只又小又瘦的大眼睛小白羊，把自己的饮用水喂给我喝，逃跑的时候还全洒了，自己都不知道。”

安息脸变得通红，结结巴巴道：“你……你骗人，你你你那时候光顾着骗我，可嫌弃我了。”

废土歪着脑袋无辜道：“别说那时候了，我现在也很嫌弃你。”

安息愣了一下，立马露出牙齿摆出自以为十分凶恶的嘴脸。

废土哈哈大笑。

安息五官都皱作一堆，呼哧呼哧地生着气。

废土笑了一会儿，清了清嗓子说：“好了好了，说真的。”

安息威胁道：“你好好说哦！”

“好吧好吧，”他侧过身体面向安息，日头在他身后升起，将他的笑容吞没在了万丈滔天的晨光下，“最幸福的事，是我带你参观循环艇，然后你把它叫作‘家’。”

===THE END===

番外卷

番外·留在了番城集市的安息[1]

废土离开的第一天。

安息在冯伊安的摊子一角呜呜哭，冯伊安面色如常地和客人搭话做生意。

第二天。

安息依旧在哭。

第三天。

安息肿着眼睛挂出了牌子——“家电武器维修升级，新店开张一律八折。”

第四天。

冯伊安出门看诊之时，安息迎来了第一个客人。

客人巧舌如簧，安息还不熟悉物价，被坑。

第五天。

安息迎来了第二个客人，客人申请上门维修，安息答应了。

他顺着地图七拐八绕地来到了一个偏僻的住所，房间里面阴暗又飘散着一股奇怪的味道。

安息修设备时，客人就一直站在他身后的阴影中盯着他瞧，还时不

1　时间线是两人自番城集市分别，约好一年再见，然后这次火弗尔下线了。

时发出磨牙的声音，搞得他头皮发麻。

安息越待越冷，汗毛竖立。总算快修完了，这时候他忽然透过铝皮水箱的反光看见了角落里的一排瓶瓶罐罐——他转过脸去一看，罐子里浸泡着各种器官标本，安息手一抖，差点坐到地上。

好不容易哆哆嗦嗦地修好设备，安息收拾好包裹站起身，小声说："新店优惠，八折后是……二十四笔芯……"

客人面色阴沉地看着他，一言不发，然后突然向前迈了一步。

安息立马奓毛，"啊"的一声扭头跑了。可他情急之下转了向，跑出的不是大门而是误拐入了一个里间。

里间的光线更暗，安息一跑进去就知道自己跑错了。这时他忽然看见手边的床上躺着一个皮包骨的人形骷髅，身上插满营养管。

安息："啊啊啊啊啊啊啊！"

骷髅忽然肺部紧缩，咳嗽了起来。

安息大哭着狂奔逃走，钱也没收。

第二周。

安息终于订好了第一版的价目表，两周下来赚了不到五十笔芯。

再这样下去的话月末要缴不上房租了。

第三周。

安息抱着还差一半凑齐的房租走回自己偏远住处的路上，被数名旅人拦住抢劫。

安息弄丢了开店以来挣得的所有笔芯，委屈地抹了好久眼泪。

数月后。

安息已经有了一个自己的小摊位，全部面积只有两平方米。

隔壁摊位的大叔："哎哟！安息今天不哭啦！"

安息："……"

大叔："刚来的时候每天都在哭呢，帮医生收钱的时候也哭，把客人都吓到了。"

安息："够了！我也就哭了两天！"

大叔：“哈哈哈，分明哭了一周。”

很快有客人上门了，对方斤斤计较着一直讨价还价，安息淡定道：“别想耍赖啦，这个最低十五笔芯，不要算啦。”

中午关店时，路过医生的摊子和医生打招呼。

冯伊安：“哟，安息下午休息啦？”

安息：“不是，去D区，公共澡堂的水管炸了。”

冯伊安：“辛苦啦，晚上来一起吃饭吧。”

安息（眼冒金光）：“好啊好啊。”

一年后。

安息抱着铁盒子来到摊子上，一路一直蹦跳哼歌。

大家已经都认识他了：“安息今天心情不错嘛。”

安息（兴奋到模糊）：“今天我哥哥要来啦！”

众人喷水道：“你还有哥哥？”

安息：“对啊对啊，医生跟我说的，两人以后一起生活的话，他就是我哥哥了。我们要去虚摩提一起生活！”

众人：“连医生都开始骗小孩儿了，这个世界已经没救……”

安息：“喂！”

路人A：“怎么从来没见过啊，人家都能去虚摩提了，还能带上你？都这么久了怕早就黄了吧。”

路人B：“就是，早成为虚摩提的贵族老爷咯。”

安息龇牙咧嘴：“嘶嘶——胡噜噜噜噜——”

众人：“哈哈哈别不开心嘛，安息这么可爱，肯定不会被抛弃的！”

安息：“我不可爱！算了！不跟你们说了！你们不懂！”

废土成功抵达虚摩提后加入了主城的骑士队，和当初卖给他电子羊的金毛同属一番。金毛在不久前出任务路过番城集市时，一眼认出安息并给他透露了废土的行程。

安息暗戳戳地收拾好行李，喜气洋洋地坐在摊位上等，不管什么客人来光顾纷纷说自己忙，没空。

客人：“你坐在这两个小时根本没动！”

安息："咩咩咩，你走开！"

到了下午，一大队虚摩提的骑士进集市了，风尘仆仆的，全团自带光环，集市上的人们情不自禁用目光追随他们。

其中一个高大的骑士和其他队员分开，径直走到安息摊子前站定。

安息仰着脸，目不转睛地盯着他，呆呆地问："你要买什么？"

废土说："你们那有没有那种电子宠物，没什么用又凶巴巴的，最好是小羊。"

安息点点头，又摇摇头："有那种又帅又厉害，头发很长又会赚钱的羊，你要不要？"

废土说："肯定很贵吧。"

安息："是有点贵，不过是限量版，很划算的。"

隔壁摊位的大叔也帮腔道："很划算的。"

众人都起哄道："买了吧买了吧！"

安息忽然想起来，说："不对不对，一点都不贵，买羊还送笔芯呢！"

众人："哈？"

安息在得知废土要来的这几天内，把身上除了消耗品和工具箱之外的所有东西全卖光了，得了一笔不小的钱，每天都提心吊胆地守着。

他把装笔芯的铁盒递出去，存款尽数上交。

废土接过来掂了掂，脸色微妙。

安息说："怎么啦，你不是喜欢这个东西吗？都送给你。"

废土："算了，我帮你收着。"

安息还是眼睛亮晶晶地看着他，揪着手指头，紧张得额头冒汗。

废土看他一眼，说："那你还等什么？"

安息："咩？"

废土一把将他从摊子里揪出来，恶狠狠地说："还不赶快跟我回家。"

番外·雨天

在安息无比高涨且短时间之内还没有消退迹象的热情下，循环艇已经被布置得十分有模有样了。只是他找灵感的方式有一些诡异——安息总是抱着望远镜偷看隔壁来往船只内的装潢，还叫废土来一起点评。

“被发现的话会惹麻烦的。”废土黑着脸说，“你望远镜一直在反光，隔老远就看见了。”

安息只得悻悻作罢，跑到船尾去找小羊说话。

安息：“小羊小羊，你喜欢什么颜色啊？”

小羊：“……”吃草吃草。

安息：“绿色对吧，你看草也是绿色的，我们把卧室的墙壁刷成绿色吧。”

小羊：“……”继续吃着不存在的草。

废土：“……”

忽然，小羊的身影摇晃了一下，像是电压不稳定导致的信号异常，安息歪着脑袋仔细看了看——又是一道细微的电流从小羊身体里窜过，在它脚下的地面上浸出一个小小的圆斑。

“咦？”安息说。

“啊……”废土说。

安息转过头去看他，废土穿着短袖短裤光脚站在甲板上，面无表情地看向天空，伸出手掌说：“下雨了。”

“下雨！”安息也站起来，张开双臂去接不知何时会落下的雨点。

废土招手道：“进来吧，雨水太酸了，皮肤直接接触的话……”

他话还没说话，安息已经欢欣鼓舞地叫起来：“下雨啦！哇！”

废土挣扎道：“跟你说什么来着……不要用皮肤直接去……”

从没见过下雨的安息根本听不进去，傻乎乎地半张着嘴看头顶的云，手臂胡乱挥舞着：“云好厚好黑啊，就是这个云在下雨吗？”

废土放弃语言沟通，直接拦腰将安息扛在肩上，踢上舱门并打开了透明的天气防护罩，挡住甲板上的电器。

安息想要蹦起来继续往外冲，却被提溜着后脖子拎走了。

安息：“放开我，我要看雨！”

废土单手“唰”地拉开窗帘，说：“就这么看。”

像是为了配合他的话，一滴雨水正巧砸在了窗子上，安息立马忘记挣扎，伸手隔着玻璃摸了摸雨滴滑落留下的水痕。

“还有这儿。”废土指着卧室顶上的气窗，上面溅开了好几朵水花，将这个圆弧形的玻璃罩变成了万花筒。

“哦哦哦哦！”安息立马开心起来，朝床上一躺，叉手叉脚地占据着床的中央。

水花形成的朵朵阴影将安息的脸和脖子划分成不同颜色，废土靠在门边看了他一会儿，也走过去和他躺在一起，脚因为个子太高而支出床沿。

海面上有些起风了，在高空中尤其明显，整个船身好像真如在大海中一般轻轻摇晃了起来。

废土低头往下看，安息也光着脚丫子，白皙的脚趾动来动去，好像心情很好的样子。

废土暗自有些好笑。这不就跟小孩子一样嘛，亏得之前还以为他长大了呢，身上的味道也奶里奶气的。

安息注意到他的目光，问：“怎么啦？”

废土手指点着他胳膊，示意他看雨水的痕迹。安息支起上半身瞅了瞅，明白过来。这时，又一滴雨落在他肚脐的位置。

废土伸手戳了戳，安息被逗痒了，咯吱咯吱地笑起来。

“曾经，在大地上还有植物和农田的时代，雨是很好的东西。”废土说，“积雪因为雨水而融化，种子因为雨水而发芽，庄稼因为雨水而生长。春天因为雨水而变暖，秋天因为雨水而凉爽。”

他描述着安息从没见过，甚至不曾想象过的景色。安息努力想了想，又拼凑出了电影里零星的片段，说：“爱人在雨中分手，小孩子在雨里想家。”

废土笑了笑：“想家了吗？”

安息大方地点点头：“想的。”

但更爱这世界的自由。

番外 · 反向饲养

1.

听见挠门的动静后，安息小心翼翼地爬下床来到走廊上。第一时间他什么也没看见，找了半天，才在脚边发现一坨黑色的毛团。

“哎呀……猫猫！”安息蹲下来凑近看——一只幼猫正在拱门，站不太稳，东倒西歪的。它浑身黑乎乎的毛发，眼睛在夜里发着明黄色的光，贼亮贼亮的。

安息伸出手指头，嘴里发出“啧啧啧”的声音，期待着奶猫来蹭他手。

猫看也没看他，摇摇晃晃地顺着门缝跌进了宿舍。

“喂喂……”安息小声叫着，弓着腰追着奶猫也进门回到屋里。

他小步向前蹭，生怕踩到猫毛茸茸的尾巴。

“咪咪！喵喵！”安息追着喊，但猫已经躲进了床底下，只留一双荧黄的眼睛警惕地瞅着他。

安息毫不气馁：“喵喵，你从哪里来啊？

“你怎么进的宿舍楼啊？

“你也不回家过暑假吗？”

安息跪趴在地上和猫喊了一会儿话，连一声“喵”的回应都没得到。猫咪干脆挪了挪身体，把前爪塞进肚子下面，一副抗拒互动的样子。

“喵喵，你来陪我过暑假的是不是？宿舍楼都走光啦，学校里也没人呢。”说着他伸手想去把猫咪从床底下够出来，猫咪却警醒地咧开嘴露出尖牙，发出“喝嘶”的威胁声。

“唔……”安息又把手收回来攥在胸前，安慰道，“不怕……”

看着面无表情瞪着他的猫，安息又补充一句：“我，才不是我怕呢，是我叫你别怕。”

2.

虽然是暑假，安息的闹钟还是在早上七点响了，他是少数几个暑期留校的学生，被集中安排在了这唯一还开着的一栋宿舍楼。

连家在外省的室友都回去了，可安息不行。

安息父母双亡，靠叔叔姑姑的接济才能一路上到大学，别人下课闲聊的时间他要打工，别人谈恋爱唱歌的时间他要打工，别人暑假回家的时间他也要打工。

他倒也并不因为这种事而难过——宿舍暑假的费用不贵，学校食堂也比外面便宜，打工的餐厅经常能剩些外食给他带回来，还不用出回家的车费。

他隐约记得头天夜里，宿舍楼不知怎地进了一只小猫，还钻到了他床底下，只是临睡前他也没能把猫劝出来，只能用饭盒盖子接了些清水放在一边。现在天光大亮，他迷迷糊糊伸手摸闹钟的时候，却摸了一手软乎乎的毛。

安息：“？”

他半睁着眼呼啦了两下，赫然发现猫睡在他头顶，像一顶睡帽。

趁着猫咪半梦半醒，安息好不容易过了几把手瘾。猫被摸烦了，一爪子拍在他脑门上。

“嗷！”惨叫响彻安安静静的夏日校园。

于是安息顶着额头三道血痕去打工了。

打工的餐厅同事们看到安息先是吓了一跳，后来得知是逗猫不成反被挠，纷纷又嘲笑起他来：“你在扮演哈利·波特吗！”

只有老板露出了担忧的神色：“要不要打疫苗啊，野猫可能不是很卫生。”

安息立马挺起胸膛鼓着腮帮子，维护起才见面不到十二小时的野猫：“不会的！喵喵它很干净很可爱的！！”

老板无奈地笑了笑，问：“那猫现在在哪儿？”

安息说：“宿舍呢！”

老板“啊”了一声：“就留在宿舍里，吃什么？”

安息被问住了，他还没想过这个问题。

服务生姑娘问：“上厕所怎么办？”

安息：“呃……”

咖啡师问：“尿你床上也就算了，尿你室友床上怎么办？”

安息抓狂道：“啊啊啊啊！你们为什么不早说！”

3.

安息辛苦半天的钱只够买两个猫罐头和一袋猫粮。

他做完上午的班次就急匆匆赶回宿舍了，好在暑假期间学生们都走了，店里也不忙。

回到宿舍时安息发现猫还睡在他枕头上，只是他一进门猫就竖起耳朵支起脖子盯着他。安息找了一圈，也没发现遭任何破坏的迹象，他放下猫粮口袋又沿着屋里走了一圈，发现宿舍窗户被打开了。

“咦？”安息转过来。

猫咪已经无声地跳下地，围着猫粮袋子闻来闻去。

“你出去过吗？这是三楼啊！”

他攀上窗棂往下看，灌木丛边有一个小土包。

安息狐疑地看着那个土包，小腿忽然被撞了一下。他低头一看，猫在拱他的腿，脑袋蹭来蹭去的。

安息满眼冒爱心，迫不及待地伸手去撸毛乎乎的脑袋，又挨了一爪子，猫咪也跑走了。

4.

数日后，在所有同事的强烈建议以及好心老板的首肯下，安息把猫咪抱进书包里一起背着打工去了。

猫从拉链扣探出脑袋，两个爪子搭在安息肩上，它现在已经基本不会伸出指甲了。

夏日的风吹过单车上的少年和猫。

“好大只哦！这根本不是小猫咪啊！”

“看脸完全感觉不出来本人——本猫那么大！”

“并不是黑猫啊！你看有那种斑纹的，你在太阳下看。”

“哇！好高级的皮毛！照相照相！”

安息把猫咪抱出来后，就被店里的人团团围住了。

“老板！发个微博吧，说今天来了一日店长！”

猫咪不让别人碰，爪子银光闪闪，于是安息把猫抱到吧台上咖啡机边，还用餐巾纸做了个小围裙。

安息说：“我刚给它洗过澡，很干净的。”

老板好奇道：“哦？它不怕水？”

安息摇摇头，拿起一只毛爪轻轻一捏肉垫，五根尖利的指甲就露了出来：“之前不知道的时候还给它剪了爪子，结果它出门上厕所时跟别人……别的猫起冲突，打架输了，才知道原来外出喵是不能剪指甲的。”

众人更惊奇了：“它还知道自己上厕所？”

安息露出得意扬扬的嘴脸：“回来的时候还知道蹭脚垫呢！”

5.

自从猫开始加入安息的打工日常后，伙食就好了许多。

店里的同事和熟悉的客人经常带高级的猫罐头来讨好它，却没一个人能成功碰到那漂亮的皮毛。

安息揪住猫咪的两只前爪，打着商量：“人家都给你带了那么多肉吃，摸一下也没关系吧！”

猫不大开心，但也没躲开，于是客人妈妈把自己的崽拽到胸前，举着他的手拍了拍猫咪的头。

短胖的手指触摸到柔软温暖的毛发，人类幼崽的脸亮了。

安息去送了一圈餐回来时，事情已经演变到这个地步——人类幼崽举着一根儿童筷，兴致高昂地指挥着表情冷淡的黑猫道：“冲呀！”

明黄色的眼睛转了两下，直接跳下桌走掉了。

幼崽：“唔？”

它在店里大摇大摆地晃了晃，懒洋洋地走到安息脚边一米的地方，“扑通”一声倒下了。

安息“噗”出声来，笑眯眯地低头看着它。

猫见他还不过来摸摸自己，眯着眼睛举起前爪，把身体拖着往前蹭了蹭。

安息大笑着蹲下身，挠得猫咪的眼睛都眯起来。

6.

一个暑期的养猫生活安息乐此不疲，本来他平时就没什么休闲娱乐。

上课、打工、睡觉三点一线，社团活动全部推了，假期里就更是寂寞。如今暑假快要结束，宿舍楼里渐渐地不再安静，安息突然发现自己没法再继续养猫了。

“怎么办啊，大家回来之后肯定会发现你的，告诉宿管阿姨的话，就要把你赶出去了！”

可是猫完全体会不到事态的紧急，悠闲地洗着脸。

安息清点着自己这几年来打工存下的钱，在反反复复地勘察之后，牙一咬，在校外租了一个单间。

所有认识安息的人都表现出了强烈的不理解——他平时省吃俭用的，连荤菜都舍不得吃，日夜打工不辞辛苦，干吗浪费钱在这种事情上。

其实安息租到的房子并不比学校宿舍贵太多，只是远在天边，需要每天早一个小时起来骑车上学。

可是他并不在意。

猫咪已经变得非常亲近他了，甚至愿意露出柔软的肚皮给他埋脸。

只是……

只是猫咪食量见长，叫安息实在有些吃不消。入秋之后猫渐渐穿上冬毛，体积发展也快到不可思议。

安息爬上床，把盘踞大半张床的猫咪推搡到一边，又伸手将之抱住。单间的阳台门有些漏风，但猫咪身上很暖和。

安息咕哝道："喵喵……你吃太多了，你看你肚子上的肉！"

他寻思着："可能要多打一份工了，不过别担心哟，我听说酒吧轮夜班是双倍工资，可以试试那个。"

猫被他抱着想翻身也翻不动，尾巴摆来摆去打在他小腿上，用肉垫推了推他的脸。

7.

奇怪的是，在安息这么说了之后的几天，猫的食量忽然变小了。不但普通的猫粮总吃一半剩一半，连最喜欢的牛肉罐头也不太感兴趣的样子。

安息很疑惑。猫咪怎么了呢？生病了吗？为什么不吃肉了呢？

直到有一天，安息半夜穿鞋准备下楼丢垃圾，猫忽然从床上跳下来咬住了他的鞋扭头丢到床下，然后又在他腿边转来转去地打圈儿。安息眨巴了半天眼睛才有些迟疑地问："你……是不想我晚上出去打工吗？"

作为回答，猫用脑袋拱了拱他。

安息抚摸着猫背上光滑的毛皮，仍有些呆呆的："哦……"

原来我的猫真的听得懂人话呀！

安息趿着一只拖鞋，魂不守舍地走回床边坐下，猫轻盈地跃上床铺，脑袋从他胳膊下面拱出来，两只前掌踩在他大腿上。很重，但安息还是伸手圈着猫的脖子，把鼻子埋进它脖子："你一个人在家也会寂寞呀。"

他把猫推倒在床上，从头到尾地顺起毛来——因为体型的迅猛发展，从猫头抚摸到猫尾的时间大大延长。安息手指头绕着猫蜷缩起来的尾巴尖，说：“那也不能不吃饭啊。”

8.

之后的一些日子里，猫的食量也没有增加。

只是偶然一次机会，安息半夜起床上厕所，发现夜行的猫蹲在阳台上，埋头动来动去。听见动静的猫回过头来，嘴角的毛上全是殷红血迹，两只大毛爪下压着一只死鸭子。

安息“呜哇”一声就吓精神了，猫连忙丢下猎物朝他走过来，讨好地舔他脸，带着倒刺的舌头在他嘴边留下一道道的血迹。

不多时，安息平静了下来，意识到猫只是捕食者的天性解放，于是自己出去猎食来吃了。安息呆坐了一会儿，沮丧道：“都怪我太没出息啦，我看网上的猫咪家里都好宽敞，有好多玩具，高级的全自动厕所和精品猫粮，还有那种上下三层的猫爬架城堡。你什么都没有，还要自己出门上厕所，自己抓鸭子来吃。”

这样说着的时候，猫已经把阳台上的罪证和自己身上的血迹清理干净了，小心翼翼地围着安息转了转，然后将他圈在怀里趴下了。

安息靠着猫的肚皮，手指头在抖来抖去的猫耳上一点一点的，忽然灵光一闪：“欸？网上的猫？”

猫连眼皮都没抬。

安息举起它的前爪——太重了没成功，又捧着它的脸，说：“你长得这么好看，也一定能成为网红的！”

猫抖了抖胡子，巨大的毛爪搁在安息胳膊上。

“你别动哦，等一等……”

安息找出了自己从同学那里收购的二手手机。

“你还是动一动，来看这边，摆个帅一点的姿势。”

“哎呀，不要把爪子藏起来嘛！”

安息围着猫团团转，拍了不少照片，创建了一个新的微博账号，一口气上传了很多张，还设了一些定时发送，再把各种萌宠博主都关注了一番。

看见第一个点赞进来后，安息松了口气。

这边的猫却不高兴了，一爪子按掉他一直盯着的手机，在他身上走来踩去的。

“哎哟哎哟疼，你太重了，别踩我腿！”

9.

安息的微博账号很快红了，只是，红的原因和他预想的很不一样。

@：博主坐标哪里？

@：不一定就是博主自己的图吧，也可能是外网转载的呢？

@：这么小个屋子怎么能养这么大的猫的？有人来说说这合理吗？

@：好帅的黑猫啊！

@：别人家的大猫！

安息扭头盯着靠在他胳膊上舔爪子的猫。

他终于知道猫为什么从来不喜欢他拍照发微博了，原来猫也不愿意被人评头论足呀。

注销了微博账号，安息短暂的宠物博主生涯也就这样结束了。

番外·生日礼物

循环艇上，废土站在甲板正中央，清了清嗓子，好似要发表什么重大宣言。

“安息。”

这头被叫的人却一点关注也没分给他，左手拿着一个螺帽，右手拿着一个起子，对着一堆破铜烂铁丁丁当当地敲。

“安息。”废土提高了一点音量。

丁丁当当！

“你别搞了，听我说……”

安息不知道松动了个什么部件，一大块金属板掉落在甲板上，发出一声巨响——这声响没有吓到废土，但安息却大叫了一声，吓得废土抽了半口气。

他闭了闭眼，吼道：“别整了，安息，起立！”

安息迅速把手里东西一扔，咻地站起来：“到！”

废土没好气地说：“又要过生日了。”

“是的大王！”

“谁是大王？”

“是喵喵，喵喵大王！”安息中气十足地回应。

“不准这么叫我！”废土不悦道，“我帮你准备了一个礼物，但是……”

他话还没说完，安息已经蹦起来：“礼物！礼物！”

“别吵！”废土露出讳莫如深的神秘表情，似乎还没想好怎么解释，“这个礼物，有点特殊，我也还有点犹豫……所以我想，要不然这样……”

但安息已经兴奋到听不见他在说什么了："生日礼物！生日礼物！"

废土："你得到这份礼物之后，有三天的冷静期，考虑到底要不要接受，如果不要的话可以退回……"

他抬头一看，安息已经没影了，在绕着甲板跑圈。

废土忍不住再次怒吼："我说冷静！"

安息跑回他面前，背着手凑过来打量他，好奇地问："为什么要退回？"

"不是说了吗，因为这个礼物有点特殊，而且对于你来说也是个不小的责任，其实不算太好的选择，毕竟……"

"你好啰唆啊喵，"安息说，"年纪大了吗？更年期了吗？"

"信不信我揍你！"

安息一点也不怕他："好了我知道啦，但是喵送我的东西我不会退回的，根本不需要什么冷静期。"

废土："不行。"

安息不乐意地反问："为什么？"

"因为是我规定的。"

安息张牙舞爪起来："喵喵大王好霸道！你不能再这样管我了，我已经二十一岁了！"

"没有，你明天才满二十一，而且即使三十一了你也还是个臭小鬼。上周你忘记放冷却板，反应炉差点爆炸，到现在船舱底部都熏得一片漆黑，我还没找你算账。"

这艘循环艇已经不是几年前那艘只有一个房间的小船了，去年两人置换了一艘更大的船，有五六个房间，除开起居室之外还开辟了专门放置和改造武器的仓库，制药的实验室和杂物间。甲板十分宽阔，船体结构向上垒高了很多。安息从虚摩提得到了很多种子，把船体变成一个自循环的生态园，远看绿油油、毛茸茸的。

"所以，是什么？生日礼物。"安息问。

废土喉结动了动，掏出一块通讯板——是相当老旧的型号了，边边角角都是划痕，背后还粘着一块胶布，但已经比他曾经那块只能甄别气压和方位的老式电子地图先进了不知道多少倍。

他调出一张照片，摊在安息面前。

安息的眼睛平日里本来已经够大够圆的，此刻更是又扩大了一倍——他手指头戳在上面，不可置信地结巴：“这个？我？送我？”

照片上是一头刚出生的羊羔，四肢蜷着，眼睛还没怎么睁开。

安息嘴巴微微张大：“是真的，真实的小羊，送我？我可以养？”

“咳咳，”废土清了清嗓子，“上次你去畜牧场看过之后，不是念叨了很久吗。刚好最近又出生了一批羊羔，可以领养一只。”

两人此前因为一些其他的机缘，在虚摩提主城上有相熟的人，之前也是托那人的福带安息去畜牧场看了真羊，此后这小家伙就一直念念不忘的，时不时就把自己和小羊的照片拿出来重温。

比起之前上蹿下跳的兴奋劲儿，安息此刻倒是很老实地待着，只是一抬脸，眼泪就啪嗒啪嗒地狂掉。

“啧！”废土迅速收回通讯板。

“再给我看看！”安息叫唤道。

废土不为所动：“先说好，不是送来就可以直接养的，有三天试用期，试用期你懂吗？”

安息仍然张着嘴，满脸傻气，扒拉着甲板栏杆伸长脖子张望，似乎在找载着小羊的接驳船会从哪个方向过来。

“别看了，今天不会来的。等会儿你不去集市了？”废土把他提溜回来，“还有，你知道吗，羊会拆家，还会把你种的所有植物全部吃掉，一天之内就吃光。”

“没关系的，让它吃好了，都给它吃。”安息已经完全失去理智了。

“然后它会到处拉屎，整艘船都臭烘烘的。”

“没关系，我可以用小羊的粪便做生物发电。”安息说。

废土已经完全无语了：“一只羊能发什么电，一个灯泡？”

安息认真想了想：“差不多能亮个 10 秒。”

“需要一个罗城集市那么多的羊才能发出有意义的电吧！”废土忍不住道，“行了行了，本来也没指望这羊能干什么，你养着高兴就好。不要过两天新鲜劲儿过了丢给我，我是不会管的。”

“才不会呢！”安息立刻反驳。

“你不管的话，我立刻把它杀来吃肉。”废土恶狠狠道。

“你敢！”

"你试试看我敢不敢。"

两个人在甲板上剑拔弩张地对峙着，但也只是他们自己这样认为，从旁看起来，一个老大不高兴——但似乎也只是他的一号表情，另一个泪汪汪、气鼓鼓的。

但今日天气晴朗，而且因为时间还早，太阳尚未完全发威——此刻温度正好，海风徐徐，实在不适合置气。

安息率先伸出手："和好吧。"

废土不太爽，但还是伸出手，和他握了握。

安息又说："电子小羊我一直养得很好，你看，它都这么大了，一直很健康很精神呢。"

他操作了几下，甲板上立刻全息投影出一只青壮年公羊，毛发厚实蓬松有光泽，弯角漂亮结实，蹄子干干净净。

废土扶着额头："那根本不一样，这是一只假羊，不会死也不会臭。"

"你才是假羊呢！"安息把电子羊的耳朵捂住，"你和小羊道歉！"

废土面无表情地看着他。

安息鼓着脸，一副要哭不哭的样子。

虽然知道他大概率是在假哭，但废土还是翻了个白眼，干巴巴地说："对不起。"

他直着腰，瘫着脸，语气无波无澜，也不知道是冲谁说话。

安息不太满意，没威慑力地威胁道："你再欺负我，我就离家出走。"

废土退了半步，做了个手势："请。"

安息顿时气坏了，他明白过来——试用期不是针对小羊2号的，而是针对自己的。是废土不信任自己能负起责任来照顾它——你等着瞧吧！

这时候，安息期待的接驳船没有来，接废土去做任务的"骑士团"接驳船却到了。今天安息也会随团一起出门，一共四天三夜，落脚番城集市再折返回来。

一个熟悉的金发出现在接驳船的连接板上。他资历较老，经常作为组织任务的临时队长出现："莱特！安息！"他挥了挥手，又观察了一下，问，"怎么了，吵架啦？"

在循环艇上生活之后，废土自然加入了骑士团，也就是专门往返虚摩提和废土间的赏金猎人的别称。他偶尔会去废土腹地，或者到海岸线交易些东西，做些必需品的采购。有时候也带上安息，卖一些他改造的设备和制作的药品。安息不再如当初那般消瘦苍白到好像风大一些就会被刮跑，个子也拔高了些，头发维持在肩膀左右的长度，平时会扎个头巾固定起来。只是身体素质变好的同时，并不妨碍安息走一个小时路就开始撒娇喊累，每次废土都会威胁他再也不带他出来，但没有一次兑现。

他偶尔会觉得安息已经长大了，但有时候却觉得他还是个小孩子。

安息从小长大的环境单纯到不像话，地下辐射避难站的生活作息单调到乏味是一方面，安息从小长大的站子里的人，又都过分宠着他。导致这家伙即使已经来到废土快五年了，仍然会相信最简单的谎话。

比如当有人问他：你不会吃番石榴的时候没有把籽吐出来吧？

安息会惊讶地反问：可是籽是软的，不能吃吗？

这个古怪又可爱的拖油瓶弟弟令每一个初次见他的人疑惑，但多出现了几次之后，骑士团的人都喜欢他，准确地说，是喜欢逗他。

待对方煞有介事地说“会生根发芽的，最后会从你嘴巴里长出来”后，安息明显怔住了。他捂着肚子一脸苦相地过了好几个小时，直到他们在休息站歇脚时，才说：“我肚子有点痛，这么快就发芽吗？”

废土实在忍不住了：“不会发芽的！你肚子痛是因为一口气吃了太多番石榴！别什么话都信！”他又转向其他人：“还有！你们别老整他了！惹了又不管收拾！”

金发骑士嘻嘻哈哈地和他道歉：“我错啦小安息，你别生我气。”

安息：“你又骗我！”

金发讨好道：“等会儿我帮你背行李。”

安息不买账：“我已经生气了，你怎么这样！我担心了一整天！”

废土也不赞成：“你别老惯着他，让他自己背，看他下次来废土还敢不敢带这么多有的没的。”

金发笑起来，又说：“我送你一个好东西吃，这个叫巧克力……哎呀，化掉了，没事，还是能吃。”

安息立刻不记仇地凑过去，眼睛盯着他剥糖纸。废土不忍直视。

吃完黏糊糊甜腻腻的巧克力，见安息拿出电子小羊充电，金发说：

"哟！都这么大啦！"

"那当然，是不是很漂亮？"安息一脸骄傲。

金发笑起来："那你是不是要感谢卖给你小羊的我，所以就不生我气了？"

安息狐疑道："为什么？小羊是废土买给我的。"

废土心下略宽慰——至少这点良心还是有的。

安息又说："你知道吗，我今年过生日，废土送了我真的小羊。"

"什么叫真的小羊？"金发疑惑道。

安息比画了一下，得意之情溢于言表："这么大的，暖呼呼的，活的小羊羔。"

这下骑士团的众人都愣了："活羊？要养在哪？"

"船上啊！我种植了很多植物可以给它吃呢。"

所有人满脸都写着——太奢侈了吧！

一个废土人当初花大价钱买下电子宠物已经是奢侈的极限了，如今居然还要在私人循环艇上养一只羊？又不能吃又不能赚钱，吃的还是废土上最最珍稀的绿色植物！

金发立刻跳起来指着废土的鼻子："你有什么资格说我！你才是别惯着他了吧！"

废土有点发窘，嘴硬道："关你什么事？我乐意。"

数人到了集市之后，废土随团去做正事，而安息轻车熟路地一溜烟跑了——他冲到冯伊安处，先是一点不见外地给了他一个熊抱，然后又黏黏糊糊地送他各种小礼物，黏人精般缠着医生给他看自己新研发的小东西。

冯伊安隔壁摊位的摊主都眼熟他了："安息来啦！"

安息在冯伊安隔壁支起一个小摊子——东西卖得很好，毕竟自带虚摩提和废土从根本上的技术信息落差，废土人十分买账。不到两个小时，安息带来的东西就基本卖空了，赚了不少钱，转瞬又花在了其他新奇玩意儿上。

安息怕废土回来看到之后会挨骂，把刚买的新鲜玩意儿满身藏。冯伊安看了之后忍不住笑："你和我小时候好像！"

“我出生长大在虚摩提，过着不食人间烟火的日子，十来岁的时候拉着翊，啊，就是米奥的师父，来废土。最开始根本没有生存能力，也没有金钱概念，每天都大手大脚地买买买，然后搬家的时候都带不走，被骂了好多次。”

“啊？”安息有些惊讶，“为什么本来住在虚摩提，还要离开呢？”

“为什么呢？”冯伊安想了想，“你又是为什么离开避难站呢？”

“大概每个少年都向往自由吧。”他说。

安息不太明白般地点了点头，又问：“后来呢？”

“后来翊放弃了，他说他去赚钱就好了，没必要每天为了这些事情不开心。”冯伊安有些感慨，“太惯着我了啊翊，导致他走了以后，我完全是废人嘛。”

“医生什么都不会！”冯伊安模仿小米奥的语调，“他从小就这么说我了。”

安息模模糊糊知道翊去世了的事，虽然没有细问过具体的事件和两人的往事，但也从这么久以来的交往中拼凑出了大致的细节。

安息若有所思。

几日后，两人回到了循环艇上。夜深海静，安息洗好澡，披着湿淋淋的头发等海风将其蒸干。废土在收纳自己的宝贝枪支和刀具，月光和海浪是唯一的白噪音。

“我想了想，还是不要了。”安息说。

“什么？”

“小羊，还是不要了。”安息说。

废土十分惊讶，甚至放下了手中的东西，过来看他怎么了。

安息说：“我查过了，羊的寿命只有十到十五年，十五年后我才三十六岁，小羊就要死了，我会哭死的。”

废土没想到他会思考这些，坐下来对着他认真道：“人的寿命也只有几十年，而且我比你大将近十岁，刚好一只羊的年纪。”

安息知道他什么意思——即使在这天灾人祸不断的乱世里侥幸存活到最后，废土也很有可能会比他先死，就像他的师父一样，就像废土上千千万万的人一样。更别提他们处在劳动力巅峰时段，能够动手养活自己和这艘循环艇的年头，更是短暂很多，不可能一直过这样快乐无忧的生活。

虽然这样的生活废土奋斗了近二十年才得到，却也不敢奢望长久。

“可是你是怪力怪血人，搞不好和二号一样可以活很久呢。”安息说。

“什么叫怪血人，”废土轻轻弹了他脑门一下，“有礼貌吗你。”

安息想了想，轻声问：“如果我死了，你会哭吗？”

废土和“哭”这个词，似乎完全无法联系在一起，他一直都沉着冷静，时常带着一丝不耐烦，偶尔也会露出淡淡笑容。

“我会哭死的。”废土学他道。

安息沉默了一会儿，又说：“还有一个理由，我不想把小羊关在循环艇上。比起它在虚摩提上的牧场，这里小很多吧，也没有它其他的朋友。

“你说我们可不可以花点钱，认养它，这样他就不会被吃掉，随时可以去看它？”

废土点点头：“是的。”

安息又看了看废土通讯板上的照片，摸了摸照片小羊的头：“你还是做一只自由的小羊吧。”

废土笑了笑，也摸了摸安息的头：“你也是一只自由的小羊。”

一只虽然害怕彷徨但仍选择离开了家，勇敢走向广阔的未知，并且坚强存活下来了的，自由的小羊。

图书在版编目（CIP）数据

废土与安息/ 反派二姐著. —武汉：长江出版社，
2022.8
ISBN 978-7-5492-8242-5

Ⅰ. ①废… Ⅱ. ①反… Ⅲ. ①长篇小说—中国—当代
Ⅳ. ①I247.5

中国版本图书馆CIP数据核字（2022）第043323号

废土与安息 / 反派二姐 著

出　　版　长江出版社
　　　　　（武汉市解放大道1863号 邮政编码：430010）
策　　划　力潮文创-白鲸工作室
市场发行　长江出版社发行部
网　　址　http://www.cjpress.com.cn
责任编辑　罗紫晨
特约编辑　唐　婷
封面设计　Finnn
封面绘制　Finnn
插图绘制　OXOMTP　夏　天
印　　刷　北京盛通印刷股份有限公司
版　　次　2022年8月第1版
印　　次　2022年8月第1次印刷
开　　本　880mm × 1230mm　1/32
印　　张　11
字　　数　340千字
书　　号　978-7-5492-8242-5
定　　价　45.00元

电话：027-82926557（总编室）027-82926806（市场营销部）